HEYNE
BÜCHER

Das Buch

Die Parkrangerin Anna Pigeon ist auf Cumberland Island vor der Küste Georgias stationiert, um Brände, die Flora und Fauna der Insel bedrohen, zu löschen und die Eier der aussterbenden Schildkrötenart Caretta caretta vor Dieben zu schützen. Eines Tages stürzt das örtliche Beobachtungsflugzeug über einem unwegsamen Gebiet der Insel ab. Die Brandschützer sind schnell zur Stelle, doch die beiden Insassen können sie nur noch tot bergen. Bei der Untersuchung der Absturzursache durch das FBI kommen mysteriöse Dinge ans Licht, die auf einen Anschlag hindeuten. Zudem werden geheimnisvolle Marihuanafelder entdeckt. Anna, die die FBI-Agentin Alice Utterback bei ihren Ermittlungen unterstützt, wo sie nur kann, wird von Unbekannten zusammengeschlagen. Irgend jemand will offenbar verhindern, daß die Wahrheit an den Tag kommt …

Die Autorin

Nevada Barr arbeitete in mehreren Nationalparks als Rangerin und lebt heute in Mississippi. Mit ihren Anna-Pigeon-Romanen hat sie auf Anhieb den Durchbruch als Romanautorin geschafft.

Im Wilhelm Heyne Verlag liegen bereits: *Zeugen aus Stein* (01/10607), *Feuersturm* (01/10867).

NEVADA BARR

PARADIES IN GEFAHR

Roman

Aus dem Amerikanischen
von Christine Strüh und Adelheid Zöfel

WILHELM HEYNE VERLAG
MÜNCHEN

HEYNE ALLGEMEINE REIHE
Band Nr. 01/13123

Titel der Originalausgabe
ENDANGERED SPECIES

Umwelthinweis:
Dieses Buch wurde auf
chlor- und säurefreiem Papier gedruckt.

Deutsche Erstausgabe 6/2000

Printed in Germany 2000
Umschlagillustration: Bavaria Bildagentur/VCL, Gauting
Umschlaggestaltung: Nele Schütz Design, München
Satz: Buch-Werkstatt GmbH, Bad Aibling
Druck und Bindung: Pressedruck, Augsburg

ISBN 3-453-16928-X

http://www.heyne.de

Für Chris Pepe, der dafür sorgt, daß ich gut dastehe, und der das so charmant macht, daß ich mir immer alles selbst zuschreiben kann.

Besonders danke ich Gary Barr, Mary Barr, J. D. Lee und Newton Sikes.

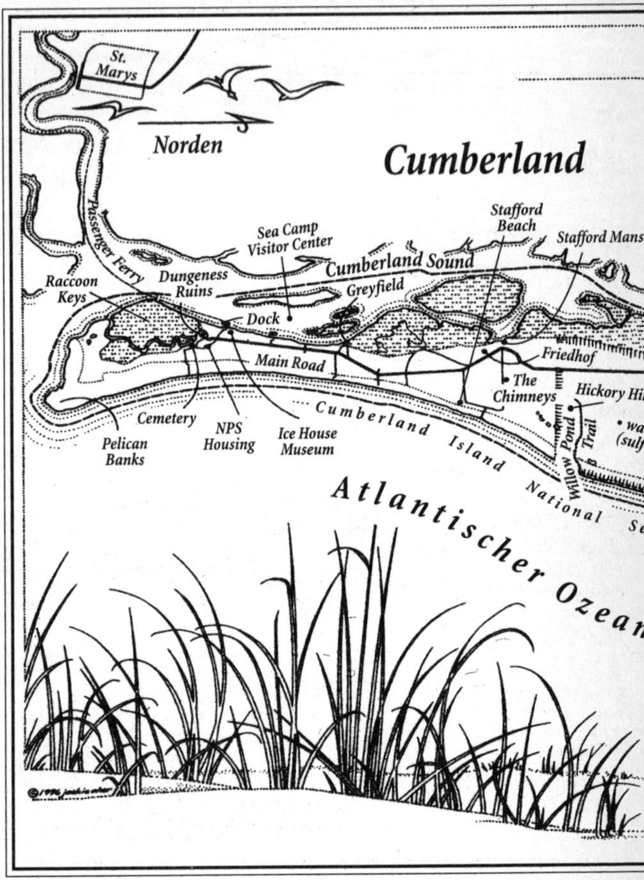

St. Marys
Norden
Cumberland
Passenger Ferry
Sea Camp Visitor Center
Stafford Beach
Stafford Mansi
Cumberland Sound
Raccoon Keys
Dungeness Ruins
Greyfield
Dock
Main Road
Friedhof
The Chimneys
Hickory Hi
Cemetery
NPS Housing
Ice House Museum
Pelican Banks
Cumberland Island National Se
Willow Pond Trail
Atlantischer Ozean

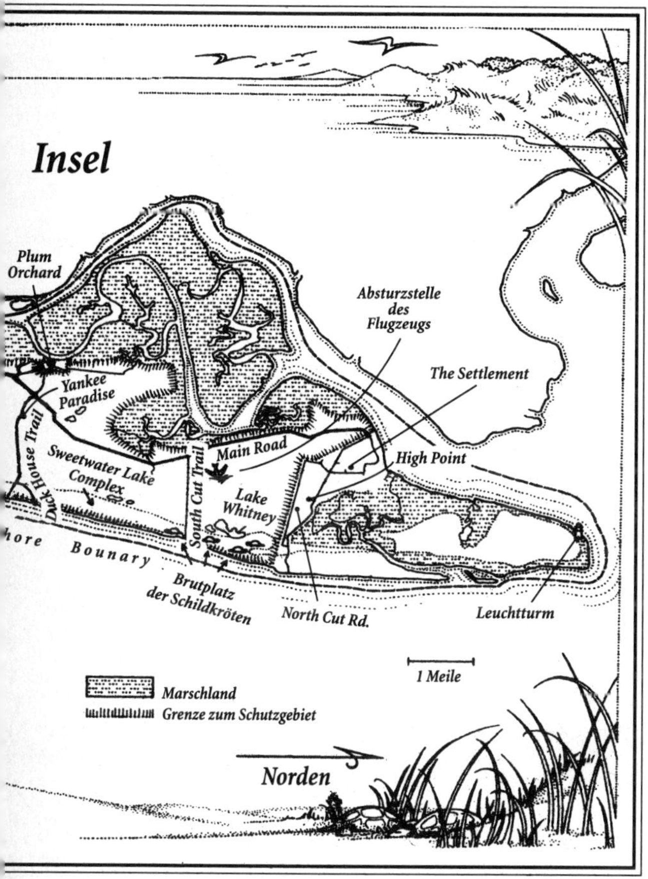

Insel
Plum Orchard
Absturzstelle des Flugzeugs
The Settlement
Yankee Paradise
Duck House Trail
Sweetwater Lake Complex
South Cut Trail
Main Road
High Point
Lake Whitney
hore Bounary
Brutplatz der Schildkröten
North Cut Rd.
Leuchtturm
1 Meile
Marschland
Grenze zum Schutzgebiet
Norden

Kapitel 1

Schwarzes, lauwarmes Wasser klatschte gegen Annas Rücken, schwappte ihr über die Schultern und vorn über ihr Hemd. Sie kniff die Augen fest zusammen, damit das Salzwasser nicht so brannte, klammerte sich an den Panzer der Schildkröte und konzentrierte sich darauf stehenzubleiben, während ihr die Welle gegen die Beine schlug und den Sand unter ihren Turnschuhen wegsaugte.

Die Karettschildkröte würde nicht gegen ihren Willen in den Atlantik zurückgespült werden. Im endlosen Ozean war sie gegen fast alles gefeit, aber das Festland, dieses fremde, sich ständig verändernde Universum, hatte sie völlig verwirrt. Meilenweit war sie von Gott weiß wo zum Strand von Cumberland Island geschwommen, um ihre Eier abzulegen, hier, auf einer der Golden Isles vor der Küste von Georgia. In ihrem winzigen Gehirn – oder vielleicht auch in ihrem riesigen Herzen – hatte der Instinkt eine Landkarte einprogrammiert, die so präzise war, daß die Schildkröte an der sich über Tausende von Meilen erstreckenden Küste immer wieder ihren Weg genau zu diesem schmalen Sandstreifen fand.

Anna duckte sich, als die nächste Welle über ihre Schultern brandete, und umarmte das Tier fest. Die Rillen des Rückenpanzers, der fast einen Meter Durchmesser hatte, gruben sich in ihre Wange, genau dort, wo sich die Haut über dem Knochen spannte und besonders empfindlich war. Am Oberschenkel spürte sie durch die durchnäßte Hose die kräftige Bewegung des flossenartigen Schwanzes.

Wasser umflutete sie, noch wärmer im Nacken als die milde Sommerluft. Anna fragte sich, wie bei Schildkröten im allgemeinen und bei dieser hier im besonderen das

Denken funktionierte. Stellte sie sich die Karte, die der Instinkt ihr eingeprägt hatte, bildlich vor? Hatte sie vor ihrem geistigen Auge – oder was bei Tieren als solches fungieren mochte – den flachen, einladenden Strand gesehen, hatte sie sich daran erinnert?

»Tut mir leid, altes Mädchen«, brummte Anna, während sie sich gegen das mehrere hundert Pfund schwere Meerestier stemmte. Der launenhafte Gezeitenwechsel hatte an einem fünfzig Meter langen Küstenstreifen einen über einen Meter hohen Wall aus Sand und Muscheln aufgeworfen. Vor einer Woche war der Strand noch völlig flach gewesen, in zwei Wochen würde er wieder flach sein. Aber heute abend gab es hier kein Durchkommen. Doch mit der endlosen Geduld, die Schildkröten, Felsen und anderen langlebigen, schwerfälligen Kreaturen eigen ist, war die Karettschildkröte genau an dieser Stelle an Land gegangen und hatte ihre Wanderung aufs Festland begonnen.

Die Karettschildkröten, die im Norden oder im Süden dieser temporären Mauer an Land kamen, schlugen ihren vorprogrammierten Weg ein. Wenn gerade keine Woge über sie hinwegspülte, hörte Anna den Jubel der Ranger, der freiwilligen Helfer und Forscher, die den Beginn eines neuen Lebenszyklus dieser vom Aussterben bedrohten Art feierten.

Vor einer Stunde war Anna zum Schildkröten-Hebammendienst eingeteilt worden und hatte in aller Eile einen Schnellkurs über die Fortpflanzungsgewohnheiten der Karettschildkröten erhalten. Unter idealen Bedingungen krochen die Schildkröten so weit über den Strand, bis sie sich außerhalb der Flutlinie befanden, gruben sich dort ein Nest, legten ihre Eier, verbuddelten sie darin und begaben sich danach wieder ins Meer – ohne je einen Blick zurückzuwerfen. Erst vier oder fünf Jahre später spürten sie von neuem den Drang sich fortzupflanzen.

Die Schildkröte, mit der Anna momentan in der tosenden Brandung ihren seltsamen Tanz aufführte, kam über den Sandwall nicht hinweg und vergeudete ihre Kraft, indem sie es trotzdem versuchte. Allmählich setzte die Erschöpfung ein, und ihre Anstrengungen ließen nach.

»Ach du Scheiße, sie legt die Eier ab! Gib mir deine Mütze, schnell!« erklang eine barsche Stimme an Annas Ohr, und gleichzeitig stieg ihr ein Schwall übelriechender Luft in die Nase. Einen Augenblick dachte Anna, sie hätte das Gesicht zu nahe ans Ostende der nach Westen strebenden Schildkröte gehalten. Als ihr klar wurde, daß es sich um Marty Schlessingers schlechten Atem handelte, glaubte sie fast das Gerücht, daß der Biologe sich von überfahrenen Tieren ernährte.

Der Atlantik zog sich zurück, und das ganze Gewicht der Schildkröte lastete wieder auf Annas und Martys Armen. »Tu ihr bloß nicht weh«, warnte Schlessinger, und Anna merkte, wie sich die kleinen Muskeln in ihrem Kreuz unter Protest anspannten.

»Guter Tip«, brummte sie, stemmte die Unterarme auf die Schenkel, drückte die Schulter gegen den Panzer und legte sich ins Zeug.

Als die Wellen sich zurückzogen, wirkte einen Moment lang alles ganz friedlich; der Mond erschien über dem Horizont und zauberte einen Silberstreif über den Ozean und den Rücken der Schildkröte, direkt unter Annas Kinn.

Im klaren Mondlicht konnte sie Marty Schlessingers schmales Gesicht deutlich ausmachen, nur wenige Zentimeter von ihrem entfernt. Man sah ihm die vierunddreißig Jahre Strandleben an: resolute Falten an beiden Seiten eines kompromißlosen Mundes, lange, strähnige Haare, zu Zöpfen zusammengebunden wie Willie Nelson in seinen besten Zeiten.

Der zurückkehrende Ozean zwang Anna auf die Knie.

Ihr Schenkel war eingekeilt vom Schildkrötenpanzer, die Flosse drückte hart gegen die Außenseite ihres Beins.

»Die Mütze, die Mütze, die Mütze«, knurrte Schlessinger.

Anna riß sich ihre Baseballkappe vom Kopf und drückte sie dem Biologen in die Hand.

»Halt sie fest«, befahl Schlessinger.

»Herr des Himmels!« stieß Anna hervor, als er die Schildkröte losließ, um die Eier einzusammeln.

Anders als bei vielen anderen Meeresschildkröten war die Legemaschinerie bei den Karettschildkröten unter dem hinteren Teil des Panzers verborgen, weshalb Anna die Eier nicht sehen konnte. Doch dem ekstatischen Stöhnen nach zu urteilen, das aus Richtung des Biologen ertönte, lohnte sich die Anstrengung zumindest.

»Nein!« schrie er plötzlich auf. Das Entsetzen in seiner Stimme erinnerte Anna auf höchst unwillkommene Weise daran, daß die Küste von Georgia auch die Brutstätte des großen weißen Hais war.

»Was denn?« wollte sie wissen.

»Wir haben ein Baby verloren.«

Anna war erleichtert, aber klug genug, es nicht zu zeigen. Schlessinger war garantiert weniger betroffen, wenn ein Ranger ein Bein verlor, als wenn er einen Karettschildkrötenembryo verlor.

Minuten verstrichen. Welle auf Welle donnerte Anna in den Rücken, Sand knirschte zwischen ihren Zähnen, Salz verklebte ihr die Augen. Der Schmerz in Arm- und Schultermuskeln war erst einem puddingweichen Gefühl und jetzt einem ständigen qualvollen Pochen gewichen. Jede Illusion von Spannung und Abenteuer war längst verflogen.

»Das ist ganz schön anstrengend«, knurrte sie.

»Ruhe«, fuhr ihr Marty über den Mund.

Anna klemmte das Knie noch fester unter den Panzer und begann langsam von hundert rückwärts zu zählen.

Wenn sie bei Null angekommen war, mußten Marty und die kleinen Schildkröten zusehen, wie sie allein zurechtkamen, beschloß sie.

Null kam und ging, aber Anna blieb. Die Zahlen verschwammen. »Ich kann wirklich gleich nicht mehr«, sagte sie.

»Bleib dran.«

Zu gern hätte Anna etwas Schnippisches erwidert, aber sie hatte nicht die Energie.

Eine Welle rauschte zwischen ihren Knien durch und hob die Schildkröte etwas an, so daß ihre Schultern sich eine kleine Verschnaufpause gönnen konnten. Als das Wasser sich zurückzog und Anna wieder das volle Gewicht zu spüren bekam, schrie sie unwillkürlich auf.

»Halt das Tier gefälligst still«, fauchte Schlessinger sie an.

Anna tat, was sie konnte. »Im nächsten Leben werde ich größer«, zischte sie zurück.

»Ruhe«, sagte Schlessinger und dann: »Okay, das war's anscheinend. Du kannst sie runterlassen. Aber langsam, ganz langsam.«

Annas Muskeln verweigerten den Dienst. »Ich kann nicht«, sagte sie schließlich.

»Herrgott noch mal.« Bei der nächsten Welle holte Schlessinger die Schildkröte vorsichtig von dem Dreifuß herunter, in den Anna sich verwandelt hatte. »Dann halt wenigstens das hier.« Der Biologe reichte Anna ihre National-Park-Service-Mütze. Darin lagen lauter ledrige Kugeln, etwas größer als Golfbälle. »Vorsicht«, warnte er, als Anna ihre steifen Arme ausstreckte, um sie in Empfang zu nehmen. »Ich hab sie gezählt.«

Die Drohung war unmißverständlich. Marty wußte, wie viele Eier gelegt worden waren. Sollte eines davon nach Annas Schicht fehlen, war garantiert der Teufel los.

Also hielt Anna die Kappe fest, als wäre sie der heilige Gral.

Allerlei gute Ratschläge murmelnd, drehte der Biologe die mächtige Schildkröte zurück in Richtung Meer und blickte ihrem schimmernden Panzer nach, bis der Ozean ihn verschluckt hatte. »So, jetzt ist aber Schluß mit lustig«, sagte er dann barsch. »Zeit, daß wir uns an die Arbeit machen.«

Seltsamerweise fühlte Anna sich richtig erfrischt. Wahrscheinlich übertrug sich die Magie der Schildkröteneier auf ihre müden Kochen. Der gloriose Kampf der Schildkröte und Annas Beteiligung daran vermittelten ein Erfolgserlebnis und linderten die Schmerzen in Rücken und Beinen. Bei jedem Schritt schwappte Wasser aus ihren Schuhen, ihre Klamotten tropften, und so folgte sie Marty Schlessinger über den dunklen Strand.

Direkt über der Flutlinie blieb Schlessinger stehen, verschränkte die Arme vor dem schmalen Brustkorb und blickte prüfend über die Dünen, hinter denen sich das Dickicht aus Eichen und Fächerpalmen ausbreitete, die das Innere der Insel überwucherten.

Inzwischen war der Dreiviertelmond ein ganzes Stück am Himmel emporgestiegen und ergoß sein Licht über den Sand. Jeder Zweig, jeder Grashalm zeigte eine Seite mit unnatürlicher Klarheit, während die andere in tiefer Finsternis versank. Wie eine unregelmäßige Mauer aus Kiefern und immergrünen Eichen erhob sich der Urwald, eine düstere Silhouette vor dem schwachen Licht, das vom Festland herüberdrang.

»Das reicht«, meinte Schlessinger. Er ließ sich auf alle viere fallen und begann zu graben wie ein Hund, der einem besonders schmackhaften Knochen auf der Spur ist. Erst spritzte trockener, dann klumpignasser Sand zwischen seinen dünnen Bein hindurch auf Annas Schuhe.

Mit einer Schaufel wäre es wesentlich schneller gegangen. Anna konnte nicht beurteilen, ob Schlessinger nicht über das entsprechende Werkzeug verfügte oder ob er einfach Purist und ein bißchen fanatisch war. Allerdings hatte sie den Verdacht, daß eher letztes zutraf.

Anna war erst eine Woche auf Cumberland Island und wußte schon alles über den Meeresbiologen Schlessinger. Genauer gesagt: Sie hatte den ganzen Tratsch über ihn gehört. Heute abend hatte sie ihm zum erstenmal leibhaftig gegenübergestanden, obgleich man ihr gleich am ersten Tag nach ihrer Ankunft die Hütte aus Teerpappe, die Schlessinger sein Heim nannte, zusammen mit den anderen Sehenswürdigkeiten vorgeführt hatte.

Für die Einwohner von Cumberland hatte Marty Schlessinger den Status eines Hexenmeisters oder eines irren Wissenschaftlers. Mit Mitte Dreißig lebte er in einem verfallenen Haus, das er geerbt hatte, als seine Frau – Tochter eines der ursprünglichen Landbesitzer von Cumberland – vor fünf Jahren bei einem Flugzeugabsturz ums Leben gekommen war.

Schlessingers bizarrer Ruf war durchaus nicht unverdient. In seinem Dunstkreis tauchten mit ekelerregender Regelmäßigkeit Schildkrötenleichen ohne Kopf und die verstümmelten Leichen aller möglicher anderer Tiere auf, die auf dem rudimentären Straßennetz der Insel ums Leben gekommen waren.

Die Karettschildkröten wurden vollkommen intakt an den Strand gespült, das hatte Anna mit eigenen Augen gesehen. Garnelenfischer gingen weiter draußen ihren Geschäften nach, Schildkröten wurden in Netzen gefangen und ertranken. Vermutlich holte sich Schlessinger Schädel und Gehirn, um sie zu sezieren und zu untersuchen.

Die zerstückelten Verkehrsopfer waren schwieriger zu erklären. Vielleicht aß Schlessinger sie tatsächlich. Hinter seinem Haus hatte Anna einen Schweinekoben entdeckt. Vielleicht lebten ja dort die wahren Nutznießer.

Unterschiedlich morbide und glaubwürdige Gerüchte rankten sich um diese beiden sonderbaren Gewohnheiten. Anna wünschte sich, daß zumindest ein Gerücht stimmte, nämlich, daß Schlessinger die vollgesogenen Zecken von den Leichen der Tiere entfernt und aß. »Er knuspert sie wie M & Ms«, hatte Guy Marshall, der Truppführer dieser Unternehmung, ihr versichert. Das hätte sie zu gern mal gesehen. Der Aspekt geradezu poetischer Gerechtigkeit hatte etwas Prickelndes.

Mit seiner Verschrobenheit paßte Schlessinger genau ins Bild der Cumberland Island National Seashore. Früher war Cumberland ein Urlaubsgebiet für die Besserverdienenden gewesen und hatte sich bis 1970 ausschließlich in Privatbesitz befunden. In den letzten fünfzig Jahren waren die feineren Millionäre jedoch an bessere Adressen abgewandert, so daß nur eine Handvoll begüterter und einflußreicher Familien zurückgeblieben waren. Doch der Geist jener ruhmreichen Tage schwebte noch über den halb verfallenen Villen und ausgebrannten Ruinen.

In den frühen siebziger Jahren gingen neuntausend der zehntausend Hektar in den Besitz der Bundesregierung über, die Cumberland als Nationalpark erhalten sollte. Weniger wohlmeinende Zungen meinten, das Land sei hauptsächlich deshalb an den National Park Service gegangen, weil man verhindern wollte, daß der Pöbel die Parzellen aufkaufte, die den Reichen steuerlich zur Last geworden waren, und nicht, um die »Landschaft in ihrer natürlichen und historischen Besonderheit samt ihrem Tier- und Pflanzenreich zu erhalten.«

Dieselben Zyniker vertraten auch die These, daß die Brandbekämpfungstruppe, zu der Anna gehörte, auf Cumberland untergebracht worden war, um die verbliebenen Privilegierten zu beschwichtigen, die zu verschiedenen Kongreßabgeordneten Beziehungen sozialer oder finanzieller Natur pflegten.

Auf Cumberland herrschte momentan extreme Trockenheit. Wenn die Palmen, die einen Großteil der

Insel bedeckten, in Brand gerieten, würde sich das Feuer im Nu ausbreiten, denn das trockene Zeug brannte wie Zunder. Natürlich gab es das Argument, daß die Natur von einem Waldbrand profitieren würde, aber die Palmen wuchsen bis direkt vor einige recht einflußreiche Türschwellen.

Doch egal, was dahintersteckte – die Brandbekämpfer vom National Park Service waren seit zehn Wochen als prophylaktische Maßnahme hier stationiert. Zwölf Stunden pro Tag, sieben Tage pro Woche, nach einem Rotationssystem von jeweils drei Wochen, häuften sie Überstunden und klapperten mit ihren schweren Stiefeln oder in zwei vorsintflutlichen Löschfahrzeugen die Gegend ab, weil ja immerhin die – wenn auch äußerst geringe – Wahrscheinlichkeit bestand, daß irgendwo irgend etwas passierte.

Bisher war der Höhepunkt der Spannung ein andauernder chemischer Kleinkrieg mit Cumberlands angriffslustiger Zeckenpopulation, sowie die Entdeckung von vierzehn Baby-Alligatoren, die im Sumpf bei ihrer höchst imposanten Mutter lebten, von den Einheimischen Maggie-Mary genannt. Da Maggie seit Jahren nicht mehr gesichtet worden war, hatten sich um ihre Länge und ihren Umfang Legenden gebildet, die vermutlich mit der Wirklichkeit nicht mehr viel gemein hatten.

Und heute nacht nun die Karettschildkröten. Marty zufolge legten sie ihre Eier zwischen Mai und August. Gewöhnlich kamen sie bei Dunkelheit an den Strand, meist mit der Flut. Nach etwa acht Wochen schlüpften die Jungen, bahnten sich einen Weg aus ihren schützenden Nestgruben und gelangten – mit etwas Glück und Marty Schlessingers tatkräftiger Unterstützung – schließlich zum Atlantischen Ozean.

Jedes neue Nest wurde registriert, geschützt und zeitlich festgehalten. In neun Tagen sollten die nächsten Schildkröten schlüpfen – diese Information war Marty in einem seltenen Moment der Unachtsamkeit entschlüpft, und Anna hatte sich natürlich gleich darauf gestürzt. Wenn die kleinen Babyschildkröten sich zu ihrer gefährlichen Reise ins Meer aufmachten, wollte sie unbedingt dabeisein.

»Eier!« erscholl das barsche Kommando, und Anna wurde unsanft aus ihrer Grübelei gerissen. Sie ließ sich auf ein Knie nieder und präsentierte Marty die Mütze mit einer unbeabsichtigt ritterlichen Geste.

Eines nach dem anderen holte der Biologe die kostbaren Schildkröteneier heraus und legte sie in den Sand. Als die insgesamt 147 Eier zu seiner Zufriedenheit plaziert waren, befahl er Anna zurückzutreten. Mit allergrößter Sorgfalt füllte er die Grube wieder auf und klopfte den Sand behutsam fest. Dann ließ er sich zu Annas Erstaunen auf alle viere nieder und fing an, mit Unterarmen und Schienbeinen hektisch Bogen durch den Sand zu ziehen.

Nach einer halben Minute stand er auf, klopfte sich den Sand von der Hose und sah wieder ganz vernünftig aus. »Karettschildkröten sind nicht heikel«, erklärte sie, »sie schlurfen mit ihren Flossen über das Nest, aber sie haben anscheinend nicht das Bedürfnis, es ordentlich zu tarnen.«

Damit gab er Anna ihre Baseballkappe zurück. Zerstreut setzte sie sich auf, und augenblicklich rann ihr ein unangenehmes Gemisch aus Wasser und Schildkrötenschleim den Nacken hinunter.

Überall auf dem Strand – gegen den hellen Sand deutlich sichtbar – bewegten sich inzwischen die mächtigen Gestalten der Karettschildkröten verblüffend graziös zurück zum Wasser. In kleinen Gruppen standen ihre selbsternannten menschlichen Schutzengel im Dunkel und jubelten ihnen zu.

»Ruhe!« schimpfte Marty.

»Stört der Lärm die Schildkröten?« erkundigte sich Anna.

»Selbstverständlich«, fauchte er.

Soweit Anna es beurteilen konnte, empfanden die phlegmatischen Reptilien kaum etwas als Bedrohung – vielleicht abgesehen von einem Hai mit einem Megaphon. Trotzdem jubelte sie nur im stillen, um Schlessinger nicht zu verärgern.

»Hättest du vielleicht Lust, auf ein Bier zum Feuerwehrwohnheim mitzukommen?« fragte Anna aus einem spontanen Impuls heraus.

»Ich rühr das Zeug nicht an«, erwiderte Schlessinger.

»Ich auch nicht«, sagte Anna, neugierig, ob sich das immer noch wie eine Lüge anfühlte.

»Alkoholikerin in der Rekonvaleszenzphase?«

Anna antwortete nicht.

»Das ist doch Blödsinn«, verkündete der Biologe. »Ich trinke nicht, weil ich so was nicht brauche.«

Jetzt verflüchtigte sich auch das letzte bißchen von dem diffusen Verbundenheitsgefühl, das die Schildkröten heraufbeschworen hatten.

Marty Schlessinger drehte sich um und marschierte auf die dunkle Palmenmauer zu. Anna begleitete ihn, da sie das gleiche Ziel hatte. Auf ihrer täglichen Runden fuhren die Brandbekämpfer ihre Trucks normalerweise in einer Richtung den Strand hinunter und blieben beim Rückweg auf den ungeteerten Straßen im Innern der Insel. Den Schildkröten zuliebe beschränkte man alle Nachtfahrten auf Inlandstouren. Eine Strecke endete in einem sandigen Sporn eine Viertelmeile nördlich von der Stelle, auf die sich das Eierlegen konzentrierte.

Freiwillige, Ranger und der Rest des Feuerwehrtrupps strebten bereits zu den geparkten Fahrzeugen, als Anna und Marty zu ihnen stießen. Schlessinger begann, Kisten, einen Besen und zwei ziemlich neue Schaufeln auf der Ladefläche seines verbeulten Geländetrucks herumzuschieben, mit dem er sich auf der Insel umherbewegte.

Plötzlich übertönte ein durchdringendes, aber durchaus ansteckendes Gelächter alle anderen Geräusche, was von Schlessinger mit einem Knurren beantwortet wurde, oder zumindest fand Anna, daß der Laut bei einem Tier ohne Zähne und Krallen einem Knurren sehr nahe kam.

»Der Mann steht auf meiner schwarzen Liste«, bemerkte Marty Schlessinger. »Mitch Hanson hat hier genausowenig verloren wie Hitler bei einem Bar-Mizwa.«

»Vielleicht mag er Schildkröten«, entgegnete Anna, nur um zu sehen, was für eine Reaktion sie damit heraufbeschwor.

Schlessinger schnaubte, und Anna war beeindruckt von der Bandbreite lebensechter Tiergeräusche, die er beherrschte. »Hah«, sagte Marty, als müßte er das Schnauben für sie übersetzen. »Vielleicht hat er gedacht, wir servieren hier Jack Daniels.« Er stieß seine Schaufel in den Sand, und der Stiel vibrierte wie der Schaft einer Harpune.

Einige Sekunden sah Anna zu, wie der Biologe mit seiner Ausrüstung hantierte. In nassen, hellbraunen Strähnen klatschten die dünnen Zöpfe gegen seine bloßen Arme, und er gab leise Brummlaute von sich, als führte er eine hitzige Debatte mit unsichtbaren Wesen seiner Gattung.

Anna lehnte sich an die Kühlerhaube eines verrosteten grünen Truck, die sie von ihrer Vorgängertruppe geerbt hatten. Neben dem Salzgeruch des Meers und dem fruchtbaren Aroma des Dschungels stieg ihr ein unangenehm süßlicher Geruch in die Nase.

Ihre Taschenlampe lag auf dem Sitz; Anna holte sie und ließ den gelblichen Lichtstrahl über den Boden schweifen, bis sie gefunden hatte, was sie suchte. Halb von der Straße geschubst, ein paar Meter von Marty Schlessingers Hinterrädern entfernt, lagen die Überreste eines jungen Waschbären. Nach seinem Äußeren zu urteilen, was er noch nicht lange tot, denn es hatten sich noch keine Aasfresser an seine Eingeweide gemacht. Ob das

Tier angefahren worden oder eines natürlichen Todes gestorben war, konnte Anna nicht feststellen. Demonstrativ ließ sie den Lichtstrahl ein paarmal über den kleinen Kadaver wandern, aber Schlessinger würdigte ihn keines Blickes.

Jetzt näherten sich die anderen. Schlessinger ließ seinen Geländewagen an, und Motorenlärm durchbrach die nächtliche Stille.

Anna seufzte und knipste die Taschenlampe aus. Anscheinend wollte Marty seine Ernährung heute abend auf eine knackige Zecke beschränken. Sie zuckte mit den Schultern. Es war immer gut, wenn man sich auf etwas freuen konnte.

Kapitel 2

Guy Marshal, ein Mann Ende Vierzig mit einem faltenreichen Gesicht, einem kläglichen Überrest von Haaren auf dem Kopf und dem schlanken, durchtrainierten Körperbau eines Rodeo-Cowboys kam gemächlich über den Strand. Der Mond schimmerte auf seiner Glatze und warf einen dunklen Schatten über seine Augen.

Anna und der Rest der Crew hatten für den besonderen Anlaß leichte Klamotten und Turnschuhe angezogen. Marshal trug die reguläre Brandbekämpferausrüstung: zitronengelbes Hemd, olivfarbene Hose aus feuerfestem Nomex und schwere Schnürstiefel mit dicken Profilsohlen. Weil er sich im Lauf der Jahre so an sie gewöhnt hatte, fand er sie inzwischen wahrscheinlich bequem.

Marshall war der Truppführer der reduzierten Feuerwache, bestehend aus Anna und drei Männern: einer von den Gulf Islands, einer aus Cape Hatteras und einer aus dem Natchez Trace Parkway. Feuertrupps wurden aus einem Pool von Rangern mit roter Karte zusammengestellt – Leute mit dem entsprechenden Training, die auch noch die körperliche Eignungsprüfung schafften. Die Aufforderung ging an alle Nationalparks. Die District Ranger schickten die Leute, die sie am ehesten entbehren konnten – beziehungsweise diejenigen, denen sie einen Gefallen schuldeten oder die am lautesten schrien. Brandkommandos waren sehr begehrt, vor allem, wenn sie so gemütlich waren wie die jetzige Aktion auf Cumberland Island. Einundzwanzig Tage à zwölf Stunden mit dem anderthalbfachen Lohn für Überstunden, werteten den regulären Gehaltsscheck ganz ordentlich auf.

Der Truppführer legte ein Bein über den Sitz des Geländewagens, den er für sich beanspruchte, und spuckte einen Strahl Tabaksaft in den Sand. Im Mondlicht sah das Resultat aus wie ein Tintenklecks auf weißem Papier.

Ein Seehund, der einen Ball auf der Nase balanciert, dachte Anna, während sie sich den Fleck näher ansah, der sie an ein Rohrschachbild erinnerte. Sie nahm sich vor, ihre Schwester beim nächsten Telefongespräch zu fragen, auf welche Art von Wahnsinn das hindeutete.

Vom Strand hörte man Gelächter; das kehlige Lachen der Dolmetscherin, einer Frau, die auf der Insel wohnte, dann das Bellen eines Mitglieds des Feuertrupps und das ansteckende Dröhnen, das Marty Schlessinger so auf die Palme gebracht hatte.

»Die sind schon ein irrer Verein«, meinte Guy gutmütig und spuckte erneut und ebenso akkurat übers Lenkrad. »Ein paar Schildkröten beim Eierlegen, und schon sind sie dermaßen in Hochstimmung, als hätten wir den vierten Juli. Zum Glück sind sie nicht auf einem Hühnerhof, da würden sie wahrscheinlich denken, sie wären im Paradies. Aber so was gibt's ja bekanntlich in allen Berufssparten. Man braucht sich ja bloß mal die Museumskuratoren anzusehen, davon gibt's beim Park Service 'ne ganze Reihe. Was machen die zum Beispiel? Sitzen rum und sehen zu, wie irgendwelches altes Zeug noch älter wird.«

Wir hätten im Quartier bleiben und *Belagerungszustand II* anschauen können«, murmelte Anna. Auf der Insel waren genau zwei verschiedene Videos erhältlich:

Belagerungszustand II und *Feuerwetter: Der Standpunkt des Meteorologen.*

»Wie ich immer so gern sage: Schildkröten sind verdammt unterhaltsam«, sagte Guy gedehnt.

Was von Marshalls Haar übriggeblieben war, bildete ein hufeisenförmiges Band kurzer grauer Stoppeln von einem Ohr zum anderen. Jetzt zog er einen Kamm aus der Tasche und striegelte damit sorgfältig Seiten und Hinterkopf. »Ich versetze mich zurück in die glorreichen Zeiten meines Lebens«, erklärte er, als er merkte, daß Anna ihn beobachtete.

Ein, zwei Minuten warteten sie schweigend, bis die anderen über die Dünen gekommen waren. Taschenlampen hatte Schlessinger strikt verboten. Licht machte die Schildkröten orientierungslos, nicht nur, wenn sie an Land kamen, sondern vor allem auch die Jungen, wenn sie schlüpften. Der Theorie nach hatte der Mensch das Feuer noch nicht entdeckt, als die Spezies der Schildkröten noch jung war – von der Elektrizität ganz zu schweigen. Die Temperatur diktierte den Jungen, bei Nacht aus ihren sandigen Brutkästen zu kriechen. Ihrem Instinkt folgend, machten sie sich auf zum Licht am Horizont: zu den Sternen über dem Meer, das ihre Heimat werden würde.

Durch elektrische Lichtquellen, vor allem die in den Wohnhäusern am Strand, gerieten Babyschildkröten oft in Verwirrung, krochen landeinwärts und gingen dort jämmerlich zugrunde.

Momentan machte das Mondlicht Taschenlampen sowieso unnötig, und Anna genoß die milde Sommernacht in vollen Zügen. Es war jetzt zehn Uhr abends und immer noch um die fünfundzwanzig Grad. Trotz der Trockenheit war die Luft feucht; Annas Fingernägel wuchsen schneller als üblich, ihre Haare kräuselten sich. Nach so langer Zeit im Mesa Verde National Park im Süden von Colorado fühlte sie sich wie eine Rosine, die sich langsam, aber sicher in eine Weintraube zurückverwandelte.

In der Nähe des Meers ging immer eine leichte Brise, die ausreichte, um den Schweiß zu kühlen und die Luft in Bewegung zu bringen. Der Windhauch spielte mit den zundertrockenen Blättern der immergrünen Eichen und brachte sie zum Rascheln – ein hübscher Kontrapunkt zu dem Rauschen der Wellen am Strand.

Die offene Fläche zwischen Wald und Wasser gefiel Anna. Wie in der Weite des Südwestens konnte das Auge in die Ferne schweifen und die Seele sich in den unendlichen Raum gleiten lassen. Im dichten Wald fiel ihr oft das Atmen schwer. Dort stand die Luft fast vollständig still, und die Geräusche erinnerten sie an die Zecken, die sich von den Pflanzen fallen ließen, stets auf der Suche nach neuen Gastgebern mit besser gefüllten Speisekammern.

Nun hatte Dijon Smith seinen Auftritt; er lachte wie der Held einer Gesellschaftskomödie. »Uuuii, ich wollte, ich wäre so mutig wie eine Gespensterkrabbe«, stöhnte er. »Diese kleinen Mistviecher haben wirklich vor gar nichts Angst.« Anna wußte genau, was er meinte. Die kleinen Schalentiere, nicht größer als fünfundzwanzig Zentimeter von Schere zu Schere, stellten sich vor den eineinhalb-Tonner-Löschfahrzeugen drohend auf die Hinterbeine, wenn sie ihnen am Strand begegneten, und forderten sie zum Kampf heraus.

Dijons dunkle Haut absorbierte das Mondlicht, so daß er wie ein Schatten aussah. Man sah nur das Weiße in seinen Augen und seine blitzenden Zähne – ein Klischee, das Anna niemals laut ausgesprochen hätte.

Dijon war zweiundzwanzig – mit fast zehn Jahren Abstand der Jüngste der Gruppe. Gelegentlich beklagte er sich im Spaß darüber, daß er in einem Pflegeheim für alternde Brandbekämpfer gelandet sei. Jetzt sprang er hoch, packte einen der ausladenden Äste einer immergrünen Eiche und zog sich mit irritierender Mühelosigkeit daran empor.

»Damit schüttelst du bloß die Zecken auf dich runter«, warnte Guy.

»Scheiße! Echt?« Dijon ließ los und klopfte sich hektisch Schultern und Arme ab. »Sag doch so was nicht, Mann. Ich hasse diese kleinen verfi ...« – er warf einen Blick zu Anna. »... diese verflixten kleinen Mistviecher.«

»Die erkennen die Körperwärme wie Raketen mit temperaturempfindlichen Sprengköpfen«, erklärte der Truppführer. »Man braucht bloß ihren Baum zu schütteln, schon stürzen sie sich auf einen.«

»Zecken, igitt.« Dijon schauderte und vollführte ein Tänzchen, das entweder die Insekten abschütteln oder beifälliges Gelächter provozieren sollte. Bei Dijon Smith war das schwer zu sagen. Er beugte sich vor und fuhr sich mit den Fingern durch die kurzen Haare.

»He, ich will die Mistviecher auch nicht haben!« rief Anna und sprang einen Schritt zurück. Dijons Vorführung war so echt, daß Anna die kleinen blutsaugenden Monster schon auf sich herumkrabbeln fühlte.

Marshal ließ sich im Autositz zurücksinken, die Füße über der Lenkstange, den Rücken an seinen Tagesrucksack gelehnt. Guy hatte ein ausgeprägtes Talent, überall ein bequemes Plätzchen zu finden – für einen Brandbekämpfer auf freier Wildbahn eine höchst erstrebenswerte Begabung. Na, sind eure Eier alle gelegt?« erkundigte er sich.

»Meine Eier verkümmern auf dieser Insel total«, erwiderte Dijon. »Allmählich finde ich sogar die Schildkröten verführerisch. Ich muß hier raus, ich gehe ein ohne Sex und Pizza. Der Sand und die Brandung und die Zecken bringen mich noch um meinen verfi ...« – wieder der Blick zu Anna – »... bringen mich komplett um den Verstand.«

Anna grinste in der Dunkelheit. So deplaziert Dijons Rücksichtnahme auch war, sie wußte sie zu schätzen und achtete in Smiths Gegenwart ebenfalls auf ihre Wortwahl.

Nun kamen auch Al Magnus, Rick Spencer, Mitch Hanson und Lynette Wagner vom Strand zurück. Scheinwerfer und Motorenlärm durchbrachen die nächtliche Stille. Anna schnallte sich auf der Sitzbank des Löschtrucks an. Hanson war in seinem Dienstwagen gekommen, Lynette fuhr mit Dijon und Rick in einem zweiten Truck, der ebenso klapprig war wie der, den Anna und mit Al teilte.

Magnus war ein kleiner, stämmiger Mann in den Dreißigern, verströmte aber die alterslose Reife eines hingebungsvollen Familienvaters. Während der Geländewagen und der Truck durch die Nacht brummten, kratzte Al seine Pfeife aus und klopfte sie gegen die Fahrzeugwand. Seine Kleider rochen nach Meer und kaltem Tabak, was die Fahrerkabine so heimelig wirken ließ wie ein rustikales Wohnzimmer.

»Schließlich will ich ja keinen Staub fressen«, erklärte er. Dann begann er die Pfeife frisch zu stopfen.

»Wer ist eigentlich dieser Mitch Hanson?« erkundigte sich Anna beiläufig. »Marty hat sich total aufgeregt, daß Mitch nicht nur die Frechheit besitzt zu existieren, sondern auch noch die Unverschämtheit, es in seiner Nähe zu tun.«

Al beendete den Stopfvorgang und vertiefte sich in das recht langwierige Ritual des Anzündens, ehe er antwortete. Die Sucht nach Pfeifentabak verlieh dem Raucher eine gänzlich unverdiente Aura tiefgründiger, bedächtiger Weisheit. Als die Pfeife richtig zog, erklärte Al: »Mitch ist kein übler Kerl. Er ist Bulldozerfahrer beim Wartungsteam und kümmert sich darum, daß die Straßen in passierbarem Zustand sind. Ein in die Jahre gekommener Partyboy. Doppelverdiener. Mehr oder weniger im Ruhestand, aber immer noch auf der Gehaltsliste. Vielleicht ärgert sich Marty deshalb so über ihn.«

Anna nickte, obwohl ihr Gesprächspartner das in der Dunkelheit natürlich nicht sehen konnte. Im Staatsdienst gab es immer wieder pensionierte Militärangehörige, die ihre volle Pension plus Gehalt kassierten. Diejenigen, die tatsächlich arbeiteten, machten ihre Kollegen neidisch. Aber den Trittbrettfahrern begegnete man allgemein mit Haß und Argwohn.

Anscheinend gehörte Hanson zur letzteren Kategorie.

Anna hatte gesehen, wie er die Straßen im Innern der Insel planierte. Genaugenommen hatte sie nur seinen Bulldozer gesehen. Hanson selbst war entweder nicht auffindbar, oder er hing im Schatten herum und tratschte mit den Einheimischen. Dem Aussehen nach war er etwa fünfzig. Sein Bauch bestätigte das Bild des alternden Partylöwen – dreißig Pfund Übergewicht polsterten Gesicht und Taille.

Inzwischen waren die anderen Fahrzeuge verschwunden, nur noch von ferne hörte man Motorengeräusch. Al drehte den Zündschlüssel und ließ den Truck an. Im Innern der Insel waren die Straßen schmal, die Fächerpalmen standen dicht an dicht. Zweige scharrten über die Seiten des Wagens, und Anna kurbelte trotz der Schwüle die Fenster hoch. Ohne Licht hatte sie keine Chance, den Kratzern und Peitschenhieben auszuweichen.

Die Straße war holprig und von tiefen Spurrillen durchzogen, dort, wo das Regenwasser aus dem Inselinneren zum Meer hin abfloß. Diese Hindernisse hatten auf Magnus jedoch keinerlei Effekt, und er brauste mit halsbrecherischen dreißig Meilen pro Stunde dahin. Im Licht der Scheinwerfer rollte sich der Weg vor ihnen aus, ein gewundenes weißes Band durch einen grünen Tunnel. Anna mußte an »Mr. Toad's Wild Ride« in Disneyland denken, zog ihren Sicherheitsgurt so eng wie möglich und stemmte beide Füße fest gegen das Armaturenbrett.

»Wie bist du mit Marty Schlessinger zurechtgekommen?« brüllte Al, um den Lärm des Trucks zu übertönen. »Hat er dich zum Essen eingeladen?«

»Nein. Ich hab ihn eingeladen mitzukommen, aber er war nicht in der Stimmung, die niederen Gefilde aufzusuchen.

»Schade. Jimmy hat mir eine Liste mit Fragen gegeben, die ich ihm stellen soll.« Jimmy war Als achtjähriger Sohn. Sie telefonierten fast jeden Abend miteinander. In dem kleinen Bürogebäude etwa eine Meile vom Wohnheim entfernt gab es ein Telefon, zu dem die Mitglieder des Feuertrupps Zutritt hatten, aber Anna und Al waren offenbar die einzigen, die jemanden zum Anrufen hatten. An den meisten Abenden warfen sie eine Münze, wer zuerst dran war.

Unter den Nomaden des Park Service gab es zwei verschiedene Grundtypen: Diejenigen, die jedes neue Abenteuer aus vollem Herzen begrüßten, mit denen schliefen, die gerade da waren, das aßen, was man ihnen vorsetzte, und alles tranken, was sich ihnen an Berauschendem bot. Auf der anderen Seite gab es die mit einer starken Bindung an zu Hause – einer Bindung, die in den meisten Fällen mit einer Telefonschnur aufrechterhalten wurde. Ein Faktor war das Alter – die Jungen waren liberal, weil sie noch nichts hatten, was sich zu konservieren lohnte – aber auch frischgebackene Singles und überzeugte Junggesellen gehörten in diese Kategorie.

Inzwischen übertönte das Gerappel von verrostetem Metall selbst Als Basso profundo, und Anna widmete sich einer ihrer Lieblingsbeschäftigungen – sie sah zu, wie die Welt vorüberzog. In grünen und schwarzen Mustern, alle Farben unnatürlich grell im Scheinwerferlicht, so flackerte der Dschungel vorbei, ein trockener Dschungel, ohne feste Verankerung im Boden. Es gab nur eine dünne, sandige Erdschicht; Cumberland wurde häufig Opfer von Hurrikanen, die alles platt fegten oder die Insel so überschwemmten, daß plötzlich ein Kanal sie in zwei Hälften teilte. Die Pflanzen wucherten aus dem rauhen Boden, bildeten undurchdringliche Dickichte und kämpften um Licht und Luft unter den ausladenden Eichen, die einem ganzen Jahrhundert von Stürmen getrotzt hätten.

Gelegentlich überraschte das Scheinwerferlicht eine der Nachtkreaturen. Zwei Babywaschbären klammerten sich auf halber Höhe an eine Palme, reglos wie gemalt. Al rauschte in einer Staubwolke an ihnen vorüber, ohne etwas zu merken, und Anna konnte nur hoffen, daß die Erschütterung die Kleinen nicht zu Boden riß. Eine Sau und drei Ferkel rannten schutzsuchend unter die Fächerpalmen. Drei Rehe grasten auf einer Wiese im Zentrum der Insel, wo eine von der Drogenfahndung gemietete Beechcraft am Ende eines als Startbahn dienenden Dreckstreifens vertäut war.

Nur wenige Wiesen auf der Insel wurden gepflegt. Diese hier war die größte. Fast noch mehr als am Tag spürte Anna die Erleichterung, das bedrückende Blätterdach hinter sich zu lassen und endlich wieder unter freiem Himmel zu sein.

Das Mondlicht verwandelte die Rehe in Schattenrisse, das trockene Gras in gemasertem Marmor. Anders als die wildlebenden Schweine wurden Rehe auf Cumberland nicht gejagt. Diese hier blickten zwar auf, als der Truck vorüberbrettete, ließen sich aber nicht bei ihrer Mahlzeit stören.

Am Rand der Wiese, hinter einer Hütte, die gut als Hexenhaus für Hänsel und Gretel gepaßt hätte, lag Stafford House, eine der baufälligen Villen. Andrew Carnegie hatte sie für seine Tochter gebaut; hier waren Kutschen vorgefahren, und bei Kerzenschein hatte man echte Südstaaten-Gastfreundschaft gepflegt. Jetzt kämpfte dieses schöne alte Haus wie eine verarmte Adlige nur noch ums Überleben.

Im Innern gab es hölzerne Treppen, Wandleuchter, Parkettfußböden, Kassettendecken, alles wunderschöne Arbeit, deren Restauration – falls man entsprechende Fachleute überhaupt noch finden konnte – ein Vermögen kosten würde. Doch alles war vom Zahn der Zeit und vom allgegenwärtigen Schimmel bedroht. Der Park Service strampelte sich ab, um genügend Geld für den Kampf gegen den Verfall zusammenzukratzen, und entwarf Pläne, wie man den Glanz vergangener Tage zurückgewinnen könnte. Aber momentan stand das

Haus leer und wirkte mit seinem eingesackten Dach und den bröckelnden Fundamenten regelrecht verletzlich.

Es war nicht der einzige wunderschöne Gigant der Insel. Anna war durch die meisten gewandert, eine angenehme Abwechslung zu der sonst vorherrschenden Monotonie.

Nostalgische Träume, Erinnerungen an nie gelebte Leben wohnten in den staubigen Hallen. Auf den Regalen standen noch Bücher, in den riesigen Kellergewölben vermoderten Möbel; Motten zerfraßen die Pelze, die in einem Kinderzimmer im Obergeschoß liegengeblieben waren. Überall gab es solche Relikte der Vergangenheit, und die einstmals wertvollen Dinge, von denen sich die Besitzer beim Weggehen achtlos getrennt hatten, strahlten eine seltsame Faszination aus.

Als sie das südliche Ende der Insel erreichten, gabelte sich die Straße in mehreren schlecht beschilderten Abzweigungen zu den verschiedenen NPS-Einrichtungen. Unbeirrbar wuselte sich Al zu der Straße durch, in der sie untergebracht waren. Rechts lagen mehrere Häuser und zwei Baracken, links befanden sich eine Autowerkstatt und eine Scheune. Weiter unten auf diese Miniatur-Hauptstraße scharten sich die Gebäude des Wartungsdiensts, alles Holzhäuser, vom Ozeanwind glattgeschleudert. Überall, wo es Metall gab – Türangeln, Nägel, Fensterriegel –, zeugten orange-braune Streifen von permanentem Rost.

Um elf Uhr abends war hier alles dunkel und verlassen, bis auf das Quartier des Feuertrupps. Durch die offene Tür fiel das Licht auf die Glasveranda. Hinter der allgegenwärtigen Reihe von Stiefeln, die auf Guys Anweisung draußen gelassen wurden, um die Wanderung der Dünen von draußen nach drinnen einzudämmen, sah Anna Leute, die auf metallenen Klappstühlen herumsaßen.

Lynette Wagner, Cumberlands GS-4 Dolmetscher-Rangerin, stand in der Tür, und das gelbe Licht ließ ihre schulterlange braune Dauerwelle rot schimmern. Ihr Lachen war wie ein Zwitschern über dem allgemeinen Stimmengemurmel. In ihrer Nähe waren zwei Schatten zu sehen – höchstwahrscheinlich Dijon und Rick, denn Lynette war immer von Männern umgeben. Sie war noch keine dreißig, alleinstehend, ziemlich attraktiv, aber es war mehr als körperliche Anziehungskraft: Irgendwie schaffte sie es, einerseits zu den Mädels und andererseits zu den Jungs zu gehören. Die Mischung aus Ausgelassenheit und Mütterlichkeit zog die Männer an wie der Honig die Fliegen. Alles, was das Herz begehrte, in einer Person – Mutter, Kumpel, Geliebte.

Soweit Anna es beurteilen konnte, steckte keine Berechnung dahinter – so war Lynette eben –, und sie fand Lynettes Anwesenheit ebenso angenehm wie die Männer, wenn auch vielleicht aus anderen Gründen.

Auf den Stühlen saßen der District Ranger und seine geradezu alarmierend hochschwangere Frau. Todd Belfore verbrachte viel Zeit mit dem Feuertrupp. Obwohl er erst seit fünf Monaten auf der Insel war, langweilte er sich bereits. Hauptsächlich beklagte er sich darüber, daß er sich um die Einhaltung der Gesetze kümmern mußte, wo er doch seine polizeilichen Befugnisse gar nicht voll zum Einsatz bringen durfte. Inzwischen war nämlich allgemein bekannt, daß die wohlhabenden Bewohner von Cumberland es nicht »gewohnt waren, wenn man sich in ihre Angelegenheiten einmischte«. Also blieben nur die Touristen, bei denen er seines Amtes walten konnte, aber die waren enttäuschend brav.

Seiner Frau Tabby war Anna bisher nur ein einziges Mal begegnet, und als Anna zum erstenmal diesen unglaublichen Bauch sah, beschloß sie gleich, sich die Anweisungen für eine Notfallentbindung noch einmal durchzusehen. Mrs. Belfore war eine zarte Frau, blaß und blond und sehr anhänglich. Fast ständig klammerte sie sich irgendwie an ihren Ehemann; zur Not genügte ein Ärmel oder ein Hemdzipfel, doch heute abend schien sie ganz besonders viel Zuwendung zu brauchen: Sie hielt seinen rechten Unterarm im Würgegriff, und seine Hand lag schlaff auf ihrem Schoß, die Handfläche nach oben, wie eine tote weiße Spinne. Unter den gegebenen Umständen könnte man Tabby ihre Unselbständigkeit nicht zum Vorwurf machen, fand Anna, aber sie konnte mit der jungen Frau auch nicht sonderlich viel anfangen.

Lynette sagte etwas, was Anna nicht verstand, und Rick lachte zu laut und zu lange.

»Party, Party«, bemerkte Al mit neutraler Stimme. Anna konnte nicht beurteilen, ob er es sarkastisch meinte oder ob er einfach nur eine Tatsache feststellte. Sie fahndete in ihrer Hosentasche nach einer Münze. »Kopf oder Zahl?«

»Heute kannst du frei über das Telefon verfügen, Ms. Pigeon«, erwiderte er. »Jimmy ist wahrscheinlich längst im Bett, und wenn nicht, ist es jedenfalls zu spät, um noch zu telefonieren.«

Anna stieg vom Löschtruck in Guys Geländewagen um. Der Truppführer hatte das Fahrzeug für sich beansprucht und als Begründung viel von Bequemlichkeit und Flexibilität gefaselt, aber damit führte er keinen an der Nase herum. Er benutzte den Wagen, weil es ihm Spaß machte – und weil er das Recht dazu hatte. Aber niemand nahm es ihm übel.

Im Geländewagen pfiff Anna der Nachtwind um die Ohren und trocknete ihre verschwitzten Haare. Nicht einmal das Motorengeräusch tat dem Genuß Abbruch. Auf der kurzen Strecke begegnete Anna vier Gürteltieren, die am Straßenrand herumwühlten. Sie mochte die komischen kleinen Biester. Seit sie auf der Insel war, verbrachte sie ziemlich viel Zeit damit, ihnen nachzustellen. Die Tiere waren kurzsichtig und nicht besonders klug.

Rick, der vom Natchez Trail Parkway kam und behauptete, ein Gürteltierspezialist zu sein, hatte ihr erklärt, wenn sie sich an eines heranschleichen und es berühren könnte, würde es vor Schreck mindestens einen halben Meter in die Höhe springen. Anna wußte nicht recht, ob er sie auf den Arm nahm. Aber das war ihr eigentlich auch egal, denn jetzt hatte sie wenigstens etwas zu tun.

Das Büro mit dem Telefon lag am Wasser, dort, wo die Fähre vom Festland anlegte. Direkt südlich davon gab es ein kleines Museum und eine überdachte Brücke, die zur Bootsanlcgestelle führte. Wie ein Stern strahlte ein Licht auf dem Wasser: das Hausboot, in dem Mitch Hanson mit seiner Frau lebte. Um das Gelände vor Feuer und umstürzenden Bäumen zu schützen, waren die Bäume gerodet worden, und auf dieser von Menschenhand geschaffenen Wiese grasten nun kleine Inselrehe.

Anna bog auf den ungeteerten Parkplatz ein, stellte den Motor ab und lauschte eine Weile der Stille, ehe sie ausstieg und zur Tür ging.

Drinnen nahm sie einen Schokoriegel vom Regal in der kleinen Kochecke und hinterließ fünfzig Cents in einer zu diesem Zweck bereitgestellten Kaffeetasse. Froh, endlich einmal allein zu sein, nahm sie auf dem Sessel des Chief Rangers Platz und legte die Füße auf den Schreibtisch, um die süße Schweinerei und das Telefongespräch noch besser genießen zu können.

Kapitel 3

Beim zweiten Klingeln nahm Molly ab. Als sie das schroffe »Hallo« ihrer Schwester hörte, spürte Anna, wie sich ihre Muskeln entspannten, von denen sie gar nicht gewußt hatte, daß sie angespannt gewesen waren.

»Störe ich dich?« fragte sie.

»Nein, Letterman ist ein Reinfall heute abend.« Am Ende von Mollys Satz hörte man, wie sie sich streckte, und Anna vermutete, daß sie nach dem Aschenbecher griff. Irgendwann hatte Molly ihr erklärt, Nikotingenuß und Telefonieren seien untrennbar miteinander verbunden, und jetzt fragte sich Anna, ob ihre Anrufe ihre Schwester nicht um kostbare Jahre ihres Lebens brachten.

»Warum tust du das?« fragte sie irritiert.

»Weil es politisch inkorrekt, giftig und potentiell tödlich ist«, antwortete Molly unbeirrt. »Bist du immer noch im Nirgendwo?«

»Ja, drei Wochen sind wesentlich länger als normal, wenn man Feuerstiefel trägt.«

Molly kicherte. »Eineinhalbmal so lange?«

»Das ist eine Menge Kohle«, sagte Anna. »Deckt meine Telefonkosten.«

»Weißt du, ich würde dich ja anrufen, wenn du dich jemals an einem realen Ort aufhalten würdest. Und jetzt ist es schon das zweite Mal hintereinander. Womit habe ich das verdient? Ich dachte, Frederick ist dran.«

»Ich spiele die Spröde.«

»Aha.«

»Ich wollte reden«, sagte Anna ernst. »Und nicht nett sein müssen.«

»Oder witzig oder charmant«, fügte Molly hinzu. Sie meinte das nicht sarkastisch; sie wußte, was für eine Last es war, wenn man über einen längeren Zeitraum hinweg nett sein mußte.

Das ganze letzte Jahr über hatte Anna mit Frederick Stanton, einem FBI-Agenten, mit dem sie ein paar Mordfälle bearbeitet hatte, eine Liebesbeziehung auf Distanz gepflegt. Bei der dritten Leiche hatten sie sich ineinander verliebt.

Es hatte eine berauschende Nacht gegeben, gefolgt von einem verlegenen Frühstück und einem atemlosen Abschied. Anschließend Briefe – Briefe und Telefongespräche, elf Monate lang. Bald würde sie diesen behaglichen Schwebezustand verlassen und sich auf einer anderen Ebene mit Frederick auseinandersetzen müssen, mehr in Fleisch und Blut sozusagen: Schuhe unter dem Bett, Urlaub zu zweit, gemeinsame Freunde.

Er hatte angefangen über die Zukunft zu sprechen und drängte sie, nach Chicago zu kommen.

Anna war nicht sicher, ob ihr das gefiel. Gespräche über die Zukunft gipfelten immer in der Frage, wieviel sie im Hier und Jetzt aufzugeben bereit war.

Als sie Zach geheiratet hatte – in einer Vergangenheit, die ihr so weit weg vorkam wie König Arthurs Tafelrunde oder die Eiszeit –, war das Leben einfach gewesen. Sie hatte nichts. Zach hatte nichts. Kein Heim, keine Haustiere, keinen Beruf. Da war es leicht, sich aufeinander einzulassen. Sie schmissen ihre Taschenbücher zusammen, kauften sich eine einigermaßen gute Matratze, liehen sich Geld, um die Kaution bezahlen zu können, und stürzten sich in ihre Zukunft mit dem Weitblick eines Eichelhähers, der eine Eichel pflanzt.

Sieben Jahre lang klappte alles, und dann war Zach ums Leben gekommen. Nach vorn zu blicken wurde unerträglich einsam, deshalb begann Anna von einem Tag auf den nächsten zu leben. Inzwischen war ihr das zur Gewohnheit geworden.

Sie trug Zachs Asche von Park zu Park und schwor

sich immer wieder, sie eines Tages mitsamt den Träumen, die sie als Zwanzigjährige gehabt hatte, in den Wind zu streuen. Aber irgendwann kam nie der richtige Zeitpunkt dafür: Bevor sie Mesa Verde verließ, um nach Cumberland zu gehen, hatte sie die Urne immerhin aus der Schublade mit der Unterwäsche geholt und den Deckel aufgemacht. Aber dann hatte es wieder nur bis zum Couchtisch gereicht.

Jetzt gab es Frederick und mit ihm Gepäck, ihres und seines: Jobs, Geographie, seine Kinder, Annas Kater, Fredericks Vogel, Häuser. Nach langen Jahren zwischen Mäusekötteln und tropfenden Wasserhähnen – was in den Unterbringungen beim National Park Service gang und gäbe war – hatte Anna endlich das große Los gezogen: ein Steinhaus mit einem winzigen Turmschlafzimmer, von dem aus man die grünen Mesas von Süd-Colorado überblickte. Im Lauf des letzen Jahres hatte sie ein seltsames Prickeln in den Fußsohlen gespürt und sich gedacht, daß sie vielleicht tatsächlich ganz zaghaft anfing, Wurzeln zu schlagen.

Kein guter Zeitpunkt, um ausgerechnet jetzt mit einem Riesenaufwand die gewohnte Schutzhülle abzustreifen.

»Wenn ich es recht bedenke«, sagte Anna und meinte damit Frederick, Männer und das Eheleben im allgemeinen, »möchte ich nicht mal darüber reden.« Statt dessen erzählte sie Molly von den Schildkröten und von Marty Schlessinger. Nach zehn Minuten fiel ihr auf, daß sie einen Monolog hielt, und sie schwieg, ließ die Leitung abkühlen und wartete, ob Molly etwas auf dem Herzen hatte.

Doch durch die Leitung kam lediglich das Geräusch, mit dem der Rauch einer Camel direkt in absterbende Lungen gesogen wurde. Seit über zwanzig Jahren arbeitete Molly nun als Psychotherapeutin. Zuzuhören war ihr ebenso zur Gewohnheit geworden wie ihre eigenen Angelegenheiten für sich zu behalten. Am Anfang hatte vermutlich die Erkenntnis gestanden, daß Worte, so sorgfältig man sie auch wählen mochte, sehr leicht Schwächen preisgeben konnten. »Und was hast du denn so getrieben?« fragte Anna. Vielleicht konnte sie ihrer Schwester auf diese Art etwas entlocken.

Eine weitere Sekunde verstrich, noch eine, und jetzt fuhr Anna ihre automatischen Antennen aus. Manchmal bedeutete Schweigen nichts, aber verschärftes Schweigen war immer ein Hinweis. Therapeutin war nicht der einzige Beruf, in dem man lernte, die Ohren zu spitzen und auf Schwachstellen zu lauern.

»Also, was ist?« wiederholte sie ihre Frage.

»Schon wieder eine Morddrohung.« Molly lachte. Ziemlich klar ließen sich Ärger, Nervosität, Abwehr und vielleicht auch ein kleines bißchen Angst herausfiltern.

Einen Moment lang war Anna sprachlos, während die Bedeutung des Gesagten langsam in ihr Bewußtsein sickerte. »Schon wieder?« fragte sie schließlich und war zufrieden, daß ihre Stimme keinerlei menschliche Wärme ausstrahlte. Molly hatte nämlich einen mindestens so sensiblen Wärmesensor wie die Zecken von Cumberland Island. In Sekundenschnelle bohrte sie sich hinein und lenkte vom Thema ab.

»Es war erst die zweite«, verteidigte sich Molly. Sie versuchte es mit einem Achselzucken, das Anna so deutlich vor sich sah, als stünde Molly auf der anderen Seite des Schreibtischs. Da bald Schlafenszeit war, trug ihre Schwester sicher einen Trainingsanzug – einen von der ganz edlen Sorte, mit Stickereien, keinesfalls dafür gedacht, daß man tatsächlich darin schwitzte – wahrscheinlich in Lavendel, Knallrot oder Pink. Ihre Füße, die für eine kleine Frau ziemlich groß waren, steckten in kuscheligen weißen Pantoffeln mit Tigerstreifen. Die Mascara war zu einem Schmierfleck unter den Augen verlaufen, und die kurzen, dichten Haare mit den grauen Strähnen standen in wilden Locken vom Kopf ab, weil sie sich dauernd mit den Fingern durchfuhr.

Molly sah sich selbst als Klaviersaite: stark, scharf, widerstandsfähig. Wenn sie mit Diorkostüm und hochhackigen Schuhen in ihrer mit Diplomen und Auszeichnungen tapezierten Praxis saß, war diese Beschreibung wahrscheinlich von der Realität nicht allzu weit entfernt. Aber im weichen rosaroten Schlafanzug und mit Tigerpfoten an den Füßen sah sie klein und verletzlich aus. Ohne Klamotten wog sie kaum einen Zentner.

Anna schloß die Augen und wünschte sich ein Glas Mondavi Rotwein, Raumtemperatur, ein großes Glas mit einem kräftigen Stiel, randvoll, wie es in höflicher Gesellschaft nicht möglich war. Widerstrebend verabschiedete sie sich von diesem Bild. »Du solltest mir lieber die ganze Geschichte erzählen«, sagte sie. »Wenn du was ausläßt, krieg ich bloß Alpträume.«

»Was ist mit Al?« Molly war an Annas Telefonprobleme gewöhnt.

»Der hat beim Münzenwerfen verloren. Du kannst anfangen.«

Eine gespannte Pause trat ein, wie bei einem Turmspringer, der sich auf seinen bevorstehenden Sprung konzentriert.

»Ein bißchen dramatisiere ich die Sache bestimmt. Ob du es glaubst oder nicht – Morddrohungen gibt es ziemlich häufig, makroskopisch gesehen. Wir kriegen unseren Teil davon ab: Ehemänner, deren Frauen sich nach der Therapie von ihnen scheiden lassen, Patienten, die ein Heidengeld in ihre Behandlung stecken und hinterher immer noch verrückt sind. Meistens sind die Drohungen wie obszöne Anrufe – der Kick liegt in den Worten und in dem Schock, der durch sie ausgelöst wird. Da ist keine Fortsetzung nötig.« Anna hörte, wie Molly lange und langsam inhalierte, und stellte sich vor, wie der Rauch sich zwischen den Fingern ihrer Schwester emporkräuselte, während sie sich die Locken aus der Stirn strich, ohne die Zigarette wegzulegen.

Zum erstenmal beneidete sie Molly um ihre Sucht. Wenigstens hatte sie ihre Drogen noch! So dreckig und ungesund es auch sein mochte – niemand wachte mit dem Gesicht nach unten auf einem Autositz auf, weil er zu viele Zigaretten geraucht hatte.

»Was ist an der jetzigen Drohung anders?« erkundigte sich Anna.

»Zum einen kam sie von einer Frau. Das ist selten. Sehr selten. Daß eine Frau schreit: ›Ich bring dich um!‹ oder so, das passiert schon mal, aber eine ernsthafte telefonische Morddrohung ist wirklich total ungewöhnlich. Zweitens klang es nicht, als hätte sie versucht, ihre Stimme zu verstellen. Sie hörte sich sehr bestimmt an, gefaßt und absolut klar.«

»Was hat sie gesagt?«

»Warte mal.« Es klickte mehrmals, dann hörte Anna eine leise Stimme, die so emotionsgeladen war, daß sie beinahe vibrierte: »Sie verdienen den Tod. Nicht nur Leute wie Sie, sondern Sie ganz persönlich. Ich werde Ihnen mit Freuden die letzte Ehre erweisen. Momentan bin ich ziemlich ausgebucht, aber sobald sich eine Möglichkeit ergibt, werde ich Sie vormerken.«

»Hast du alles gehört?« Jetzt war es wieder Molly.

»Du hast die Drohung aufgenommen?« Anna war beeindruckt. Ihre Schwester war manchmal echt abgebrüht.

»Nein. Sie hat es auf den Anrufbeantworter gesprochen.«

Anna mußte lachen. »Ein Wunder daß sie es nicht gefaxt hat! Himmel! Die perfekte Geschäftsfrau. ›Ich werde Sie vormerken‹?«

Molly stimmte in ihr Lachen ein, und als das Gelächter verstummte, hatten sie beide Angst.

»Wirklich sehr sonderbar«, sagte Anna. »Meinst du, es ist ein geschmackloser Scherz?«

Molly schüttelte den Kopf, was Anna am mal leiseren,

mal lauteren Geräusch rauchigen Atems merkte. »Ich habe es mir unzählige Male angehört und kann mir einfach keinen Reim darauf machen. Meinst du, ich sollte die Polizei einschalten?«

Molly fragte nie um Rat. In Annas Herzen kämpften zwei Gefühle miteinander: Sie war gleichzeitig geschmeichelt und beunruhigt. »Ja, unbedingt. Wenn sich herausstellt, daß es nichts war, um so besser.«

»Glaubst du, die würden mich ernst nehmen?«

»Du bist wohlhabend, du bist weiß, an die Fünfzig und hast Beziehungen.«

»Na klar.« Wieder lachte Molly. Anna liebte dieses Hexenkichern. Ein Glucksen, wie es Dorothy gehört hatte, ehe im Land Oz die Hölle losbrach. »Einen Moment war ich wieder zehn Jahre alt, rothaarig, sommersprossig und hatte Angst, jemandem auf die Nerven zu gehen. Aber jetzt bin ich erwachsen, weiß Gott!« meinte Molly.

»Bewahr das Band gut auf«, schärfte Anna ihr ein.

»Ist bereits erledigt. Zwei Kopien. Eine an einem sicheren Ort.

»Wie war die erste Drohung?«

»Sie ist mit der Post gekommen, auf teurem Briefpapier, wie es vor ein paar Jahren für schicke Einladungen zum Earth Day so in Mode war. Eine Art Broccoli-Wald zum Reinmarschieren. Moment noch mal.«

Kurz darauf klapperte das Telefon zurück an Mollys Ohr. »Bist du noch da?«

»Ja.«

»Okay – und damit dein kleiner Cop-Kopf auch beruhigt sein kann, möchte ich dir mitteilen, daß ich den Brief mit einer sterilen Pinzette festhalte, während ich ihn dir vorlese.

Er ist sehr förmlich, genau wie der Anruf. ›Dr. Pigeon, offenbar nimmt der Schaden, den Sie anrichten, kein Ende. Dummheit? Habgier? Oder schlicht und altmodisch Bosheit? Sie müssen sterben, und ich werde dafür sorge. Bitte nehmen Sie dies zur Kenntnis. Ich möchte, daß Sie sich so unwohl fühlen wie nur menschenmöglich, falls Sie überhaupt ein Mensch sind.‹«

Um ihrer Schwester nicht mit ihrem Schokoriegel ins Ohr zu schmatzen, hielt Anna den Telefonhörer ein Stück vom Mund weg und ließ die Worte auf sich wirken. Der Brief war seltsam leidenschaftslos, kalter Haß, der stets im Kopf behalten wurde, bis sich eine verdrehte, aber in sich zwingende Logik daraus entwickelte.

»Vermutlich bist du deine Patientenliste schon durchgegangen, ob dir jemand irgendetwas derartig nachtragen könnte?«

»Nicht nur einmal. Im Gegensatz zur fiebrigen Fantasie Hollywoods erscheinen im Leben eines Psychotherapeuten nicht allzu viele Serienmörder. Mörder sind überhaupt eine Seltenheit. Mörder, die Hilfe suchen, gibt es praktisch nicht. Außer bei meiner Arbeit im Gefängnis – und da betreue ich hauptsächlich ehemalige Drogenabhängige und Depressive – besteht mein Klientenkreis aus reichen Neurotikern. Im Krankenhaus und im Gefängnis bringe ich es vielleicht auf fünfzehn Psychotiker, die ich regelmäßig besuche. Vier Männer und eine obdachlose Frau, die ich betreue, sind nicht in Gewahrsam. Aber diese Frau kriegt kaum einen vollständigen Satz zusammen und ernährt sich aus Mülleimern. Kaum der Typ für schickes Briefpapier.«

»Aber die Leute, die hinter Schloß und Riegel sitzen, könnten dich anrufen oder dir einen Brief schicken, stimmt's?« fragte Anna.

»Vermutlich. Ich kann es mir zwar nicht recht vorstellen, aber ich werde mal drüber nachdenken. Es wäre möglich. Diese Leute sind verrückt, nicht dumm.«

Das Geräusch gedämpfter Stimmen drang an Annas Ohr und lenkte sie ab. »Sekunde mal«, sagte sie und drückte den Hörer gegen die Brust, um besser horchen zu können. Genau wie in den Wohnquartieren blieben auch im Bürogebäude Fenster und Türen ordentlich verschlossen, weil es überall Klimaanlagen gab. Obwohl sie dankbar war, gelegentlich der Georgia-Hitze zu entkommen, haßte Anna es, vom Sommer abgeschnitten zu sein: von den Nachtgeräuschen, den Fröschen und Grillen. Sich im Winter irgendwo einzukuscheln, war etwas ganz anderes. Der Winter sang keine Lieder für sie, aber der Sommer um so mehr.

Einen Augenblick war Molly vergessen, und Anna legte den Hörer auf den Schreibtisch und öffnete das Fenster. Jetzt wurden die Stimmen klarer: verzweifelt, weinerlich. »Verflucht«, murmelte sie vor sich hin.

»Molly?«

»Ja, ich bin ganz Ohr.«

»Draußen gibt es irgendwelchen Ärger. Ich könnte so tun, als geht es mich nichts an – ist ja nicht mein Park und so – aber es klingt, als weint da eine Frau. Wahrscheinlich nichts Ernstes, aber man kann ja nie wissen.«

»Na, dann schau mal lieber nach dem Rechten.« Molly klang irgendwie erleichtert. Erleichtert, weil sie nicht mehr im Scheinwerferlicht stand. Die Drohungen brachten sie eindeutig aus der Fassung. Das machte ihr mehr zu schaffen, als die Angst vor körperlicher Gewalt.

Gott behüte, daß die große Psychotherapeutin einen kleinen Aspekt ihres Lebens nicht im Griff hat! Anna grinste. »Ich ruf dich zurück«, versprach sie.

»Aber heute abend nicht mehr.«

»Dann eben morgen.«

»Gleiche Zeit, gleicher Ort.« Dann ein Klicken, und die Leitung war tot. »Auf Wiedersehen«, kam in Mollys Wortschatz nicht vor, aber Anna war nicht gekränkt. Schließlich hatte sie ihr Leben lang Gelegenheit gehabt, sich daran zu gewöhnen. An ihrem ersten Schultag hatte Molly sie in Mrs. Whites Klasse begleitet. Vor der Tür hatte sie Anna die Papiertüte mit dem Lunch, den ihre Mutter vorbereitet hatte, in die Hand gedrückt und sie auf die niedrige Bank unter den Kleiderhaken gesetzt. Anna war damals sechs, Molly vierzehn gewesen.

»Paß gut auf«, hatte Molly zu ihr gesagt, »ich lege Wert auf Einzelheiten.« Damit wandte sie sich um und ging davon, ohne sich auch nur einmal umzusehen. Aber Anna hatte sich nicht im Stich gelassen gefühlt, damals so wenig wie heute. Sie wußte, was auch geschehen mochte, Molly interessierte sich für die Einzelheiten.

Kapitel 4

Sich die letzten Klebereste des Schokoriegels von den Plomben saugend, trat Anna hinaus auf die kleine Veranda vor der Hintertür des Büros. Das Weinen schwoll an und wurde wieder leiser, wie die Wellen am Strand, doch insgesamt mit steigender Frequenz.

Da Anna die Dunkelheit mochte, hatte sie beim Telefonieren kein Licht gemacht; und so waren ihre Augen an die Nacht gewöhnt; sanft schimmerte das Mondlicht über dem Land. Auf der Wiese hatten die Rehe aufgehört zu grasen und spitzten – mehr neugierig als beunruhigt – die Ohren, ein Pickup brummte im Leerlauf, und seine Scheinwerfer warfen gelbweißes Licht über die Furchen im Straßenstaub.

Neben dem Truck standen zwei Gestalten, eine davon so nahe an der vorderen Stoßstange, daß ihr Kleid im Scheinwerferlicht rot strahlte – der einzige Farbfleck in der Nacht. Die andere Gestalt war der Stimme nach ein Mann; offenbar versuchte er, die Frau zu packen.

Etwa fünf Meter trennten Anna von dem Paar. Leise, sich stets auf dem grasigen, leicht erhöhten Mittelstreifen zwischen den Reifenspuren haltend, ging Anna auf sie zu. Es kam ihr nicht in den Sinn, ins Büro zurückzulaufen und Verstärkung anzufordern oder gar die Polizei-Ranger von Cumberland zu alarmieren. Familienzwist war im Park so alltäglich wie Strafzettel wegen Falschparkens, wenn auch wesentlich explosiver. Während Anna sich den beiden näherte, ging ihr allerdings durch den Kopf, daß sie gefährlich leichtsinnig geworden war und lieber ein vernünftiges Maß an Angst kultivieren sollte.

»Du verläßt mich!« schluchzte die Frau und taumelte

wieder ins Scheinwerferlicht. Jetzt sah Anna den dicken Bauch und erkannte Tabby Belfore, die Frau des District Rangers.

Der Mann machte einen Schritt nach vorn und packte die Frau an den Schultern.

»Hey, Todd!« rief Anna. Falls Gewalt in der Luft lag, wollte sie rechtzeitig eingreifen. »Brauchen Sie Hilfe?«

Inzwischen war sie nah genug, um die Gesichter der beiden erkennen zu können. Ärger gemischt mit Verlegenheit. Tabby tupfte sich mit den Fingern an den Armen herum – offenbar machte sie sich Sorgen um ihr Make-up. Anzeichen echter Dramatik waren nicht auszumachen, lediglich die übliche Begleitmusik eines Ehekrachs.

Dennoch inspizierte Anna Tabby aus beruflicher Gewohnheit und natürlichem Mißtrauen möglichst unauffällig nach Spuren etwaiger körperlicher Übergriffe. »Haben Sie Probleme mit dem Wagen?« fragte sie ganz locker.

Todd Belfore war ein kleiner, schmaler Mann, nur gut einssechzig groß und sicher keine siebzig Kilo schwer, aber muskulös und sehr selbstsicher. »Nein. Wir haben uns bloß gestritten«, erklärte er mit entwaffneter Offenheit.

»Tabby ist klüger als ich. Ich mußte anhalten und mich konzentrieren, wenn ich überhaupt eine Chance gegen sie haben wollte.«

Tabby lachte. Es klang nicht forciert, deshalb stimmte Anna mit ein. Danach gab es nicht mehr viel zu sagen, und die Belfores standen ziemlich verlegen da und waren hauptsächlich damit beschäftigt, Annas Blick auszuweichen.

»Dann fahren wir mal lieber nach Hause«, meinte Tabby schließlich.

Todd kletterte so schnell in der Truck zurück, daß er sich den Kopf am Türrahmen stieß. »Nichts passiert. Hart wie Stein.« Wieder lachte er, allerdings diesmal solo.

»Wir machen uns auf den Weg.« Tabby kletterte auf den Beifahrersitz, ohne Anzeichen von Angst oder Nervosität. Einigermaßen beruhigt sah Anna ihnen nach, bis der Eichenwald sie verschluckt hatte.

Der Bezirksranger und seine Frau wohnten im Obergeschoß einer Villa namens Plum Orchard. Früher konnte man das Gebäude besichtigen, aber dann waren die Geldquellen versiegt, und jetzt war es für die Öffentlichkeit nicht mehr zugänglich. Wahrscheinlich fühlte Tabby sich isoliert. Zwar kannte Anna sie erst seit kurzem, aber Tabby kam ihr nicht vor wie eine Frau mit inneren Ressourcen.

Als sie zu dem Geländewagen zurückschlenderte, fiel ihr ein alter Film mit Doris Day ein: *Mitternachtsspitzen*. Darin spielte Doris Day eine verheiratete reiche Erbin, ging einkaufen, sah gut aus, mixte Martinis, die bereitstanden, wenn Rex Harrison nach einem anstrengenden Tag im Büro heimkam. Und sie war absolut bezaubernd hilflos, in einer Zeit, als Hilflosigkeit bei erwachsenen Frauen allgemein akzeptiert und sogar bewundert wurde – zumindest als Fiktion.

Mrs. Belfore besaß etwas von Doris Days blonder Verletzlichkeit, sie weckte bei vielen ihrer Mitmenschen den Beschützerinstinkt. Selbst für Anna entbehrte *Mitternachtsspitzen* nicht einer gewissen Anziehungskraft: Es wäre doch herrlich, einfach hilflos zu sein und sich nicht mehr darum kümmern zu müssen, welche Kämpfe um einen herum stattfanden.

Während sie den Wagen anließ, erlaubte sie sich einen kurzen Fantasieausflug: Wie es wäre, sich gehen zu lassen, einfach alles abzugeben, die Zügel anderen in die Hand zu drücken – vollkommenes Vertrauen und demzufolge vollkommene Abhängigkeit. Verlockend – aber höchstens vorübergehend. Denn der Sieger erhielt die Beute. Und es konnte auf Dauer nicht gesund sein, sich mit der Beute zusammenzutun.

In der klimananlagengekühlten Luft ihres Schlafzimmers räkelte sich Anna nackt auf ihrem gelben Feuerwerkschlafsack. Ein Zimmer und ein Bett für sich allein, das war ein seltener Luxus bei einem Feuerjob. »Gott segne den Sexismus«, sagte sie zu den Geistern, die irgendwo jenseits der schiefen Zimmerdecke schwebten. Als Truppführer hatte Guy ein Zimmer für sich beansprucht und Anna, weil sie die einzige Frau war, ein weiteres zugeteilt. Die restlichen Truppmitglieder benutzen gemeinsam das dritte. Wie in jeder Gruppe, seit die Cro-Magnons mit vereinten Kräften das erste Grasfeuer ausstampften, gab es auch unter den Brandbekämpfern einen Mann, der etwa mit der gleichen Phonzahl schnarchte wie eine stumpfe Kettensäge, die durch Hartholz schneidet. Rick belegte diesen Ehrenposten.

Durch zwei geschlossene Türen hörte es sich nur noch wie ein gemütliches Brummen an. Mit etwas Fantasie konnte man es als Schnurren interpretieren, und Anna stellte sich gern vor, neben ihr läge Piedmont, ihr rotgetigerter Kater. Katzen eigneten sich wundervoll als Schlafmittel.

Sie verschränkte die Hände hinter dem Kopf und streckte sich, bis ihre Knöchel knackten. Sie hatte eine Menge nachzudenken. Außerdem war sie zu faul, um einzuschlafen, denn das hätte bedeutet, daß sie aufstehen und über gut zwei Meter Holzfußboden huschen mußte, um das Licht auszumachen.

Wie ernst waren die Morddrohungen an ihre Schwester? Daß Molly sie überhaupt erwähnt, deutete darauf hin, daß sie sich Sorgen machte. Es war schon ein paarmal vorgekommen, daß jemand Anna Böses gewollt hatte. Seltsamerweise hatte sie zuerst immer gekränkt darauf reagiert, ehe Angst und Empörung einsetzten – ein kindisches Gefühl – »Wie kann jemand mich nicht mögen?« Genau dieses Gefühl hatte Anna heute bei Molly gespürt. Für eine Therapeutin mußte das noch schlimmer sein.

Bei Polizeieinsätzen, in Notfällen, bei der Brandbekämpfung – den Dingen, mit denen ein Ranger sich befassen mußte – verbrachte man eine Menge Zeit mit Herumsitzen und Warten. Wenn sich Langeweile einstellte, war es unvermeidlich, daß man sich irgendwie wünschte, es würde etwas passieren – und sei es etwas Schreckliches. Ohne böse Absicht, einfach nur, weil man etwas Interessantes zu tun haben wollte. Als Psychotherapeutin verschrieb man sein Leben der Heilung von Wunden, die durch solche schrecklichen Ereignisse entstanden waren. Es tat garantiert weh, wenn man zum Objekt tödlichen Hasses wurde, selbst wenn man mit dem vielsilbigen Fachausdruck für das entsprechende Krankheitsbild vertraut war.

Molly würde die Kränkung überwinden – wahrscheinlich schon bis morgen früh. Trotz ihres Berufs war Annas Schwester bemerkenswert normal. Die Drohungen waren der greifbare Aspekt eines größeren Übels, das von Haß und Wahnsinn geprägt war. Wie real die Gefahr war, konnte Anna nicht einschätzen. Der Brief und die Nachricht auf dem Anrufbeantworter waren so banal. Sie hatten einen hohlen, fast bürokratischen Klang. So unpersönlich, daß es grausam war. Anna erinnerte sich an ihren Lehrer in der fünften Klasse, Mr. White, der ihr erklärt hatte, Haß sei nicht das schlimmste Gefühl, das ein Mensch haben konnte. Wenn man haßte, war einem wenigstens noch etwas wichtig. Aber Gleichgültigkeit machte einen Menschen unmenschlich.

Anna stellte sich vor, wie die Verfasserin der Drohungen in ihren Terminkalender zwischen »Treffen mit Kundenvertreter« und »Kosmetikerin« schrieb: »Dr. Pigeon umbringen«.

Morgen abend würde sie beim Telefonieren Al Magnus' Geduld auf die Probe stellen. Sie würde sowohl Molly als auch Frederick anrufen. Bestimmt hatte man ein paar Privilegien verdient, wenn man mit einem FBI-Agenten ins Bett ging.

Wie jeder Tag seit Annas Ankunft auf der Insel dämmerte auch der Donnerstag heiß und feucht herauf, nachdem nachts die Temperaturen kaum unter fünfundzwanzig Grad zurückgegangen waren. Im Landesinneren wurde die Hitze noch intensiver durch den Lärm der Zikaden und das Dröhnen des von der Drogenbehörde angeheuerten Flugzeugs, das immer wieder über die Insel hinwegdonnerte. Um neun Uhr vormittags war das Thermometer bereits auf vierunddreißig Grad geklettert.

An der Küste machte die Brise die Hitze erträglich. Anna und Rick patrouillierten über den Strand. Al und Dijon waren dazu verdammt, im stickigen Inselinneren umherzuziehen, bis nachmittags getauscht wurde.

Der Küstendienst gefiel Anna, wegen der Luft und wegen der ständig wechselnden Muster von Wasser, Muscheln und Sand. Von Wolken an den Himmel gezauberten Mosaiken fehlten heute, denn Cumberland lag momentan unter einer glühenden Glocke sengenden Blaus.

In Abständen saßen einsame Angler am Strand, den Klappstuhl an der Stelle aufgepflanzt, wo die letzten Ausläufer der Wellen ihnen gerade noch die Zehen leckten, Kühlbehälter und Angelrute in Bereitschaft. Ein paar Meter von ihnen entfernt waren die Fischkörbe aufgestellt, ein Insel-Phänomen, das seit vielen Jahren existierte. Der Legende nach schlich sich Maggie-Mary, die Alligatordame, aus den Dünen im Binnenland heran, trotz ihres riesigen schuppigen Körpers leise wie ein Gespenst, um die Fischer ihrer Beute zu berauben. Damit das Biest nicht nebenbei auch noch ein Bein oder eine Hand abbiß, stellte man die Körbe in sicherer Entfernung auf.

Rick mochte die Strandpatrouille hauptsächlich wegen der nackten Sonnenanbeterinnen. Anna konnte nur immer wieder darüber staunen, daß Nacktheit in Amerika einen solchen Stellenwert besaß. In den Nationalparks überall im Land wurden Leute, die nackt in der Sonne lagen, nackt schwimmen gingen oder oben ohne wanderten, verwarnt, vorgeladen und gelegentlich unter Zuhilfenahme irgendeines passenden Paragraphen sogar festgenommen: Die Argumentation reichte von Erregung öffentlichen Ärgernisses bis zu ordnungswidrigem Verhalten.

Für Anna war dieses »Verbrechen« höchstens eine Störung einer Amtsfunktion. Jedenfalls lenkte es Rick und Dijon von der Ausübung ihrer Pflichten ab. Was Dijon anging – ihm konnte sie verzeihen – vielleicht weil sie ihn mochte, aber vor allem, weil er zweiundzwanzig war. Hunde bellen, Katzen wetzen ihre Krallen, junge Männer glotzen und hecheln. Bei Rick – Mitte Dreißig, verheiratet, Baptist und Reaktionär, aus Massachussetts nach Südmississippi verpflanzt – brachte Anna weniger Toleranz auf. Einerseits glotzte er, andererseits verurteilte er, und es war schwer zu sagen, welche Aktivität ihm eine größere Befriedigung verschaffte.

Heute saß Anna am Lenkrad, Rick war Beifahrer. Die letzten zwanzig Minuten hatte er sich über das Abtreibungsrecht ereifert. Seine Lieblingszitate zu diesem Thema stammten von Rush Limbaugh und G. Gordon Liddy. Leider scheiterte Anna kläglich bei dem Versuch, sich in zenartige Versenkung zu versetzen. Bei der Kombination von Hitze, Langeweile und Ricks Persönlichkeit hätte sogar Gandhis Lendenschurz Falten geworfen.

Doch sie hielt mit Hilfe eines zwar niederträchtigen, aber höchst zufriedenstellenden Vergnügens ihr inneres Gleichgewicht aufrecht: Jedesmal, wenn Rick das Fernglas an die Augen hob, um die Vorzüge einer arglosen Sonnenanbeterin genauer zu inspizieren, steuerte Anna die nächstbeste Bodenwelle oder Wasserrinne an. Bisher hatte sie schon zweimal »Scheiße« und einmal »Verdammt noch mal, Anna« zu verbuchen.

»Mist«, knurrte Rick diesmal, als das Fernglas gegen das weiche Gewebe um seine Augen knallte. »Du fährst wie eine Frau.« Natürlich war er auch gelangweilt und schwitzte, aber wenn er darauf hoffte, Anna auf die Palme zu bringen, konnte er lange warten.

»Ach wirklich«, sagte sie und brachte ihre mentale Anzeigetafel auf den neuesten Stand: Anna 4, Rick 0.

»Laß mich fahren«, sagte er.

Das war Anna gerade recht. Scharen von Pelikanen zogen über den Ozean, flogen zwischen den schokoladenbraunen Wellen dahin wie Jagdbomber durch enge Schluchten. Was Seevögeln an Farbe fehlte, machten sie durch Anmut und Komplexität spielend wett. Anna konnte nie genug davon bekommen, ihre Kommunikation mit dem Meer zu beobachten. Außerdem wurde es allmählich öde, Rick zu quälen. Er kapierte nie, daß sie ihn ärgern wollte, deshalb machte es wenig Spaß.

Sie ließ den Truck ausrollen und stellte den Motor ab.

Rick war ein untersetzter Mann – Brustkorb, Schultern, Kopf, alles ziemlich breit. Sein Gesicht bildete ein gleichmäßiges Oval, in dessen Zentrum sich ein dunkler Schnauzbart, eng beieinanderstehende Augen und eine unauffällige Nase zusammendrängten. Die Augen wirkten verquollen, als hätte er einen permanenten Kater, aber soweit Anna wußte, litt er unter Allergien, nicht an Alkoholismus. Seine Haare waren fast schwarz und so kurz geschnitten, daß sein Schädel an der Stelle, wo sich allmählich eine Glatze bildete, aussah, als wäre er mit Sand bestreut. Ein eigenartiger Anblick.

Genau wie alle Männer, die Anna kannte, verbrachte Rick eine Minute oder auch zwei mit einem rätselhaften Ritual, ehe er aus einem geparkten Fahrzeug stieg. Sie rutschte von ihrem Sitz und hockte sich in den Schatten des Trucks, um eine Weile die schlickbeladenen Wellen zu beobachten, die sahnige Schaumkrönchen aufsetzten, wenn sie ans Ufer klatschten. Sie hatte noch nie viel Zeit am Wasser verbracht. Sogar der Lake Superior hatte ihr Angst eingejagt. Vor dem Atlantik fürchtete sie sich zwar auch, aber er faszinierte sie gleichzeitig. Auf ganz eigene

Art war die Küste genauso herb und karg wie die Wüste von Colorado oder Texas. Die unerbittliche Augusthitze, Sand, Salz und Wind – am Ende eines Tages war die menschliche Kraft verschlissen.

Am Knirschen der Stiefel merkte sie, daß Rick sich losgerissen hatte. Ihre Gelenke knackten, als sie sich aufrichtete. Es war noch früh, und die Sonne schien ihr auf den Rücken, als sie hinten um den Truck herumging. Im Westen sah man den Wald, dunkelgrün hinter den schimmernden weißen Dünen. Wie jeden Tag bildeten sich jetzt Wolken, als wollte es irgendwann regnen – ein Versprechen, das nie eingehalten wurde. Aber eine Wolke hing heute sehr tief und hatte eine untypisch graue Färbung. Anna legte die Hände um den Rand ihrer Kappe, um nicht geblendet zu werden.

»Hey, Rick!« Er stellte sich neben sie, und sie deutete in die Richtung der Wolke.

»Rauch?«

»Sieht ganz so aus.«

»Halleluja! Gefahrenzulage!« Mit dem Jubelruf eines echten Cowboys klemmte er sich schnell hinter das Steuerrad.

Auch Anna war wie elektrisiert. Lethargie, Hitze, die zahllosen Wehwehchen, wenn man stundenlang auf holprigem Boden in einem schlecht gefederten Truck Patrouille fuhr – wie weggeblasen.

Rick lachte, als er den Sicherheitsgurt anlegte. Genau wie Feuerwehrpferde beginnen auch Feuerwehrleute, sobald ihnen das erste bißchen Rauch in die Nase steigt, zu stampfen und zu schnauben. Anna spürte die Erregung, die bei ihr jedoch etwas gedämpft wurde von den tragischen Erinnerungen an das Jackknife-Feuer, das sie letzten Sommer miterlebt hatte. Wie der Ozean war auch das Feuer eine Elementarkraft. Ganz bestimmt würde sie seine Gewalt nicht wieder unterschätzen. Oder die Gleichgültigkeit, mit der es Menschenleben verschlang.

Kapitel 5

Rick fuhr wie ein Verrückter, knallte die Gänge rein, ließ den Motor aufheulen, als könnte mehr Druck aufs Gaspedal der müden Maschine neues Leben einhauchen. Hüpfend wie eine Bohne im Blechnapf, versuchte Anna ihren Sicherheitsgurt anzulegen. Zwischen ihnen rutschte das tragbare Funkgerät auf seiner Vinylunterlage hin und her und verlangte knatternd nach Aufmerksamkeit. Als sie endlich angeschnallt war, schnappte Anna es sich und drückte den Mikroknopf. »Hier Pigeon. Wir haben etwa drei Viertel des Wegs zum Nordende der Insel hinter uns, östlich der Rauchwolke. Etwa zwei Meilen.«

Der Truck schoß über den Rand einer Wasserrinne, und Anna schlug mit dem Kinn gegen das Funkgerät. Anna 4, Rick 1, dachte sie, während sie sich an der Armlehne festklammerte. Über den Äther trug Dijon seinen Teil zu dem Lärm bei. Er und Al waren am Südzipfel der Insel bei Dugeness, ungefähr zehn Meilen von der Rauchsäule entfernt. Sie konnten das Feuer frühestens in zwanzig Minuten erreichen, und die Frustration in Dijons Stimme brachte Anna zum Grinsen. »Lösch es aber nicht ganz, bevor wir ankommen«, waren seine Abschiedsworte.

Anna sah das fanatische Grinsen auf Ricks Gesicht und mußte lachen. Natürlich würden sie ihr möglichstes tun, das Feuer zu löschen, ehe die anderen da waren. Das gehörte zum Spiel. Der Wettkampf, die testosteronbedingten Verrücktheiten – Anna liebte sie.

»Yee-ha!« imitierte sie Ricks Cowboyruf und übertönte sogar den Motorenlärm. »Ist das nicht toll?«

Ein Dünenwall zog sich über die gesamte Länge von Cumberland und schützte den Wald vor dem Atlantik.

Bei den Inselspitzen, die von den Gezeiten ständig umgestaltet wurden, waren die Dünen nur einen bis anderthalb Meter hoch, während sie sich im Zentrum bis zu zwölf, fünfzehn Metern auftürmten, wie große, sich langsam fortbewegende Wellen aus feinem, weißem Sand.

An mehreren Stellen schlängelten sich als Zugang zum Strand kurvige Plankenwege aus dem Dschungel und über die Barriere der Dünen hinweg. Noch mehr als die verfallenen Villen symbolisierten diese Wege für Anna die Blütezeit der Insel, als sie von reichen Urlaubern aufgesucht wurde, die der beklemmenden Großstadtenge entkommen wollten.

Für Fahrzeuge waren die Wege weniger nostalgisch. Auf dem relativ zuverlässigen Waldboden hatte man Straßen gerodet, aber eine Fahrt über die Dünen war immer riskant. Anna machte sich auf einiges gefaßt, während Rick den schweren Truck weiter hochputschte, um Schwung für die Überwindung des weichen, instabilen Sands zu bekommen. Sie fuhren immer schneller, der Truck bebte und dröhnte. Kurz vor dem Grat der Düne, als Anna schon fast sicher war, daß Rick mit dem vorderlastigen Truck ins Schlingern geraten würde, jagte er noch ein paar zusätzliche Pferdestärken durch den Vergaser und pflügte sich über den wandernden Berg.

»Gut gemacht!« rief Anna, während sie auf der anderen Seite hinunterrollten. Rick hatte seine Macken, aber Unentschlossenheit gehörte nicht dazu – während Anna schon ein paarmal aus purer Feigheit steckengeblieben war, weil sie den Fuß zu früh vom Gaspedal genommen hatte.

Jetzt konzentrierte Anna sich ganz auf den Rauch, das Stück Straße vor dem Wald, die Sonne. Sobald der Dschungel einen verschluckt hatte, ging jede Orientierung verloren. Bis sie direkt beim Feuer waren, würden sie den Rauch nicht sehen und wahrscheinlich nicht einmal einmal riechen können.

Nach der Größe der grauen Wolke zu urteilen, war der Brand noch klein, wahrscheinlich weniger als ein Zehntel Morgen. Das Löschfahrzeug faßte achthundert Liter und war mit dreißig Metern Hartschlauch ausgerüstet. Wenn nichts Unvorhergesehenes passierte, dürften Anna und Rick zumindest in der Lage sein, den Brandherd in Schach zu halten, bis die anderen eintrafen.

Anna polsterte ihr Kinn mit einem Finger ab, falls Rick noch einen Punkt machen wollte, nahm das Funkgerät und versuchte Guy Marshall zu erreichen. Er befand sich auf der Westseite der Insel, etwa sechs Meilen vom Feuer. Obgleich er nichts dergleichen erwähnte, hatte Anna das Gefühl, daß er bei Lynette war. Die Dolmetscherin hatte im Wald bei den Salzsümpfen eine gemütliche kleine Hütte, die sie sich mit dem fettesten Hund teilte, den Anna je gesehen hatte. Lynette behauptete steif und fest, es sei ein Weimaraner, und das Tier war breiter als lang. Insgeheim hegte Anna den Verdacht, daß sich die Mutter des Hundes mit einem der wildlebenden Inselschweine gepaart hatte.

Über ihnen bildeten die Zweige der Eichen ein Dach, der Weg war ein Pflanzentunnel. Das wenige Licht war grün und staubig, als sähe man alles durch altes Flaschenglas. Ganz anders als in den nördlichen Wäldern, die Anna auf der Isle Royale kennengelernt hatte, vermittelte das grüne Licht kein Gefühl von kühlem Wasser. Auf Cumberland bot der Schatten keine Erquickung, und die Luftfeuchtigkeit änderte nichts an der Dürre.

Fünfzig Meter vor ihnen gabelte sich der Sandweg. »Halt dich links«, ordnete Anna an. Rick steuerte den Truck über den erhöhten Mittelstreifen, ohne das Tempo zu drosseln. Falls ihnen ein Fahrzeug entgegenkam, war es wesentlich leichter als der Löschwagen.

Ein Auge auf den Wegmesser gerichtet, das andere auf das Baumdach, zählte Anna die Sekunden. Die Baumwipfel verwehrten jeden Blick zum Himmel, nur Hoffnung und Gewohnheit ließen sie weiterhin nach oben spähen. Als sie nach ihrer Schätzung etwa zweieinhalb Meilen gefahren waren, sagte sie zu Rick, er solle anhalten. Da es keinen Asphalt gab, auf dem die Reifen beim Bremsen ordentlich quietschten, gab sich Rick mit einem Schleudern auf dem Waschbrettboden zufrieden, bis der Truck schließlich in einer Staubwolke zum Stillstand kam.

Anna hatte eine gehässige Bemerkung auf den Lippen, aber als sie sah, daß Rick genau das von ihr erwartete, verkniff sie sich jeden Kommentar.

»Besser kann ich es nicht schätzen«, erklärte sie, während sie die letzten Erschütterungen der wilden Fahrt abschüttelte. »Östlich von dieser Straße und dann in einem Umkreis von einer halben Meile.«

»Nicht sonderlich genau«, meinte Rick.

Aber Anna wollte sich auf keine Diskussion mit ihm einlassen. Die Vorstellung, ein Feuer sei leicht zu entdecken – Rauch, Flammen, Knistern und Knacken, Bambi und Hase auf der Flucht –, galt nicht für kleine Feuer in tiefem oder schwerem Brandmaterial. In Mesa Verde waren die Feuerwehrleute oft fünfzig Meter neben einem Brand umhergeirrt, bis schließlich ein Helikopter die Feuerstelle entdeckte und über ihr schwebte, bis der Trupp an Ort und Stelle war.

»Das Drogenflugzeug kann uns wahrscheinlich nicht zu Hilfe kommen, oder?« überlegte Anna laut.

»Das Ding hier funktioniert nicht vom Boden zur Luft«, antwortete Rick und klopfte dabei auf das Funkgerät.

Anna wußte das. Aber es wäre so schön gewesen! Sie funkte Guy durch, daß sie in der Nähe des Feuers waren, dann kletterten sie mit etwas abgekühlter Begeisterung aus dem Truck.

Eine Weile kramte Anna noch hinter dem Sitz nach einer Dose Insektenspray. Das Zeug zerfraß einem garantiert das zentrale Nervensystem, wenn man ihm längere Zeit ausgesetzt war. Doch ein primitiver Haß auf alle Blutsauger besiegte alle Bedenken hinsichtlich Umwelt und Gesundheit, und Anna tupfte sich das Zeug auf Stiefel und Hosensaum. Dann nahm Rick den Behälter und wiederholte den Vorgang bei sich. Als sie beide gründlich vergiftet waren, standen sie ganz ruhig da, den Kopf in den Nacken gelegt und die Nüstern gebläht wie Pferde, wenn Gefahr droht. Staub, Insektenspray und Schweiß waren jedoch die einzigen Gerüche, die Anna ausmachen konnte. Im Unterholz raschelte es, aber es war unmöglich festzustellen, ob das Geräusch vom Feuer kam oder von Klapperschlangen oder Waschbären.

Beide Wegränder waren schulterhoch mit Buschwerk bewachsen. Da sich kein Lüftchen regte, hingen die klingenförmigen Palmwedel schlaff herunter. Über ihnen bildeten Kiefern und Eichen gemeinsam einen graugrünen Dom. Die anmutig geschwungenen Äste der immergrünen Eichen waren von etwas überwachsen, das aussah wie abgestorbene Parasiten. Man nannte diese Art des Moosfarns Auferstehungspflanze, hatte jemand Anna erklärt. Mit den ersten Regenfällen rollten sich diese scheinbar toten Farne auf und wurden über Nacht grün.

»Sollen wir ein Stück die Straße langgehen?« schlug Rick vor.

»Warum nicht. Vielleicht haben wir ja Glück.« Anna holte eine Schaufel und eine Pulaski – das janusköpfige Brandbekämpfungsgerät, auf einer Seite Axt, auf der anderen Hacke – hinten aus dem Truck. Wegen seiner breiten Schultern mußte sich Rick die »Pißpumpe« aufladen, einen Zehnlitergummibehälter mit Handpumpe, den man wie einen Rucksack tragen konnte.

»Es gab kein Gewitter, keine Blitze«, meinte Rick. »Was hat den Brand wohl ausgelöst?«

»Kids?« schlug Anna vor.

»Drecksäcke.«

In Ricks Drecksack-Kategorie gehörte allerhand, weshalb Anna sich lieber eine Antwort verkniff. Nebeneinander gingen sie den Weg zurück, den sie gekommen waren, beide zu vertieft in die vor ihnen liegende Aufgabe, um Energie an Worte zu verschwenden. Vom Himmel abgeschnitten zu sein, hatte auf Anna immer einen demoralisierenden Effekt. Sie fühlte sich von dem Grünzeug umzingelt, wie ein Floh auf dem Rücken, und das verschlechterte ihre Laune ungemein. »Ein schöner Brand würde diesem Dschungel hier nur guttun«, knurrte sie. »Das würde wenigstens für ein bißchen Licht und Luft sorgen.«

Rick schwieg. Er war in der Mitte der Straße stehengeblieben, hatte den Kopf in den Nacken gelegt und starrte mit weit aufgerissenen Augen ins Leere, als hörte er Stimmen. »Riechst du was?«

Anna verfiel ebenfalls in konzentrierte Starre. Nach einem kurzen Moment schüttelte sie den Kopf.

»Da draußen. Dort muß es sein.« Abrupt wandte Rick sich um und schlug sich in östlicher Richtung in die Büsche. Anna, die fünfundzwanzig Zentimeter kleiner war als er, zuckte zusammen, als ihr die Farnwedel ins Gesicht klatschten. Sie blieb einen Schritt hinter Rick und zog sich die Plastikbrille, die zu ihrem Helm gehörte, über die Augen.

Nach ungefähr sechs Metern wurde das Gestrüpp dünner. Auf dem Boden erstickten Blätter und Nadeln den Bodenbewuchs und bildeten einen rotgoldenen Teppich. An der kurzen Seite des Rechtecks befand sich ein alter Schweinestall aus den Tagen, als man versucht hatte, die Insel von den wilden Schweinen zu befreien. Um den Stall herum war der Boden in einem drei Meter breiten und doppelt so langen Streifen aufgegraben – hier machten die modernen Schweine ihre Verachtung für die alte Ordnung deutlich. Von den zahlreichen exotischen Tierarten, die auf der Insel lebten, waren die Schweine wahrscheinlich am destruktivsten. Vielleicht weil sie, wie die Menschen, klug und besonders anpassungsfähig waren.

Im Zentrum der Lichtung zogen Rick und Anna noch einmal ihre schnüffelnde Idiotennummer ab. »Jetzt rieche ich es auch«, verkündete Anna, als sie den unverkennbaren Rauchgeruch einsog. »Aber ich kann nicht beurteilen, woher es kommt.«

Rick schnüffelte wie ein Profi: ein Connaisseur, der sich die Luft in der Nase zergehen läßt. Offenbar gelangte er zu einer Erkenntnis, denn er schritt zielsicher auf den Schweinestall zu. Anna folgte ihm vertrauensvoll.

Die Palmen umschlossen sie mit ihrer klaustrophobischen Umarmung, umgarnten sie mit Staub und Spinnweben. Zu den berühmtesten Bewohnern von Cumberland zählte die Golden Orb Spinne, bekannt wegen ihrer immensen Netze, in denen sie sogar kleine Vögel fangen konnte. Die Spinnendame war nicht nur wegen ihres Talents zum Netzespinnen bekannt, sondern von allem wegen ihrer Größe. Von Kopf bis Schwanz maß sie bis zu fünf Zentimetern, ihre langen Beine waren dick bepelzt.

Anna unterdrückte ein Schaudern. Aber mit seinen breiten Schultern würde Rick bestimmt alle bösen Spinnentiere runterschubsen, ehe sie kam. Zumindest wollte sie sich das einreden.

Erneut wurde das Dickicht spärlicher. Jetzt wuchsen die Büsche weit genug auseinander, daß sie und Rick zwischen ihnen durchgehen konnten. Anna zog die Schutzbrille herunter, so daß sie ihr um den Hals hing, und wischte sich mit der flachen Hand den Schweiß von der Stirn. Ein türkisfarbener Streifen fiel ihr ins Auge. Anders als die Wälder in Michigan oder bei Walt Disney waren die Wälder auf Cumberland nicht mit Blumen geschmückt, jedenfalls nicht im August. Die Natur bediente sich einer breiten Palette von Grau-, Braun-, und Grüntönen und überließ das Blau dem Meer und dem Himmel.

In Gedanken schrieb Anna das Türkis der Kategorie »Müll« zu. Cumberland war wunderschön, aber keineswegs unberührt. Schon bevor die Spanier um 1500 gelandet waren, hatten die Menschen die Insel für ihre jeweiligen Zwecke genutzt.

Rick forcierte das Tempo. Anna mußte rennen, um mit ihm Schritt zu halten. Ein zweiter blaugrüner Fleck, diesmal etwa in Augenhöhe an einem Kiefernstamm, holte sie aus ihrem Trott, der nur auf die Verfolgung des Feuers ausgerichtet war. Über dem blauen Fleck klaffte ein Spalt, der so frisch war, daß noch Harz herausrann und auf der Baumrinde schwarze Streifen hinterließ.

»Rick!« rief Anna.

Er blieb stehen und sah sich um. Die Ungeduld stand ihm ins Gesicht geschrieben.

»Welche Farbe hatte dieses Drogenflugzeug, das vorhin rumgekurvt ist?«

Aus der Ungeduld wurde Ärger. »Woher soll ich das denn wissen?«

Wortlos deutete Anna auf den beschädigten Baum, auf die blauen Metallspuren.

»Scheiße«, knurrte Rick. »Das war's.«

Anna fiel es wie Schuppen von den Augen, und plötzlich sah sie die ganzen Hinweise, die ihr bislang anderweitig beschäftigtes Gehirn übersehen hatte. An einigen Stellen war das Buschwerk oben umgeknickt. Ein Stück Kabel, das sie als Müll betrachtet hatte, eine Narbe in dem Baum gegenüber von dem, der das blaue Zeichen trug. Als sich diese Puzzleteile in ihrem Kopf zusammenfügten, hörte sie auch ein leises Dröhnen, wie das Brummen eines Staubsaugers im Nebenzimmer: Palmen, die loderten wie Zunder.

Zwanzig Meter weiter schlug ihnen die Hitze entgegen wie ein leuchtender Vorhang. Dazu ein gedämpftes Knacken – Feuer, das dem Unterholz die Knochen brach. Eine Buschwand, fast zwei Meter hoch und lichterloh brennend, versperrte ihnen den Weg. Hinter dem brennenden Dickicht sah Anna eine kleine Kiefer, in deren Wipfel sich Feuerzungen ausbreiteten. Sonst hatte bis jetzt noch kein Baum Feuer gefangen.

Sie trabte an der Brandlinie entlang. Normalerweise hätten sie die Lage kurz gepeilt, dann eine Schneise in den Boden gezogen, und die leicht entzündlichen Substanzen entfernt, damit sich das Feuer wenigstens am Boden nicht weiter ausbreiten konnte. Doch bei einem Flugzeugabsturz ging es womöglich um Menschenleben, und der Erhalt von Sachgütern war damit sekundär.

Sie rannte los. Über Funk berichtete sie Guy von der neuen Entwicklung. Sie hörte noch, wie er dem Hauptquartier Bescheid gab, von dort aber keine Antwort erhielt. Als nächstes versuche er es bei Lynette. Als die Dolmetscherin sich bereit erklärte, als Dispatcher zu fungieren, stellte Anna ihr Gerät aus und wandte ihre Aufmerksamkeit dem Feuer zu. Eine Bresche war nötig, um die Flammen von dem abgestürzten Flugzeug fernzuhalten.

Sie brauchte keine Minute, dann hatte sie die Palmen hinter sich und befand sich auf einer Lichtung mit ein paar verstreut stehenden Kiefern. Das Flugzeug, eine Propellermaschine mit Zwillingstriebwerk, lag auf dem Rücken, die Nase steckte in der Erde. Die Unterseite des Flugzeugs war weiß und wirkte seltsam verletzlich, wie der Bauch eines gestrandeten Fischs. Die aus der Halterung gesprungenen Räder ragten in die Luft. Ein Teil des linken Flügels lag zusammengestaucht unter dem Rumpf, das Metall völlig zerknautscht. Dort brannte das Feuer am heftigsten, und Anna vermutete, daß beim Aufprall oder kurz danach ein Tank explodiert war. Der rechte Flügel war zur Hälfte abgebrochen, der Motor reckte sich gen Himmel wie eine wütende Faust. Die abgerissenen Flügelspitzen lagen ein ganzes Stück von der Maschine entfernt. Ein Heckstummel war noch da, an den zerrissenen Kabeln hingen die Hebewerke.

Nach dem, was Anna unter und hinter den Flügeln ausmachen konnte, war die Kabine teilweise zerstört, Plexiglassplitter ragten aus den Metallrahmen des Cockpits. Es sah aus, als wäre das Flugzeug schräg durch die Baumwipfel gestürzt, mit dem linken Flügel voran. Der Aufprall hatte die Kabine in den Boden gerammt, die Fenster waren zersplittert, das Dach war zerquetscht worden.

Flammen schlugen aus dem unteren Motor und griffen auf die Palmen über. Orangene Klauen legten sich um die Kabine, daß der Lack Blasen warf und die zerbrochenen Fenster schmolzen.

Die unglaubliche Hitze und das Wissen, daß der zweite Motor noch nicht explodiert war, lähmten Anna. Vor ihrem inneren Augen breitete sich das Feuer in einem Sturm der Zerstörung von den Bäumen aus. Nackte Panik fuhr ihr durch Mark und Bein und vertrieb alle moralischen, ethischen oder gar heldenmütigen Überlegungen, ja jeden Gedanken überhaupt. Sie ließ ihre Pulaski sinken und ergriff die Flucht.

Rick war inzwischen so dicht hinter ihr, daß sie gegen ihn knallte und das Gleichgewicht verlor.

»Paß auf, wo du hinrennst«, knurrte er und zerrte sie ohne weitere Umstände wieder auf die Füße.

Die heftige Bewegung holte sie aus dem nordkalifornischen Nadelwald und dem Alptraum zurück, den damals nur neun von ihrem Trupp überlebt hatten. Ihr Atem ging keuchend, und ihre Knie zitterten so, daß sie sich nicht von der Stelle rühren konnte. Immerhin war ihre feige Flucht vereitelt worden, sie hatte ihr Gesicht nicht verloren, und ihre Ehre war noch intakt. Natürlich würde sie das Rick gegenüber nie zugeben, aber er hatte ihr einen großen Dienst erwiesen.

Mühsam gewann sie die Balance zurück und hob ihre Pulaski wieder auf. »Okay, okay«, murmelte sie. Damit meinte sie nicht nur Rick, sondern auch sich selbst.

Jemand mußte die Situation in die Hand nehmen, aber Anna zitterte immer noch wie Espenlaub. Sie drückte die Knie durch, aber sie kam sich vor wie eine billige Gitarrensaite, die unkontrollierbar vibrierte. Nur mit Müh und Not konnte sie einen Gedanken an den anderen reihen.

»Pißpumpe zur Passagierseite. Rechts«, sagte Rick in die Leere. »Vielleicht ist noch jemand am Leben. Das Feuer zirkuliert zurück durchs Gebüsch. Übernimm du es.«

Erleichtert nickte Anna, konnte sich aber immer noch nicht bewegen. »Schaff das brennbare Zeug weg, bevor das Feuer das Flugzeug erreicht«, half Rick ihr auf die Sprünge, und das gab ihr endlich den Anstoß, den sie noch brauchte. Zuerst taumelte sie nur vorwärts, denn ihre Beine wollten immer nur rennen. Doch die Bewegung verbrannte den Rest der Angst, und sie funktionierte wieder.

Damit die Panik sie nicht ein zweites Mal übermannte, griff Anna die Flammen mit einer solchen Leidenschaft an, daß sie, sobald der Adrenalinstoß nachließ, erstens einen überanstrengten Rücken und zweitens einen ausgeleierten Ellbogen spüren würde. Der Schweiß tropfte wie Salzregen zu Boden, wo er in der Hitze augenblicklich verdampfte. Ein paar Haarsträhnen rutschten Anna unter dem Helm hervor, wurden angesengt und kräuselten sich.

Nach der Explosion hatte sich das Feuer um das abgestürzte Flugzeug ausgebreitet und eine Schneise in den Urwald gefressen. Wie ein rasendes Ungeheuer kam es jetzt, mit unvermindertem Appetit, zu seinem Ausgangspunkt zurück und lief gierig in Richtung des Flugzeughecks, das noch nicht brannte.

Es war ein verzweifelter, hoffnungsloser Wettlauf, doch Anna arbeitete wie eine Wilde, um eine Schneise in den Bodenbewuchs zu schlagen, einen etwa anderthalb Meter breiten Erdstreifen zwischen dem Flugzeug und dem Feuer.

In der Kabine waren Tote oder Sterbende. Anna verdrängte den Gedanken, um sich zunächst ganz auf ihre momentane Aufgabe zu konzentrierten. Sie hörte den Lack knistern, hörte das Ächzen des sich verziehenden Metalls, das Reißen von Gummi und Plastik, aber ihre Perspektive hatte sich auf eine einzigen Fangarm des Drachens verengt, den sie abschlagen mußte. Mit den übrigen Aspekten des Monsters mußte sie sich später befassen.

An der Stelle, wo sich das Flugzeug in die Erde gebohrt hatte, war das Dickicht nicht mehr als viereinhalb Meter breit. Falls das Feuer nicht vom Gebüsch auf die Eichen übersprang, würde es deutlich langsamer werden, sobald es die Moderschicht jenseits des Unterholzes erreichte. Bald hatte Anna das Feuer vom Flugzeug getrennt, und nachdem nun ihr vordringlicher Job erledigt war, öffnete sich die Welt ein wenig, und sie wandte sich wieder dem kaputten Flugzeug zu.

Auf der Passagierseite des umgedrehten Rumpfs stand Rick, in der Ecke zwischen dem Flügelstumpf und der Kabine, und spritzte Wasser auf das Metall. Keine fünfzehn Zentimeter von seinem Hintern befand sich ein Tank, der einzige am Hauptteil des Wracks, der noch nicht explodiert war.

Eine dünne Rauchfahne, die direkt in die stille Luft emporstieg, erregte Annas Aufmerksamkeit. Unter dem Bodenbewuchs kroch das Feuer von den Palmen durch die Schicht von Blättern und Nadeln fast unbemerkt in Richtung Benzintank. Sofort verließ Anna die nunmehr gesicherte linke Flanke des Flugzeugs und begann rasch, aber planmäßig, die brennende Schicht wegzuhacken. Beißender Rauch drang durch den Mundschutz, den sie sich vor die untere Gesichtshälfte gebunden hatte. Aus ihrer Nase lief Schleim, und sie atmete so flach, wie die körperliche Anstrengung es zuließ.

Am Rand ihres Blickfelds erschien eine Schaufel: Dijon

und Al waren eingetroffen! Dijon half Anna, Erde auf den Flammenpfad zu werfen, der sich jetzt aus der Blattschicht befreit hatte und sich zum Flügel vorarbeitete. Al nahm eine zweite Pißpumpe und zielte auf die Motorhaube. Ungefähr zur gleichen Zeit wie die beiden war auch Guy Marshall eingetroffen. Als Anna zu Al schaute, entdeckte sie ihn, die Pulaski fest im Griff.

Es war schön, Freunde um sich zu haben.

Durch den Qualm bemerkte Anna plötzlich Benzingestank. Im selben Augenblick hörte sie, wie Guy schrie: »Zurück! Zurück!«

Das Feuer hatte Dijon eingekreist und war mit einem Benzinrinnsal zusammengetroffen, das durch die Schicht aus noch nicht weggehackten Blättern und Nadeln sickerte. Schmal und heiß brannten die Flammen, wie eine Zündschnur.

»Zurück!« brüllte Guy noch einmal.

Dijon warf von hinten eine Schaufel Erde gegen Ricks Beine, um seine Aufmerksamkeit zu erregen. »Komm!« schrien er und Anna wie aus einem Mund, dann rannten sie los.

Kapitel 6

Die Explosion war mehr zu spüren als zu hören. Eine unsichtbare Faust rammte Anna in den Rücken und hob sie von den Füßen. Die Zeit blieb stehen, setzte einfach aus: eine Pause im Raum-Zeit-Kontinuum. Rechts von sich sah Anna Dijon mit ausgestreckten Händen in der Luft hängen, wie ein schwarzer Superman, das Gesicht wild entschlossen, als wollte er mit dem Kopf durch eine Backsteinwand.

Plötzlich merkte Anna, daß sie ihre Pulaski in der linken Hand vor sich hielt. Aus Angst, sie könnte in eine der Klingen fallen, ließ sie los. Sie beobachtete fasziniert, wie ihre Finger sich vom Griff lösen und das zweischneidige Werkzeug zu Boden fiel – obwohl der ganze Vorgang nur einen Sekundenbruchteil dauerte.

Doch dann setzte die Zeit wieder ein. Dijon stürzte, die Bäume verschwammen vor ihren Augen, Anna ging zu Boden. Der Waldboden riß ihr die Schutzbrille vom Gesicht, piekte ihr stachelige Nadeln in den Nacken und rieb ihr Staub in die Nase. Irgend etwas knallte auf ihre Stiefel, und sie dachte schon, es wäre ein Stück brennendes Metall, bis es sich weiter nach oben schob und sie merkte, daß es Rick war.

»Sind alle okay? Bist du okay, Anna?« Aufdringlich klopfte er mit dem Finger auf ihren Plastikschutzhelm. Sie schielte hoch und sah, daß Guy über ihr stand.

»Ich bin noch nicht fertig mit Fallen«, beschwerte sie sich.

»Dann lern, wie man hüpft«, entgegnete er ohne Mitgefühl. Er war schon bei Rick und Dijon, während Anna sich mühsam auf alle Viere hochstemmte, nicht ganz sicher, ob sie noch einigermaßen funktionierte.

»Hoch mit euch und los geht's«, sagte Marshall.

Ekelhaft jung und unverwüstlich sprang Dijon auf die Füße und rannte auch schon zurück zum Flugzeug. Rick hatte es immerhin bis auf die Knie geschafft. Um nicht die letzte zu sein, hievte Anna sich hoch, bevor auch Al Magnus in die Gänge kam, und folgte Guy und den anderen zurück zur Feuerlinie.

Die Explosion hatte mehr Feuer gelöscht als neu entzündet. Innerhalb von wenigen Minuten hatten Rick und Dijon die Flammen unter Kontrolle. Obgleich das Feuer noch brannte, bestand nicht mehr die Gefahr, daß das Feuer sich ausbreitete.

Anna und Guy hatten die Aufgabe zu retten, was in der Kabine noch zu retten war. Die Explosion hatte den größten Teil des rechten Flügelstummels abgerissen, so daß jetzt auf der rechten Seite der Maschine ein schwarzer Fleck sichtbar war, unter dem Passagierraum, beziehungsweise darüber, da der Rumpf ja umgekippt war. Anna ging in die Hocke, um zu überprüfen, wie sie am besten ins Cockpit gelangen konnte. Hinter sich hörte sie, wie Guy sein Funkgerät benutzte.

Das abgestürzte Flugzeug war eine zweimotorige Beechcraft, die einem Mann namens Slattery Hammond gehörte und von ihm auch betrieben wurde. Hammond war freier Mitarbeiter bei der Drogenfahndung und/oder beim Ressourcenmanagement und bot seine Dienste verschiedenen Regierungsbehörden an. Der Cumberland Island National Forest Service teilte sich seine Arbeitskraft mit dem United States Forest Service; im Moment ging es beiden Behörden darum, den Marihuana-Anbau an der Küste einzudämmen.

Heute früh war Hammond von der Insel gestartet, um St. Simmons, Jekyll Island und Cumberland in geringer Höhe zu überfliegen und nach illegalen Pflanzen Ausschau zu halten. Norman Hull, Cumberlands Chief Ranger, sollte ihn begleiten.

Jetzt redete Lynette. Ihre Stimme klang in professioneller Funktion um einiges tiefer als privat. Sie sagte, ein Sanitätshubschrauber sei von Jacksonville, Florida, angefordert worden. Außerdem versuchte sie, den District Ranger Todd Belfore zu erreichen, der den Hubschrauber in Empfang nehmen und zur Unglücksstelle führen sollte, sobald die Sanitäter in etwa ihre Ankunftszeit angeben konnten.

Die Maschinerie hatte sich in Bewegung gesetzt, das Notfallsystem war angekurbelt. Bald würden Anna, Guy, Dijon, Al und Rick wieder in ihre unbedeutende Zahnrädchenrolle zurückversetzt, weil der Interagency Incident Command griff. Was eine große Beruhigung war, denn nichts, nicht einmal das amerikanische Militär, konnte so schnell und effizient handeln.

Nach diesem letzten Funkspruch hängte Guy das Funkgerät wieder an seinen Gürtel. »Der Pilot ist nicht allein geflogen. Chief Ranger Hull war bei ihm. Also gibt es zwei … äh … zwei Männer sind da drin.« Das Wort »Leichen« wollte ihm nicht über die Lippen kommen, und er geriet ins Stottern. Aber die Explosion des Benzintanks hatte den letzten Rest Hoffnung zunichte gemacht, daß jemand im Flugzeug überlebt haben könnte. Trotzdem mußten sie so vorgehen, als könnten eventuell Überlebende gerettet werden. Man durfte auf keinen Fall zu früh aufgeben, das wäre entsetzlich.

Was von Flügel und Rumpf noch vorhanden war, bildete ein schwelendes und reichlich instabiles Zelt aus ramponiertem Metall. Unter dem Wrack qualmte noch die Blätterschicht. Mit der stumpfen Seite ihrer Pulaski kratzte Anna das glimmende Material zu einem schwarzen Haufen zusammen und kroch dann auf allen vieren unter den abgerissenen Flügelstumpf. Das Feuer hatte den Lack von der Tür gefressen, das Plexiglas im Seitenfenster war geschmolzen und lief in schwarzen klebrigen Tränen über das nackte Metall. Auf Annas Bitte richtete Guy den spärlichen Wasserstrahl aus dem rapide abnehmenden Vorrat in seinem Behälter auf den Türgriff. Als dieser so weit abgekühlt schien, daß er sich nicht mehr sofort durch das Leder ihrer Schutzhandschuhe brennen würde, packte Anna zu und zog. Zu ihrer Überraschung funktionierte der Griff – die Tür öffnete sich aber nur einen Zentimeter weit, weil sich der obere Teil in einem Konglomerat aus qualmendem Gummi und verbogenem Metall verhakte. »Wir werden die Tür aufbrechen müssen«, meinte Anna.

»Moment, ich hole die Jungs, dann heben wir das Ding hoch, damit du drankommst.«

Das geschmolzene Fenster war beinahe auf Bodenhöhe. Anna beugte sich hinab und spähte in die Kabine. Die Wucht des Aufpralls und das Feuer hatten ein Bild der Zerstörung hinterlassen. Der widerliche Geruch von verbranntem Menschenfleisch und Menschenhaar mischte sich mit den stechenden Gasen, die freigesetzt werden, wenn Erdölprodukte schmelzen und in ihre Komponenten zerfallen.

Kleidung, Sitzpolsterung, Sicherheitsgurte – alles nur noch ein Aschehaufen. Die Menschen waren auf dem Armaturenbrett in sich zusammengesackt. Ohne richtiges Licht und aus ihrem ziemlich unbequemen Blickwinkel konnte Anna organische und unorganische Materie kaum unterscheiden.

Ihr Erste-Hilfe-Training verlangte, die Halsschlagader eines Verunglückten zu suchen, um festzustellen, ob der Betreffende noch lebte. In dem Tohuwabohu der Kabine sah sie ein verkohltes, röhrenähnliches Gebilde, höchstwahrscheinlich die Überreste eines menschlichen Halses, aber sie brachte es nicht über sich, den Handschuh auszuziehen und mit der bloßen Hand das verbrannte Fleisch anzufassen.

Langsam richtete sie sich auf und kauerte sich einen halben Meter vom Flugzeug entfernt auf den Boden, wo die Luft etwas erträglicher war. Während Guy den Trupp organisierte, starrte sie apathisch ins Blätterdach über der Brandstelle hinauf, das Hirn im Leerlauf. Ausbildung, Mut, Adrenalin – die unabdingbaren Charakteristika eines Helden – nützten hier nichts. Jetzt hoffte sie nur, möglichst wenig zu stören und ihr Frühstück bei sich zu behalten.

»Auf drei. Alles klar, Anna? Anna!«

Bei der Wiederholung ihres Namens fuhr sie hoch.

»Tut mir leid, daß wir dich wecken müssen«, meinte Guy. »Stemmst du die Tür auf, wenn wir den Rumpf anheben?«

»Aber sicher.« Anna ging wieder auf die Knie. Dann zwängte sie sich unter den Flügelstummel, klemmte die Schneide ihrer Pulaski zwischen die Tür und den Rumpf des Flugzeugs und machte sich bereit, diese als Hebel zu benutzen. »Fertig«, rief sie.

»Auf drei.«

Guy zählte, und als der Rumpf der Maschine sich aus der versengten Erde hob, grub Anna die Fersen in den Boden und drückte mit aller Kraft. Ein lautes Knacken kündigte das Zerbersten der geschmolzenen Angeln an, und dann sprang die Tür auf und schwenkte schief nach außen. Schließlich gab auch noch das letzte bißchen Metall nach, und die Tür fiel ab.

»Okay«, rief Anna. »Das reicht.«

Sie hörte ein Kratzen und Knirschen, als die Männer einen Baumstamm oder einen dicken Ast unter den Flügelstummel schoben, und dann ein leises Ächzen, als sie den Rumpf wieder darauf herabließen.

Jetzt, ohne die Tür, konnte man die grausige Szenerie in der Kabine besser sehen. Die am weitesten entfernte Leiche war völlig verkohlt, nur das rechte Ohr war unversehrt geblieben und saß gräßlich rosarot und lebensecht in einem Nest von Haaren, die zu einem drahtähnlichen Gewirr versengt waren. Am rechten Arm war das Fleisch zwischen Ellbogen und Hand größtenteils verbrannt und hing in Fetzen herunter; ein kleines Viereck aus rot-blaukariertem Stoff klebte über einem Gewebeklumpen. An den Überresten einer Uhr erkannte Anna, daß es wahrscheinlich das Handgelenk des Piloten gewesen war.

An dem toten Piloten lehnte die Leiche des Passagiers, als wäre sein Sicherheitsgurt zuerst verbrannt. Sie war zur Unkenntlichkeit verkohlt. Keine Spur von Menschlichkeit mehr. Aus Erfahrung wußte Anna, daß die Asche einfach in sich zusammenfiel, wenn man sie berührte.

Guy bückte sich und kroch unter das Flugzeug. Durch Qualm, Schweiß und sonstigen Gestank stieg Anna ein Hauch Toilettenwasser in die Nase, was sie unglaublich rührte. Überreizt, sagte sie sich. Aber die Menschlichkeit dieser Wahrnehmung brachte eine Saite ganz nah an ihrem Herzen zum Schwingen.

»Klare Sache«, stellte Guy fest, nachdem auch er einen Blick in die Kabine geworfen hatte. »Komm raus, Anna. Wir sind fertig. Das Feuer ist gelöscht.«

Rückwärts kroch Anna an die frische Luft. Sobald sie draußen war, folgte Guy.

»Tot?« fragte Dijon.

Da er so jung war, hatte er vermutlich noch nicht viele Leichen gesehen, und Anna beobachtete seine Reaktion aufmerksam. Allerdings konnte man in seinem dunklen Gesicht unter Ruß und Asche nicht viel erkennen. Seine Stimme klang zwar sachlich, aber er hatte sich sicher auch sehr darum bemüht, ehe er den Mund aufmachte.

»Crispy Critters?« fragte Rick ziemlich deplaziert.

Al war mit seiner Pfeife beschäftigt und schwieg.

Die drei Funkgeräte, die sie zu fünft bei sich trugen, fingen an zu knistern. Guy meldete sich, und die anderen lauschten im Halbkreis, mit dem Rücken zu den Leichen.

Ein Hubschrauber mit zwei Sanitätern war im Anflug. Sie mußten jeden Moment auf St. Marys landen, um Chief Ranger Norman Hull abzuholen.

Es dauerte ein paar Sekunden, ehe der Name zündete. »Hull?« wiederholte Guy.

»Norman Hull, Chief Ranger«, bestätigte Lynette laut und deutlich.

»Ich dachte, das wäre unser zweiter Toter hier«, sagte Anna.

Jetzt kam eine Männerstimme aus dem Funkgerät und rief Befehle über den Äther.

»Offenbar nicht«, murmelte Guy.

Kapitel 7

In wortloser Übereinkunft zogen sich die fünf an den Rand der Lichtung zurück, setzten sich auf den Boden und schraubten ihre Wasserflaschen auf. Rick war ein bißchen überdreht und versuchte offensichtlich, den Schock mit schwarzem Humor in den Griff zu bekommen. Dijon machte mit. Anna fiel auf, daß Al der einzige war, der seinen Lunch verzehrte.

Er hatte jeden Tag das gleiche dabei: zwei Weißbrotsandwiches mit Erdnußbutter und Marmelade. »Willst du die Hälfte?« fragte er Anna, als er ihren Blick bemerkte. Sie nahm es, obwohl in ihrem gelben Rucksack ein Sandwich mit Erdnußbutter und Honig auf sie wartete. Vielleicht konnte sie sich ja damit später revanchieren. Im Augenblick war es vor allem tröstlich, das Essen mit jemandem zu teilen.

»Schon wieder Vollwertfraß?« scherzte Rick. Seine Hand lag auf seinem Gürtel, und Anna hegte den Verdacht, daß er insgeheim sein »Six-Pack« liebkoste, die strammen Bauchmuskeln, wie man sie auf den Covern der Bodybuilding-Magazine sah.

»Ambrosia«, antwortete Al unbeirrt.

»Ich wette, dein Sohn ist begeistert, wenn du kochst«, warf Dijon ein.

»Er ist sogar ganz wild auf meine Kochkünste.« Ein Tröpfchen Erdbeergelee zitterte einen Moment auf Als Wange. Bevor er es wegwischen konnte, hatte Annas überreizte Fantasie es bereits mit Blut, Eingeweiden und halbgarem Fleisch in Verbindung gebracht. Das Kinderlied von den »großen grünen Klumpen fettig-flutschiger Ratteneingeweide in rosa Limonade« tauchte aus fast vergessenen Winkeln ihres Gedächtnisses auf, und sie mußte grinsen.

Guy schaufelte sich seine trockenen Müsli-Energiemischung in den Mund und redete gekonnt um den Speisebrei herum. Sanitäter wurden hier nicht mehr gebraucht, sondern Gerichtsmediziner. Aus dem Funkgerät kam das Dröhnen des Helikopters und das Brummen eines Jeeps. Die Kavallerie rückte an.

Anna lehnte sich an eine junge Eiche und füllte die Wasservorräte ihres ausgetrockneten Körpers auf. Al rauchte. Guy, Rick und Dijon wanderten zurück zur Unglücksstelle. Allein oder zu zweit schien nach und nach die ganze Insel einzutreffen, um das Wrack in Augenschein zu nehmen. Das Grün und Grau der NPS-Uniformen herrschte vor, und Anna war sicher, daß ihr der eine oder andere der Anwesenden bereits vorgestellt worden war, aber sie konnte sich Namen und Gesichter furchtbar schlecht merken. Mitch Hanson war der einzige, den sie auf Anhieb erkannte. Seine schütteren grauen Haare waren mit Schweiß und Haarspray über die Stirn geklebt, leuchtend blaue Augen funkelten unter dünnen Brauen, und er schien sehr guter Laune zu sein; ein verschwitzter, schmuddeliger Nikolaus, der nur sporadisch geistesgegenwärtig genug war, um sich dem Anlaß angemessen ernst zu verhalten.

Alle redeten mit gedämpfter Stimme, blickten häufig in die nichtexistente Ferne und schritten scheinbar zielbewußt umher. Das Muster war vertraut: Niemand hatte rechte Lust, die Verantwortung zu übernehmen. Anna trank noch einen großen Schluck Wasser und schloß die Augen.

Als sie aufwachte, war die Ordnung wiederhergestellt. Ein kurzer Blick auf Als Armbanduhr sagte ihr, daß sie nur etwa eine Viertelstunde gedöst hatte, aber der Unterschied in der Szenerie war unübersehbar. Norman Hull, Cumberlands Chief Ranger war eingetroffen. Er war groß und schlank, mit langen Beinen und langem Hals. Durch die beginnende Glatze wirkte seine Stirn über den ergrauenden braunen Locken beeindruckend hoch. Blaßblaue Augen blinzelten hinter dicken Brillengläsern, und sein lebhaftes Gesicht war ständig in Bewegung, während er die Operation dirigierte.

Gelbes Absperrband war um das Flugzeug gespannt worden. Fotos wurden gemacht, und etwa jeder dritte quasselte eifrig in ein Handy oder Funkgerät.

Gerade war ein Jeep mit einem rundlichen Mann mittleren Alters eingetroffen. Er trug Madras-Shorts und eine zerknautschte Fischermütze. Er ging so zielsicher auf die Leichen zu, daß Anna ihn für den Gerichtsmediziner hielt. Er und Hull hockten auf der entgegengesetzten Seite des Flugzeugs, nahe der abgebrochenen Tür.

Jetzt konnte Anna nur noch ihre Füße unter dem Flügelstummel sehen. Da die beiden Flugzeuginsassen ohne jeden Zweifel tot waren, brauchte der Mediziner sie nur in Augenschein zu nehmen und seine Unterschrift unter das entsprechende Dokument zu setzen, um die Sache offiziell zu machen. Vermutlich suchten sie jetzt nach einer Möglichkeit, um den zweiten Toten zu identifizieren. Anna beneidete sie nicht um diese Aufgabe.

Dijon hatte inzwischen offensichtlich genug von der Zuschauerrolle; er kam zurück zum Rest des Feuertrupps und ließ sich auf den Boden sinken. »Lassen sie die Jungs hier oder was?« erkundigte er sich.

»Glaub ich nicht«, antwortete Anna. »Sie stecken die Überreste in Leichensäcke und bringen sie ins Leichenschauhaus. Da die beiden nicht in der Obhut eines Arztes gestorben sind, muß eine Autopsie vorgenommen werden. Nebenbei bemerkt, würde es auch nicht gut aussehen, wenn sie die Leichen hier lassen. Obwohl für die Tierwelt bei dieser Variante ein erstklassiges Abendessen rausspringen würde.«

»Gut durch, der Braten.« Dijon leckte sich die Lippen. »Wenn man auf so was steht.«

Anna lachte über seine Geschmacklosigkeit. Offenbar

hatte sich Dijon mit seinem makaberen Scherz selbst erschreckt. Erst nachdem die Worte heraus waren, begriff er, was er gerade gesagt hatte, und er wurde plötzlich ganz grün im Gesicht.

Auch Guy trennte sich von der Gruppe, die sich um die Nase des Flugzeugs versammelt hatte, und kam zum Trupp zurück. »Sieht so aus, als wüßten sie, wer der zweite Mann war«, verkündete er, während er seinen gelben Rucksack durchwühlte. Schweißperlen glitzerten auf seiner Glatze. Einen Augenblick hielt Anna sie für Brandblasen, und fast hätte es ihr den Magen umgedreht. Guy zog ein blaues Taschentuch aus dem Notfallpack und wischte sich damit über Kopf und Hals. »Von Gesicht und Händen ist so gut wie nichts mehr da, aber der Chief Ranger hat eine Gürtelschnalle aus Messing gefunden und die Überreste einer Neun-Millimeter-Pistole. Und die Marke des Knaben. Anscheinend war er Ranger. Sie haben die Nummer auf der Marke durchgegeben, aber eigentlich wissen alle die Antwort – es gibt auf Cumberland ja bloß einen einzigen Ranger mit polizeilichen Befugnissen.«

»Todd Belfore«, sagte Al.

Guy nickte.

»Das kann einem ja richtig den Spaß am Rätselraten verderben«, meinte Rick.

Guy ließ sich auf dem Boden nieder und lehnte sich zurück, den Kopf auf dem Rucksack. Al zog gedankenverloren an seiner kalten Pfeife. Weil er die Stille nicht ertragen konnte, sprang Dijon auf und ging zu Rick, der sich gerade mit einem Mechaniker von außerhalb unterhielt.

Wenn ein Unbekannter starb, weckte das immer eine ganze Palette von eher niederen Gefühlen, und der Tod ließ sich hervorragend zu Manipulationen, Warnungen oder versteckten Drohungen einsetzen. Wenn jedoch jemand ums Leben kam, den man kannte, ging einem das näher, weil der Tote einem zumindest teilweise als Mensch vertraut war. Aber ohne Anlaß zu echter Trauer befand man sich im Niemandsland zwischen Neugier und Verlegenheit – ein unangenehmes Gefühl.

Chief Ranger Hull überquerte die Lichtung und wischte sich die Hände sorgfältig an einem sauberen weißen Taschentuch ab. Sofort witterten Rick und Dijon die veränderte Situation und kehrten zu ihren Kollegen zurück.

Vor Guys Füßen blieb Hull stehen, und der Truppführer erhob sich respektvoll. »Mr. Marshall hat Ihnen wahrscheinlich schon berichtet, daß Slattery Hammond der Pilot der Unglücksmaschine war. Er ist für uns und das Department of Forestry geflogen, auf Drogentour.« Hull nahm beim Sprechen den Blick nicht von seinen Händen und rieb sich mit dem Tuch gewissenhaft die Fingerzwischenräume ab. In seinem Gesicht arbeitete es heftig: Er hob die Brauen, als wäre er überrascht, ließ sie wieder sinken, verzog den Mund, als wollte er einen Speiserest von seinen Kaninchenzähnen entfernen, indem er die Lippen darüberrieb. Zum erstenmal nahm Anna seine Mimik richtig wahr: Es waren keine Gefühlsregungen, sondern unkontrollierte Ticks oder nervöse Zuckungen, die unter Streß noch stärker wurden. »Wir sind ziemlich sicher, daß der zweite Mann unser District Ranger Todd Belfore war. Mr. Marshall sagt, daß er gelegentlich mit Ihnen zusammen war, deshalb ist es für Sie alle sicher auch eine schlimme Nachricht.«

Endlich steckte Norman Hull sein Taschentuch wieder ein, und Anna konnte einen Seufzer der Erleichterung kaum unterdrücken. Jetzt merkte sie erst richtig, wie sehr ihr seine Pilatus-Masche auf die Nerven gegangen war.

»Am schlimmsten ist es natürlich für Mrs. Belfore, für Tabby. Wie Sie vermutlich wissen, ist sie … ääh … bekommt sie bald ein Baby. Sehr bald sogar.« Daß er trotz der schrecklichen Umstände so altmodisch schamhaft über Tabbys Schwangerschaft sprach, entlockte Anna ein inneres Lächeln – ein Teil ihres Gehirns war modernem Zynismus abhold. »Es wäre mir sehr recht, Mr. Marshall – Guy –, wenn Sie mir diese junge Dame hier ausleihen könnten. Ich denke, Mrs. Belfore wäre es angenehmer, wenn eine Frau anwesend ist.«

Panik stieg in Anna auf. »Wo ist denn Lynette?« erkundigte sie sich ängstlich.

»Lynette ist aufs Festland rübergefahren«, antwortete Hull. Er klang beleidigt, als hätte er Anna eine große Ehre zuteil werden lassen, die diese schnöde ausschlug. Irgendwie stimmte das ja auch.

»Tut mir leid«, entschuldigte sich Anna. »Darauf war ich einfach nicht gefaßt. Natürlich begleite ich Sie. Verdammt.« Sie stand auf, merkte aber, daß sie nicht schnell genug reagiert hatte. Im Gummigesicht des Chief Rangers zuckte es mißbilligend.

Sie schulterte ihren Rucksack und folgte Hull. An der staubigen Straße wartete ein blitzsauberer blauer Ford Pickup auf sie. Daß Hull es schaffte, mit dem Wagen durch Sand und Salz und Dürre zu chauffieren und ihn dabei so glänzend zu halten, sprach Bände.

Anna schnallte sich an, und der Chief Ranger fuhr in südlicher Richtung los. Je näher sie Plum Orchard kamen, desto langsamer bewegte sich der Truck vorwärts. Bestimmt graute es Hull genauso wie ihr. Auch wenn sie die Frau war, wollte er die Nachricht sicher persönlich übermitteln. Immerhin war er der Chief Ranger. Für solche Dinge wurde man in solchen Positionen bezahlt, und die meisten Chiefs nahmen ihre Verantwortung ernst. Sie verwalteten nicht nur die vierbeinigen Bewohner des Parks, sondern sorgten auch für die zweibeinigen.

Plum Orchard war eine geschmackvolle Villa, 1898 von Andrew Carnegie für seinen Sohn im Georgian-Revival-Stil erbaut. Wie es sich gehörte, hatte sie zwei Stockwerke, mit hohen Bogenfenstern im Erdgeschoß und mit vier schönen, kräftigen Säulen, die das Giebeldach trugen. An drei Seiten war sie von einer Veranda mit Geländer umgeben, und an mehreren ungewöhnlichen Stellen waren weitere Veranden angebracht. Auf einer von ihnen, relativ weit hinten, stand eine breite Schaukelbank, auf der Anna gelegentlich ein Nickerchen machte, wenn sie die Gummitanks mit Brunnenwasser füllten, was eine schrecklich mühselige Arbeit war.

Zwei solcher Tanks verunstalteten den Rasen vor dem Gebäude. Wegen der Trockenheit sorgten die Truppmitglieder dafür, daß sie immer voll waren. Falls ein Feuer ausbrach, konnten die Hubschrauber hier ihre Löscheimer füllen. Die Insel war von Wasser umgeben, aber wenn man Salzwasser zum Löschen benutzte, zerstörte man das empfindliche ökologische Gleichgewicht.

Hinter den Tanks sprenkelten uralte Eichen den Rasen, farnüberwuchert und mit langen Schleiern aus Spanischem Moos behangen. Zwei stattliche Palmen, höher als das Haus, standen vor dem Eingang Spalier. Hinten grenzte das Grundstück unmittelbar an den Kanal, der die Insel vom Festland und der Stadt St. Marys trennte.

Ranger Hull fuhr den Kiesweg ums Haus herum und stellte den Motor ab. Seit Verlassen des Unglücksorts hatten er und Anna kein einziges Wort gewechselt. In der oberen Wohnung schlug eine Tür zu, und die beiden tauschten schuldbewußte Blicke.

»Wenn wir warten, wird es auch nicht leichter«, meinte Hull und machte seine Tür auf, allerdings erst, nachdem er sich vergewissert hatte, daß Anna das gleiche tat. Anscheinend hatte er ihr die Feigheit von vorhin noch nicht verziehen. Um ihren Fehler wiedergutzumachen, kletterte sie energisch aus dem Truck und marschierte mit festen Schritten um das Auto herum.

Eine Holztreppe, die vor kürzerer Zeit als Feuerleiter und privater Zugang zum Obergeschoß angebaut worden war, führte in den ersten Stock. Auf dem schmalen

Treppenabsatz stand Tabby Belfore. Die Sonne schien durch ihre feinen blonden Haare und durch den dünnen Stoff ihres Sommerkleids. Das Kleid hatte einen ähnlich blaßgelben Ton wie die Haare, und es sah aus, als wäre sie nackt, bis auf einen Heiligenschein, der ihren Kopf, die schmalen Schultern und den dicken Bauch umrahmte. Wunderschön, fand Anna und mußte an ein faszinierendes Bild von Gustav Klimt denken: eine Schwangere, eingehüllt in lange goldbraune Locken. Auf einmal bekam sie Angst, Tabby würde herabstürzen, und rannte die Treppe zu ihr hinauf.

»Sie sind Anna, richtig?« erkundigte sich Tabby, die offenbar das Gefühl hatte, die Gastgeberin spielen zu müssen, obwohl sie die Antwort natürlich kannte.

»Ja, vom Feuertrupp.« Unterdessen war Anna oben angekommen und stand zwischen Tabby und der Treppe, erleichtert und verlegen zugleich. Chief Ranger Hull folgte dich hinter ihr, und sie war froh, daß sie die Situation ihm überlassen konnte.

»Dürfen wir einen Moment hereinkommen, Mrs. Belfore?« fragte er höflich.

Tabby spürte genau, daß etwas nicht stimmte. Ihr zartes Gesicht verschloß sich wie eine Mohnblüte bei Sonnenuntergang. Wortlos zog sie sich in den Flur zwischen Treppe und Küche zurück. Norman Hull hielt die Tür auf, und Anna war gezwungen, als nächste einzutreten.

Tabby faltete die Hände unter dem Bauch, so daß der dünne Stoff ihres Kleids ganz knittrig wurde. Immer weiter wich sie zurück, bis ihr schließlich ein Küchenstuhl den Weg versperrte.

»Setzen wir uns doch«, schlug Anna vor.

Gehorsam ließ Tabby sich nieder. Sie sah aus wie ein Waisenkind, das eine Tracht Prügel erwartet; die Augen niedergeschlagen, die Schultern hochgezogen, als duckte sie sich vor dem Schlag.

Aber sie stellte keine Fragen.

»Wir haben eine schlechte Nachricht«, begann Hull. Anna hätte ihn am liebsten gebeten, sich auf die Knie zu werfen, sich zu verbeugen, irgend etwas zu tun, um die tödliche Kluft zu überbrücken, die sich zwischen Tabby Belfore und ihm auftat. Obwohl die Küche so klein war, hatte Anna das Gefühl, als würde Mrs. Belfore gleich in einen Abgrund stürzen. Leise trat sie hinter Tabbys Stuhl, ging in die Hocke und stützte die Ellbogen auf die Knie, so daß sie eine Art menschlicher Armlehnen für die Schwangere bildete. Die schien gar nicht zu merken, daß Anna nicht zum Mobiliar gehörte. Ihre Finger gaben den dünnen Kleiderstoff frei und umschlossen Annas Handgelenk.

Noch immer blickte sie nicht auf und erkundigte sich auch nicht näher nach der schlechten Nachricht.

»Todd ist bei einem Flugzeugabsturz ums Leben gekommen«, sagte Hull ruhig. »Es tut uns schrecklich leid. Wenn es irgend etwas gibt …«

Tabby hob ruckartig den Kopf. Ihr Mund war leicht geöffnet; sie warf dem Ranger einen kurzen Blick zu, schaute weg, dann wieder zu ihm. Als schon fast klassisch unangemessene Reaktion stieg in Annas Kehle ein kurzes Lachen auf. Es wollte gar nicht aufhören, und sie dachte schon, sie wäre übergeschnappt, aber dann merkte sie, daß es Tabby war, die lachte. Anna bereitete sich innerlich darauf vor, die junge Frau aufzufangen und festzuhalten, falls die Situation es erforderte.

Abrupt brach das Lachen ab. »Nein. Nicht Todd«, sagte Tabby. »Das ist nicht witzig.«

Norman Hull drehte langsam seinen Stetson in den Fingern. Sein Gesicht arbeitete wieder wie wild, und die Augenbrauen zuckten grimassierend nach oben. Trotz seines Ticks sah man ihm an, wie betroffen und besorgt er war.

»Das Flugzeug der Drogenfahndung ist abgestürzt, der Pilot wurde getötet«, setzte er von neuem an. Diesmal nickte Tabby, als verstünde sie, was er sagte, und als könnte sie die Information verarbeiten.

»Todd war bei ihm. Wir sind ziemlich sicher, daß er nichts gespürt hat. Er war sofort tot.«

Wie versteinert saß Tabby auf ihrem Stuhl. Anna verlagerte ihr Gewicht, weil ihr rechtes Bein einzuschlafen drohte. Hull sah sie hilfesuchend an, aber Anna zuckte nur die Achseln. Sie konnten nichts tun als abwarten.

»Todd war doch gar nicht mit ihm zusammen«, durchbrach Tabby schließlich das Schweigen. Weder Anna noch Norman Hull wußten eine Antwort. Tabby blickte von einem zum andern, und die Gefühle waren von ihrem Gesicht so leicht abzulesen wie bei einem kleinen Kind: Fassungslosigkeit, Wut, Angst. Und noch etwas. Etwas, was Anna nicht deuten konnte. Aber sie dachte, daß so das Gesicht einer Frau aussehen mußte, der das Herz brach und die trotzdem weiterleben mußte.

Weitere Sekunden verstrichen. Anna richtete sich langsam auf. Und da begann Tabby auf einmal zu schreien, rauhe, gepreßte Verzweiflungsschreie. Mit einer blitzschnellen Bewegung kratzte sie sich über die Wangen, und obwohl ihre Nägel bis zur Fingerkuppe abgebissen waren, hinterließen sie blutige Striemen auf der Haut.

»Rufen sie den Hubschrauber«, sagte Anna zu Hull. »Wir müssen Mrs. Belfore hier rausschaffen. Ins Krankenhaus.«

Der Chief Ranger nickte, setzte den Stetson wieder auf und verließ die Küche. Anna hörte seine Stiefel die Holztreppe zum Truck hinunterzutrampeln, wo er sein Funkgerät gelassen hatte.

Tabbys Schreie kamen mit fast rhythmischer Regelmäßigkeit. Anna nahm ihre Hände, aber die Finger blieben steif und verkrampft, als wollten sie immer noch kratzen. Zweimal flehte Anna die junge Frau an aufzuhören, aber die Schreie hörten nicht auf, und sobald

Anna ihre Hände losließ, gingen sie wieder auf das Gesicht los.

»Kommen Sie, beruhigen Sie sich, wir schaffen das schon.« Anna murmelte die Worte, die sie im Lauf der Jahre schon bei hundert verletzten und erschütterten Menschen gemurmelt hatte. Sie hörte ihre eigene Stimme kaum.

Auf dem Abtropfbrett stand eine Kaffeetasse mit einem Rest milchigem Kaffee. Anna goß die Tasse aus, füllte sie mit kaltem Wasser, wartete einen Moment und kippte es dann Tabby ins Gesicht.

Sofort verstummten die Schreie. Tabbys Hände verwandelten sich zurück und wirkten nicht mehr wie Krallen. Keuchend, als wäre sie fast ertrunken, wischte sie sich das Wasser vom Kleid.

»Das können Sie sich nicht leisten«, sagte Anna leise. »Auch wenn Sie es wollen, Sie dürfen sich jetzt nicht so gehenlassen.«

Tabby strich sich mit der Hand über den schwangeren Bauch. Der nasse Stoff klebte auf der Haut, und Anna konnte kurz ein Pulsieren sehen, als klopfte eine winzige Hand oder ein winziger Fuß an die Decke und verlangte Ruhe.

»O mein Gott«, sagte Tabby. »Ogottogottogott.« Sie hörte nicht auf zu weinen, aber jetzt kamen die Tränen leise und mischten sich unter das Wasser, das Anna über sie geschüttet hatte, tropften von ihren Wangen und durchnäßten das Oberteil des Kleids.

Anna zog einen zweiten Stuhl heran und setzte sich neben Tabby, damit sie die Schwangere jederzeit auffangen konnte, falls sie vom Stuhl rutschte.

Sie saßen sich noch so gegenüber, als der Hubschrauber kam.

Kapitel 8

Anna stand nackt am Ufer, warme Wellen leckten an ihren Füßen wie freundliche kleine Hunde. Die Brise reichte gerade aus, um ihr sanft über die Haut zu streicheln. Die Abenddämmerung war vorüber, der Schutz der Nacht gab ihr die Gelegenheit, den Luxus dieser Freiheit zu genießen. Immer wieder staunte sie, wie anders das Leben ohne Kinder war, wieviel angenehmer – jedenfalls, bis man anfing zu frieren oder die Insekten zum Angriff übergingen. Für moderne Viktorianer – eine Kultur, die Nacktheit in dunkle Kinosäle verbannte und sie stets mit Sex und viel zu oft auch mit Gewalt in Verbindung brachte – war es berauschend, wild und abenteuerlich, unter freiem Himmel nackt zu sein.

Vor allem für eine Frau allein.

Schnell schob Anna diesen Gedanken beiseite. Solche Ängste wurden von den Medien geschürt, meist ohne reale Grundlage. Mit Angst verkaufte man Anzeigenplatz, deshalb brauchten Fernsehen und Presse die entsprechenden Schlagzeilen.

Noch weit draußen war das Wasser flach, und sie war sicher sechzig Meter weit gegangen, bis das Wasser ihr an die Taille reichte. Sterne über sich, Sterne auf dem Wasser, so sank sie ins laue Naß und ließ sich tragen. Der stetige Puls des Meeres entwirrte ihre verrauchten Haare. Irgend etwas, vielleicht Seetang, streifte sie am linken Bein und berührte leicht ihre Kniekehle.

Entschlossen setzte sie Haie auf die Liste der Dinge, an die sie nicht denken wollte. Die Angst war wie ein Räuber, der in die Gedanken einbrach und den Frieden stahl. Anna verriegelte im Geist die Türen und ließ sich in die Nacht hinaustreiben.

Das Feuer war gelöscht, die Toten waren in Säcke gepackt, gelbes Absperrband säumte die Absturzstelle. Zwar hatte Anna noch nie mit einem Flugzeugabsturz zu tun gehabt, aber Tote und sterbende waren nicht neu für sie. Die kurvenreichen Straßen des Mesa Verde National Park und der schnurgerade Highway am Südrand der Guadalupe Mountains hatten ihren Anteil an Verkehrsopfern. Bei einem Waldbrand in Kalifornien, wo sie ebenfalls als Brandbekämpferin gearbeitet hatte, war ein Mann ums Leben gekommen. Aber ihn hatten die Flammen vollständig verschlungen; nur ein Aschehäufchen war übriggeblieben.

Was Anna momentan zu schaffen machte, war das rechte Ohr des Piloten, dieses grell rosarote Menschenohr inmitten der Verheerung. Es würde eine Weile dauern, bis diese Erinnerung verblaßte. Wochen würden ins Land gehen, ehe der Anblick eines Hummers auf einem Nudelnest oder eine getrocknete Aprikose zwischen Erdnüssen ihr wieder harmlos vorkommen würden.

Anna senkte die Füße auf den sandigen Grund, spreizte die Beine, lehnte sich in die schläfrige Brandung und genoß das sinnliche Gefühl, wenn das Wasser gegen ihre Haut schwappte. Etwas schief schwappte. Etwas schief kroch der Mond über den Horizont und goß sein Licht über den Atlantik. Mit trägen Bewegungen ließ Anna die Goldfäden durch ihre Finger gleiten, flocht sie ins dunkle Salzwasser und ergötzte sich an dem gedankenlosen Spiel.

Nachdem das Feuer als endgültig besiegt erklärt worden war und die hohen Tiere sowie die Sanitäter mit ihrer Maschinerie aufs Festland zurückgekehrt waren, hatte Guy den Trupp um sich versammelt.

»Hört mal alle her – ich hab das Training absolviert, aber jetzt mußte ich es zum erstenmal anwenden«, sagte er, als alle vor dem Haus standen, das den Brandbekämpfern als Quartier diente. Sein Gesicht war rußverschmiert, sein Kopf glänzte, weil er bei der Arbeit den Schutzhelm aufgehabt hatte, ein Fuß ruhte auf einem niedrigen Baumstumpf, während er sich mit dem Oberkörper nachdenklich hin und her wiegte.

Mit baumelnden Beinen, wie Kinder, saßen Anna und Dijon auf der hinteren Rampe des Löschtrucks. Rick lehnte an einem Kotflügel, Al hatte auf dem Kühler Platz genommen und stopfte systematisch seine Pfeife.

Vom Osten näherte sich langsam der Abend und füllte die Ritzen zwischen den Schatten mit tröstlicher Dunkelheit. Die Trockenheit hatte die Moskitos besiegt, und nur gelegentlich durchbrach ein blutrünstiges Surren die friedliche Abendstille. Noch leuchtete kein Stern, und der Himmel war nach dem Verschwinden der Sonne fast farblos.

Klimaanlage, Sofas, Licht, Fliegengitter – alles befand sich keine fünf Meter von ihnen entfernt, und doch dachte keiner daran, nach drinnen umzuziehen. Für alle fünf waren Rampen und Trucks vertrautes Terrain, viel eher ein Zuhause als fremde Unterkünfte.

»Ihr habt doch sicher alle schon vom Streßbewältigungsprogramm nach Krisensituationen gehört, oder?« fragte Guy und sah sich nach einem neutralen Platz um, wohin er seinen Tabaksaft spucken konnte. »Hat schon mal jemand eine Sitzung mitgemacht?« Alle außer Dijon hoben die Hand. »Gut. Dann helft mir mal. Ihr kennt doch die Prozedur. Wer meldet sich freiwillig?«

Zehn Sekunden verstrichen, dann sagte Rick: »Das ist doch nichts als ein Haufen Scheiße, wenn ihr mich fragt.«

Anna ärgerte sich – um Guys willen –, aber der Truppführer nahm Ricks Bemerkung gelassen hin.

Wahrscheinlich durchschaute er sie als das, was sie war: als Forschheit getarntes Unbehagen. An dieses neue gefühlsmäßige Zeug mußten sich manche erst mühsam gewöhnen.

Die Hände in die Hüften gestemmt, starrte Guy einen Moment in die Luft: Ein Mann, der seine Gedanken sammelt. »Vielleicht kannst du ja einfach bei uns sitzen bleiben, falls jemand dich zum Zuhören braucht, okay, Rick?« sagte er schließlich. »Wir machen auch bestimmt keine kollektiven Umarmungen oder so was.«

Damit war Rick einbezogen, ohne Gesichtsverlust. Es gab nichts, wogegen er sich wehren mußte. Er stützte den Ellbogen auf den Rand der Ladefläche und versuchte, überlegen zu wirken.

Anna konnte ihn gut verstehen. Sie wollte auch nicht über ihre Gefühle sprechen. Vielleicht fanden alle anderen sie komisch. Vielleicht waren sie nicht gut genug. Vielleicht gingen sie niemanden was an. Vielleicht waren sie unangemessen – diese Angst ließ die meisten Leute stumm werden.

Angespornt von der Angst vor der Angst beschloß Anna, den Anfang zu machen. »Ich hab schon befürchtet, die Witwe würde auf der Stelle ihr Baby kriegen.«

Nicken rundum. Keiner war empört. Man nahm den Gedanken wohlwollend zur Kenntnis. Allerdings hatte Anna ein schlechtes Gewissen, weil sie Tabby als die »Witwe« bezeichnet hatte. Vermutlich versuchte sie sich zu distanzieren.

Eine halbe Minute kroch dahin, Anspannung dehnte jede Sekunde, bis Anna das sichere Gefühl hatte, daß sie spürte, wie sie alterte, aber sie hätte sich lieber die Zunge abgebissen, als zweimal den Anfang zu machen.

»Hanson hat mich total genervt«, platzte schließlich Dijon heraus.

»Ja? Warum?« Anna durchschaute Guys Frage: Er wollte Dijon aus der Reserve locken, wie das Lehrbuch es empfahl. Aber da er von Natur aus ein Mann mit Stiefeln und Schutzhelm war, fehlte ihm die nötige innere Überzeugung. Wie ein guter Soldat befolgte er die Befehle, auch diejenigen, die er selbst nicht hundertprozentig verstand.

Aber es machte nichts, Dijon antwortete trotzdem, und darauf kam es an. »Er hat sich so beschissen großkotzig aufgeführt.« Dijon hatte wohl vergessen, daß eine Dame zugegen war, anscheinend war er wirklich aufgewühlt. »Und dann hat er plötzlich so getan, als wäre er total traurig.«

»Vielleicht wußte er nicht ,was er sonst tun sollte«, gab Al zu bedenken.

»Er ist ein Drecksack«, sagte Rick.

Wieder schwiegen alle, aber nicht mehr so angespannt. Die Nacht brach herein, und die Anonymität der Dunkelheit machte es ihnen leichter.

»Ich glaube nicht, daß noch einer gelebt hat, als wir ankamen«, fing Dijon wieder an. Die Hoffnung in seiner Stimme schien das Gesamtgefühl der Gruppe zu kristallisieren. Eine Leiche zu entdecken – auch eine ganz frische – war eine Sache, aber als hilfloser Augenzeuge zusehen zu müssen, wie die Seele sich verabschiedete – das war eine ganz andere Sache.

Der Mond hatte sich von Gold in Silber verwandelt und die Größe eines Zehncentstücks angenommen. Weiß glänzten die Dünen in seinem Licht. Nur als Silhouetten im Sand sichtbar, trabten Pferde im Gänsemarsch in Richtung Norden: ein Hengst – selbst in der Dunkelheit konnte Anna sein mächtiges Gehänge erkennen, das ihm fast bis an die Fesseln reichte –, fünf Stuten, zwei Fohlen. Die Herde auf Cumberland zählte fast dreihundert Tiere. Seit Jahrzehnten lebten sie wild auf der Insel, gehörten zu ihrer Folklore, zum Charme, zur Geschichte – und stellten den NPS vor ein Dilemma. Die instabilen Dünenstrukturen waren der Verwüstung durch die Pferde nicht gewachsen. Die harten Hufe dieser exotischen Tiere zerstörten das zarte Pflanzenleben, das die Dünen an Ort und Stelle hielt. Mit ihrem enormen Appetit grasten sie die Vegetation zwischen Dünen und Wald ab, und der

Sand wanderte ungehindert über die Insel und erstickte die Süßwasserseen.

Es wäre politische Selbstmord gewesen, die Pferde zu töten, und ökonomischer Wahnsinn, sie zu deportieren. Da Anna solche Probleme getrost den höheren Verwaltungsebenen überlassen konnte, brauchte sie nicht Stellung zu beziehen und konnte die Tiere einfach nur schön finden.

Nicht zum erstenmal ging ihr die Szene in Belfores Küche durch den Kopf. Tabbys Reaktion beunruhigte sie. Rückblickend schien sie noch seltsamer, und Anna fragte sich, ob Tabby vielleicht ernsthaft durchdrehte.

Bei ihrer Arbeit als Ranger hatte Anna immer wieder die Aufgabe gehabt, schlechte Nachrichten zu überbringen. Die Menschen nahmen Hiobsbotschaften ganz unterschiedlich auf. Heftige Trauerausbrüche waren nichts Unerwartetes, das Leugnen nicht ungewöhnlich. Tabbys plötzlicher Lachanfall war zwar kraß gewesen, aber an sich nicht besorgniserregend. Absurde Komödien basierten auf der Tatsache, daß Schrecken manchmal ein Lachen provozierte.

Träge blickte Anna zum Strand. Die Pferde waren verschwunden. Auch der Geländewagen, den sie für ihre Fahrt geborgt hatte, war eng. Ein Adrenalinstoß durchbrach ihren Seelenfrieden, aber dann entdeckte sie den Wagen genau an der Stelle, wo sie ihn geparkt hatte. Eine starke Strömung, die man in einem so großen Gewässer selten findet, hatte sie selbst parallel zur Insel nach Norden getragen.

Der Strand war zwar menschenleer, aber durchaus nicht unbelebt. Kaum sichtbare Bewegungen, zu weit weg, um sie genauer einordnen zu können, zeugte von allerlei Aktivitäten. Wahrscheinlich Gespensterkrabben, vielleicht sogar Babyschildkröten aus einem früheren Gelege. Obwohl Anna das eher bezweifelte. Marty Schlessinger hätte sie nicht so einfach unbeobachtet gelassen. Außerdem waren die meisten Nester weiter nördlich, östlich der Stelle, wo die Drogenflugzeuge hereinkamen.

Annas Gedanken kehrten zu ihrem Ausgangspunkt zurück, zu dem Unfall und seinen Nachwirkungen. In Tabby Belfores Küche. Was stimmte nur nicht an diesem Bild? Einen Augenblick später ihr ein Licht auf. Es war nicht die Überraschung, das Lachen, das Leugnen, sondern daß all das so spät gekommen war – einen Sekundenbruchteil zu spät. Tabby hatte auf schlechte Nachrichten gewartet, aber nicht auf die, die ihr dann überbracht wurden.

Aber was das zu bedeuten hatte und ob es überhaupt etwas zu bedeuten hatte, konnte Anna nicht sagen.

Sie drehte sich auf den Bauch und ließ sich von den Wellen in Richtung Ufer tragen, bis ihre Finger den Grund berührten. Wieder hatte sie dieses wunderbar übermütige, ungezogene Gefühl, als sie nackt den Strand entlangwanderte. Ein paarmal drehte sie sich um und sah, wie der Mond ihre nassen Fußspuren mit Silber füllte.

Kapitel 9

Frederick saß da und starrte auf das alte schwarze Wählscheiben-Telefon. Eine Ecke des Couchtischs war eigens von den üblichen, allgegenwärtigen Zeitschriftenstapeln befreit worden, um ihm Platz zu machen. Im Schlafzimmer seiner kleinen Chicagoer Wohnung befand sich die gesamte moderne Kommunikationstechnologie eines FBI-Agenten – Fax, Modem, Anrufbeantworter, Handy –, aber wenn er sich richtig unterhalten wollte, benutzte er das altmodische Modell. Da hatte man wenigstens etwas Handfestes. Er konnte den runden Hörer ans Ohr drücken und die Welt ausschließen, in die gewölbte Sprechmuschel flüstern und sich dem anderen Ende der Leitung nahe fühlen.

Während er das Plastikteil anstarrte, das noch warm war von Annas Anruf, ärgerte er sich darüber, daß soviel von seinem Leben – Sozial-, Familien-, Geschäfts- und Liebesleben – über das Telefon abgewickelt wurde.

Danny und Taters flatterten vom Zeitschriftenstapel auf dem Kaminsims herab, unter dem der Fernseher tonlos flackerte. Die beiden Wellensittiche, einer blau, der andere grün, pickten um das Telefon herum. Aus alter Junggesellengewohnheit speiste Frederick nämlich gern vor dem Fernseher, und deshalb lagen um diese Zeit am Abend gewöhnlich jede Menge kleiner Leckerbissen in der Gegend herum.

Danny, der blaue Vogel, hatte Taters Anwesenheit Anna Pigeon zu verdanken. Als Frederick sich in Anna verliebt hatte, tat ihm Danny in seiner Einsamkeit plötzlich leid, und er kaufte ihm eine Freundin. Das Mädchen im Zooladen, die noch zur Highschool ging und das Geschlecht des Tieres genausowenig beurteilen konnte wie Frederick, hatte voll danebengegriffen. Dennoch hatte die Sache ein Happy-End, denn die beiden Wellensittiche mochten sich sehr.

Frederick brachte ein aufmunterndes Quietschgeräusch hervor und streckte den Finger aus. Sofort ging Danny auf das Angebot ein, hüpfte auf den Finger und musterte Frederick mit einem glänzenden Auge. Piedmont, Annas Kater, würde die gefiederten Freunde verschlingen, falls er je die Gelegenheit dazu bekam. Frederick hoffte, daß dies keine Metapher für seine Beziehung zu Anna, der kleinen Ranger-Frau, darstellte.

Er grinste. Anna nahm nie Rücksicht darauf, daß sie so klein war. Wahrscheinlich wäre sie beleidigt, wenn er sie darauf ansprach. Inzwischen hatte er gelernt, vorsichtig zu sein. Aber eines Tages würde sie sich dabei weh tun. Oder noch schlimmer, es konnte sie das Leben kosten.

Einen Augenblick blieb Frederick bei diesem Gedanken. Danny flog ihm auf den Kopf und fegte dabei eine Strähne babyfeiner Haare in Fredericks Stirn. Sie kitzelte an der Nase. Zeit für einen Friseurbesuch. Gedankenverloren strich er die Haare aus der Stirn und schob den aufgeregten Vogel ein Stück zurück.

Ein Leben ohne Anna war nicht undenkbar, zumindest solange sein Herz durch die Telefonleitung mit ihr verbunden war. Leider gab es für ihn mit seinen fünfundvierzig Jahren, von denen er dreiundzwanzig im Polizeidienst verbracht hatte, sowieso kaum noch etwas Undenkbares. Aber er hatte das Alleinleben satt, und die Beziehung auf Distanz war ein einsamer, irritierender Kompromiß. »Ich wollte, Anna könnte die Stadt gut leiden«, sagte er zu dem Vogel auf seinem Kopf. »Oder ich fände den Dreck und die Krabbeltiere und Tausende von Meilen Einöde anziehend.«

Anna hatte ihm erzählt, sie wolle jetzt schwimmen gehen. Frederick stellte sich vor, wie ihr geschmeidiger

Körper durchs Meer glitt, und spürte ein angenehmes Prickeln.

»Ich glaube, es ist Zeit, meinen Lebensunterhalt zu verdienen«, sagte er zu dem kleinen grünen Vogel, der am Tischrand entlanghüpfte.

Eine schwere Plastikbrille mit Halbgläsern, die billige Sorte aus dem Supermarkt, lag neben dem Telefon. Frederick setzte sie mitten auf seine lange Nase und studierte die Zahlen, die er hinten auf die Stromrechnung von Juli geschrieben hatte.

In dem Jahr, das er jetzt mit Anna zusammen war, hatte ihre Schwester Molly beinahe übermenschliche Dimensionen angenommen. Er war ihr nie begegnet und hatte auch noch nie mit ihr gesprochen, aber er zweifelte nicht daran, daß sie alles über ihn wußte, von seiner Entscheidung bei den letzten Wahlen bis zur Größe seines Penis. Wenn ein Mann anfing, mit einer Frau zu schlafen, sollte er sich lieber nicht einbilden, er hätte noch Geheimnisse.

Er klemmte den Hörer zwischen Hals und Schulter und wählte. Genaugenommen wußte er überhaupt nicht, was er sagen oder tun sollte. Morddrohungen waren immer eine vage Angelegenheit, absolut unberechenbar. Sie konnten alles Mögliche bedeuten, von Machtgier bis zu einer echten Warnung. Motiv war immer der Drang, das Opfer zu schikanieren, aber das Ausmaß wirklicher Gefahr war sehr unterschiedlich. Leider konnten die Maßnahmen, die das Fernsehen den Leuten ständig als Standardvorgehen vorgaukelte – DNA, Fingerabdrücke, Papierart, Handschrift – nicht angewandt werden. Gewohnheitsverbrecher, deren Fingerabdrücke in den Archiven dokumentiert waren, zeigten meist wenig Neigung zum Briefeschreiben. Seit es Computer gab, waren die Macken einzelner Schreibmaschinen unbedeutend geworden, und die meisten Papiersorten wurden in Tausenderpackungen feilgeboten.

Na gut, er würde zuhören, Vorschläge äußern, sich beliebt machen, und vielleicht fiel ihm sogar etwas Schlaues ein. So pubertär die Fantasie auch sein mochte – Frederick mußte zugeben, daß er sich ausmalte, Annas Schwester aus den Klauen eines ganz üblen Schurken zu befreien. Das würde sich in seinem Lebenslauf großartig machen.

»Hallo«, fauchte eine Stimme aus dem Hörer, und zu seinem Schrecken mußte Frederick zur Kenntnis nehmen, daß Molly zu Hause war. Eine Nachricht auf dem Anrufbeantworter wäre der leichtere Weg gewesen.

»Hier ist Frederick Stanton vom FBI«, meldete er sich steif und verdrehte die Augen, als er sich selbst nachhorchte.

»Hier ist Dr. Pigeon«, gab eine kühle Stimme zurück.

Titel gegen Titel. Sie warteten beide.

»Ich rufe nur an, um zu sehen, ob es wirklich beeindruckend ist, wenn ich mich vorstelle, oder ob ich noch daran arbeiten muß«, sagte Frederick schließlich. Zu seiner großen Erleichterung lachte Molly. Das Lachen war ein ansteckendes Gackern, typisch beispielsweise für Totos Kidnapperin im »Zauberer von Oz«, und für andere historische Frauengestalten.

Aber dann verklang es, und Frederick hatte wieder die schwarze leere Telefonstille im Ohr. Da er den Kontakt hergestellt hatte, war er jetzt verpflichtet weiterzumachen. »Anna hat mich gebeten anzurufen. Sie macht sich Sorgen wegen der Drohungen, die Sie bekommen haben.«

Er hörte ein scharfes Luftholen, das er erst als Empörung deutete. Dann aber fiel ihm ein, daß Molly rauchte. Als junger Mann hatte er auch geraucht, und bis heute bekam er beim Kaffeetrinken und beim Telefonieren manchmal Lust auf eine Zigarette. »Vielleicht könnten Sie mir sagen, was Sie selbst davon halten. Ich weiß nicht, ob und wie ich helfen kann. Aber vielleicht kann ich wenigstens Annas Angst lindern.« Er konnte sich nicht erinnern, in einem normalen Gespräch jemals das Wort »lindern« verwendet zu haben. Er merkte, daß er Molly Pigeon beeindrucken wollte.

Wieder das forcierte Einatmen, dann antwortete Molly: »So ungern ich das zugebe, die Sache macht mich ehrlich nervös.« Wie Anna hatte auch ihre Schwester, die Psychotherapeutin, eine tiefe Stimme, aber es gab einen entscheidenden Unterschied. Molly klang, als würde sie jedes Wort genau abwägen und sich überlegen, ob es das betreffende Wort überhaupt verdient hatte, aus ihrem Mund zu kommen. Frederick hatte den Verdacht, daß sie sich noch schwerer kennenlernen ließ als Anna. Aber das fand er nicht abstoßend, im Gegenteil, er empfand es als Herausforderung.

»Ich habe schon öfter Morddrohungen erhalten – Sie doch bestimmt auch.«

Frederick nickte, dann fiel ihm ein, daß er die Geste auch mit dem entsprechenden Sound ausstatten mußte.

»Die jetzige – oder vielleicht sollte ich sagen, die jetzigen, inzwischen habe ich nämlich schon vier bekommen – fühlen sich irgendwie anders an. Sehr kalt. Sehr präzise. Als wollte diese Frau … als müßte sie einen Auftrag erledigen. Ich habe überhaupt nicht den Eindruck, als wäre sie außer sich vor Wut oder so.«

Frederick wartete, bis er sicher war, daß er sie nicht unterbrechen würde, dann fragte er: »Warum glauben Sie, daß es eine Frau ist?«

»Ich weiß, daß es eine Frau ist«, antwortete Molly. »Die Wortwahl, die Handschrift, das Briefpapier, die Stimme auf dem Anrufbeantworter, alles war eindeutig weiblich.«

»Könnte jemand Sie an der Nase rumführen?«

Einen Augenblick herrschte Stille. »Ja«, räumte Molly dann ein.

Frederick mochte klare Antworten. Jeder Mensch

konnte jederzeit an der Nase herumgeführt werden, aber Profis fiel es schwerer, das zuzugeben. Seine Meinung von Molly stieg. Bis zu diesem Augenblick war ihm gar nicht klar gewesen, daß er darauf eingestellt gewesen war, sie nicht zu mögen. Defensiv, sagte er sich. Anna hatte so viel von ihrer Schwester erzählt, daß er sich eingeschüchtert gefühlt hatte.

Er stellte Molly all die Fragen, die Anna ihr bereits gestellt hatte, und trommelte dann eine Weile auf den Couchtisch, in der Hoffnung auf eine konstruktive Idee. Molly wartete ab, ohne unnötiges Geplapper, er hätte fast vergessen, daß sie da war.

»Okay«, meinte er schließlich. »Genaugenommen haben wir überhaupt nichts in der Hand, deshalb rate ich Ihnen auch nicht, die Polizei zu verständigen. Das wäre momentan reine Zeitverschwendung.«

»Gut«, sagte Molly, aber Frederick hörte es gar nicht, weil er seinen eigenen Gedanken nachhing.

»Was ich in meiner Position aus FBI-Mensch tun kann« – fast hätte er hinzugefügt: »und als Freund ihrer Schwester«, aber das kam ihm dann doch absurd vor – »was ich tun kann«, fuhr er fort, »ist folgendes: Ich kann Computer für mich arbeiten lassen. Um herauszufinden, ob dieses Muster irgendwo schon mal aufgetaucht ist. Wenn Sie Namen und Geburtsdatum von einer Person haben, die Sie für fähig halten, so etwas durchzuziehen, kann ich feststellen, ob die Betreffende eine kriminelle Vorgeschichte hat. Wenn es Fingerabdrücke auf dem Brief gibt, kann ich die ebenfalls überprüfen lassen, vielleicht landen wir ja einen Treffer. Wahrscheinlich führt es zu nichts, aber das ist unser routinemäßiges Vorgehen. Zumindest kommt dadurch ein bißchen Ordnung in die Sache. Wenn Sie möchten, kann ich Ihnen auch ein paar Hinweise geben, wie sie sich verhalten können.«

»Ich hol mir nur schnell einen Stift«, erwiderte Molly und kurz darauf: »Legen Sie los.«

»Solche Drohungen haben meistens mit irgendeinem Vorfall aus der jüngeren Vergangenheit zu tun. *Der Graf von Montechristo* ist da eher eine Ausnahme – die meisten Leute tragen ihren Groll nicht so lange mit sich rum.«

»Konzentrationsmangel«, meinte Molly, und Frederick lachte.

»Schreiben Sie alle Vorkommnisse auf, aus denen Rachegelüste hätten entstehen können, auch wenn Sie vielleicht nur am Rand beteiligt waren. Alles, was in den letzten sechs Monaten passiert ist. Verändern Sie Ihre Routine: Wann Sie ausgehen, wie Sie zur Arbeit kommen, wo Sie zu Mittag essen. Seien Sie nicht berechenbar. Achten Sie darauf, ob Sie jemanden ohne ersichtlichen Grund mehr als einmal sehen – beispielsweise in der U-Bahn und dann später noch mal im Restaurant. Solche Sachen.«

»Verdammt«, sagte Molly. »Jetzt krieg ich richtig Angst.«

»Angst ist gut«, entgegnete Frederick.

»Vertrauen Sie Ihrer Paranoia?«

»Was macht Anna angst?« fragte er unvermittelt. Er erschrak selbst über diesen Gedankensprung.

»Alles und nichts – wenn Sie Angst haben müßte, fürchtet sie sich nicht, und dann bekommt sie plötzlich Angst, wenn es keinen Grund gibt.«

Loyalität gegenüber Anna schien sich nicht mit dem Wunsch vereinbaren zu lassen, sie besser kennenzulernen, und so überlegte Frederick einen Moment, ob er Molly bitten sollte, ihre Antwort näher auszuführen. Aber nach einer kurzen Pause nahm sie ihm die Entscheidung ab. Er hörte die Vorsicht in ihrer Stimme und wußte, daß sie ihm vertraute. Dieses spinnwebfeine Band der Sympathie wollte er nicht zerreißen, und so hörte er ihr zu, die Sprechmuschel vom Gesicht abgewandt, damit kein unbeabsichtigter Laut sie stören konnte.

»Nach Zachs Tod – Sie wissen doch, daß Zach Annas Mann war, oder? – hatte sie schwere Depressionen, aus denen sie fast ein Jahr nicht rauskam. Sie war echt verrückt. Wir haben sie nicht eingeliefert, aber ein paarmal war ich kurz davor. Sie hat versucht, sich umzubringen. Das waren weniger Hilferufe als der Versuch, sich von schlimmeren Dingen abzulenken, wenn sie sich das vorstellen können. Jedenfalls ...«

Molly zog das Wort in die Länge, und Frederick konnte heraushören, daß die Konversation sich dem Ende entgegenneigte. Plötzlich merkte er, daß er die Luft anhielt und atmete aus.

»Jedenfalls ist sie schließlich doch rausgekommen, aber unterwegs ist irgendwas verlorengegangen.«

»Der Überlebensinstinkt?« riet Frederick ins Blaue hinein.

»Ich weiß es nicht. Aber ich arbeite daran. Leider muß ich jetzt aufhören. Gibt es sonst noch etwas?«

Frederick hatte sein leises »Nein« kaum ausgesprochen, da war die Leitung auch schon tot.

Nachdenklich befreite er seinen Terminkalender von Vogeldreck und holte ihn unter dem Telefon hervor. Am Freitag war er geschäftlich in Baltimore. Falls es Molly paßte, würde er auf dem Heimweg in New York Zwischenstation machen.

Ein Treffen mit der legendären Schwester, spöttelte er innerlich. Aber er konnte nicht leugnen, daß er den Gedanken aufregend fand.

Kapitel 10

Um fünf Uhr morgens schlich Anna nach unten, um die Früchte der in der vorigen Nacht ausgelegten Kaffeebohnen zu ernten. Das Quartier war mit einer vollautomatischen High-Tech-Kaffeemaschine ausgestattet, und jeden Abend machte Anna es sich zur Aufgabe, den Timer einzustellen. Um den Eindruck aufrechtzuerhalten, daß sie unersetzlich waren, arbeiteten alle Brandbekämpfer von sechs bis sechs: Heiße, endlose Stunden, voller Wachsamkeit und Langeweile. Der Kaffee gab Anna wenigstens einen Grund, aus dem Bett zu kommen.

Da alle die Vorstellung kollektiven Kochens ablehnten, hatten sie beschlossen, daß jeder für sich selbst sorgen sollte. Während Anna den Kühlschrank nach Kaffeesahne durchforstete, konnte sie ihre Kollegen nach ihren Essensvorräten katalogisieren: Gemüse und Erdnußbutter für Al. Maccaroni mit Käse in Dosen, bottichweise zubereitet und viele Tage nacheinander gespachtelt – Dijon. Bier und rotes Fleisch für Rick. Ein Glas Miracle Whip, drei Packungen pappiges Weißbrot und Aufschnitt waren für Guy Frühstück, Lunch und Dinner. Seine Frau kochte schon so lange für ihn, daß er in der Fremde darauf vertraute, daß irgendwelche freundlichen Seelen eine Mahlzeit für ihn zubereiten würden – oder er aß eben Sandwiches.

Obwohl sie den Sahnebehälter gut versteckt hatte, fühlte er sich verdächtig leicht an. Diejenigen, die über den Luxus spotten, sind die ersten, die ihn klauen, dachte Anna verärgert.

»Hübscher Schlafanzug.«

Anna drehte sich um und entdeckte Guy. Fast immer war er der zweite, der dem Kaffeeschrein huldigte. Er trug Nomex und zwei paar Paar Socken, und wäre nicht die von ihm selbst erlassene Sandregelung gewesen, hätte er garantiert auch seine Schutzstiefel an.

»Schläfst du eigentlich auch in deinen Feuerklamotten?« fragte sie.

»Das sind keine Klamotten«, entgegnete Guy, während er sich und Anna Kaffee einschenkte. »Ich hab mich vor ein paar Jahren grün und gelb tätowieren lassen. Das spart enorm Zeit.«

»Das glaube ich. Du bist schlaff und ausgebeult genug.«

Nachdem sie ihre Beleidigungen ausgetauscht hatten, setzten sie sich an den riesigen Resopaltisch mit den zahllosen Klappstühlen aus Metall. Zufrieden starrten sie beide ins Leere und warteten darauf, daß das Koffein die nächtlichen Nebelschwaden vertrieb. Daß sie einen blauweiß gestreiften Pyjama trug, war Anna zwar etwas peinlich, aber sie wollte sich nicht unterkriegen lassen. Bei einer Feueraktion trug kein Mensch einen Pyjama. Das machte man einfach nicht. Vermutlich galt es als unmännlich. Man schlief in Klamotten, in der Unterhose oder nackt. Wenn Männer sich in der Männerwelt aufhielten, war Faulenzerkleidung unerwünscht. Sie paßte nicht ins Bild. Gewöhnlich beugte sich Anna aus schierer Notwendigkeit dem Kodex. Bei einem richtigen Waldbrand gab es keinen Raum für unnötiges Beiwerk. Aber jetzt war es nur eine Präventivmaßnahme. Sie wohnten in einem Haus, schliefen in normalen Betten und hatten ziemlich normale Arbeitszeiten.

Ohne recht zu merken, was sie tat, knöpfte sie die Manschetten der Schlafanzugjacke zu und setzte sich aufrecht hin.

Nach der ersten halben Tasse wurde Guy gesprächig. »Ich hab mich gestern abend noch lange mit Norman Hull unterhalten, während du mit den Fischen getanzt hast. Heute soll ein Luftfahrt-Ermittler aus Washington kommen. Den haben sie vom Forest Service geborgt.«

»Warum?«

»Das ist Vorschrift, wenn es Tote gibt. Wegen der Luftfahrt-Sicherheit. Warst du noch nie bei einem Flugzeugabsturz dabei?«

Anna schüttelte den Kopf.

»Ich auch nicht. Ich hab mal eine Maschine gefunden, mitten im Nichts, aber die hatte schon mindestens tausend Jahre da rumgelegen. Nur noch Knochen. Hull möchte ein paar von euch zur Unterstützung, weil Todd tot ist und sie sonst niemanden haben. Ich wollte ihm dich und Rick schicken.«

»Und wenn es irgendwo anfängt zu brennen?«

»Das wäre doch mal was!«

Die Tatenlosigkeit, zusammen mit den Zecken, der Hitze und Ricks Schnarchen, ging allen auf Nerven.

Die neue Aufgabe kam wie gerufen, einen Tag schulfrei, und Anna gab sich Mühe, sich nicht allzu sehr zu freuen. Rick kannte solche Skrupel nicht, und als der Anruf kam, sie sollten Hull und den Luftfahrt-Ermittler am Dock treffen, war der Rest des Trupps froh, die beiden endlich los zu sein.

Es war acht Uhr morgens, aber schon sehr heiß. Durch die Klimaanlage hatte man einen falschen Eindruck vom Wetter. Die Hitze ließ auch über Nacht nicht nach. Anna fand es ausgesprochen unangenehm, schon am frühen Morgen zu schwitzen. In den Bergen diktierte die Sonne die Temperatur. Auf Cumberland strahlte nicht nur der Boden Hitze ab, sondern auch die Bäume und die Luft selbst.

Rick lehnte sich an den Kotflügel des Trucks, Anna nahm auf der Kühlerhaube Platz. Brandbekämpfer standen nur selten frei in der Gegend herum. Wahrscheinlich, weil sie sich so oft auf eine Schaufel stützten.

Ein kleines grün-weißes Boot mit Innenbordmotor tuckerte über das glasige Wasser des Kanals zwischen Cumberland und der Küste. Nahe am Land war das Wasser ganz braun und sah aus wie eine dicke Suppe. Schilfgras wiegte sich in den Salzwassersümpfen an den seichten Uferstreifen und beherbergte einen Reichtum an Leben, der Anna immer wieder verblüffte. Überall war Leben, sogar in der Wüste des Hochlands, wenn man nur die Geduld aufbrachte, danach Ausschau zu halten und zu warten. In diesem warmen Gewässer krabbelte, hüpfte und flatterte das Leben an jeder Ecke und drängte sich einem förmlich auf.

Das Boot des NPS legte an, und seine menschliche Fracht krabbelte, hüpfte und flatterte auf das hölzerne Dock. Hull kam aus einem Büro, um die Gäste willkommen zu heißen. Seine Vogelscheuchenfigur, alles nur Kanten und Flächen, gekrönt von einem Hut, wie Smokey der Bär einen trug, überragte die drei untergeordneten Gestalten in der hellgrünen Uniform des United States Forest Service.

»Sollen wir uns nützlich machen?« fragte Anna.

»Warum nicht?« Rick stieß sich vom Kotflügel ab.

Durch ein langes weißes, an beiden Enden offenes Gebäude, das an eine überdachte Brücke in New England erinnerte, gelangte man von den schwimmenden Docks, wo das Boot vertäut war, auf festen Boden. Da Hull und die drei ehrwürdigen Besucher mit ihrem Gepäck allein zurechtzukommen schienen, blieben Anna und Rick im Schatten stehen und warteten.

Zwei stämmige Männer, die Gesichter von grünen Baseballkappen überschattet, kamen als erste mit dem Löwenanteil des Gepäcks. Hinter ihnen ging Norman Hull, sehr bemüht, seine Schritte denen seines Begleiters anzupassen.

Anna kniff die Augen zusammen, um die allgegenwärtig blendende Sonne auszutricksen, und musterte die Ankömmlinge genauer. Neben Hull ging eine Frau. Auf den kurzgeschnittenen, weißen Haaren, die so leger gelockt waren, daß es Natur sein mußte, leuchtete das

Sonnenlicht wie auf einer Pusteblume. Anna schätzte sie auf einsachtundfünfig bis einssechzig, aber das konnte auch eine Täuschung sein, denn sie stand kerzengerade, mit gestrafften Schultern wie ein General, und vermittelte dadurch eine Aura von Größe und Autorität.

Die Augen der Frau waren hinter einer dunklen Pilotenbrille verborgen. Die untere Gesichtshälfte war faltig, das Kinn schlaff. Anna schätzte, daß sie zwischen fünfundfünfzig und fünfundsechzig war.

»Schau dir bloß die Oma an!« murmelte Rick.

Anna grunzte ein paarmal, um anzudeuten, daß er ein altes Machoschwein sei, und er lachte.

»Vielleicht backt sie Plätzchen für uns«, sagte er.

Das wiederum glaubte Anna eher nicht.

Die beiden Gepäckträger erreichten den überdachten Kai und gaben überraschte Laute von sich, als Anna und Rick aus dem Schatten traten. Hull und die weißhaarige Frau folgten ihnen auf den Fersen, und der Chief Ranger machte alle miteinander bekannt. Shorty Powell, ein ruppiger, schnurrbärtiger Mann um die vierzig, war der Spezialist für Starrflügelflugzeuge. Wayne Pitt war etwa gleich alt und ähnlich gebaut, nur daß sich sein Körperfett an der Taille angesiedelt hatte. Er war Ingenieur, und sein Gesicht war größtenteils unter einem dunklen, unglaublich lockigen Bart verborgen.

Die Frau, Alice Utterback, war die Chefermittlerin. »Mrs. Utterback«, stellte Hull vor, »das sind Anna Pigeon und Rick …«

»Spencer«, half Rick aus.

»Alice«, sagte die Frau.

Ihr Händedruck war fest, die Hand warm und trocken; die Finger hatten Falten, und der kleinste war knubbelig von Arthritis oder einem alten Bruch. Obwohl ihre Augen hinter der Brille unsichtbar waren, fühlte Anna ihren Blick. Rick, Anna, der Truck, alles wurde blitzschnell taxiert und eingeordnet. Wie das Urteil ausfiel, konnte

Anna allerdings nicht erraten. Alice Utterbacks Gesicht blieb undurchdringlich. Auffallend war aber, daß sie selten lächelte, eine eher unweibliche Eigenschaft. Zumeist wurden Frauen – und Mädchen – beigebracht, unter allen Umständen zu lächeln. Wahrscheinlich das Äquivalent des kleinen Hundes, der dem großen Hund als Zeichen seiner Unterlegenheit die Kehle hinhält. Alice Utterback gehörte eindeutig zu den großen Hunden.

»Ihr Quartier ist sehr schlicht«, erklärte Norman Hull entschuldigend, als die Prozession sich wieder in Marsch setzte und auf die wartenden Trucks zuging. »Wir haben ein Gästehaus für VIPs aufgemacht, aber es ist ziemlich heruntergekommen.«

Anna unterdrückte den Impuls, Alice Utterback ihr Zimmer anzubieten. Wenn sie großzügig war, hatte sie am Ende des Tages meistens schlechte Laune. Außerdem sah Alice Utterback aus, als könnte sie ganz gut für selbst sorgen.

»Wird schon gehen«, meinte sie denn auch.

»Wollen Sie sich erst mal entspannen? Sich frisch machen?« fragte Hull, und jetzt überflügelten seine guten Manieren die moderne politische Korrektheit.

»Ich bin noch verdammt frisch«, entgegnete Alice und lächelte zum erstenmal. Ihre Zähne waren gelb und schief, aber durchaus nicht unangenehm. Sie paßten zum Gesicht. »Shorty und Wayne werden es mir schon sagen, wenn ich nicht mehr frisch bin, sondern mich in Richtung reif bewege.«

»Wir bleiben dann im Gegenwind«, versprach Shorty, und Alice lachte.

»Na gut«, sagte Hull. »Gehen wir.«

Die Trümmer waren auf einem Gebiet von mehr als zweihundert Metern verstreut; Teile der zerschellten Beechcraft hätten als Zeichen für einen Wanderweg dienen können. Rick bekam die Aufgabe, die Stelle des Aufschlags und die endgültige Lage des Flugzeugs zu markieren, wie bei einem Verkehrsunfall. Man würde Messungen vornehmen, Fixpunkte festlegen, damit der Absturz für den Bericht auf Papier übertragen und bei Bedarf später rekonstruiert werden konnte – falls Fragen auftauchten.

Der Experte für Starrflügelflugzeuge, der von Alice nur Shorty genannt wurde, nahm Chief Ranger Hull und eine 35-Millimeter-Kamera und begann alles zu dokumentieren, was Rick markierte und ausmaß.

Wayne, der Ingenieur, wanderte mit einem magnetischen Kompaß und einem Sammelsurium von Stiften herum, die er absurderweise in seinem Bart aufbewahrte. Mindestens drei Stifte steckten in den dichten Locken, wie im Dutt einer Frau. Unwillkürlich mußte Anna an ein halb vergessenes Märchen denken – die Geschichte von einem Mann, in dessen Bart Vögel nisteten.

Anna wurde von Alice zur Sekretärin ernannt. Mit dem Klemmbrett in der Hand folgte sie ihr, wo sie ging und stand, und machte Notizen. Früher, als Anna jünger und leicht zu kränken gewesen war, hätte sie sich über diese traditionelle Frauenrolle geärgert, aber in der Zwischenzeit hatte sie genug Erfahrung mit der Bürokratie, um zu wissen, daß Sekretärinnen nicht nur alle Fäden in der Hand hielten, sondern oft auch als einzige sämtliche Fakten kannten. In der einen oder anderen Form – Brief, Fax, Telefonanruf oder Klatsch – gingen alle Informationen über ihren Schreibtisch.

Außerdem gab es dabei nicht viel Schweres zu heben, und deshalb fügte sich Anna bereitwillig in ihre Rolle als Utterbacks »Mädchen für besondere Fälle«.

Alice Utterback kroch unter die Überreste des explodierten Flügels auf der Passagierseite der Beechcraft. Um ihren Hals lag eine schwarze Kordel, deren Enden in ihrer Hemdentasche verschwanden. Jetzt zog sie daran; eine starke Maglite-Taschenlampe kam zum Vorschein, mit der sie systematisch das Armaturenbrett ausleuchtete.

Das Klemmbrett an die Brust gedrückt, grätschte Anna so nah es ging an sie heran und beobachtete die Prozedur. Glücklicherweise waren die Gespenster zusammen mit den Leichen verschwunden, und darüber war sie sehr froh. Trotz der makabren menschlichen Überbleibsel – ein verbrannter Knopf, ein Blutfleck unter den Armaturen an der einzigen nicht verbrannten Stelle des Kabinenbodens – war das Cockpit frei von Emotionen. Jetzt war es einfach nur ein Puzzle, und Anna genoß es, die Chefermittlerin dabei zu beobachten, wie sie die Einzelteile zusammensetzte.

»Norman Hull hat gesagt, es sind zwei Menschen ums Leben gekommen«, bemerkte Alice, ohne ihre Inspektion zu unterbrechen.

»Ja, Ma'am«, antwortete Anna.

»Der Pilot war Privatmann?«

»Slattery Hammond«, Anna nannte den Namen.

Schließlich knipste Alice die Maglite aus und hockte sich auf die Fersen. »Slattery Hammond. Warum überrascht mich das nicht?«

Anna wartete. Die Frage war eindeutig rhetorisch, und bei Alice Utterback hatte man irgendwie keine Lust, sich als naseweis zu entpuppen.

»Ich bin ein paarmal mit ihm geflogen, als ich in Region sechs gearbeitet habe – in Washington State«, erklärte Utterback. »Er war ein Draufgänger – oder hielt sich jedenfalls dafür. Einer von denen, die man schnell kennenlernen muß, weil sie voraussichtlich nicht allzu lange leben. Ein Jammer, daß diese Leute meistens einen andern mitnehmen, wenn sie den Löffel abgeben. Sein Passagier war also der District Ranger?«

»Todd Belfore.«

Alice knipste die Minitaschenlampe wieder an und wandte ihre Aufmerksamkeit erneut dem Instrumentenbrett zu. »Norman hat gesagt, er hinterläßt eine Witwe.

»Sie ist in St. Marys im Krankenhaus. Jedenfalls war sie gestern dort. Sie ist hochschwanger.«

»Das ist traurig«, sagte Alice und fügte hinzu: »Schreiben sie.« Langsam, offenbar daran gewöhnt, Leuten zu diktieren, die kein Steno beherrschen, las sie die Anziegen auf den Instrumenten ab: »Kraftstoff steht auf Reserve, Ladevorrichtung ausgefahren, Höhenmesser scheint ungefähr richtig, Drosselklappen ... zu kaputt, da sieht man nichts.«

In ihrer schönsten katholischen Schulschrift notierte Anna jedes Wort.

»Können Sie daraus irgend etwas entnehmen?« fragte sie.

»Nicht viel«, gestand Alice. »Aber man kann nie wissen. Vielleicht finden wir noch was.«

Als Shorty herüberkam, verließen sie das Cockpit, und er fotografierte das Innere des Flugzeugwracks.

Scheinbar ziellos schlenderte Utterback umher. Die Hände tief in den Taschen vergraben, schlurfte sie durch den Bodenbewuchs, betrachtete die Bäume, den Himmel und pfiff dabei tonlos vor sich hin. Aber plötzlich blieb sie stehen, kräuselte nachdenklich die Unterlippe und starrte aufmerksam auf den Boden.

»Was ist?« fragte Anna nach einer Weile.

»Ich glaube, ich kriege ein Bläschen an der Lippen«, entgegnete Alice zerstreut. »Ich hasse diese blöden Dinger.« Sie zupfte noch eine Weile an ihrem Mund herum und sagte dann. »Schreiben Sie das auf. In Klammern, damit ich weiß, es ist nur geraten, und nicht das Werk Gottes.

Sieht aus, als wäre Hammond zu niedrig und zu langsam geflogen. Aus irgendeinem Grund ist die Maschine scharf nach links abgedreht, mit der Nase nach unten.«

»Hast du was, Alice?« rief Wayne.

»Nichts Hieb- und Stichfestes.«

Wieder schlenderte Utterback davon. Eifrig kritzelnd folgte Anna.

»Sind die Innenbordmotoren explodiert?« fragte Alice. »Es gibt zwei Motoren an jedem Flügel, einer weiter innen, einer weiter außen – Innenbord und Außenbord«, erklärte sie, ehe Anna sich gezwungen sah, ihre Ignoranz zu offenbaren. »Sind die weiter innen explodiert?«

»Ja, Ma'am. Der linke ist beim Aufprall in die Luft gegangen, der rechte kurz nachdem wir angekommen sind.«

Alice nickte; was Anna sagte, paßte zu dem, was sie vor sich sah. »Hat man die abgerissenen Flügelspitzen aufgezeichnet?« rief sie zu Rick und Shorty hinüber.

»Rechts ja. Links nicht«, rief der Mann vom Forest Service zurück.

Alice nahm ihr tonloses Pfeifen wieder auf und wanderte zurück zum rechten Flügel. Er lag vierzig Meter nördlich vom Rumpf und war noch teilweise intakt. Der Außenmotor im Innern der Tragfläche war nicht beschädigt. Kabel und Drähte hingen heraus wie Sehnen und Bänder eines abgetrennten Körperteils. Vermoderte Blätter, die beim Aufprall aufgewühlt worden waren, bedeckten die Vorderkante der Tragfläche. Die Flügelunterkante ragte etwa dreißig Zentimeter in die Luft, was der Tragfläche eine gewisse Dynamik verlieh.

Inzwischen war die Sonne über den Meridian gestiegen. Annas Magen fing schüchtern an zu knurren. Unter den immergrünen Eichen rührte sich kein Lüftchen, und es hatte circa siebenunddreißig Grad. Unter den Achselhöhlen der Männer zeigten sich Schweißflecken, bis hinunter zum Gürtel. Rinnsale liefen Anna über Nacken und Rücken, und es fühlte sich an, als wollten sie die kleinen Beine von Zecken imitieren, die sich zu einem leckeren Imbiß in die Haut gruben.

Doch Alice schien von all dem unberührt: Ihre Haut war trocken und pudrig, ihre weißen Haare wellten sich ordentlich. Zweimal umkreiste sie den Flügel. Mit gezücktem Stift stand Anna bereit und versuchte, möglichst intelligent auszusehen. »Könnte ihnen der Treibstoff ausgegangen sein?« fragte sie vorsichtig.

»Wäre denkbar«, erwiderte Alice. »Das sollte man auf jeden Fall überprüfen.« Sie kauerte sich nieder und entfernte den Tankdeckel. »Hey, Shorty!« rief sie. »Ich muß mal in den Außenbordtank schauen. Hast du ein Streichholz für mich?«

Gutmütiges Gelächter über diesen uralten Witz schallte zu ihnen herüber, während Utterback den Strahl ihrer Maglite in den Tank richtete.

»Fast halbvoll. Notieren Sie das«, ordnete sie an. »Rechter Reservetank viertelvoll – ja, schreiben Sie lieber ein Viertel.«

Pflichtschuldig strich Anna das Wort »halb« durch und ärgerte sich ein bißchen, weil ihre bislang makellosen Notizen nun versaut waren.

»Nanu, was haben wir denn hier?« Alice nahm die Brille ab und spähte mit bloßem Auge in den Tank. »Irgendein seltsames Objekt.«

Anna hätte am liebsten gebettelt: »Ich will auch reingucken! Ich will auch!« Aber sie widerstand dem kindlichen Impuls.

»Laß mich mal ran«, forderte Shorty, der hinter sie getreten war, und Anna war richtig neidisch.

»Bitteschön.« Alice reichte ihm die Maglite. »Ganz weit hinten. So eine Art Amöbe.«

»Spar dir die gelehrten Wörter«, grunzte Shorty, während er in die Hocke ging.

Nach einer längeren Diskussion über die Natur des sonderbaren Gegenstands bekam Anna den Auftrag, etwas zu finden, womit man ihn herausfischen konnte. »Vielleicht einen Kleiderbügel«, schlug Alice Utterback vor, wenig hilfreich.

Um nichts zu verpassen, joggte Anna zurück zum Löschtruck, der am Straßenrand geparkt war. In dem Gerümpel hinter dem Sitz fand sie ein Stück Schweißdraht. Voller Stolz trug sie die Trophäe zurück zur Unfallstelle.

»Perfekt«, lobte Alice, und Anna freute sich wie ein Schneekönig.

Nachdem sie fünf Minuten angestrengt gestochert hatte, brachte sie eine Plastiktüte zum Vorschein, wie sie in der Gemüseabteilung im Supermarkt angeboten werden.

Behutsam legte Alice die Tüte auf die Tragfläche. Inzwischen hatte die Aktion auch die anderen herbeigelockt. Alle sechs standen um das Fundstück herum und starrten es an.

»Ist das Ding zufällig da reingeraten?« überlegte Shorty laut und beantwortete die Frage gleich selbst: »Nicht sehr wahrscheinlich. Viel zu groß. So was muß man schon absichtlich reinstopfen.«

»Vielleicht steckt es schon seit Jahren drin«, meinte Wayne. Er war der Mechaniker, was seiner Vermutung natürlich Gewicht verlieh. »Ich hab schon seltsamere Dinge gefunden. Einmal hab ich im Leitwerk einer alten J-three Club ein gebrauchtes Kondom entdeckt. Vielleicht ist der Beutel beim Bau der Maschine in den Tank gefallen und dort praktisch versiegelt worden.«

»Wie lange hält sich Plastik in einer Flüssigkeit mit hundert Oktan?« wollte Alice wissen.

Niemand konnte ihr Auskunft geben.

»Dann wißt ihr schon, was ihr beim nächsten Wissenschaftsprojekt machen müßt«, sagte sie. »Tütet das Zeug ein und schickt es ans Labor der Flugsicherheitsbehörde. Vielleicht war irgendwas da drin.«

»Zucker«, sagte Anna. In den Nationalparks kannte man sich mit dummen Streichen aus. Sie versuchte es mir dem Naheliegendesten. Zucker im Benzintank war einer der ältesten Tricks, fast schon ein Klischee, aber nach wie vor höchst effektiv.

»Aber warum hat der Täter dann nicht einfach Zucker reingestreut? Warum eine ganze Tüte?« gab Alice zu bedenken.

»Damit es eine Weile reicht.«

Alle ignorierten Anna.

»Würde es dazu führen, daß die Maschine nicht mehr richtig funktioniert und abstürzt, Mrs. Utterback?« fragte der Chief Ranger. Hull klang immer so gestelzt, daß Anna sich allmählich fragte, ob Englisch vielleicht nicht seine Muttersprache war.

»Es würde den Motor kaputtmachen«, antwortete Alice, »aber nicht zu einem Absturz wie diesem führen. Fotografiert das Zeug. Tütet es ein«, wiederholte sie. Der Rest interessierte sie nicht mehr. Spekulationen waren unwichtig. Wenn die Fakten vom Labor zurückkamen, konnte man das Thema neu besprechen.

Aus Gründen, die keiner kannte, marschierte Alice davon, Anna im Schlepptau, und begab sich zu den Trümmern der linken Tragfläche, die gut zehn Meter von ihrem Gegenstück entfernt lag.

Der linke Außentank war geborsten, der Kraftstoff herausgeflossen, aber Alice inspizierte ihn sehr intensiv. Während die anderen mit ihren Aufzeichnungen und Datensammlungen fortfuhren, durchpflügten sie und Anna den Schutt, der um den Flügel herumlag. Zweimal erkundigte sich Anna, wonach sie suchten. Beide Male lautete die Antwort: »Wir sehen uns das Zeug einfach nur an.«

Kurz vor Sonnenuntergang, als die Männer ihre Geräte einpackten und gehen wollten, rief Alice Utterback plötzlich: »Bingo! Und dann: »Heureka!« Unter der Blätterschicht versteckt, zwei Meter von dem explodierten Tank entfernt, hatte sie gefunden, wonach sie gesucht hatte: einen zweiten Plastikbeutel.

»Da hat jemand was im Schild geführt«, meinte sie. »Aber ich habe nicht die geringste Vorstellung davon, was.«

Kapitel 11

Im flachen Osten von Georgia ging die Sonne in Zeitlupe unter. Die Dämmerung senkte sich wie feiner Staub, ein grauer Schleier, der sich nach und nach über die lebhaften Sommerfarben breitete. Anna saß am Steuer, Alice Utterback neben ihr. Sie hatten kein Ziel, und Anna schaukelte langsam und genüßlich den Weg entlang. Nachdem sie den ganzen Tag hinter Alice hergelaufen war, war es angenehm zu sitzen. Utterback schien nie müde zu werden, und während die anderen Pausen einlegten, um eine Zigarette zu rauchen, etwas zu trinken oder ein Schwätzchen zu halten, hatten die beiden Frauen unablässig gearbeitet.

Auch jetzt war die Chefermittlerin nicht vollständig entspannt. Die Plastikbeutel, die sie in den Außentanks der Beechcraft gefunden hatten, lagen in versiegelten Beweismitteltüten auf dem Armaturenbrett des Trucks. Ohne auf das Kaleidoskop von Grün und Gold zu achten, das vor den Fenstern an ihnen vorüberzog, starrte Alice auf die Beutel, und Anna hatte das Gefühl, sie könnte die gut geölten Zahnrädchen im Gehirn ihrer Beifahrerin klicken hören.

»Die Beutel sind eindeutig mit Absicht in die Tanks gesteckt worden«, sagte Alice nach einer Weile, mehr zu sich selbst als zu Anna. »Obwohl ich mir nicht vorstellen kann, zu welchem Zweck. Es gibt einfach keinen vernünftigen Grund. Möglicherweise hat Hammond sie dort deponiert, um etwas zu schmuggeln, aber das wäre ein ziemlich jämmerlicher Versuch. Es wäre doch eine elende Plackerei, bis man das Zeug wieder rausgeholt hat, und wenn man das nicht tut, wäre die Aktion endgültig ohne jeden Sinn.«

»Könnten sie die Triebwerke irgendwie versaut haben? fragte Anna. »Mit Sand oder einem Holzschuh im Getriebe?«

»Sabotage?« wiederholte Alice. »Eigentlich nicht. Ich meine, vermutlich könnten die Dinger da drin die Benzinleitung verstopfen. Aber die Wahrscheinlichkeit, daß beide das gleichzeitig machen und so lange an Ort und Stelle bleiben, bis kein Benzin mehr kommt, ist sehr gering. Andererseits hat ja offensichtlich etwas die Beechcraft runtergeholt. Hammond war ein Blödmann, aber kein schlechter Pilot. Wenn es keine Probleme gegeben hätte, wäre er doch sicher nicht so überstürzt gelandet. Eine Beechcraft macht einiges mit, die bringt einen fast immer sicher nach Hause – oder jedenfalls an eine flache Stelle. Wenn jemand ihn umbringen wollte, hätte es bessere Möglichkeiten gegeben.«

»Gibt es denn Gründe, warum jemand Slattery Hammond hätte umbringen wollen?« fragte Anna.

»Oh, klar. Er gehörte zu den Jungs, die immer irgendwas laufen haben. Hat sich immer wieder neue Projekte ausgedacht. Und er ist für die Drogenfahndung geflogen. Deshalb war in manchen Kreisen nicht sehr beliebt.«

»Glauben Sie, daß er an irgendwas dran war?«

»Das bezweifle ich. Die Kerle spielen mit harten Bandagen. Ich kann mir nicht vorstellen, daß ein Dealer zwei Sandwichtüten in einen Benzintank stopft – es sei denn, Slattery wollte einen Drogenring von Zehnjährigen ausheben. Wie heißt der Kerl noch mal, der bei ihm war? Belfore? Vielleicht ist der jemandem auf die Hühneraugen getreten.«

»Er sollte nicht mal in dem Flugzeug sein«, meinte Anna. »Eigentlich hatte der Chief Ranger den Termin für diesen Flug.«

»Vielleicht wußte jemand, daß Belfore und der Chief Ranger getauscht hatten.«

Eine Erinnerung tauchte in Annas Gedächtnis auf:

Tabby in ihrem roten Kleid, die im Scheinwerferlicht stand und schrie: »Dann verläßt du mich!« während ihr Ehemann sie zu schütteln versuchte.

»Vielleicht«, räumte Anna ein. »Aber womöglich war auch jemand hinter Norman her.«

»Das wäre denkbar. Aber die Beutel sind als Mordwaffen einfach nicht stichhaltig. Na ja, morgen wissen wir mehr.« Alice stopfte die Indizien in ihre lederne Aktentasche und schloß damit die Ermittlungen für den Tag ab.

»Achtung!« schrie sie plötzlich, und Anna trat auf die Bremse. Auf dem ungeteerten Weg hatte das wenig Sinn, man schlidderte einfach weiter. Zwei Fahrzeuge, beide leichte Trucks, der eine der des Chief Rangers, der andere der vom Wartungsdienst geliehene Wagen von Wayne und Shorty, standen mitten auf der Fahrbahn, ohne Rück- oder Warnblinklichter eingeschaltet zu haben. Anna fluchte, aber sie wußte, daß sie es niemals ansprechen würde – schließlich fuhr sie auch so. Der Abend war so unmerklich hereingebrochen, ihr war nicht klar gewesen, wie dunkel es schon war.

Keinen Meter von Norman Hulls hinterer Stoßstange kam der Truck zum Stehen. Sekunden später waren sie eingehüllt in eine Wolke aus feinem weißem Staub, der ihnen das Atmen fast unmöglich machte.

Pflichtbewußt, wenn auch etwas verspätet, stellte Anna die Scheinwerfer an, um nicht noch weitere ahnungslose Verkehrsteilnehmer in Gefahr zu bringen. Das Licht strich an der Seite des blauen Pickup vorbei, und als der Staub sich legte, sah man eine Gruppe Männer, die hinter dem Wagen am Straßenrand standen.

»Bestimmt ein angefahrenes Reh«, sagte Anna und öffnete die Wagentür.

Es war kein Reh, sondern ein gutaussehender junger Mann aus Österreich. Er war auch nicht angefahren worden, sondern angeschossen.

Als Anna und Alice näher kamen, lockerte sich der Männerknoten. Rick rief: »Anna, schwing deinen Hintern mal hier rüber und wirf einen Blick auf das Bein des jungen Mannes hier.«

Anna ging hinüber. Der junge Österreicher saß auf einem Haufen Sand, den Mitch Hanson vom Südende der Insel hierher transportiert hatte, um den Weg auszubessern. Im diffusen Licht sah er totenbleich aus. Seine dunklen Haare, die zu einem Pferdeschwanz zusammengebunden waren, bildeten einen harten Kontrast. Er war höchstens fünfundzwanzig, aber Schmerz und Erschöpfung hatten die Gesichtshaut so straff gezurrt, daß er deutlich älter wirkte.

Neben ihm saß eine Indianerin, die mindestens so schön war wie ihr Begleiter. Sie war zierlich und dunkel, das Gesicht klar und ebenmäßig geschnitten. Augen und Haare waren beinahe schwarz. Von ihren kleinen, perfekt geformten Ohren hingen in Silber gefaßte Bären aus Türkis.

Die junge Frau preßte sich die Hände vor den Mund, als müßte sie schreien oder sich übergeben und wollte das verhindern. In dem Augenblick, als Alice und Anna in den Kreis traten, lösten sich ihre Hände, und sie versuchte zu reden.

Zunächst kamen aber nur Schluchzer. Sie gestikulierte, als wollte sie ihre Geschichte mit den Händen erzählen, aber aus ihrem Mund kamen die Worte stoßweise und unzusammenhängend. Sie keuchte wie nach einem Hundertmeterlauf.

»Tut mir leid«, stieß sie schließlich hervor. »Ich kriege keine Luft. Das Ding – die Kugel – hat Günther am Bein erwischt. Ich hab ihn meilenweit geschleppt.«

»Geschleift«, verbesserte der Österreicher in perfektem Englisch, mit einem Hauch von einem Akzent, der das Herz einer Rangerin mittleren Alters kurz stolpern ließ.

So wie die beiden aussahen, war »Schleifen« eher die

richtige Beschreibung. Günther war ziemlich groß, etwa einsachtzig, knapp achtzig Kilo. Die Frau dagegen war schmal und schlank. »Wie heißen Sie?« fragte Anna.

»Shawna.«

»Atmen Sie tief und regelmäßig, Shawna.« Dann wandte ich Anna an Günther: »Ich bin Anna Pigeon, Sanitäterin. Darf ich mir Ihr Bein ansehen?«

Wayne – oder Shorty – war zum Truck zurückgegangen und hatte die Scheinwerfer angestellt. Der harte Lichtstrahl machte die Schatten tiefer und erleuchtete alles andere erbarmungslos grell.

Als wollte er erklären, warum bis zu Annas Eintreffen nichts unternommen worden war, sagte Rick: »Wir sind auch erst eine Minute vor dir gekommen.«

Anna brummte verständnisvoll, während sie mit Alice Utterbacks Maglite in die Kniekehle des Österreichers leuchtete.

Beide Wanderer trugen Shorts, schwere Stiefel und Kniestrümpfe. Unterhalb des Knies war Günthers linkes Bein dick umwickelt, offenbar mit Klamotten aus ihren Rucksäcken, hauptsächlich T-Shirts.

»Es hat nicht durchgeblutet«, stellte Anna fest. »Wie lange ist es denn her?« Günther und Shawna sahen sich an. Offensichtlich war die Zeit für sie keine meßbare lineare Einheit mehr.

»Vier Stunden?« riet Shawna.

»Eine Stunde?« meinte Günther.

»Eine Weile also«, schlug Anna als Kompromiß vor. Damit waren beide zufrieden. »Ich denke, ich kann nicht viel mehr tun, als Sie bereits getan haben«, fuhr sie fort. »Sie sind noch bei Bewußtsein und können zusammenhängend reden. Ich finde, sie haben das großartig gemeistert. Deshalb werde ich jetzt auch nicht an dem Verband rummachen – sonst fängt die Wunde nur wieder an zu bluten. Wenn wir Sie zu einem Arzt gebracht haben, kann er sich darum kümmern.«

»Ich wollte später das Boot aufs Festland nehmen«, sagte Hull. Er wohnte mit seiner Frau und ihrer dreizehnjährigen Tochter in St. Marys, einer kleinen Stadt direkt auf der anderen Seite der Bucht von Cumberland. »Am besten machen wir uns gleich auf den Weg. Ich fahre Sie dann dort zum Krankenhaus.«

»Je früher desto besser«, pflichtete Anna ihm bei.

»Anna, wenn Sie die Aussage der jungen Dame aufnehmen könnten, wäre ich Ihnen sehr dankbar«, sagte Hull und begann auch schon Anweisungen für das Aufladen und den Transport des verletzten jungen Mannes zu geben.

Man legte ein paar Decken auf den Rücksitz von Hulls Wagen und machte es Günther darauf einigermaßen bequem. Wayne setzte sich neben ihn, um ihm Gesellschaft zu leisten und ihn im Auge zu behalten.

Shawna zwängte sich in der Fahrerkabine des Löschtrucks zwischen Anna und Alice. »Ich liebe ihn«, meinte sie müde, während sie sich anschnallte, »aber er kann auch eine ganz schöne Nervensäge sein. Ich hoffe bloß, die Ärzte geben ihm Medikamente. Er muß sich unbedingt entspannen.«

Inzwischen hatte sie einigermaßen die Fassung wiedergewonnen und atmete regelmäßig. Nachdem Anna sich als letzte in den Konvoi eingeordnet hatte, erkundigte sie sich noch einmal, was genau passiert war.

»Ein Rollentausch ist nur fair«, meinte Alice und übernahm die Rolle der Sekretärin: Aus ihrer Aktentasche zog sie einen gelben Notizblock hervor und machte sich Notizen.

»Ich weiß eigentlich gar nicht, wie es passiert ist«, erklärte Shawna nach einem Augenblick des Nachdenkens. »Wir haben ein paar Tage am Lake Whitney campiert.« Whitney war einer der hübschen Süßwasserseen, die von den Dünen bedroht wurden. Wegen des äußerst empfindlichen ökologischen Gleichgewichts war

Campen auf der Insel verboten, aber Anna hakte nicht nach. Sie wollte die Geschichte ohne Unterbrechungen hören.

»Dann haben wir unser Zelt abgebaut und sind querfeldein losgewandert. Ich weiß nicht, wie lange wir unterwegs waren – wir hatten die Orientierung verloren, aber genau darum ging es uns ja. Wir wußten, daß wir uns auf so einer kleinen Insel nicht wirklich verirren konnten. Irgendwann stolpert man garantiert über etwas, woran man die Richtung erkennen kann. Wir kämpften uns gerade durch ein dichtes Gebüsch, Günther war ein Stück vor mir. Dann gab es einen Knall, Günther ist auf den Boden gefallen, hat sein Bein umklammert und geschrien.«

»Wo ungefähr waren Sie denn?« fragte Anna.

Shawna schüttelte den Kopf. »Ich habe wirklich keine Ahnung. Wir sind rumgewandert, wissen Sie, haben uns Sachen angesehen. Danach war ich total durcheinander. Und es war auch nicht gerade ein Kinderspiel, Günter zu schleppen. Irgendwo zwischen dem See und der Stelle, wo Sie uns aufgegabelt haben. Tut mir leid.« Jetzt keuchte Shawna wieder, als wäre es anstrengend, von der Schlepperei zu erzählen.

»Schon okay. Sind Sie jemandem begegnet?« fragte Anna.

»Nein.«

»Haben Sie irgendwas gehört – Schritte, Stimmen?«

»Nein, gar nichts. Bloß den Knall, dann nichts mehr.« Shawna beugte sich vor, stützte die Ellbogen auf die Knie und rieb sich mit beiden Händen das Gesicht.

»Sie sind bestimmt ziemlich k.o.«, meinte Alice freundlich.

»Das ist stark untertrieben«, antwortete Shawna.

Ein paar Minuten herrschte Schweigen. Anna war hin und her gerissen zwischen dem Impuls, dem Mädchen noch mehr Informationen aus der Nase zu ziehen, und dem Bedürfnis, sie in Ruhe zu lassen. Die Wißbegier gewann die Oberhand.

»Beschreiben Sie mir die Wunde«, sagte sie. Aus Alice Utterbacks Richtung hörte sie ein leises Schnauben, was sie als Mißbilligung auffaßte. »Möglichst genau«, fügte sie trotzig hinzu.

Shawa überlegte ein paar Sekunden, und Anna erkannte, daß sie den Antworten des Mädchens mehr Glauben schenkte, weil sie so nachdenklich wirkte. Bei einem so jungen Menschen war das eher ungewöhnlich.

»Es hat furchtbar geblutet, deshalb kann ich es nicht so genau beurteilen. Eine ziemliche Sauerei. Wir wollten die Wunde möglichst schnell verbinden, damit Günther nicht zuviel Blut verliert. Wir können beide Erste Hilfe. Im Winter haben wir als Skilehrer gearbeitet, da braucht man das. Die Wunde sah aus wie eine Furche, eine Rille, als wäre die Kugel von hinten in das Bein eingedrungen und hätte den Unterschenkel durchlöchert.«

In allen Nationalparks waren Waffen strikt verboten, was natürlich nicht bedeutete, daß es keine gab. Genau wie überall in Amerika trugen alle möglichen Leute Waffen: Wilderer, Kriminelle, Forscher, die es mit potentiell gefährlichen Tieren zu tun hatten, Bürger, die sich selbst verteidigen zu müssen glaubten, Polizeikräfte. Man hätte jeden Besucher und auf Cumberland auch jeden Einwohner nackt ausziehen müssen, um die Insel waffenfrei zu halten.

»Wie tief war die Furche?« fragte Anna.

»Immens. Wie der Grand Canyon. Vielleicht sieben Zentimeter breit und drei bis fünf Zentimeter tief. Ernsthaft. Ein großes Stück der Wade war weg, als hätte jemand es rausgebissen.«

Alice langte an Shawna vorbei und tippte Anna auf die Schulter. Als Anna sie ansah, deutete Alice auf das Mädchen, das immer noch vornübergebeugt dasaß, das Gesicht in den Händen. Tränen rannen ihr durch die Finger, fielen in großen Tropfen auf ihre staubigen Schenkel und hinterließen dort dicke nasse Flecken. So hatte Anna noch nie jemanden weinen sehen – es war die reinste Überschwemmung.

»Wenn Sie so weitermachen, trocknen Sie uns noch aus«, sagte sie. Wahrscheinlich quittierte Alice das mit einem strafenden Blick, denn Anna spürte ein Prickeln rechts im Nacken. »Es wird schon wieder werden«, fügte sie lahm hinzu.

»Und wenn er jetzt verkrüppelt ist?« flüsterte Shawna.

Darauf wußte Anna keine Antwort. Für zwei junge Leute, die so von der Kraft und Schönheit ihres Körpers lebten, gab es sicher kaum einen schlimmeren Schicksalsschlag. Im stillen hoffte sie, Alice würde mit einem klugen, mütterlichen Spruch zu Hilfe eilen, aber das war nicht der Fall.

Als sie auf die Lichtung fuhren und sich den Bürogebäuden und dem Dock näherten, kam ihnen aus der Dunkelheit ein Geländewagen entgegen, dessen Scheinwerferlicht bei jedem Schlagloch auf und ab hüpfte. Da die Straße zu schmal war für zwei Fahrzeuge, fuhr Anna den Truck an den Rand, um das kleinere Gefährt vorbeizulassen.

Der Jeep blieb dicht neben ihnen stehen, und durch das offene Fenster erschien das ausgemergelte Gesicht von Marty Schlessinger, die spärlichen Zöpfe vom Wind zerzaust. Er starrte sie an, als wollte er sie auffressen, was Anna jedoch nicht sonderlich störte – für Schlessinger war dieser Ausdruck normal und nicht weiter böse gemeint. Vermutlich war es seine Art, Dinge zu mustern, die Kreaturen des Planeten eingehend zu taxieren.

»Was soll der ganze Aufruhr?« fragte der Biologe. »Hull tobt herum wie eine Vogelscheuche bei Gewitter. Habt ihr bei dem Absturz irgendwas gefunden?«

Anna schüttelte den Kopf. Warum stellte Marty nicht einfach den Motor ab, statt so rumzuschreien? »Ein junger

Mann ist ins Bein geschossen worden. Wir haben ihn an der Straße gefunden, und Norman bringt ihn und seine Freundin rüber nach St. Marys. Sieht aber aus, als käme alles wieder in Ordnung«, fügte sie Shawna zuliebe hinzu.

Zwar war es inzwischen ganz dunkel, aber weil Marty so nah war, konnte Anna sein Gesicht genau erkennen. Die Information löste eine gewisse Überraschung und Verwirrung bei ihm aus. Er kniff die Augen zusammen und zog die Brauen und Mundwinkel nach unten. Dann klickte es irgendwo in seinem Gehirn, und sein Gesicht wirkte plötzlich viel offener.

»Ich habe die Schüsse gehört«, erklärte Marty. »Und ich kann dir auch sagen, wo.«

Anna glaubte ihm keine Sekunde. Das war viel zu glatt, zu aggressiv. Außerdem hatte Shawna immer nur von einem einzigen Schuß gesprochen. »Wann?« fragte sie trotzdem.

Schlessinger glotzte sie verständnislos an. »Wann was?«

Jetzt wollte er Zeit schinden. »Wann hast du die Schüsse gehört?«

Shawna hob den Kopf aus den Händen. »Wir glauben, es war ungefähr ...«

»Warten Sie«, unterbrach Anna. »Wann hast du die Schüsse gehört, Marty? Und wie viele waren es? Möglichst genau, wenn's geht.«

Marty warf Anna einen Blick zu, und diesmal war er böse gemeint. »Ich weiß nicht mehr«, antwortete er monoton, trat aufs Gaspedal und brauste in einer Staubwolke von dannen. Anna konnte nur noch schnell die Fenster hochkurbeln, damit sie nicht alle erstickten.

Die Schlange am Telefon war ungewöhnlich lang – Alice mit ihren dienstlichen Anrufen hatte natürlich Vortritt. Als nächste war Anna an der Reihe. Weder Frederick noch Molly waren zu Hause. Da sie sich vernachlässigt fühlte, hinterließ sie schnippische Nachrichten auf beiden Anrufbeantwortern und gesellte sich dann zu Alice Utterback, die auf der Betonterrasse wartete, während Al mit seiner Familie telefonierte.

Die Luft war warm, sanft und schwarz. Erst in ein paar Stunden würde der Mond aufgehen, und das ferne Glitzern der Sterne schaffte es nicht, die feuchte Luft zu durchdringen. Alice saß im Schneidersitz auf dem Boden; offenbar fühlte sie sich wohl in der Dunkelheit. Anna ließ sich neben ihr nieder und nahm unbewußt eine ganz ähnliche Haltung ein.

»Herrlich, diese Stille«, sagte Alice.

Anna fand keine Antwort nötig, und so saßen sie eine ganze Weile in kameradschaftlichem Schweigen nebeneinander. Die Stille auf Cumberland war beeindruckend; eine lebendige Stille, die durch das leise Treiben, das Knistern und Knacken, nächtlicher Kreaturen noch verstärkt und nicht vom kleinsten Windhauch gestört wurde.

Leider genügte dieser Friede aber nicht, um auch Annas Gedanken zur Ruhe zu bringen. »Wenn die Wunde tatsächlich so tief war, wie Shawna behauptet, müßte sie von einer .45 Kugel oder einer Schrotflinte stammen. Ich würde auf Schrot tippen. Eine .45er würde das Fleisch zerreißen, nicht wegblasen.«

Da Anna offensichtlich eine Reaktion erwartete, antwortete Alice: »Vielleicht hat Shawna übertrieben. Sie war total durch den Wind.«

»Schon möglich«, räumte Anna ein, obwohl sie es nicht wirklich glaubte. So gut durchdachte Angaben waren meistens ziemlich genau. »Wahrscheinlich werden wir es nie herausfinden. Wer immer es getan hat, ist längst über alle Berge. Wir wissen ja nicht mal genau, wo es passiert ist. Wir werden verschiedene Leute befragen, und so weiter, aber vermutlich wird nicht mal ernsthaft gesucht. Zeitverschwendung. Wonach soll man denn fahnden?«

»Nach Wilderern?« schlug Alice vor. An ihrem Tonfall

merkte Anna, daß sie sich nur widerwillig auf das Gespräch einließ. Aus Rücksicht hätte sie Alice ihren Träumereien überlassen sollen, aber Anna war in Plauderstimmung.

»Wilderer haben eher selten einen Revolver«, sagte sie. »Und auf der Insel gibt es kein Wild, für das man Schrot braucht. Sogar die Schweine sind ganz ordinär, keine wilden Eber oder dergleichen.«

»Hmmm«, machte Alice unverbindlich.

Aber Anna ignorierte weiterhin ihren Wunsch, einfach nur die laue Nacht zu genießen. »Die Leute tun manchmal seltsame Dinge. Vor allem Jäger. Ich könnte mir vorstellen, daß jemand mit einem Revolver auf Schweinejagd geht. Kein Jäger, der sein Hobby als Sport betreibt – als wäre es sportlich, ein Schwein auszutricksen –, sondern jemand, der einfach gerne tötet.«

»Welch angenehmer Gedanke.«

»Als ich in Texas gelebt habe, habe ich Jäger vom ›gesunden Schuß‹ reden hören. Einer hat zum Beispiel gesagt: ›Ich hab nichts gesehen, aber ich hab einen gesunden Schuß abgegeben.‹ Das bedeutet, er hat etwas im Gebüsch rascheln hören und einfach drauflosgeballert. Vielleicht ist Günther von so einem Jäger angeschossen worden – und der hat nicht mal gemerkt, daß er was getroffen hat. Und schon gar nicht einen Menschen.«

»Shawna hat aber gesagt, Günther hat geschrien.«

»Stimmt. Also ein tauber Schweinewilderer aus Texas mit einem Revolver.«

Alice schwieg, und Anna ließ sich die unwahrscheinlichen Möglichkeiten eine Weile durch den Kopf gehen. Ungebetene Gedanken an Molly, an die Morddrohungen an Frederick und die Zukunft schwirrten in ihrem Gehirn wie Hummeln im Glas, aber sie beschloß, sie nicht freizulassen. Das Beinwundenrätsel war eine hervorragende Ablenkung.

»Ein Revolver ist eine sehr persönliche, fast intime

Waffe«, meinte sie. Von ihrer Gesprächspartnerin hörte sie nur ein leises Seufzen. »Es ist schwierig, aus mehr als fünfzehn Metern Entfernung auch nur annähernd genau zu treffen.«

Jetzt trat Al aus der Bürotür, und mit einer für Anna wenig schmeichelhaften Behendigkeit sprang Alice auf. »Ich müßte längst m Bett liegen«, verkündete sie und ging voraus zum Truck.

Vor Mittag des folgenden Tages hatten alle das Rätsel um die Plastikbeutel und Günthers Schußverletzung schon wieder verdrängt. Zu sechst – Alice, Anna, Rick, Wayne, Shorty und Norman Hull – beendeten sie die Nachforschungen an der Absturzstelle.

Wayne, der Mechaniker, hatte den ganzen Morgen die Kontrollverbindungen vom Cockpit zu den jeweiligen Funktionen untersucht: Kabel, Drähte, Angeln, Bolzen. Das gehörte zur Standardprozedur und trug in diesem Fall tatsächlich Früchte.

Alice Utterback verstand die Ergebnisse sofort. Weil sie technischer Natur waren, holte Wayne Stift und Papier, um die Abfolge der Ereignisse für den Chief Ranger aufzuzeichnen. Anna stellte sich hinter Waynes linke Schulter und sog die Informationen begierig auf.

Die Klappen – bewegliche Teile an der Hinterkante der Tragflächen – dienten dazu, das Tempo des Flugzeugs zu drosseln oder den Auftrieb zu vergrößern. Sie wurden von Steuerstangen bewegt, die vom Rumpf zur Tragfläche und von dort zu den Klappen liefen. Nach Waynes Skizze sah die ganze Sache sehr mechanisch aus: Der Pilot bediente einen Hebel, der Klappenmotor drehte sich, irgendein Verstellorgan trat in Aktion und fuhr die Steuerstangen aus, so daß die Klappen nach unten gedrückt wurden. Anna war überrascht, daß es so relativ einfach wirkte, gar nicht High-Tech, ohne jeden elektronischen Fachjargon und Computerquatsch.

Die Steuerstangen waren im Bauch der Maschine mit den Armen des Klappenmotors verschraubt. Als Wayne ihnen von den Tragflächen aus folgte, entdeckte er, daß die Schraube, die die rechte Stange hielt, fehlte – Stange und Verstellorgan waren also nicht miteinander gewesen.

Ohne diese Schraube fuhr natürlich nur die linke Klappe aus, wenn der Pilot die Klappen aktivierte, der linke Flügel hob sich unvermittelt, und das Flugzeug kurvte plötzlich scharf nach rechts. Flog der Pilot nun tief und langsam, wie es Hammond ihrer Vermutung nach getan hatte, gab es keinen Spielraum, um den Kurs zu korrigieren, und das Flugzeug bohrte sich in den Boden.

Als Wayne seinen Vortrag beendet hatte, standen alle um ihn herum und starrten auf die Skizze, als müßte sich noch mehr aus ihr herausholen lassen.

»Könnte es ein Unfall gewesen sein?« fragte Hull schließlich hoffnungsvoll. Unfälle oder höhere Gewalt verursachten weniger Bürokratie als ein Verbrechen.

»Tja«, antwortete Wayne, ein hirnloser Mechaniker könnte vergessen haben, die Schraube wieder einzusetzen, oder er könnte sie ohne Mutter eingesetzt haben. Vielleicht hat er auch an die Mutter gedacht, aber den Splint vergessen, der drauf gehört. Es ist unwahrscheinlich, daß die Mutter sich durch die Vibration gelöst hat, aber ich nehme mal an, es könnte passieren. Wir brauchen Hammonds Flugbücher, um rauszukriegen, wann die Maschine zuletzt in der Werkstatt war, welcher Mechaniker sie gewartet hat. Der Fehler kann nicht unbemerkt eingetreten sein und muß zwischen dem letzten und vorletzten Flug passiert sein.«

»Ich glaube nicht, daß die Flugbücher in der Maschine waren«, sagte Alice. »Wenn sie drin waren, sind sie verbrannt. Aber normalerweise werden Wartungsbücher nicht im Flugzeug verwahrt, genau aus diesem Grund. Die Papiere im Handschuhfach waren nicht gebunden, und es gab auch keine Anzeichen einer Reisetasche.«

»Wir können in seinem Haus suchen«, meinte Hull.

»Könnte sich sonst jemand an dem Verstellorgan zu schaffen gemacht haben?« fragte Anna. Norman Hull warf ihr einen ärgerlichen Blick zu. Es gab schon genügend unangenehme Aspekte an dieser Geschichte, man brauchte nicht noch mehr zu graben.«

»Eigentlich jeder«, antwortete Wayne. »Im Bauch der Maschine ist eine kleine Metallplatte. Man braucht nur sechs Schrauben rauszudrehen, und bingo, schon ist man da. Natürlich muß man was von Flugzeugen verstehen, und es wäre sicher hilfreich, den Piloten zu kennen. Manche Piloten benutzen die Klappen häufig, andere kaum. Einer, der sie oft benutzt, hätte die Zeitbombe wahrscheinlich schon ziemlich früh bemerkt und wäre vielleicht nicht ums Leben gekommen. Aber ich denke eher, es war ein Fehler des Mechanikers. Inkompetenz kommt öfter vor als Mord.«

»Was auch immer dabei herauskommt, die Information ist jedenfalls vertraulich zu behandeln«, verfügte Hull. »Auf der Grundlage, daß es nur erfahren darf, wer es unbedingt wissen muß.« Er wandte sich direkt an Anna und Rick. »Ihr kennt niemanden, auf den diese Charakterisierung zutrifft. Noch Fragen?«

Keiner meldete sich. Die Hackordnung war klar. Anna und Rick waren nur Saisonarbeiter. Aus irgendeinem Grund wollte Hull, daß sie das nicht vergaßen.

Kapitel 12

Nun hatte Alice Utterback alle Hinweise beisammen, die dem Wrack zu entnehmen waren. Das Absperrband wurde entfernt, die Geräte eingepackt, der Wartungsdienst von Cumberland Island begann mit den Aufräumarbeiten. Rick wurde zum Feuertrupp zurückgeschickt, Anna bekam den Auftrag, in der Mechanikerwerkstatt den Schlüssel zu Hammonds Wohnung abzuholen, um dort seine Flugbücher zu suchen. Für Alice.

Der Pilot hatte sich für seinen Aufenthalt auf der Insel in einer Parkunterkunft eingemietet. Nachdem Anna im Austausch für den Schlüssel eine wohldosierte Menge Tratsch geliefert hatte, erklärte der Mann vom Wartungsdienst ihr den Weg. Hammonds Haus lag zwischen dem Dock und Plum Orchard; hier verteilten sich auf etwa zwei Meilen eine Anzahl Häuser, in denen sowohl Parkpersonal als auch Inselbewohner lebten.

Hinter dem dichten Vorhang aus Eichen und Palmen wiesen nur die staubigen Abzweigungen, die von der Hauptstraße abgingen, auf diese Behausungen hin. Einige dieser Zufahrten waren mit dem Namen der Hauseigentümer versehen, andere mit einem Straßennamen. Wieder andere waren überhaupt nicht bezeichnet.

Hammonds Haus gehörte zur letzten Kategorie, und Anna lernte erst einmal eine Weile unfreiwillig die Umgebung näher kennen, bevor sie es zwischen den Bäumen entdeckte. Da es abgerissen werden sollte, sobald genug Zeit und Geld zur Verfügung standen, hatte man es ziemlich herunterkommen lassen; inzwischen hatte es den Farbton der Erde angenommen. Die unlackierte Holzverkleidung war zu einem matten Grau verwittert, tote Blätter und Kiefernnadeln waren über die Fundamente und die niedrige Veranda geweht, viele Fenster hatten keine Fliegengitter mehr, und eine Reihe von Mietern hatten ihren Müll auf dem Hof hinterlassen: ein altes Ofenrohr, das Skelett eines Küchenstuhls, verrostete Kaffeedosen. Anna parkte den Truck neben einem Schuppen, in dem eine undefinierbare Maschine untergebracht war, und blieb einen Augenblick sitzen, um sich an die Hitze zu gewöhnen.

Wilde Schweine hatten einen unregelmäßigen Graben zu einer alten Tränke gebuddelt, die unter einer immergrünen Eiche stand. Spanisches Moos hing in grauen Bärten bis zum Boden herab. Falls es jenseits der grünen Abgeschiedenheit Geräusche gab, wurden sie vom dichten Blattwerk verschluckt. Auf dieser winzigen bewohnten Insel fühlte Anna sich isolierter als im Backcountry von Westtexas.

»Flugbücher«, sagte sie laut, um sich zu motivieren, und stieg aus dem Truck.

Die Tür war unverschlossen. In einer urbanen Umgebung hätte sie das vielleicht argwöhnisch gemacht, aber hier nahm Anna es kaum zur Kenntnis. In den Nationalparks waren den Leuten die üblichen Sicherheitsvorkehrungen nicht sehr wichtig. Das gehörte zu den schönen Seiten des Lebens hier.

Das Hausinnere verströmte die Trostlosigkeit eines Junggesellen, der nirgends richtig seßhaft geworden war. Trübes braunes Licht sickerte durch alte Papierjalousien, die überall heruntergezogen waren. Falls es eine Klimaanlage gab, hatte Hammond sie nicht angelassen; es waren bestimmt vierzig Grad. Außerdem stank es erbärmlich, wie nach alten Käsesocken. Auf einem zerkratzten Resopaltisch entdeckte Anna die Überreste verschiedener Mahlzeiten, dazwischen lagen Zeitungen, Zeitschriften und irgendwelche Werbepost An der Wand zwischen zwei Fenstern stand eine vom Alter und Sonnenschein mitgenommene Couch, deren einst orangebraunes Muster inzwischen zu einem weit weniger aufdringlichen Farbton verblaßt war. Weitere Zeitungen, Unterhosen und ein einsamer Turnschuh waren achtlos darauf verteilt. Vorhänge gab es nicht. Auch keine Teppiche, die den blaugesprenkelten Linoleumboden verschönert hätten. Keine Bilder an den Wänden. Ein alter Büroschreibtisch aus Metall war so gegen die Wand geschoben, daß die Eingangstür jedesmal dagegenknallte, wenn sie aufging. Er war mit Papieren und Kaffeetassen bepackt und sah eigentlich am vielversprechendsten aus.

Als Anna die Tür hinter sich zumachte, glaubte sie, von weiter unten ein leises Geräusch zu hören. Einen Augenblick lauschte sie reglos, doch dann tat sie es als das typische Knarzen eines alten Gebäudes ab.

Slattery Hammonds Buchführung war in keinem besseren Zustand als sein Haushalt. Anna setzte sich an den Schreibtisch und ging systematisch die verschiedenen Stapel durch: unbezahlte Rechnungen, Umschläge mit Fotos, geplatzte Schecks, eine Postkarte aus den Cascades in Washington State mit dem üblichen »Es geht mir gut, ich wünschte, du wärst hier«, und der Unterschrift »Bonnie«.

Die Beechcraft war Hammonds Eigentum gewesen; Anna fand mehrere Zahlungsbelege an eine Bank an der Westküste. Aber eventuelle Erben waren sicher schlecht bedient – die Zahlung der Flugzeugversicherung war längst überfällig. Ein halbes Dutzend Schnappschüsse waren mit Tesafilm an der Wand befestigt. Auf einem war Slattery neben seinem Flugzeug zu sehen.

Da sie ihn zu Lebzeiten nie gesehen hatte, studierte Anna das Bild interessiert und stellte fest, daß Hammond erstaunlich gut aussah. Aus irgendeinem Grund – vielleicht wegen des Namens Slattery oder aufgrund von Alice' Schilderungen – hatte Anna sich einen Widerling vorgestellt. Falls das, was Alice gesagt hatte, stimmte, hatte ein übler Lebenswandel noch keine Spuren in seinem Gesicht hinterlassen. Er war ungefähr Anfang Dreißig, groß und schlank mit braunen Haaren, die ihm in die Stirn fielen. Seine Augen lagen weit auseinander und wirkten offen, sein Lächeln jungenhaft.

»Tödlich«, sagte Anna laut und klebte das Foto wieder an die Wand.

Von den übrigen fünf Bildern zeigten vier ein achtzehn- bis zwanzigjähriges Mädchen am Strand. Das letzte war ein aus größerer Entfernung aufgenommenes Foto eines hellhaarigen Wanderers, der Anna vage bekannt vorkam. Ob sie ihm irgendwo schon einmal begegnet war? Der Park Service war klein und mobil. Ranger von überall kamen beim Training zusammen, und viele Besuchen im Urlaub andere Parks.

Die drei Schreibtischschubladen brachten allerhand zum Vorschein: Hammonds Scheckbuch, einen .357er Colt, vier Schachteln Munition, eine vertrocknete Marlboro und ein Häufchen Mäuseköttel – aber keine Flugbücher. »Verdammt«, flüsterte Anna, schob den Stuhl zurück und schaute sich nach einer anderen potentiellen Fundgrube um. Nichts. Hammond war mit leichtem Gepäck gereist.

Schließlich schlenderte sie in die Küche, entdeckte aber nichts, was sie gern angefaßt hätte. Was Hammond an Geschirr hatte, stapelte sich verkrustet in der Spüle. Die Arbeitsflächen waren seit einiger Zeit nicht mehr abgewischt worden, und zwei schmale schwarze Ameisenkolonnen hatten sich gebildet, um sich an diesem unverhofften Angebot zu laben.

Die Hälfte der Schranktüren stand offen, die anderen machte Anna auf: Staub, Patronenhülsen, noch mehr Mäusedreck, drei Dosen Chili. Auch die Schubladen waren unergiebig. Zum Schluß machte sich Anna innerlich auf den ultimativen Hausfrauenschocker gefaßt und öffnete den Kühlschrank. Er war gar nicht so schlimm:

Bier, zehn bis fünfzehn Rollen Kodak-Film, Margarine und eine Schere mit abgerundeter Spitze, wie man sie kleinen Kindern zum Basteln gibt. Einen Moment überlegte Anna, ob die Schere wohl etwas zu bedeuten hatte, aber es wollte ihr nichts Passendes einfallen. Bestimmt gehörte ihre Funktion zu den Geheimnissen, die Slattery mit ins Grab genommen hatte.

Die Gefriertruhe war besser bestückt: Eis, Wodka und zwölf in Alufolie gewickelte Päckchen. Pflichtbewußt packte Anna sie aus, obgleich sie sich keinen Grund denken konnte, warum ein Pilot wegen seine Flugbücher so paranoid hätte sein sollen, daß er sie als Essen tarnte. Die Päckchen enthielten auch nur schlecht geschnittene Fleischstücke. Beim Schließen der Tür entdeckte sie drei Gefrierbeutel im Seitenfach. Auf den ersten Blick schien es sich um die abgenagten Überreste eines Schweinekoteletts oder eines Schinkenstücks zu handeln. Aber nach genauerem Hinsehen erkannte Anna angeekelt und verblüfft, daß es benutzte Tampons waren.

»Igitt!« zitierte sie Fredericks Lieblingsschimpfwort.

Im Schlafzimmer fand sie ein schmales Bett mit einem Schlafsack und eine alte Kommode, aus der Klamotten quollen. Auch hier roch es nach Käsesocken. Anna unterzog die Kommode einer raschen Überprüfung, wobei sie den Inhalt mit spitzen Fingern anfaßte, als wären die Sachen verseucht. Aber sie fand nichts Interessantes.

Die dumpfe Luft, die zu allem Überfluß noch durchsetzt war vom Gestank nach Müll und schmutziger Wäsche, wurde allmählich unerträglich. In Annas Brust breitete sich das beklemmende Gefühl aus, gleich zu ersticken, ihr Blickfeld verengte sich. Nur im Schlafzimmerwandschrank hatte sie noch nicht gefahndet, und sie beschloß, diesen letzten Versuch noch hinter sich zu bringen und dann schleunigst zu verschwinden.

Doch als sie die Tür öffnete, explodierte das Zimmer. Hammonds Sachen flogen ihr entgegen, als hätten sie ein

Eigenleben. Ein dickes Karohemd flatterte ihr ums Gesicht, und sie hörte sich schreien. Dann schlug etwas so hart gegen ihr linkes Ohr, daß sie spürte, wie ihr Gehirn im Schädel verrutschte. Gleichzeitig war ihr, als würde sie aus großer Höhe herabstürzen; ein dunkler Abgrund tat sich vor ihr auf, und sie fiel hinein.

Kapitel 13

New York City wirkte auf Frederick immer äußerst belebend. Obwohl Chicago ja auch nicht klein war und ein verruchtes Image hatte, kam ihm dort alles sauber und unüberschaubar vor. Manhattan dagegen erinnerte ihn an einen dieser von haitianischen Flüchtlingen überquellenden Kähne, die er auf Fotos gesehen hatte. Oder vielleicht an einen prallvoll aufgeblasenen Geburtstagsballon – ein Gefühl von Gefahr und Risiko.

New York galt als Metropole mit der höchsten Mordrate der Welt, auch wenn die neuesten Statistiken dies nicht mehr bestätigten. Vielleicht lag es daran, daß die Stadt so kondensiert wirkte. Wenn sich so viele Einwohner in ein halbes Dutzend Avenues quetschen, wird alles öffentlich – Leichen und Schmutzwäsche inklusive.

Vor einigen Wochen hatte ein Ehepaar aus Ely, Nevada, das zum erstenmal Manhattan besuchte, auf dem Kühler ihres gemieteten Hyundai in einer Tüte von Bloomingdale's die Leiche eines dreijährigen Kindes entdeckt – selbst im Big Apple ein Vorfall außerhalb der Norm. Aber die beiden Landeier hatten auf dem Absatz kehrt gemacht und waren nach Hause gefahren, überzeugt, daß dies, wenn nicht Sodom, doch zumindest Gomorrah war.

Die Nacht war mild, und er war vom Parker Meridien zu Fuß gegangen, wo er sich trotz hoher persönlicher Unkosten niedergelassen hatte. Das Parker Meridien besaß die wichtigste Eigenschaften, auf die es im Hotelgewerbe ankam: eine günstige Lage. Deshalb zahlte Frederick den horrenden Preis und ertrug den unerträglichen Snob an der Rezeption.

Dr. Molly Pigeon hatte sich einverstanden erklärt, sich

mit ihm in einem Pub an der Ecke Ninth Avenue und Fifty-ninth Street zu treffen. Allerdings hatte Frederick den Verdacht, daß sie es mehr aus Neugier getan hatte – sie wollte endlich den Freund ihrer kleinen Schwester kennenlernen – und daß die Morddrohungen eher zweitrangig waren. Sie hatte ihm das Lokal genau beschrieben: Gleich an der Ecke, Tische auf dem Gehweg, allerdings hinter einer Glaswand, grüngestrichene Fensterrahmen. Auf der Ninth Avenue in New York schränkte das die Auswahl nur unerheblich ein, und Frederick mußte den Zettel zu Rate ziehen, auf dem er sich den Namen aufgeschrieben hatte. Hier war er richtig.

Vor dem Lokal zu stehen, machte ihn nervös, und obwohl er sich wegen seiner lebenslangen Berufsparanoia schämte, trat er in den Schatten und inspizierte erst einmal die Tische. Ein Stück von den Fenstern entfernt, neben einem breiten Pfosten, der das Pseudo-Gewächshaus trug, entdeckte er sie. Kein Zweifel, das war Annas Schwester, die Familienähnlichkeit war unverkennbar. Molly war älter und ihre Gesichtszüge feiner, beinahe zart. Sie wirkte kontrolliert, eine Eigenschaft, die Anna fehlte, ihre Lippen waren voller, sinnlicher, aber sie war fraglos eine Pigeon. Ein Prachtexemplar dazu. Alles an ihr strahlte Kraft, Kompetenz und Kontrolle aus. Sie trug ein maßgeschneidertes dunkelrotes Kostüm und hochhackige Schuhe; ihre kurzen, manikürten Fingernägel waren farblos lackiert. Nur zwei Makel zeigten sich in der Fassade: Sie rauchte und sie hatte die nervöse Angewohnheit, sich mit den Fingern durch die Haare zu fahren, was ihren teuren Haarschnitt blitzschnell in den zerzausten Wuschelkopf eines kleinen Mädchens verwandelte.

Jetzt bin ich dran, dachte Frederick, als er durch die Tür trat. In Erwartung ihrer Inspektion ging er aufrecht und zupfte die Manschetten seiner Leinenjacke, die er sich eigens für den Anlaß gekauft hatte, über die Handgelenke. Bei Konfektionskleidung waren die Ärmel kaum je lang genug für ihn, und von seinem Gehalt konnte er sich nichts Maßgeschneidertes leisten. Doch er verdrängte die pubertäre Angst, uncool zu erscheinen, und ging entschlossen auf Dr. Pigeon zu.

Als sie ihn entdeckte, stand sie auf. In ihrem Blick lag nichts Abschätziges, ihr Lächeln war herzlich und ein bißchen schief. Die Illusion von kühler Kompetenz war verschwunden. Nicht aber die Illusion von Kontrolle. Ihr Händedruck, die Aufforderung Platz zu nehmen, das kurze Nicken, das einen Kellner herbeieilen ließ, all das gab Frederick das beunruhigende Gefühl, daß er in ein wohlgeordnetes Universum eingetreten war.

»Scotch ohne Eis«, sagte Frederick zum Kellner.

»Für mich bitte das gleiche«, sagte Molly und kicherte. »Wir werden gut miteinander auskommen, Sie und ich.« Ihre Augen waren dunkelbraun wie Annas; in den Augenwinkeln bildeten sich Fältchen. Ob gespielt oder nicht – sie funkelten vor Interesse, als wartete sie begierig auf die Geschichte seines Lebens. Frederick konnte gut verstehen, warum Menschen sich bereit fanden, hundertfünfzig Dollar die Stunde zu bezahlen, damit Molly ihnen zuhörte.

»Ein FBI-Agent also«, stellte Molly fest.

Hinter Dr. Pigeons Schulter konnte Frederick den Kellner sehen, der sich mit dem Bartender unterhielt. Er wollte seinen Scotch. Er brauchte seinen Scotch, das kam der Wahrheit näher. Das Treffen mit Molly machte ihn so nervös wie einen Jungen beim ersten Rendezvous.

»Eine Pychotherapeutin also«, gab er zurück.

Molly lachte wieder, und das Koboldhafte an ihrem Gekicher steckte ihn an.

»Haben Sie nicht manchmal Lust auf einen Beruf, der keine Kommentare herausfordert?« fragte sie.

Endlich kamen die Drinks, und Frederick stieß unwillkürlich einen Seufzer der Erleichterung aus. »Doch«, antwortete er ehrlich. »Wenn ich müde bin, habe ich manchmal schon gelogen, nur um einer Diskussion über den Vorfall in Ruby Ridge zu entgehen.«

»Könnte schlimmer sein.« Molly nahm ihren Scotch in Empfang. »Sie könnten für die Finanzbehörde arbeiten.«

Nach einer halben Stunde war das Eis endgültig gebrochen, sie hatten die Präliminarien hinter sich, und zwei weitere Scotch nahten bereits. Zu seiner Überraschung merkte Frederick, daß er sich entspannte und wohl fühlte. Jetzt war Molly keine Legende mehr, sondern Fleisch und Blut, eine kultivierte, urbane Anna, von einer Offenheit, die er bei Anna oft vermißte.

Beim Gedanken an Anna kam er, wenn auch widerwillig, zum Grund ihres Treffens. »Haben Sie denn Ihre Hausaufgaben gemacht?« fragte er.

»Allerdings.« Molly holte eine schwarze lederne Aktentasche unter dem Tisch hervor und zog einen braunen Umschlag aus der Außentasche.

Die Akte hatte einen computergefertigten Aufkleber. MORDDROHUNGEN stand in großen Druckbuchstaben darauf. In einer Ecke prangten ein winziger Totenkopf und gekreuzte Knochen, in der anderen ein Messer, von dem rotes Blut tropfte. »Oh«, sagte Molly, als sie Fredericks Blick bemerkte. »Clip art. Eine neue Software. Ich konnte einfach nicht widerstehen.«

Nachdem sie die Mappe unter den Tisch zurückgestellt hatte, schlug sie den Ordner auf. Die Papiere waren ordentlich getippt, zwei Kopien jeweils, und Frederick staunte einmal mehr, wie systematisch diese Frau war! Wenn ein Mensch so gut vorbereitet war – ganz gleich wofür –, beeindruckte ihn das sehr, und er mußte gegen das Gefühl ankämpfen, selbst nur zweite Wahl zu sein, unvollkommen, wertlos.

»Lassen Sie sich bloß von dem ganzen Käse nicht einschüchtern«, sagte Molly und wedelte mit ihrer feingliedrigen Hand über den Papieren herum. »Zwei Dinge:

Erstens bin ich analfixiert, und zweitens spiele ich gern mit meinem Computer herum.«

Doch Frederick war keineswegs beruhigt. Daß sie seine Unsicherheit durchschaut hatte, war noch alarmierender als ihr überentwickeltes Organisationstalent. Nach weniger als einer Stunde kannte Molly Pigeon ihn besser als die meisten Leute nach einem Jahr.

»Dann sehen wir uns mal an, was Sie da haben«, sagte er. Er nahm den Ordner, und ein verlockender Blumenduft stieg ihm in die Nase. Am liebsten hätte er ein bißchen näher daran geschnüffelt. Er hustete, um seine Verlegenheit zu überspielen.

Molly hatte eine vollständige Patientenliste mitgebracht, nur mit Vornamen, um die Privatsphäre der Leute zu wahren. Neben jedem Namen stand eine kurze Beschreibung, was dem oder der Betreffenden fehlte. Amüsiert stellte Frederick fest, daß es zwischen den medizinischen Fachausdrücken auch einige altmodisch anmutende Diagnosen gab, beispielsweise: »Cheryl M. – tödliche Langeweile«, oder: »Steven P. – pompöser Trottel«.

Die zweite Seite trug die Überschrift: »Ernsthafte Fälle«. Darunter waren die Leute aufgelistet, die an schweren psychischen Beeinträchtigungen litten: Paranoia, Schizophrenie, bipolare Störungen, klinische Depressionen, Psychosen.

»Die hab ich mitgebracht, weil die Leute sich so was meistens zuerst ansehen wollen. Ich wußte nicht, ob Sie da eine Ausnahme sind. Wie dem auch sei – ich habe sie aus verschiedenen Gründen alle aussortiert. Ein paar sind eingesperrt, ein paar wären überhaupt nicht in der Lage, so was anzuleiern. Der Rest hat Probleme, die sich nicht in Gewalt oder Gewaltandrohungen gegen andere manifestieren.«

Frederick nickte. Patienten, die so krank waren, daß man sie der ständigen Obhut eines Arztes anvertraute, hatten für gewöhnlich weder die Energie noch die Möglichkeiten, komplexe Verbrechen zu planen.

»Hier ist meine Favoritenliste«, sagte Molly und schob ein drittes Blatt über den Tisch. »Aber ich glaube eigentlich nicht, daß es einer von denen ist. Ich bin im Grund ratlos. Das sind bloß Leute, die ich nicht ganz ausschließen konnte.«

Diejenigen, die ihrer Einschätzung nach für die Anrufe und Briefe verantwortlich sein konnten, waren mit gelbem Textmarker hervorgehoben, und es folgte eine etwas detailliertere Diagnose.

»James L.«, Molly las den ersten Namen auf der Liste vor, und Frederick verfolgte die Namen auf seinem eigenen Ausdruck.

»Dieser Patient ist eher ungewöhnlich für mich. Für die reale Welt bin ich inzwischen eigentlich zu teuer, deshalb sind die meisten meiner Patienten reiche Neurotiker. James L. hat als Maschinist für Packard Electronics gearbeitet. Er ist siebenundvierzig, weiß, Vietnamveteran. Er hat Erwerbsunfähigkeit wegen posttraumatischem Streßsyndrom nach dem Krieg beantragt. Dann hat er im Time Magazine einen Artikel gelesen, in dem mein Name erwähnt wurde, und hat sich gedacht, ich hätte vielleicht genug Einfluß, um seinen vorzeitigen Ruhestand durchzuboxen. Er hat seine Sache ganz geschickt gemacht, aber ich hab ihn gleich als Simulanten eingeschätzt und ihm das auch gesagt.«

»Und das hat er nicht gut aufgenommen?«

»Er war gar nicht so sehr das Problem, sondern seine Ehefrau Numero zwei. Eine zwanzig Jahre jüngere Frau, die eigene Pläne verfolgte: zwei Gehälter – beide von ihm.«

Frederick angelte einen Stift aus seiner Innentasche. »Beschreiben Sie die Dame doch mal.«

»Anfang Zwanzig, mit dem bemerkenswerten Namen Portia. Klein, ungefähr Annas Größe.«

Frederick lächelte in sich hinein. Molly war nicht größer als Anna, aber anscheinend litt sie am gleichen John-Wayne-Komplex wie ihre Schwester.

»Rote Haare – aus der Tube – ziemlich aufgedonnert. So im Stil der Country-Western-Sängerinnen. Gute Stimme, bis sie wütend wird, dann eher schrill. Regelmäßige Gesichtszüge, aber ordinär, da hilft kein noch so dickes Make-up. Sie hat Daten eingegeben für die gleiche Firma wie ihr Mann. Sie wollte kündigen – sie hatte geheiratet, um nicht mehr arbeiten zu müssen. Als der Ehemann den Prozeß gegen Packard verloren hat, ist sie wütend geworden und hat irgendwelche Drohungen ausgestoßen.«

»Was genau?«

»Das übliche. Ihr kriegt schon noch, was ihr verdient, eines Tages wird es euch leid tun – in der Art.«

»Sind solche Sätze auch in den Briefen und Telefonnachrichten vorgekommen, die Sie erhalten haben?«

»Nein«, sagte Molly, und nach einem Schluck Scotch und kurzem Nachdenken fügte sie hinzu: »Vielleicht doch. Ich meine mich zu erinnern, daß sie gesagt hat, ich wäre ein Unmensch. Etwas derartiges kam auch in einer der drei Nachrichten auf dem Anrufbeantworter vor.« Sie lachte. »Vielleicht bin ich tatsächlich nicht menschlich. Als Anna und ich noch klein waren, haben wir mal eins dieser Schmierblätter in die Finger gekriegt – ich glaube, es war der *Enquirer*. Der Leitartikel vorne drauf handelte von Aliens, die sich als Menschen tarnen und sich mit den Erdbewohnern paaren. Die Eigenschaften, die man diesen Mischlingen andichtete, paßten genau auf unsere Mutter. Deshalb haben wir oft spekuliert, ob wir mütterlicherseits ein Viertel Trafalmagorianer sind.«

»Das würde eine Menge erklären«, sagte Frederick und sah ihr über den Rand seines Scotchglases in die Augen, und diese Augen hatten ganz unerwartete Tiefen.

Molly lächelte, und er spürte eine Wärme, die ihn aus

der Fassung brachte. Schnell nahm er seinen Stift zur Hand, der vergessen neben seinem Notizbuch lag. »Ein Unmensch. Meint Portia«, sagte er laut, während er schrieb. »Ich brauche ihren Nachnamen und alle Informationen, die Ihnen über die Dame zur Verfügung stehen. Und weiter?« fügte er hinzu, denn er mußte sich aufs Geschäftliche konzentrieren, ohne recht zu wissen, warum.

»Sheila T. – Thomas, Sheila Thomas«, las Molly den nächsten Namen auf der Liste vor. »Sie war wegen Depressionen und innerer Unruhe bei mir. Nach ihren Erzählungen war ihr Ehemann ein Irrer, und sie hatte eine Affäre mit seinem Bruder. Ich habe ihr geraten, sie solle mal genauer über die Mängel ihrer Ehe nachdenken und dann mit ihrem Mann darüber sprechen. Sie meinte, ich hätte damit andeuten wollen, sie solle ihrem Mann von ihrer Untreue erzählen. Das wollte sie meiner Meinung nach ohnehin tun, so wie sie tickte. Wut, Ärger, der Wunsch, anderen weh zu tun. Also gestand sie ihm alles, und er ließ sich prompt von ihr scheiden. Aufgrund der Gegebenheiten zog sie bei der Eigentumsregelung den kürzeren, und daran gab sie mir die Schuld.«

»Hat sie Drohungen ausgestoßen?«

»Ein paar. Keine, in denen es um Leben und Tod ging. Eher Versuche, mich um meine Lizenz zu bringen, mich aus dem Berufsverband ausschließen zu lassen, mich bei den entsprechenden Stellen anzuschwärzen. Ich habe sie auf die Liste geschrieben, weil sie gebildet und redegewandt ist, eine Geschäftsfrau, und die beiden Briefe, die ich bekommen habe, waren gut formuliert und auf teurem Briefpapier geschrieben. Nein«, fuhr sie fort, als Frederick aufsah, »nein, ich habe sie nicht aufgehoben. Die Geschichte ist vier Monate her, und damals fand ich das alles unwichtig.«

»Die letzte hier ist Nancy B.«, las Frederick.

»Bradshaw«, ergänzte Molly. »Sie paßt eigentlich nicht

ganz, aber ich hab sie trotzdem auf die Liste gesetzt, weil ich weiß, daß sie Gewalt gegen Sachen anwendet, wenn auch nicht gegen Menschen. Sie ist zu mir gekommen, weil ihr Leben ein einziger Scherbenhaufen war. Sie hat zuviel getrunken und hatte jede Menge Affären, obwohl sie gleichzeitig schwor, daß sie ihrem heiligen Ehemann am liebsten die Füße küssen würde. Ich habe angedeutet, daß auf seinem Heiligenschein zumindest ein kleiner Fleck sein könnte und daß sie sich so aufführte, weil sie irgendwie wütend auf ihn war. Sofort war sie auf hundertachtzig. Zuerst saß sie im Sessel, dann fing sie an in meinem Zimmer auf und ab zu marschieren, hat Bücher durch die Gegend geschmissen und eine Lampe zerdeppert. Zu unser beider Glück war das unsere erste und letzte gemeinsame Sitzung.«

Frederick notierte sich ein paar Stichwörter, die später seinem Gedächtnis auf die Sprünge helfen sollten, dann faltete er die Blätter zusammen und verstaute sie ordentlich in seiner Brusttasche. Zwar konnte er sich nicht recht vorstellen, wofür er sie brauchen könnte, aber Molly hatte sich soviel Mühe gemacht, da wollte er nicht undankbar erscheinen.

Einen Augenblick saßen sie sich schweigend gegenüber. Die Geräusche eines Sommerabends in der Stadt drangen leise durch die Fenster. Ferne Sirenen, gedämpfte Gespräche, von denen man kein Wort verstand, Verkehrslärm. Da er sein ganzes Erwachsenenleben in Großstädten verbracht hatte, fand Frederick diese Geräuschkulisse angenehm. Die düstere Welt der Wildnis, die Anna so liebte, brachte in ihm keine Saite zum Schwingen. Der Wind in den Wipfeln der Bäume war für ihn keine Musik, sondern der Hauch der Einsamkeit.

»Wie lange hat Anna in New York gewohnt?« fragte er.

»Sieben Jahre«, antwortete Molly, so schnell, als behielte sie diese Zahl immer ganz vorn in ihrem Gedächtnis. »Nach Zachs Tod ist Anna in die Wildnis gerannt wie ein alttestamentarischer Prophet, der Gott oder zumindest einen vernünftigen Ersatz dafür sucht. Ich glaube, sie hat gefunden, was sie suchte. Sie spielt gern Smokey, der Bär. Ich weiß nicht, wie sie in einer urbanen Umgebung zurechtkommen würde.«

Mit dem Gefühl, irgendwie unloyal Anna gegenüber zu sein, wenn er über sie redete, blickte Frederick noch ein letztes Mal auf seine Notizen.

»Nicht besonders viel, was?« sprach Molly seine Gedanken aus.

»Nein, nicht sehr viel.«

»Ich habe auch bei keinem das Gefühl, daß es stimmt.«

Die Rechnung kam, Frederick zahlte und war erleichtert, sich nicht mit Dr. Pigeon um die Ehre streiten zu müssen.

»Was ist mit Medienberichten?« fragte Frederick, als sie den Pub verließen. »So was lockt die Irren immer aus den Mauselöchern.«

»Ein Prozeß. Verteidigung wegen Unzurechnungsfähigkeit«, antwortete Molly nach kurzem Nachdenken. »Darüber wurde kurz berichtet. Ich war Expertin für die Verteidigung. Aber das ist Jahre her, und wir haben gewonnen, also gibt es keinen Grund zur Beschwerde. Eine Weile hat man mir die Tür eingerannt, ich sollte für alle möglichen Bekannten Gutachten machen, aber damit gebe ich mich nicht mehr ab. Nach dem Mack-Prozeß hab ich aufgehört.«

»Warum?«

»Es gibt einfach zu viele Verrückte. Leute, die geisteskrank sind und ihr Leben lang geisteskrank bleiben. Deshalb bin ich zu dem Schluß gekommen, daß ich, so leid es mir tut, mir nicht anmaße zu glauben, daß ich sie heilen kann, und sie deshalb nicht mit gutem Gewissen auf die Gesellschaft loslassen will.«

»Aber nicht Sie sprechen diese Leute frei, sondern die Geschworenen.«

Molly lachte. Dann hob sie so gebieterisch die Hand, das Frederick zusammenzuckte. Ein Taxi fuhr an den Bordstein. »Kann ich Sie irgendwo absetzen?«

Frederick lehnte dankend ab, da er es nicht weit hatte.

Als das Taxi losfuhr, ließ Molly das Fenster herunter und rief: »Ich mag Sie!«

Sympathie und Anerkennung – jeder Mensch sehnte sich danach. Frederick lachte laut über sich selbst und hielt dann abrupt inne. Die Worte schienen ihm mehr zu bedeuten. Sein Herz hatte spürbar höher geschlagen! »Das ist nicht gut«, flüsterte er, während er dem Taxi nachsah. Molly saß auf dem Rücksitz, aufrecht und stark, und die Großstadt hüllte sie ein wie ein gut sitzender Mantel.

Kapitel 14

Auf einer Woge der Übelkeit, die säuerlich aus dem Zimmer aufstieg, wurde Anna in die bewußte Welt zurück geschwemmt. Am liebsten hätte sie alles, was sie in sich hatte, ausgespuckt.

Würgend versuchte sie, sich auf die Knie zu stemmen, aber ohne Erfolg. Galle tropfte von ihren Lippen, lief unangenehm warm über ihre Wange. Der saure Geschmack verstärkte ihre Übelkeit, aber sie hatte immer noch nicht die Kraft, das Gesicht vom Linoleum zu heben. Irgendwo zwischen ihrem Willen und ihren Muskeln war die Verbindung zusammengebrochen. Die entsprechenden Anweisungen wurden nicht weitergegeben.

Eine Minute lang lag sie da wie tot. In einer kurzen optimistischen Anwandlung fiel ihr ein, daß sie ja vielleicht die Augen öffnen konnte. Sie nahm alle Kraft zusammen und konzentrierte sich auf einen Punkt an der Nasenwurzel. Mit übermenschlicher Anstrengung hob sie die Augenlider einen halben Zentimeter.

Die Aussicht war nicht gerade inspirierend: dreckiger blauer Fußboden, ein Fetzen Karostoff und ein schwarzes rautenförmiges Stück Gummi. Da sie sich nicht erklären konnte, was dieses Stück Gummi war, konzentrierte sie sich darauf. Eine Ewigkeit grübelte sie, bis sie das Ding endlich identifizieren konnte: die Perspektive verschob sich leicht, und jetzt sah sie, worum es sich handelte. Es war ein dickes Schulterpolster mit Waffelmuster, das Ende einer Zwölf-Kaliber-Schrottflinte.

Vermutlich hatte das Stück Gummi ihr das Leben gerettet. Was ihr im Moment allerdings nicht besonders positiv erschien.

Noch einmal nahm sie allen Mut zusammen und blinzelte. Jedesmal wurde es etwas leichter. »Ölkanne«, krächzte sie, denn sie kam sich plötzlich vor wie der Blechmann aus dem »Zauberer von Oz«, als ihm die Gelenke verrosten.

Ihre kratzige Stimme drang durch bis ins Gehirn, und der Schmerz wurde so heftig, daß sie dachte, ihr würde gleich der Kopf explodieren oder das ganze Gehirn aus den Ohren aufs Linoleum tropfen. Als sie die Augen wieder zukniff, schien es noch schlimmer, denn ihr wurde auch noch schwindelig. Also ließ sie sie offen. Bilder zogen durch die Ritzen ihrer Erinnerung: Wie sie Hammonds Haus durchsucht, den Wandschrank geöffnet hatte, wie alles auf sie herabgestürzt war.

Das Kurzzeitgedächtnis begann wieder zu funktionieren. Vielleicht hatte sie doch keinen ernsten Gehirnschaden davongetragen. Aber sie hatte so viel gesoffen und auch schon einige Schläge auf den Schädel einstecken müssen, da dürfte sie ihre grauen Zellen wirklich nicht unnötig verschwenden.

Ganz vorsichtig versuchte sie, zuerst mit den Fingern, dann mit den Zehen zu wackeln und danach langsam die größeren Muskeln zu dehnen. Als zumindest ein geringes Maß an Kontrolle wiederhergestellt war, angelte sie ihre Uhr aus der Tasche und zog sie so weit hoch, wie die Kette es zuließ. Mit einer kolossalen Willensanstrengung gelang es ihr sogar, die kleinen Goldziffern zu erkennen. 14:04. Sie war nicht lange bewußtlos gewesen – höchstens ein paar Minuten. Noch ein gutes Zeichen.

Sie hievte sich hoch, bis sie aufrecht saß, und lehnte sich mit dem Rücken an die Wand. Bestimmt hatte sie eine Gehirnprellung. Der Kopf tat höllisch weh, und der Schmerz zog sich durch sämtliche Nervenbahnen, so daß jeder einzelne Körperteil in Mitleidenschaft gezogen war. Anna stöhnte unwillkürlich und war froh, daß niemand sie hören konnte.

Langsam zog der Schmerz sich zurück, bis sich

schließlich alles auf einen brennenden Knoten hinter dem linken Ohr konzentrierte. Als der Schmerz sich so lokalisiert hatte, war Anna wieder imstande nachzudenken.

Wie groß war die Wahrscheinlichkeit, daß die Flinte einfach nur heruntergefallen und zufällig auf ihrem Kopf gelandet war, als sie den Wandschrank öffnete? Gering bis nicht vorhanden. Die Flinte wog nicht mehr als fünf bis zehn Pfund. Hinter dem Schlag, der sie niedergestreckt hatte, hatte beträchtlich mehr Kraft gesteckt. Sie überlegte kurz, ob sie die Beule an ihrem Schädel betasten sollte, aber soweit war sie noch nicht.

Jemand wollte sie aus dem Weg räumen. Vielleicht für immer.

Ein Adrenalinstoß brachte sie zum Zittern, der Schweiß zwischen ihren Brüsten wurde unangenehm kühl. Aber sie holte tiefer Luft und zwang sich mit Hilfe von Sauerstoff und Logik zur Ruhe. Wenn jemand sie töten wollte, hätte er das bereits getan. Wenn dieser Jemand glaubte, daß der Anschlag gelungen war, war er längst über alle Berge. Wenn der oder die Betreffende zurückkam, um sie endgültig zu erledigen, hätte sie ohnehin nicht die Kraft gehabt, sich zu verteidigen.

Erbrochenes klebte an ihrem Gesicht. Die Luft war zum Atmen mehr als ungeeignet. Allmählich konnte sie nicht mehr unterscheiden, wo die erstickende Hitze aufhörte und der lähmende Schmerz in ihrem Kopf begann. Sie brauchte einen Schluck Wasser. Und sie mußte raus aus Hammonds Haus.

Sie kroch auf allen vieren, den Kopf gesenkt wie ein müder Maulesel, aus dem Schlafzimmer und durchs Wohnzimmer. Die Haustür stand sperrangelweit offen. Anna dankte ihrem Angreifer dafür, denn sie hätte sie garantiert nicht öffnen können, weil von der Anstrengung ein neuerlicher Funkenregen auf ihren geschundenen Schädel niedergegangen wäre.

Aus Angst, nicht mehr in die Gänge zu kommen,

wenn sie erst einmal innehielt, kroch sie über die Veranda, den Weg entlang und über die sechs Meter nackte Erde, die sie von ihrem Truck trennten. Behutsam, als wäre ihr Kopf ein rohes Ei, das nicht sehr stabil auf ihrem Hals saß, zog sie sich auf den Fahrersitz hoch. Der wohlverdiente Lohn war ein Liter warmes Trinkwasser aus der Feldflasche der Feuerausrüstung. Zwar schwappte etwas über und einiges kam postwendend wieder hoch, aber das meiste wurde von ihrem ausgetrockneten Körper aufgesogen.

Auch in Hammonds Haus hätte sie Wasser haben können, das war ihr klar, aber sie wollte lieber nicht damit in Berührung kommen.

Unter ihrer rechten Hand befand sich das Funkgerät. Der Schlüssel steckte im Zündschloß, wo sie ihn gelassen hatte. Anna überlegte, was sie als nächstes tun sollte. Sie konnte per Funk Hilfe anfordern. Dann kamen alle, die sich in Reichweite befanden, innerhalb weniger Minuten angesaust. Sie konnte sich in der Opferrolle suhlen, die anderen würden sie mit Freuden bemuttern und pflegen und besorgte Laute ausstoßen und sie dann ins Krankenhaus in St. Marys bringen. Dort würde man ihr Klamotten, Stiefel und Funkgerät wegnehmen und ihr eins von diesen scheußlichen Plastikarmbändchen anlegen.

»Und alle werden so verdammt *optimistisch* sein«, flüsterte Anna mit trockenen Lippen. Von diesem grausigen Szenario motiviert, faßte sie sich an den Kopf und betastete ihre Beule. Das Wort »Gänseei« eignete sich gut als Beschreibung. Die Beule war allerdings weich wie ein Wasserballon und hochempfindlich. Da die Schwellung so groß war und sie bewußtlos gewesen war, hatte Anna den Verdacht, daß sie zumindest eine leichte Gehirnerschütterung davongetragen hatte.

Also: Mit Schimpf und Schande auf die Notfallstation verfrachtet, Diagnose Gehirnerschütterung und Schluß mit dem Job. Nicht nur für Anna – so funktionierte das nicht. Der ganze Trupp wurde heimgeschickt und ein neuer auf den Weg gebracht, um den alten zu ersetzen. Aber dieser Job war das Urlaubsgeld für Als Familie und das Startkapital für Ricks Garagentür-Unternehmen.

Alles in allem war es besser, auf Cumberland Kopfschmerzen zu haben und dafür den anderthalbfachen Lohn zu bekommen, als in Mesa Verde rumzuhängen und wesentlich schlechter bezahlt zu werden.

Während sie wartete, bis der Schmerz sich etwas legte, starrte sie hinüber zu Slattery Hammonds weit offenstehender Haustür. Jemand war vor ihr dort gewesen. Daß diese Leute nichts Gutes im Schilde führten, war eindeutig. Warum versteckten sie sich sonst? Außerdem war auch ziemlich offensichtlich, daß sie nach etwas gesucht hatten, von dem sie entweder wußten oder vermuteten, daß Slattery es in seinem Haus aufbewahrte. Dieses Etwas mußte wertvoll, belastend oder peinlich sein. Anna selbst war wegen der Flugbücher dort gewesen. Sie hatte die Bücher nicht gefunden, aber der einzige, der durch sie belastet werden konnte, war bestimmt der bisher nicht auffindbare Mechaniker.

Drogen? Waffen? Benutzte Tampons? Kinderscheren? Pornographie? Briefe? Bargeld? Wie in einem alten Kinofilm: ein Zigarettenstummel mit Lippenstiftflecken und nicht Slatterys Schatten? Annas Kopf schmerzte zu sehr, um weiter nachzudenken, und sie ließ ihn einen Moment in Ruhe.

Zehn Minuten reichten, dann hatte sie sich immerhin so weit erholt, daß sie den Zündschlüssel drehen und den Truck behutsam über die unebene Strecke zwischen Hammonds Haus und dem Bezirksbüro steuern konnte. Bewegung tat gut, Bewegung war der grundlegende Unterschied zwischen den Lebenden und den Toten, und für Anna die Bestätigung, daß sie noch nicht zu letzteren gehörte.

Sie parkte auf dem ungeteerten Parkplatz hinter der

Rangerstation im Schatten. Dann drehte sie den Seitenspiegel so, daß sie nachsehen konnte, ob sie einigermaßen präsentabel aussah. Obgleich sie beschlossen hatte, ihr kleines Abenteuer für sich zu behalten, war sie enttäuscht – sie sah richtig gut aus! Dabei sollte man doch nach einem Unfall wenigstens ein bißchen Mitleid schinden können. Aber selbst ihre Gesichtsfarbe wirkte gesund. Die Blässe vom Schock und die Fieberhitze glichen sich wohl gegenseitig aus.

Hull war im Büro, die Tür stand offen. Er begrüßte Anna und bat sie, Platz zu nehmen. Ausnahmsweise war sie dankbar für seine Förmlichkeit, denn Stehen fiel ihr immer noch schwer. Und die Klimaanlage sorgte dafür, daß man sich vorkam wie im Paradies.

»Anna?«

Wie aus weiter Ferne hörte sie ihren Namen und merkte, daß sie in ihrem Stuhl zusammengesunken war und die Augen geschlossen hatte.

»Ich denke nach«, entgegnete sie wie ein Idiot. Chief Ranger Hull war zu höflich, um etwas dazu zu sagen.

»Haben Sie die Flugbücher für Mr. Hammonds Beechcraft gefunden?«

Anna wollte schon den Kopf schütteln, überlegte es sich aber in letzter Sekunde anders und antwortete: »Nein.«

»Mrs. Utterback meint, die Bücher könnten in der Mechanikerwerkstatt sein. Ich überlasse das ihr.«

»Jemand war bei Hammond, bevor ich hingekommen bin«, erklärte Anna.

Hulls Augenbrauen zuckten nach oben, was fragend gemeint sein konnte oder Teil seines nervösen Ticks war. Seine Stirn furchte sich, die Augen hinter den dicken Brillengläsern traten vor. Ein Gesicht, das einen zur Beichte einlud, aber Anna unterdrückte diesen Wunsch.

»Das Haus ist durchsucht worden. Ob etwas geklaut wurde, und wenn ja, was, kann ich nicht sagen.«

Hull wandte den Blick seiner kurzsichtigen Augen von

ihr ab, und er begann, mit seinen langen dünnen Händen in dem Papierchaos auf seinem Schreibtisch zu wühlen. Während er die Blätter durcheinanderwirbelte, als ginge es um etwas sehr Wichtiges, fragte er Anna: »Sind Sie sicher?«

»Absolut.«

Das war nicht die Antwort, die er sich erhofft hatte.

»Gibt es jemanden, der Hammond gut genug kannte, um zu wissen, was er alles in seinem Haus hatte?« fragte Anna.

»Nein. Mr. Hammond war das, was wir einen ›einsamen Wolf‹ nennen. Niemand hat ihn besucht, soweit ich mich erinnere – im allgemeinen wissen wir auf der Insel ziemlich genau, was die anderen machen. Zu genau manchmal, denke ich.« Der letzte Satz klang bitter, was bei einem Mann, der sich so rigide unter Kontrolle hatte wie Norman Hull, sehr ungewöhnlich war.

»Haben Sie etwas von Tabby Belfore gehört?« wechselte Anna das Thema.

»Ja. Es geht ihr viel besser. Das Baby ist noch nicht da, und anscheinend führt das zu – nun ja – zu gewissen *emotionalen* Problemen. In ihrem Zustand kann man ihr ja keine Beruhigungsmittel verabreichen. Unglücklicherweise besteht sie darauf, nach Cumberland in ihre Wohnung zurückzukehren. Ihr Arzt war zwar dagegen, kann es ihr jedoch nicht verbieten. Mrs. Belfore hat zugestimmt, daß jemand die nächsten Tage bei ihr wohnt.«

Ein erschrockenes Quaken entschlüpfte Anna. Der Chief Ranger tat so, als hätte er nichts gehört.

»Es ist mit Guy abgeklärt«, sagte er, ohne aufzublicken.

Hull fragte Anna nicht, ob sie dazu bereit war, und auf unerfreuliche Weise wurde sie daran erinnert, daß der National Park Service nach paramilitärischen Prinzipien aufgebaut war. Sie konnte ablehnen, aber es hätte sich angesichts der Konsequenzen nicht gelohnt.

»Haben Sie zufällig ein Aspirin da?« fragte sie kläglich, als er ihr den Schlüssel über den Tisch zuschob. »Ich hab scheußliche Kopfschmerzen.«

Hull führte sie zu Renée, seiner Sekretärin, und schloß die Tür hinter sich. Wie üblich war Renées Schreibtisch leer. Durch ein altmodisches Schiebefenster hinter dem Kopierer sah Anna, wie sie auf der Veranda eine ihrer unzähligen Zigaretten rauchte. Renée war wie fürs Rauchen geschaffen. Da sich ihr ganzes Gewicht auf den Bereich von den Hüften aufwärts konzentrierte, sah sie aus wie ein kleiner Schornstein, und wenn man die Augen zusammenkniff und ein bißchen Phantasie aufbrachte, konnte man ihre ausgebleichten Haare ganz gut für Qualm halten.

Aber Renée war hilfsbereit. Plappernd durchforschte sie ihre Schreibtischschublade. »Das war 'ne Woche, was? Soviel Aufregung hatten wir seit tausend Jahren nicht mehr. Dieser Knabe kriegt das Bein durchgeschossen, Todd kommt in diesem Wrack ums Leben. Mitch hat mir und Louise gesagt – Louise ist seine Frau –, daß das Flugzeug bloß noch ein Trümmerhaufen war. Und die Insassen total verkohlt. Norms Tochter Ellen war im Hausboot. Sie und Louise sind gut befreundet, beide machen unheimlich gern Gartenarbeit – kaum zu glauben. Wo Louise auf einem Boot wohnt! Vielleicht reden sie ja auch bloß gern darüber. Jedenfalls kommt Ellen mit ihrer Mutter nicht besonders gut aus, und Louise ist sozusagen die Lückenbüßerin. Also, Mitch redet pausenlos über diese Leichen und so und denkt nicht daran, daß es ja genausogut Norman hätte sein können, Ellens Daddy. Gott, dann hätte ich jetzt keinen Job mehr. Wenn Sie mich fragen, er müßte dem Regionaldirektor eine Kiste Bourbon schicken. Wenn der Norm nicht im Büro in St. Marys angerufen und ihn am Telefon festgehalten hätte, wäre er vielleicht im Flugzeug gewesen statt Todd. Nein«, sagte Renée abschließend. »Ich hätte schwören können, ich hätte noch ein paar Bufferin irgendwo hier drin, aber anscheinend habe ich alle aufgegessen. Tut mir echt leid.« Damit ließ sie sich auf ihren Schreibtischstuhl sinken. Sie sah aus, als hätte sie durchaus Lust, noch mehr Zeit mit Geplauder totzuschlagen, aber Anna fühlte sich dem nicht gewachsen. Sie murmelte ein Dankeschön und ergriff die Flucht.

Im Pausenraum klaute sie eine Cola und versprach dem System zwei Vierteldollar, sobald sie welche greifbar hatte. Sie drückte die kalte Dose gegen ihre Beule und stellte sich erneut der Augustsonne.

Sie kam sich vor wie eine Ausgestoßene, als sie ihr Zimmer im Feuerquartier ausräumte und zum Plum Orchard fuhr. Wenn Guy den Truck zurückhaben wollte, konnte er ihn sich selbst abholen. Anna haßte es, wenn einfach so über sie bestimmt wurde, obwohl sie die Einsamkeit in der Belfore-Wohnung und die Gelegenheit, sich hinzulegen, ehe ihr der Kopf abfiel, durchaus begrüßte.

Die Treppen zum oberen Stockwerk raubten ihr das letzte bißchen Kraft. Erschöpft ließ sie ihren roten Feuerpack auf dem ersten Treppenabsatz stehen und torkelte zur Tür hinein.

Das Medizinschränkchen war eine Enttäuschung. Offenbar hatten die Belfores keine anderen Krankheiten zu behandeln als ihr angeschlagenes Ego. Eine Ansammlung von Haarwuchsmitteln, Cremes gegen Hautalterung und Lotionen für feste Fingernägel – sonst nichts. Keine Schmerzmittel. Anna setzte sich auf die Toilette, stützte den Kopf in die Hände und gönnte sich ein paar Tränen des Selbstmitleids.

Von dem Telefon im Schlafzimmer rief sie dann das Cumberland Island National Seashore Visitors' Center in St. Marys an. Eine fröhliche Frauenstimme antwortete. Anna sagte ihre Namen und bat die freundliche Seele, auf dem nächsten Boot eine Packung Aspirin für sie mitzuschicken.

Anscheinend hatte die Frau nicht viel zu tun, denn sie quasselte volle fünf Minuten auf Anna ein, gab ihrem Entsetzen über die neueste Tragödie Ausdruck und erzählte noch einmal die Geschichte, wie der Anruf des Regionaldirektors Norman Hull aus den Klauen des Todes gerettet hatte. Solche seltsamen Zufälle entfachten immer wieder von neuem das menschliche Bedürfnis, an einen übergreifenden Weltenplan zu glauben.

Anna blieb dran, bis die Stimme ihr ein Fläschchen Exedrin mit dem nächsten Mechanikerboot versprach, das ungefähr um halb vier ablegen sollte.

Die anschließende Stille war ungeheuer wohltuend, auf dem Bett zu liegen einfach wundervoll. Wäre noch irgendein stiller, unaufdringlicher Hausdiener auf Zehenspitzen hereingekommen und hätte die Klimaanlage angestellt, hätte Anna an den lieben Gott geglaubt. So lag sie in der stickigen Hitze und spürte, wie die Schweißtropfen unter ihren Klamotten auf der Haut juckten.

Schläfrigkeit lastete schwer auf ihren Gliedern, und ihre Augenlider schlossen sich. Falls sie wirklich eine Gehirnerschütterung hatte, durfte sie diesem Drang nicht nachgeben. Vage erinnerte sie sich daran, daß man Menschen mit solchen Verletzungen in den ersten zehn Stunden immer wieder wecken mußte. Aber sie konnte sich absolut nicht mehr erinnern, warum.

Trotzdem wehrte sie den Schlaf ab, stopfte sich ein paar Kissen in den Rücken und griff erneut zum Telefon neben dem Bett.

»Mesa Verde National Park.«

»Hallo, Frieda«, sagte sie matt. »Hier ist Anna.«

»Was gibt's?« fragte Frieda.

Ihre direkte Art gehörte zu den vielen Dingen, die Anna an Frieda bewunderte. Sie berichtete kurz von dem Flugzeugabsturz; den Schlag auf ihren Schädel erwähnte sie nicht. Nicht weil Frieda es ausplaudern würde – obwohl sie in Mesa Verdes als Dispatcher arbeitete, waren selbst die heikelsten Informationen immer gut bei ihr aufgehoben –, sondern weil Anna sich der Anstrengung nicht gewachsen fühlte, Frieda davon zu überzeugen, daß es nichts Ernsthaftes war.

»Schau doch mal, ob du was über Slattery Hammond ausgraben kannst«, sagte Anna. »Er hat für den Forest Service in Region sechs gearbeitet. Jeder Pilot muß sich von der Luftfahrtabteilung einmal im Jahr eine Genehmigung holen. Hammonds Akten müßten in Redmond oder Portland liegen. Und könntest du mich in einer halben Stunde zurückrufen? Egal, ob du was findest oder nicht.« Anna befürchtete, daß sie zu lange schlafen würde, wenn sie erst mal allein war.

Frieda versprach anzurufen. Falls sie die Bitte sonderbar fand, behielt sie das für sich. Zu Friedas Job gehörte es nicht, Ermittlungen anzustellen, aber sie hatte durchaus Talent dazu, und wenn keine anderen Verpflichtungen drängten, machte es ihr auch Spaß. Frieda war seit achtzehn Jahren beim Forest Service, ihr halbes Leben. Wer noch nie auf ihrer Couch übernachtet, sich ihr Auto geborgt hatte oder von ihr bekocht worden war, kannte garantiert wenigstens jemand, der eine solche Art Kontakt mit ihr gehabt hatte. Frieda pflegte Beziehungen zu seltsamen und manchmal sehr nützlichen Stellen.

»Hammond. USFS. Region sechs. Alles klar«, sagte Frieda.

Anna seufzte. »Wie geht's Piedmont?« fragte sie, denn von den Schmerzen bekam sie Heimweh, und sie sehnte sich nach der tröstlichen Anwesenheit ihres Katers.

»Er vermißt seine Mom – ansonsten gut. Bella hat sich angewöhnt, mit mir zu kommen. Während ich das Katzenklo saubermache, spielt sie mit Piedmont. Wir sind ein unschlagbares Team.«

Bella war die siebenjährige Tochter eines Parkangestellten. Anna hatte sich in ihrem ersten Sommer in Mesa Verde in das Mädchen verliebt.

»Klingt gut«, sagte Anna. »Aber ich muß jetzt leider Schluß machen.« Ehe ihr die Kopfschmerzen endgültig die Fähigkeit raubten, sich kohärent auszudrücken, legte sie lieber auf.

In dem sicheren Wissen, daß Frieda dafür sorgen würde, daß sie sich nicht totschlief, ließ Anna die Welt vor ihren Augen verschwimmen und ihre Gedanken treiben. In ihrem eingeengten, unscharfen Blickfeld befand sich die halb offene Schlafzimmertür, an der an einem Haken ein spitzenbesetztes rosarotes Negligé hing. Am Türgriff baumelte etwas, was aussah wie eine Handtasche für Kinder oder ein riesiges Vorhängeschloß. Weil Anna nicht wußte, was es war, ließ ihr das Objekt keine Ruhe. Über dem Ding war ein Riegel angebracht und darüber ein Kettenschloß. Eine Kette an einer Zimmertür – das war nicht normal. Im Zusammenhang mit den beiden anderen Schlössern gab das unbekannte hängende Objekt sein Geheimnis preis. Anna hatte solche Vorrichtungen schon öfter gesehen. Es war eine Alarmanlage, ein Bewegungsmelder. Wenn der Alarm losging, gab es ein sehr unangenehmes Geräusch.

Drei Sicherheitsvorrichtungen an der Schlafzimmertür. Herr des Himmels! dachte Anna, während der Schlaf sie übermannte. Zumindest einer der Belfores hatte verdammt große Angst vor irgendwas.

Kapitel 15

Um halb fünf war Anna wach. Um sechs wollte sie Dijon am Wohnheim abholen und mit ihm die Nordspitze der Insel patrouillieren. Am Abend zuvor war Guy eigens nach Plum Orchard gekommen, um ihr mitzuteilen, sie solle sich nicht einbilden, daß sie ihre Arbeit beim Feuertrupp aufgrund ihrer nächtlichen Babysitterpflichten schleifen lassen konnte. Ersteres war ihr Job, letzteres ihre Pflicht.

Dabei fühlte sich Anna alles andere als pflichtbewußt. Ihre Schläfen pochten, als wäre eine Art Pferd in ihrem Schädel eingesperrt, das jetzt versuchte, sich mit seinen eisenbeschlagenen Hufen einen Weg nach draußen zu bahnen. Außerdem hatte sie einen steifen Nacken, weil sie auf dem Sofa im Wohnzimmer der Belfores geschlafen hatte. Während sie in der fremden Küche nach Kaffee suchte, verfluchte sie Norman Hull, Guy, Tabby und vor allem denjenigen, der ihr den Schlag auf den Schädel verpaßt hatte.

Die Vermutung, daß der Mensch, der sie überfallen hatte, identisch war mit dem, der Slatterys Beechcraft sabotiert hatte, schien ihr logisch. Friedas Nachforschungen hatten einige interessante Verbindungen ergeben. Hammond hatte eine Klage gegen Alice Utterback eingereicht, wegen Diskriminierung. Bevor Alice nach Washington D.C. gegangen war, hatte sie die Luftfahrtabteilung in Region sechs geleitet. Sie hatte Hammonds Bewerbung dreimal übergangen und alle drei Male an seiner Stelle eine Bewerberin eingestellt. Als er dann schließlich als Saisonarbeiter an Bord kam, behauptete er, Alice hätte ihn in mehreren Fällen diskriminiert; teils handelte es sich um Lappalien. Am besten fand Anna die

Geschichte, daß Alice in Redmond, Oregon, ein Poster von Charles Lindbergh über Slatterys »Miss November« gehängt hatte.

Ganz bestimmt wußte Alice, wie man ein Flugzeug fluguntauglich machte. Und sie war jetzt gleichzeitig in der Position, eine Ermittlung nach ihrem Wunsch zu manipulieren. Zwar glaubte Anna keinen Augenblick an dieses Szenario, aber der Gedanke war ihr trotzdem höchst unbehaglich.

Da Frieda mit einem klugen Zynismus gesegnet war, hatte sie nicht nur Hammond, sondern alle möglichen Opfer des Saboteurs durch das NCIC, das National Criminal Information Center, überprüfen lassen. Sowohl Hammond als auch Belfore und Hull waren sauber.

Anna war gar nicht auf die Idee gekommen, über den Chief oder den District Ranger solche Nachforschungen anzustellen, denn Leute mit einem Vorstrafenregister bekamen sowieso keine polizeilichen Befugnisse. Doch Frieda wußte hier besser Bescheid und erzählte Anna wahre Horrorgeschichten darüber, wie viele Schlupflöcher es da gab: Verurteilte Mörder wanderten in der grau-grünen Uniform des Forest Service herum und repräsentierten die Organisation vor ihren ahnungslosen Mitmenschen.

Gerüchteweise hatte Frieda gehört, daß Hammond zwar keine Vorstrafen hatte, aber in Hope, Kanada – einer kleinen Stadt außerhalb des North Cascades National Park im Staat Washington, wo einige Parkangestellte sich »Stadtwohnungen« hielten – mehrere Zusammenstöße mit der dortigen Polizei gehabt hatte. Mehr als einmal waren die Cops in seinem Apartment aufgetaucht. Aus welchen Gründen, das blieb allerdings Spekulation.

Koffein, eine Dusche und zwei Exedrin-Tabletten verwandelten Anna zumindest ansatzweise in ein menschliches Wesen, und um fünf Uhr morgens verließ sie leise die Wohnung der Belfores, um den Tag zu begrüßen. Die Sonne war noch nicht aufgegangen, aber im Osten wurde es schon hell. Einen Moment blieb Anna auf dem hölzernen Treppenabsatz stehen und sog die Freiheit in sich auf, die man hier draußen hatte.

Sie hatte gewußt, daß ihr Kopf weh tat und daß die Couch unbequem war. Aber erst jetzt fiel ihr auf, wieviel Angst und Anspannung jedes Möbelstück und jeder Stoffetzen der Belfore-Wohnung ausstrahlte. Schon ehe Tabby vom Festland zurückgekommen war, hatte Anna das gespürt. Die zahlreichen Schlösser zeugten ebenso wie die Salben und Cremes zur Erhaltung der Jugend von Angst, das rosa Chiffon-Negligé, das sich so gar nicht für eine Witwe schickte, das breite Bett, viel zu einsam für einen einzelnen Menschen, jedes Foto, auf dem eine blonde Frau vor dem gloriosen Hintergrund grüner Berge einen toten Mann anlächelte – das alles verbreitete eine unendliche Traurigkeit.

Anna atmete tief durch und ließ die Spannung aus ihrem Körper entweichen. Ihre Gedanken wurden von der Wärme einer Südstaaten-Morgendämmerung umfangen, während das erste Sonnenlicht die Sterne vom Himmel vertrieb. Die elenden Bagatellen des Menschseins: Leben, Tod, Liebe und Verrat – heute hatte das alles für sie keine Bedeutung. Sie mußte nur einen Truck fahren und Ausschau halten, ob es irgendwo rauchte. Sogar mit Kopfschmerzen und einer grundsätzlichen Antihaltung mußte sie dazu eigentlich fähig sein.

Als sie sich der Wiese bei dem Stafford House näherte, hatten verrostete Stoßdämpfer und holprige Straßen das ihre getan, um ihre Entschlossenheit zu untergraben. Das Licht der Morgensonne fiel auf die Lichtung; wenn sie auf die sandgescheuerte Windschutzscheibe fiel, war Anna so gut wie blind. Eine kleine dunkle Gestalt – vielleicht ein Hund? – sauste in das gleißende Licht, das die Sicht auf die Straße vor dem Truck erschwerte, und Anna trat abrupt auf die Bremse. Ohne großes Geholpere kam sie zum Stillstand. Links von ihr war die Wiese, rechts eine Mauer aus Sand und Muscheln, die das Stafford House und das daneben liegende Cottage von der Straße abschirmte.

Die Kreatur, die sie um ein Haar ins Jenseits befördert hätte, verschwand durch ein Tor in dieser Mauer. Anna war lediglich ein kurzer Blick auf einen weißen Schwanz und einen gefleckten Rumpf vergönnt. Doch dann lugte in einem märchenhaft magischen Moment ein Gesicht hinter dem Torpfosten hervor. Ein Rehkitz, sicher nicht älter als einen Monat, sah sie mit großen Disney-Augen an. Anna lachte laut. Sie fühlte sich wie ein Glückskind und wartete regungslos, daß die Erscheinung aus der Zauberwelt der Wildnis wieder verschwinden würde.

Aber der kleine Kerl dachte nicht daran zu verschwinden. Er lugte noch ein Stück weiter um die Ecke und legte den Kopf schief, dann leckte eine rosarote Zunge über das schwarze Näschen.

Wie die meisten Frauen ihres Alters war Anna mit Trickfilmklassikern aufgewachsen. Wenn die Guten und Reinen – beispielsweise Aschenputtel und Schneewittchen – sich niedersetzten, kamen gleich all die sanften Kreaturen des Waldes zu ihnen und kuschelten sich auf ihren Schoß. Angetrieben von dieser Kindheitsfantasie, die sich einfach nicht verabschieden wollte, ganz gleich, wie viele Eichhörnchen, Waschbären und Gürteltiere ihre Annäherungsversuche schon abgewiesen hatten, stieg Anna aus.

Sie ließ den Truck mit offener Tür stehen und ging auf das Rehkitz zu. Ihre Stimme kletterte in die obersten Register, und während sie sinnlose Silben gurrte, fragte sie sich, welche Eigenschaften von Babys – egal welcher Spezies – die Erwachsenen eigentlich dazu provozierte, so bescheuert mit ihnen zu reden.

Mit gesenktem Kopf beobachtete das Rehkitz sie durch

seine absurd langen Wimpern. Als Anna keine zwei Meter mehr von ihm entfernt war, wurde ihr plötzlich furchtbar schwindelig, und sie merkte, daß sie die ganze Zeit über die Luft angehalten hatte. Sie atmete ziemlich geräuschvoll aus, und schon drehte sich das winzige Tier um und rannte davon, nicht aus Angst, wie es schien, sondern um zu spielen.

Wie verzaubert folgte Anna ihm.

Innerhalb der Mauer befand sich ein Cottage, wahrscheinlich früher die Wohnung eines Pförtners. Eine Reihe Topfpflanzen in den Fenstern und ein Fahrrad, das an der Gipswand lehnte, wiesen auf etwas moderne Bewohner hin.

Villa und Grundstück waren verwahrlost; Unkraut hatte die Herrschaft über den Rasen ergriffen, Büsche wuchsen wild fast bis nahe an die Küchenfenster auf der Rückseite der Villa, als hätte der Fluch Dornröschens Schloß mit Dornen überwuchert.

Stafford House war nicht so prächtig wie Plum Orchard, sondern kleiner und gedrungener. Es erinnerte atmosphärisch an eine Mittelmeervilla, besaß aber auch die etwas robustere amerikanische Ausstrahlung, die den atlantischen Stürmen trotzen konnte. Hier gab es keine schön angelegten Eichengruppen, sondern nur einen verwilderten, langen, rechteckigen Rasen. Die Stufen der breiten Treppe, die einmal Besucher zur Eingangstür geführt hatte, bröckelten. Von Zeit und Wetter gelöste Steine lagen im Unkraut verstreut.

Zu dieser Tür rannte das Rehkitz, sprang die Stufen empor, blieb unter dem Vordach stehen und blickte sich nach Anna um. Lachend lief sie ihm nach, mit behutsamen, leisen Schritten und sorgfältig darauf bedacht, nicht bedrohlich zu wirken.

Hufgeklapper verriet, in welche Richtung das Tier über die langen Veranda lief, und Anna folgte ihm. Aber hinter der Hausecke war das Rehkitz verschwunden. In drei Richtungen erstreckte sich der unkrautüberwucherte Rasen – leer. Der Nordflügel der Villa, in dem sich die Küche und die Dienstbotenquartiere befunden hatten, trennte diese Hälfte des Gartens vom Eingangstor und vom Cottage.

Nichts rührte sich, kein Lüftchen milderte die Schwüle. Aus Gründen, die zu erforschen Anna nie neugierig genug gewesen war, verursachte die Hitze auf Cumberland nicht die schimmernden Luftspiegelungen wie in der Wüste.

Direkt vor Anna führte eine Betontreppe zu einer Kellertür, die einen Spalt von etwa zwanzig Zentimetern offenstand. Sofern das Reh nicht verhext war, konnte es nirgendwo anders sein als dort unten. Obwohl sie nie gesehen hatte, daß ein wildes Tier in einer menschlichen Behausung Schutz suchte, verfolgte sie das Reh die Treppe hinunter. Sie war so in ihrem Märchen gefangen, daß es ihr nicht einmal besonders seltsam erschien.

Der Keller war so groß wie das Haus; dunkel erstreckten sich die unterirdischen Gebäudeflügel nach Norden und nach Osten. Neben der Tür entdeckte Anna einen Lichtschalter und drückte darauf, allerdings ohne viel Hoffnung. Zu ihrer Überraschung flackerte trübes Licht aus einem halben Dutzend Glühbirnen. Das Gewölbe war niedrig – Anna konnte es mit der Handfläche berühren – und von Balken, Rohren und offen liegenden Kabeln in zahllose Nischen unterteilt. Der Boden war glatt betoniert.

Im Lauf der Jahre hatte sich alles mögliche Gerümpel hier angesammelt. Hinter einem alten Kohleofen lugte ein klassischer Kinderwagen mit riesigen Rädern und einem verschlissenen Bezug hervor. Möbelfragmente stapelten sich an den Wänden.

Ein lammartiges Blöken ließ Anna aufhorchen. Hinter dem Ofen, in einer Nische des Ostflügels, konnte sie die Umrisse des Rehs ausmachen. Wieder ein Blöken – plötzlich fiel ihr auf, daß sie zwar schon eine Menge Rehkitze gesehen, aber noch nie eines gehört hatte. Die Stimme besaß die gebieterische Hilflosigkeit aller Babys, und Anna lächelte unwillkürlich. »Du willst doch nicht etwa weglaufen, kleiner Freund?« schmeichelte sie.

Das Reh verschwand und wurde vom Schatten verschluckt. Anna folgte ihm tiefer in das Labyrinth des Kellers. Hinter einem Betonvorsprung, zwischen weißen, reichlich instabil gestapelten PVC-Rohren und Plastikbehältern mit Dünger und Pflanzenschutzmittel, blieb das Tier stehen und wartete wieder.

Anna kauerte auf dem Boden, und hier, im Halbdunkel eines Kellers aus der Jahrhundertwende, erfüllte sich ihr Schneewittchentraum. Das Rehkitz stupste sie mit der Nase, leckte ihr übers Kinn und ließ sich von ihr den hübsch gefleckten Nacken kraulen.

Sie war so in den magischen Augenblick versunken, daß sie vor Schreck fast an die Decke ging, als eine freundliche Stimme sagte: »Ach, da bist du ja.« Das Reh sprang auf, sauste los und versteckte sich hinter den kräftigen Beinen des Eindringlings.

Der Eindringling war eine Frau, um die Siebzig, mit dauergewelltem stahlgrauem Haar und einer dicken Brille mit blauem Plastikgestell. Jetzt stand sie so vor der nächsten Nische, daß sie das ohnehin schwache Licht der Glühbirne blockierte. Im Halbdunkel wirkte ihre Haut alterslos, aber an ihrer Stimme hörte man, daß sie oft und lang benutzt worden war, und ihr Körper hatte die behaglichen Rundungen angenommen, wie sie durch häufigen Genuß von Brathähnchen und durch den unerbittlichen Sog der Schwerkraft entstehen.

»Wie ich sehe, haben Sie bereits Flickas Bekanntschaft gemacht«, sagte sie und griff nach hinten, so daß das Reh seine Nase in ihre weiche Handfläche bohren konnte. Als Anna nicht antwortete, fuhr die Frau fort: »Ein ziemlich alberner Name, ›Flicka‹, aber ›Bambi‹ war mir zu niedlich. Wenn's um Namen geht, sind Mona und ich nicht besonders einfallsreich.«

Inzwischen hatte Anna einigermaßen die Fassung wiedergewonnen. Der abrupte Wechsel von Disney zu Stephen King und von dort wieder in die reale Welt verlangte ihr eine ziemliche Flexibilität ab. Sie erhob sich aus dem Staub und stellte sich vor. »Anna Pigeon, vom Feuertrupp«, sagte sie und streckte die Hand aus, weil ihr nichts Besseres einfiel.

»Dot«, antwortete die Frau, ergriff Annas Hand und hielt sie fest, als wäre sie ein verirrtes Kind. Anna konnte nichts dagegen tun – höchstens sie ihr unsanft entreißen. »Mona und ich arbeiten als Freiwillige im Park – VIPs nennt man uns –, an der Schildkröteninventarisierung und ähnlichen Projekten. Eine Stufe besser als unser erster Auftrag, das muß ich schon sagen.«

»Was war Ihr erster Auftrag?« erkundigte sich Anna höflich und suchte immer noch nach einer würdevollen Möglichkeit, ihre Hand zurückzubekommen.

»Kellerinventur. Da ist Flicka zum erstenmal aufgetaucht. Inzwischen hat sie sich angewöhnt, hier zu spielen.« Dot lachte. »Da melden wir uns freiwillig zu sechs Wochen Sonne und Spaß auf den Golden Isles und landen bei der Kellerinventur.« Dots Stimme blieb unvermindert fröhlich.

»Der Wartungsdienst hat uns gerettet. Die haben nämlich beschlossen, das alte Gemäuer als Lagerplatz zu benutzen.« Sie wedelte mit der Hand in Richtung der Kabel und Flaschen; was Annas Hand die Chance zur Flucht gab. Rasch versteckte sie sich in der Hosentasche, um nicht gleich wieder geschnappt zu werden. »Das war das Ende unserer Höhlenphase«, meinte Dot. »Wie wär's mit einem Täßchen Kaffee? Läuft gerade durch.«

Sanftmütig folgte Anna der Frau aus dem Keller; das Rehkitz blieb Dot auf den Fersen wie ein gut erzogenes Hündchen.

Mona, die andere Hälfte des Paares – und nach der netten, entspannten Art zu schließen, wie die beiden miteinander umgingen, handelte es sich um eine langfristige Beziehung – war schlank, aber kräftig gebaut, mit breiten Hüften und flachem Hintern, wie das Alter ihn manchmal mit sich bringt. Ihre Haare waren braun mit auffallend weißen Strähnen an den Schläfen. »Frankensteins Braut«, sagte sie und lachte, als Anna ihr deswegen Komplimente machte. Ihr Gesicht war faltig und sanft, alterslos wie bei Elfen auf alten Gemälden. Entweder sah sie noch sehr gut, oder sie trug Kontaktlinsen, denn keine Brille verstellte den Blick auf ihre warmen Augen, die so dunkel schimmerten wie die von Flicka.

Mona und Dot waren pensionierte Lehrerinnen aus West Virginia, die im Sommer freiwillig für den National Park Service arbeiteten. Sie hatten sich schon im Yellowstone Park nützlich gemacht, in Hovenweep, den Rocky Mountains und in Fort Pulaski. Ihr Geschmack war vielfältig, ihr Wissen breit gefächert. Anna schätzte, daß sie zusammen über ein Jahrhundert Erfahrung angesammelt hatten. Man hätte sie mit gleichen Berechtigung als Kulturgut bezeichnen können wie die Parks selbst. Mit großem Vergnügen machte Anna es sich in ihrer chaotischen Küche gemütlich und trank ihren Kaffee.

Wie auf einer Insel wohl unvermeidlich ist, wandte sich das Gespräch bald nach innen, den gemeinsamen Erfahrungen zu dem Flugzeugabsturz und den Wogen, die es immer noch in der isolierten Gemeinschaft aufwarf.

»Ich mochte Slattery«, sagte Mona, was Anna überraschte, denn bisher hatte sie den Eindruck gehabt, daß alle den Mann haßten. Als sie jedoch genauer nachdachte, fiel ihr ein, daß sie bisher nur mit Alice Utterback über ihn gesprochen hatte, und der hatte sie immerhin angezeigt. »Slattery war ein echter Charmeur«, fuhr Mona fort und bot Anna eine Zimtschnecke aus der Packung an.

»Ein Mann kriegt Extrapunkte, wenn er gräßlichen alten Frauen gegenüber charmant ist«, fügte Dot hinzu.

»Aber ja, denn das spricht für wirklich gute Manieren. Er hat ja nichts zu gewinnen.«

»Es sei denn, er ist pervers«, gab Dot zu bedenken.

»Es sei denn, *du* bist pervers«, gab Mona zurück, und Dot schien sich zurechtgewiesen zu fühlen. Weswegen, konnte sich Anna nicht erklären.

»Slattery war Hobby-Meeresbiologe. Der Lebenszyklus der Karettschildkröten hat ihn fasziniert. Er hat viel von seiner Freizeit damit verbracht, alte Aufzeichnungen durchzuforsten«, erzählte Mona.

»So haben wir ihn kennengelernt«, erklärte Dot. »Durchforsten wurde unsere Zweitbeschäftigung neben dem Morlock-Job.«

»Wir bringen alle Aufzeichnungen in eine gewisse Ordnung und geben die Daten dann in den Computer ein«, fuhr Mona fort.

»Hals über Kopf ins zwanzigste Jahrhundert«, ergänzte Dot. »Nur noch ein paar Jahre, dann ist es auch schon wieder vorbei.«

»Geld macht alles möglich. Irgendein cleverer Mensch hat der Regierung hundertzwölftausend Dollar aus der Nase gezogen, um die Karettschildkröten zu erforschen. Aus diesem Topf kommt unser Geld für Kost und Logis«, sagte Mona.

»Keine Kost, nur Logis. Vielleicht nächstes Jahr auch die Kost. Die zweite Hälfte wird kommenden September fällig. Hull will bis Labor Day alle Akten blitzsauber und in High-Tech.«

»Es wäre leichter mit ein paar Assistenten«, warf Mona ein.

»Du möchtest doch bloß noch jemanden außer mir rumkommandieren.«

»Die Assistenten standen sogar auf der Gehaltsliste, sind aber nie aufgetaucht.«

»Die moderne Jugend ...« gluckste Dot.

»Chaotisch. Ein Alptraum«, stimmte Mona zu. »Wären wir nicht mit einer Engelsgeduld gesegnet, wären wir inzwischen ...«

»Wären wir inzwischen völlig übergeschnappt ...«

»Statt nur halb übergeschnappt ...«

Jawohl, dachte Anna, ein altes Ehepaar.

»Und Todd war eigentlich ganz in Ordnung«, sagte Mona, als hätte sie ihre Pflicht vernachlässigt. »Er hatte nur nicht viel Zeit für ältere Mitbürger.«

»Bücherwürmer.«

»Computerdeppen.«

»Lehrerinnen.«

Mit geradezu schwindelerregender Schnelligkeit wechselten sich die beiden Frauen mit ihren Kommentaren ab. Um ein wenig Ruhe in ihre Gedanken zu bringen, nahm Anna sich einen Keks.

»Aber er war sehr lieb zu seiner Frau«, schloß Mona. Plötzlich und absolut synchron wurden beide Gesichter ernst, und nur ein Krümel in der Luftröhre und ein Hustenanfall bewahrten Anna davor, laut loszulachen.

»Wie geht es Tabby?« erkundigte sich Dot mit etwas verspäteter, aber echt wirkender Besorgnis.

Anna sah keinen Grund, den beiden nicht reinen Wein einzuschenken. Theoretisch stand zwar jeder unter Verdacht, aber Dot und Mona machten auf sie den Eindruck, als wären sie über das Mörderalter hinaus. Mona zündete sich eine Virginia Slim an, und Dot faltete erwartungsvoll die Hände, als Anna begann. Gute Zuhörerinnen – Anna wäre jede Wette eingegangen, daß die beiden auch hervorragende Lehrerinnen gewesen waren.

Sie erzählte ihnen alles, was sie wußte. Mitch Hanson hatte Lynette und Tabby gegen sechs am Abend bei Plum Orchard abgesetzt, und Anna hatte sich in der unangenehmen Rolle befunden, für die zurückkehrende Eigentümerin die Gastgeberin zu spielen. Tabby hatte das wenig gestört, sie schien es gar nicht zu bemerken. Ohne Norman Hulls Bemerkungen und ohne ihre eigenen, wenn auch rudimentären pharmakologischen Kenntnisse hätte Anna angenommen, Tabby stünde unter Drogen. Ihre Bewegungen waren verlangsamt, ihre Reaktion auf Fragen und andere Reize träge. Zuerst bewegte sich der Kopf, die Augen folgten eine Sekunde später, sie lallte zwar nicht richtig, man hatte aber irgendwie das Gefühl, als könnte sie nicht richtig sprechen. Mitten im Satz verlor sie manchmal den Faden, und brach einfach ab.

Depressionen – Anna brauchte nicht lange für diese Diagnose. Nach Zachs Tod hatte sie selbst diese dunklen Gewässer kennengelernt. Obwohl das inzwischen viele Jahre her war, konnte sie sich noch allzu gut daran erinnern. Ihr ganzer Körper erinnerte sich an das Gefühl: an den Druck hinter dem Brustbein und unter der Schädelbasis, die quälende Notwendigkeit, ein- und wieder auszuatmen, das endlose Schauspiel, das die Dämonen direkt hinter den Augen aufführten, so daß man sich überhaupt nicht richtig auf das konzentrieren konnte, was die Lebenden sagten.

Überdeckt wurde bei Tabby der Abgrund der Trauer durch einen Drang zur Selbstzerstörung, der von der Verantwortung für das neue Leben, das sie in sich trug, nur notdürftig in Schach gehalten wurde. Wenn sie sich Schaden zufügen konnte, ohne das Baby in Mitleidenschaft zu ziehen, war Tabby jederzeit bereit dazu. Beim Teemachen erwischte Anna sie dabei, wie sie ihre Finger auf die roten Ringe der Kochplatte legte. Die Haut war aschfahl, als Anna sie packte und unters kalte Wasser hielt.

Später, als Anna dachte, Tabby arbeitete an ihrer Stickerei mit den drei Gänschen, die hinter einer Mama-Gans mit einem Häubchen herwackelten, sah sie, wie die junge Frau sich mit der Nadel immer wieder in den Unterarm stach. Allem Anschein nach schrieb sie etwas mit den frischen Blutstropfen, aber als Anna versuchte, es zu lesen, verschmierte Tabby die Buchstaben schnell und ließ sich waschen und mit Neosporin einreiben.

Es folgte eine ernste Moralpredigt, in der Anna Tabby auseinandersetzte, daß alles, was sie tat – auch negative Gedanken denken oder die Sechs-Uhr-Nachrichten im Fernsehen ansehen – das ungeborene Kind beeinflußten. Vielleicht hatte Anna sogar recht.

Lynette war keine große Hilfe. Sie blieb nur eine Viertelstunde, wollte nicht von Anna heimgefahren werden und ging die eineinhalb Meilen zu Fuß nach Hause. Entweder hatte sie eigene Probleme, oder Tabbys Traurigkeit hatte sie angesteckt. Ihre sonst so strahlenden Augen waren glanzlos, und sie sagte kaum ein Wort. Anna zweifelte nicht, daß eine wohlmeinende Person männlichen Geschlechts mit nur ansatzweise niederen Motiven auftauchen und der jungen Frau beistehen würde, also ließ sie Lynette ohne weitere Diskussion ziehen und war erleichtert, wenigstens nicht zwei Zombies im Haus zu haben.

Als Anna ihre Geschichte fertig erzählt hatte, meinte Dot: »Lynette war hinter Slattery her«, womit sie zumindest eines der Nebenrätsel aufklärte.

»Er auch hinter ihr?« Unwillkürlich übernahm Anna ihre Redensart.

»Bei Slattery konnte man das nie so genau wissen«, antwortete Mona.

»Er war unglaublich charmant«, erklärte Dot. »Angenehm für antiquierte Pädagoginnen, aber zweifellos eher irritierend für nette junge Mädels.«

Annas Funkgerät knisterte und rief ihr in Erinnerung, daß sie nicht dafür bezahlt wurde, daß sie herumsaß und Kaffee schlürfte. Die beiden Damen verabschiedeten sie mit der Einladung, jederzeit vorbeizukommen und mit Flicka zu spielen.

Während sie in Richtung Süden fuhr, ließ sie sich das Gespräch mit den beiden Frauen noch einmal durch den

Kopf gehen. Hatte Tabby es auf Todd abgesehen gehabt, weil sie dachte, er würde sie verlassen? Oder Lynette auf Hammond, weil er mit Siebzigjährigen flirtete? Oder war die eigentliche Zielperson Norman Hull gewesen, der durch einen Zufall heil davongekommen war? Es war schwierig, ein Motiv zu benennen, wenn man nicht einmal wußte, wer als Opfer ausersehen gewesen war.

Liebe war ein respektables Mordmotiv, in der Realität wie in der Fiktion gut dokumentiert, aber bei dieser Art von Verbrechen war sie nicht Annas erste Wahl. Die Liebe, die töten konnte, war leidenschaftlich, hemmungslos, dramatisch – zumindest in der Mehrheit der Fälle. Bei Verbrechen aus Leidenschaft gab es oft tatsächlich einen qualmenden Revolver.

Mord durch Sabotage oder – falls Wayne recht hatte – durch Inkompetenz, geschah aus kühler Überlegung.

Irgendwo in ihrem Hinterkopf freute sich Anna, daß der Vorfall in ihrer Schicht passiert war. Nicht besonders edel – aber Brandprävention war schrecklich langweilig. Herzlos betrachtet, konnten Ermittlungen in einem Mordfall echt unterhaltsam sein.

Anna lachte über ihre unfeinen Gedanken und wurde postwendend mit einem stechenden Schmerz hinter dem linken Ohr bestraft. Abrupt änderte sich ihre Laune. Die Realität meldete sich unerbittlich zu Wort und erinnerte sie daran, daß sie wachsam bleiben mußte, damit sich nicht irgendwann jemand über *ihren* Tod freute – jemand, dem sie höllische Kopfschmerzen zu verdanken hatte.

Kapitel 16

Am Nordende der Insel lagen die Cumberland Mountains – ein paar Hügel, nicht halb so majestätisch wie die Dünen –, die übriggeblieben waren, als der Ozean die Spitze der Insel abtrennte. Diese Spitze befand sich auf der anderen Seite eines Damms und in Privatbesitz. Weil sie unzugänglich und deshalb mysteriös war, stellte sich Anna vor, wie es wäre, durch den schmalen Kanal zu schwimmen und sie zu erkunden. Natürlich würde sie das nie tun. Es gab zehn Feuerwehr-Regeln, und die elfte hätte wahrscheinlich gelautet: In dem Augenblick, in dem eine Brandbekämpferin ihren Standort verläßt, gibt es Alarm.

»Wie spät ist es?« fragte Dijon.

»Es sind genau zwei Minuten vergangen, seit du das letzte Mal gefragt hast.«

Sie saßen nebeneinander auf dem Kühler des Trucks, mit dem Rücken an die Windschutzscheibe gelehnt. Nachdem sie ihre Lunchpakete verzehrt hatten, hatten sie eine Ruhepause für angebracht erklärt, und solange Guy sie nicht dabei erwischte, war das okay. Niemand machte sich Sorgen, Heimlichkeit und ein Geländewagen schlossen einander aus.

»Wir könnten die Babyalligatoren füttern«, schlug Dijon vor.

»Ich bin schockiert«, sagte Anna. »Maggie-Mary würde uns sofort schnappen! Außerdem verstößt es gegen die Vorschriften.« Wenn Menschen wilden Tieren zu fressen gaben, war das selten gut für die Tiere, und unter den besten Bedingungen schien es eher unklug, Tiere zu füttern, die von Natur aus auch gern mal einen Menschen verzehrten.

»Dann pissen wir eben in den Wind«, verteidigte sich Dijon.

Diese Bemerkung war zwar ziemlich kryptisch, aber Anna verstand, was ihr Kollege meinte. Touristen, Inselbewohner, Fischer – genaugenommen alle – fütterten die kleinen Alligatoren, seit sie aus dem Ei geschlüpft waren. Inzwischen waren alle vierzehn Babys mehr als einen halben Meter lang. Sobald sich ein Mensch dem Tümpel näherte, in dem sie wohnten, kamen sie sofort herbei, wie Tauben im Park. Nur hatten sie spitzere Zähne.

Bisher hatte Anna sich moralisch korrekt verhalten und war nicht der Versuchung erlegen, die Tiere zu füttern, aber sie beobachtete gelegentlich Rick und Dijon dabei und freute sich über den Anblick, was auch nicht richtig war. Sie fand sich selbst scheinheilig, meinte es aber nicht besonders ernst. Der Tag war zu warm, der Lärm der Zikaden zu laut und die Babyalligatoren zu ulkig, wenn sie fraßen, als daß sie so streng mit sich hätte sein können.

Ihre Gedanken wanderten vom glitzernden Atlantik zu anderen Themen. Alice Utterback hatte die Flugbücher in einem Büro des Flughafens von St. Marys aufgetrieben, wo Hammond seine Wartungsarbeiten hatte durchführen lassen. Alles war in Ordnung und auf dem neuesten Stand. Die Beechcraft hatte den vorschriftsmäßigen Hundert-Stunden-Check zwei Wochen vor dem Absturz bekommen. Damals war alles in Ordnung gewesen. Der Mechaniker, ein älterer Mann, war in St. Marys wohlbekannt. Er genoß einen guten Ruf bei seinen Kollegen, und außerdem hatte er keine Ahnung, wem ein Flugzeug gehörte, wenn er daran arbeitete, oder wer in naher Zukunft mit Hammond fliegen wollte. Also blieb nur noch ein Sabotageakt übrig.

»Was weißt du über die Jungs, die bei dem Unfall umgekommen sind?« fragte Anna. Sie vermied bewußt, die Namen zu nennen, weil das weniger persönlich wirkte.

»Du bist am Rumschnüffeln, was?« meinte Dijon mit einem passablen englischen Akzent. »Na, warum auch nicht. Ich war auch auf der Polizeischule und würde zur Not als Denzel Washington durchgehen.«

»Träum weiter.«

»Das meiste, was ich weiß, stammt von Lynette«, erklärte Dijon. »Hörensagen. Nicht zulässig. Bei der Prüfung hab ich zweiundachtzig Punkte gekriegt.«

»Glück gehabt.«

»Lynette war scharf auf Hammond. Man hätte meinen können, die Sonne geht in seiner Hose auf und unter.«

»Ohne daß man weiß, wie spät es ist.«

»Genau. Und um mir widerstehen zu können, muß es einen schlimm erwischt haben.«

Anna lachte. »Hat Rick dir beigebracht, wie man angibt?«

»Die Wahrheit ist doch keine Angeberei. Lynette wirkte irgendwie niedergeschlagen, also haben Rick und ich gestern mit ein paar Sechserpacks bei ihr vorbeigeschaut.«

Also war Annas Vermutung, daß es Lynette nicht an Schultern zum Ausweinen mangelte, offensichtlich zutreffend gewesen.

»Rick und Lynette waren ziemlich abgefüllt ...«

»Du nicht?«

»Ich? Machst du Witze? Das Zeug hat bei mir sowieso keine Wirkung mehr.«

»Und dann?« drängelte Anna.

»Was meinst du mit ›und dann‹? Du bist doch diejenige, die mich dauernd unterbricht und die Erzählung ins Stocken bringt.«

»Entschuldige.«

»Und dann«, fuhr Dijon freundlich fort, »dann wurde daraus eine ziemliche Heulparty, was mich nicht weiter gestört hat. Wenn Frauen heulen, kann man sie in den Arm nehmen. Das ist besser als rumzusitzen und die ganze Nacht nur euch Altchen anzuglotzen.«

»Du hast ein großes Herz«, bemerkte Anna trocken.

»Ja, stimmt. Sie hat Slattery vor ein paar Jahren kennengelernt – bevor sie fest eingestellt wurde, hat sie als Saisonarbeiterin gejobbt, irgendwo in Alaska. Die beiden hatten eine heiße Affäre, aber dann hat er angefangen, mit anderen Frauen rumzubumsen. Na ja, so hat Lynette sich nicht ausgedrückt. ›Er hat mich betrogen‹, hat sie gesagt.«

»Er hat also mit anderen Frauen rumgebumst«, stimmte Anna zu.

»Hey, du bist tatsächlich alt, was?«

»Ich bin ein bißchen rumgekommen im Leben.«

»Bevor ich auf der Welt war.«

Anna ließ die Bemerkung auf sich beruhen, weil ihr keine gute Retourkutsche einfiel. Außerdem stimmte es ja. »Irgendwann ist er dann hierhergekommen, und die beiden haben ihre Beziehung wieder aufgenommen?« fragte sie.

»Lynette zufolge hatte er eine Erleuchtung, er hat Gott gefunden, und das Blut des Lamms hat ihn reingewaschen. Lynette ist auf dem Jesus-Trip, wußtest du das?«

»Nein.«

»Ich auch nicht. Sie macht so einen coolen Eindruck.«

»Vielleicht schließt das eine das andere nicht aus«, gab Anna zu bedenken.

Dijon schnaubte verächtlich. »Sie sagt, Hammond kam zu ihr zurückgekrochen, triefend vor Reue, hat von Ringen und Häuschen und Babys gefaselt.«

Sie schwiegen beide, was keiner als unangenehm empfand. Die Sommergeräusche reichten, um die Stille auszufüllen.

»Er wollte wieder mit ihr ins Bett«, stellte Anna schließlich fest.

»Aber auf die ganz üble Tour«, bestätigte Dijon. »Nichts gegen Lynette, aber die Geschichte war einfach zu perfekt: Herzen und Blumen und all so'n Scheiß. Garantie drauf, daß das zum Erfolg führt.«

»Hast du vor, es zu versuchen?«

»Wenn es funktioniert ...«

»Vielleicht hat Slattery sie einmal zuviel betrogen«, spekulierte Anna.

»Du meinst ... nein.« Dijon hievte sich von der Windschutzscheibe hoch und starrte über den Damm. Dann schüttelte er den Kopf. »Nein, das glaub ich nicht.« Und nach einer Pause: »Meinst du wirklich?«

»Reg dich nicht auf«, lachte Anna. »Ich meine gar nichts. Wir unterhalten uns bloß.«

Dijon ließ sich zurücksinken. »Junge, das wär ja was. Lynette bringt ihren Liebhaber um die Ecke. Nicht übel.«

Wenn Dijon gemerkt hätte, wie seine Unschuld aus hundert Ritzen seiner Rüstung quoll, wäre er zu Tode erschrocken. Anna nahm sich vor, diesen Gedanken zu speichern, falls sie ihn später als Selbstverteidigungsmaßnahme brauchte.

»Was hast du noch?« fragte er.

»Nicht sehr viel«, gab Anna zu. »Könnte Tabby Todd aus dem Weg geräumt haben?«

»Niemals. Die Frau kriegt ja nicht mal ihren eigenen BH auf. Ohne Todd ist die doch total aufgeschmissen.«

»Was, wenn er sie verlassen wollte?« Anna erzählte Dijon die Geschichte von ihrer nächtlichen Begegnung auf der Lichtung.

»Trotzdem«, beharrte er und zog sich seine Kappe bequemer übers Gesicht. »Sie würde betteln und jammern, wenn ein Mann sie verläßt, aber nicht töten.«

»Ich weiß nicht«, entgegnete Anna und dachte an die verbrannten Finger und Nadelstiche. »Sie macht sich total fertig.«

»Aus Kummer.«

Es steckte mehr dahinter als Trauer, davon war Anna überzeugt. Aber weil sie nicht wußte, was, behielt sie den Gedanken für sich.

»Was ist mit Norman Hull? Er hätte doch eigentlich in dem Flieger sitzen sollen. Vielleicht hat er gewußt, daß er lieber nicht einsteigen sollte.«

Dijon schwieg nachdenklich. »Nein«, sagte er nach einer Weile. »Es ist sehr schwierig, Todds Stelle neu zu besetzen. Wer will die schon? Eine Menge Scheißarbeit. Du mußt schon was Besseres bieten als Hull.«

Anna erzählte ihm von Slattery Hammonds Klage gegen Alice Utterback.

»Da haben wir's«, meinte er träge. »Eine Frau, die zu hoch hinaus will, ist unnatürlich. Männerhassende Hexe erledigt weißen Mittelklassetypen. Ich wette, so was passiert andauernd.« Er versuchte, Anna auf die Palme zu bringen, aber er war so jung und so leicht zu durchschauen, daß es nur niedlich wirkte.

»Nehmen wir uns mal Marty Schlessinger vor«, sagte Anna plötzlich. »Er hat mich angelogen wegen dem Schuß, der den jungen Österreicher getroffen hat.«

»Gott, ich hasse es, wenn die Leute mich anlügen«, sagte Dijon.

»Dann hast du aber ein schweres Leben vor dir«, erwiderte Anna. »Jeder lügt gelegentlich, nur so zum Spaß. Übrigens sitzt da eine Zecke in deinem Nacken.«

»Herrgottsakrament!« schrie Dijon und kletterte vom Kühler, um sich im Seitenspiegel zu betrachten. »Scheiße. Da ist doch gar nichts.«

»Kapierst du jetzt, was ich meine?«

»Anna, ich wollte, du hättest Eier wie ein richtiger Mann, dann wüßte ich wenigstens, was ich mit dir anfangen soll.«

»Ich hab jede Menge Eier. Zu Hause an die Wand genagelt«, erwiderte sie und ließ den Motor des Trucks aufheulen.

Marty Schlessinger wohnte in einer Bruchbude. Wohnhaus, Schweinekoben, Außengebäude – alles erinnerte an eine abgelehnte Filmkulisse für *Früchte des Zorns*. Falls die Wände jemals gestrichen gewesen waren, hatten Sonne und Salzluft die Farbe längst weggefressen.

Das Haus war das, was man in den Südstaaten als »Shotgun Shack« bezeichnete. Die Räume waren linear hintereinander angeordnet. Vermutlich rührte der Name daher, daß ein Schuß durchs ganze Haus gegangen wäre, wenn man an der Tür eine Flinte abgefeuert hätte. Das Fliegengitter an der Haustür war verbogen, als hätte jemand das schon ausprobiert. Auch an den Fenstern waren die Gitter größtenteils zerrissen oder fehlten ganz. Die Seitenwand war an mehreren Stellen eingedellt, als wäre ein Laster rückwärts gegen das Haus gedonnert und der Schaden nie repariert worden. Aus den Löchern quoll Teerpappe.

Der Schweinestall lag drei oder vier Meter vom Haus entfernt. Zaun und Stall hatten dieselbe verwittert graue Färbung, Reparaturen waren offensichtlich mit den Materialien durchgeführt worden, die man gerade zur Hand hatte. Ein verrostetes Planierschild bildete einen Teil des Zauns, eine Vertiefung unter dem Maschendraht war mit einer Autotür abgedichtet worden, an der noch Reste der gelben Polsterung hingen.

Da Schweine bekanntlich klug sind, verschliefen sie die Hitze des Tages. Unter der groben, halb verfallenen Überdachung entdeckte Anna eine Sau mit acht oder zehn Ferkeln, die beim Saugen eingeschlafen waren. Die Schweine von Cumberland Island waren anders als die, die sie jemals gesehen hatte. Augen und Ohren und Schnauze und Schwanz waren ganz normal, aber ihre Zeichnung war seltsam. Dunkle Streifen liefen über ihre braunen Rücken vom Genick zum Rumpf, aber nicht wie Zebrastreifen, sondern wie die stilisierten Markierungen eines Streifenhörnchens. Offenbar provozierte das Inselleben kreative Paarungen.

In den Überresten eines verfallenen Schuppens neben dem Stall parkte Schlessingers Jeep. Die breite Tür lag ein paar Meter weiter auf der Erde. Lange spitze Angeln, so verrostet, daß sie die Farbe geronnenen Bluts angenommen hatten, hingen noch am Holz.

»Sieht aus, als wäre er zu Hause«, stellte Anna fest. »Sollen wir?«

»Was sollen wir sagen, weshalb wir hier sind?« fragte Dijon, auf einmal schüchtern geworden.

»Ein nachbarschaftlicher Besuch.«

»Aber du übernimmst das Reden«, sagte er und stieg aus, wobei er noch einen raschen Blick in den Seitenspiegel warf. Er suchte immer noch nach der Zecke.

Schlessinger mußte sie längst bemerkt haben, denn an seiner Behausung kamen pro Tag bestimmt nicht mehr als ein, zwei Autos vorbei. Und Anna und Dijon hatten ein paar Minuten im Truck gewartet, wie es in der Gegend südlich der Mason-Dixon-Linie üblich war, wenn man jemandem einen Besuch abstattete. Aber Marty war nicht herausgekommen, um sie zu begrüßen. Schlessinger zwang eben jeden zu ungewöhnlichen Maßnahmen.

Mit ein paar Metern Abstand gingen Anna und Dijon auf das Rattenloch zu, als wartete John Dillinger auf sie. Diese Wirkung hatte Schlessinger manchmal auf andere Menschen.

»Du klopfst«, flüsterte Dijon.

Anna mußte sich zwingen und rief: »Hallo! Ist jemand da?«

»Ja«, antwortete eine barsche Stimme. Anna nahm das als Einladung und zog die Fliegengittertür auf.

In Martys Heim gab es keine Klimaanlage, und obwohl die Fenster offenstanden, waren die Jalousien herabgelassen. Die Luft war stickig, und es stank nach toten Tieren, Formaldehyd, überbackenem Käse, schmutziger Wäsche, Kaffee und Schimmel.

Anna hielt sich den Ärmel vor die Nase, senkte ihn dann aber wieder, weil ihr bewußt wurde, daß das der Gipfel der Unhöflichkeit war. Sie bekam kaum Luft.

In gammeligen, schenkelkurz abgeschnittenen Trainingshosen, eine Tasse Beuteltee in der Hand, saß der Biologie in einem Polstersessel in einer Ecke. Bei beiden Armlehnen quoll die Füllung aus dem verschlissenen Bezug, aus den grotesk kurzen Hosenbeinen quollen Körperteile, die man sonst eher bedeckte. Er rührte sich nicht, als Anna und Dijon eintraten, sondern musterte sie mit zusammengekniffenen Augen. So, als wollte er von vornherein klarstellen, daß sie sich gefälligst jede Bemerkung zu seiner Garderobe oder seinem Lebensstil verkneifen sollten.

Nach dem grellen Sonnenlicht draußen wirkte alles, der halbnackte Biologe eingeschlossen, matschbraun eingefärbt. Das Haus befand sich in noch schlimmerem Zustand als der Schweinestall. Überall lagen Muschelstücke und Knochensplitter herum, Zeitungen waren über den Boden verstreut und chaotisch zwischen Bücher und Zeitschriften gestopft. Tabletts und Sezierinstrumente, die rochen, als wären sie seit dem letzten Abenteuer der Meerespathologie nicht mehr gereinigt worden, lagen auf einem Holztisch direkt neben der Kochecke. Durch einen Bogen sah man das Schlafzimmer, ebenfalls mit Sperrmüll möbliert, und die Hintertür.

Schlessinger hatte die Füße auf eine Hummerfalle gelegt, über die zwei große Bretter genagelt waren. Aufgerissene und ungeöffnete Post stapelte sich auf diesem provisorischen Couchtisch, weitere Briefe lagen auf dem wackeligen Bücherregal neben der Haustür.

»Hallo, Marty«, sagte Anna freundlich.

Vom Anblick der Genitalien völlig aus der Fassung gebracht, murmelte Dijon etwas Unverständliches vor sich hin und vertiefte sich dann lieber in das Studium der Bücherrücken.

»Habt ihr euch verirrt?« erkundigte sich Schlessinger. Sein Verhalten war das einzig Kühle auf der ganzen Insel. Anna spürte, wie ihr der Schweiß ausbrach und durch die Haare rann.

»Nein. Wir fahren Streife und wollten einfach mal vorbeischauen.«

Schlessinger trank einen Schluck Tee und schwieg.

Allmählich gewöhnten sich Annas Augen an das Halbdunkel. Marty war bleich, seine blauen Augen wirkten unnatürlich groß, weil die Pupillen zu Stecknadelköpfen geschrumpft waren. Mit den hochgelegten Füßen klopfte er einen Rhythmus, als würde er im Kopf ein schnelles Jazzstück hören. Feindseligkeit umgab ihn wie eine unsichtbare Mauer, aber er wirkte nicht ängstlich oder nervös – eher wie ein wütender Pittbull, der etwas sucht, worauf er rumbeißen kann.

Die Chancen, ihm die Visite als Freundschaftsbesuch zu verkaufen, waren gleich Null. Doch Annas Neugier war geweckt, und so begann sie mit einer gewissen Erregung, ihre Fragen zu stellen. Vielleicht konnten Cops emotionale Gewalt riechen, wie Feuerpferde den Qualm: Der Puls beschleunigte sich, sie scharrte mit den Hufen, alles war auf Jagd ausgerichtet.

»Wir hatten ein paar Minuten Zeit«, begann sie, als hätte Molly sie mit offenen Armen empfangen, »da dachte ich, wir schauen mal kurz rein und fragen, ob dir noch irgendwelche Einzelheiten eingefallen sind – wegen dieser Schüsse.«

»Schüsse?« wiederholte Marty, und es klang so überzeugend, daß Anna ihm glaubte, sich nicht erinnern zu können. Doch dann verhärtete sich sein Gesicht, und er fragte: »Welche Schüsse?« – wie ein schlechter Schauspieler.

Als hätte er ihr eine ehrliche Frage gestellt, wiederholte Anna in kurzen Worten, was Schlessinger am Straßenrand behauptet hatte.

»Das habe ich nie gesagt«, widersprach Marty, als Anna fertig war. »Ich habe dich gefragt, ob du was gehört hast. Du hörst überhaupt nicht zu.« Damit nahm er die Füße von der Hummerfalle und beugte sich vor, die Ellbogen auf den Knien, die Beine gespreizt. Feuchte Haarbüschel kamen unter seinen Achseln zum Vorschein. Ob sie wollte oder nicht, tat sich vor Annas Augen ein Panorama der Familienjuwelen auf, auch sie in Dunkelbraun. Zweifellos wanderte Marty auf seinem vergammelten Hof nackt herum. Erst, als er Annas Blicken folgte, merkte Schlessinger, daß er nur halb angezogen war, aber das schien ihn zu amüsieren.

»Nachdem wir das jetzt besprochen haben, könnt ihr zurück an die Arbeit. Dafür seid ihr doch hier auf der Insel, oder? Um zu arbeiten? Oder ist dieses Konzept für Regierungsangestellte zu komplex?« Die blassen Augen fixierten Anna. Unbehagen packte sie. Es begann im Herzen und wurde von den Arterien durch den ganzen Körper gepumpt, wie ein schnell wirkendes Gift.

»Ja, dann«, sagte sie, während sie sich von dem Stuhl erhob, auf dessen Kante sie sich vorsichtig niedergelassen hatte. »Danke, daß du dir Zeit für uns genommen hast. Wir sollten jetzt wirklich lieber …«

»Hey«, unterbrach Dijon unerwartet. »Ich hab die Dinger im College immer benutzt. Kein Wunder, daß ich schlechte Noten hatte!«

Sie hatten Dijon völlig vergessen. Er hatte während des gesamten Gesprächs Schlessingers Bücherregale inspiziert.

»Was?« fragte Anna.

Dijon hielt einen Brief hoch, irgendein offiziell aussehendes Schreiben. »Sie haben die Lewin-Mikroskope zurückgerufen! Irgendein größerer Fehler. Bei zehn Prozent stimmen die abgelesenen Werte nicht.«

»Leg das gefälligst wieder hin.«

Schlessingers Stimme klang so eiskalt, daß Anna unwillkürlich ein paar Schritte Richtung Tür machte. Der Biologe war aufgestanden, und seine schütteren Haare fielen ihm, jetzt ungeflochten, wie Spinnweben über die Brust.

Aber Dijon war wie gelähmt.

»Ihr kommt einfach hier rein« – unbeholfen stieg Schlessinger über das Chaos auf dem Couchtisch – »geht mir mit irgendwelchem Scheiß auf die Nerven« – er marschierte durch den engen Raum auf den Brandbekämpfer zu – »und schnüffelt in meiner Post herum.« Er riß Dijon den Brief aus der Hand. »Raus! Verschwindet. Augenblicklich.«

Anna drehte sich um und floh, Dijon galoppierte einen halben Schritt hinter ihr.

»Heilige Scheiße, was war das denn?« fragte Dijon, als sie wieder im Löschtruck saßen. »Der ist ja total durchgedreht. Als würde mich seine blöde Post interessieren. Die lag einfach nur rum. Herrgott noch mal, ein Blinder hätte das lesen können. Was hat er für ein Problem?« plapperte Dijon und lachte zwischendurch immer wieder fast hysterisch.

»Der war total zu«, sagte Anna.

»Vom Tee? Da war doch nichts drin. Ich hab eine Nase wie ein Spürhund.«

»Kein Alkohol. Vielleicht Kokain. Vielleicht Crack. Könnte auch Methyl gewesen sein oder ganz altmodisches Speed. Irgendwas. Seine Pupillen waren praktisch unsichtbar, und er war total geladen.«

»Verdammt«, sagte Dijon. »Ich hätte nicht gedacht, daß Meeresbiologen Drogen nehmen.«

»Wissenschaftler haben Drogen erfunden«, gab Anna zurück.

»Hexenmeister und all so was!« Dijon schüttelte sich.

Anna bekreuzigte sich. »Für den Fall, daß du recht hast«, erklärte sie, als Dijon sie verwundert ansah. Dann ließ sie den Motor an und fuhr den fünfzig Meter langen Zufahrtsweg im Rückwärtsgang. Zwar hätte sie genug Platz zum Wenden gehabt, aber sie wollte Marty Schlessinger lieber nicht den Rücken zudrehen.

Erst ein einziges Mal in ihrem Leben war sie einer so

fiesen Form von Bosheit begegnet. In Texas, im Guadalupe Mountains National Park. Damals hatte sie einen blauen Personenwagen wegen überhöhter Geschwindigkeit an den Straßenrand gewinkt. Die Sonne stand hoch am Himmel, die Straße war gut befahren, Anna gut bewaffnet. In dem Wagen saßen zwei Leute: Am Steuer eine Frau Ende Dreißig, an die dreihundert Pfund schwer, mit kleinen dunklen Augen. Auf dem Beifahrersitz ein zierliches Persönchen zwischen fünfundsiebzig und tausend Jahren. Ihre Augen hatten das gleiche käferartige Schwarz gehabt wie Martys Augen.

Als Anna von der Fahrerseite her auf das Auto zugegangen war, überfiel sie plötzlich ein ganz mieses Gefühl – als käme aus dem heruntergelassenen Fenster der Gestank reiner Bosheit. Sie bat die Frau nicht einmal um ihren Führerschein, sondern sagte nur: »Fahren Sie bitte langsamer«, und: »Schönen Tag noch.« Der Himmel wußte, was die beiden im Kofferraum hatten – Anna wollte es lieber gar nicht wissen.

Ob es ESP oder PMS gewesen war, hatte sie nie herausgefunden, aber sie bereute es nicht, daß sie die Flucht ergriffen hatte. Und heute, in Schlessingers Bruchbude, hatte sie ein ganz ähnliches Gefühl gehabt.

Kapitel 17

Frederick ignorierte die Schlagzeile »POLIZEI NIMMT VERDÄCHTIGEN IM BABYMORDFALL FEST«, die ihm vom Tisch vor ihm und von fast jedem Käseblatt im Raum anglotzte. Er saß wieder im Pub an der Ninth Avenue und wartete auf Molly. In den drei Tagen, die er sich jetzt in New York aufhielt, war das Lokal zu ihrem privaten Treffpunkt geworden. Jedenfalls in seinen Gedanken. Aber mit der Faszination sank auch die Selbstachtung.

Am Samstag hatte er einen Grund gefunden, mit Dr. Pigeon zu Mittag zu essen; abends hatte er sich mit ihr zum Dinner getroffen, am Sonntag zum Brunch. Heute hatte er das Büro in Chicago angerufen, sich krank gemeldet und für zwei weitere Nächte das 220-Dollar-Zimmer im Parker Meridian gebucht. Eifriger als ein Dutzend neue Rekruten hatte er sämtliche Hinweise der Drohbriefe überprüft.

Innerhalb von nur zweiundsiebzig Stunden hatte er völlig die Kontrolle verloren. Bei den Drinks am ersten Abend hatte es angefangen. Irgendwann zwischen Salat und Kaffee beim Lunch am Samstag hatte er die Grenze überschritten. Liebe auf den ersten Blick? Ein höhnisches Schnauben kam aus seinem Mund, das er rasch in ein Hüsteln verwandelte, um keine Aufmerksamkeit zu erregen. Als würde es in Manhattan irgend jemandem auffallen, wenn man Selbstgespräche führte. In der E-Mail-Szene schwirrte eine passende Definition für Liebe auf den ersten Blick herum: Wenn sich zwei sexuell ausgehungerte, nicht sonderlich wählerische Menschen zum erstenmal begegnen.

Chemie? Biologie? Vielleicht war es einfach nur neurotisch. Anna war ihm zu nahe gekommen – nachdem er sie intensivst dazu gedrängt hatte. Zwar hatten sie sich offiziell nichts versprochen, aber indirekt durchaus. Briefe, Witze, Anspielungen auf eine gemeinsame Zukunft. War das nur Panik, diese plötzliche Besessenheit, die ihn gepackt hatte wie einen Fünfzehnjährigen? Und nicht wegen irgendeiner Jean oder Janet oder Judy, sondern wegen Annas einziger Schwester!

Ohne es zu merken, vergrub Frederick das Gesicht in den Händen, die Parodie einer gequälten Seele. Ihm war völlig klar, daß Vernunft und Logik – ganz zu schweigen von seinen Freunden und Bekannten – diese melodramatische Verlagerung seiner Zuneigung als psychologisches Echosignal seines alternden Radarsystems deuten würden. Aber irgendwas in seinem Herzen forderte mit romantischer Arroganz, daß es die wahre Liebe sei.

Er schämte sich. Im Grund wußte er ja, was hier ablief. Das verräterische Zeichen war die Geheimnistuerei. Wie ein liebeskranker Pennäler wollte er über Molly reden, nannte aber nie ihren Namen, selbst seiner Tochter Candice gegenüber.

Frederick trank einen großen Schluck Scotch. Dann überprüfte er im Spiegel über dem Kamin sein Äußeres, um zu sehen, ob er seine Haare in eine Clownfrisur verwandelt hatte. Kurzentschlossen leerte er sein Glas und gab dem Kellner ein Zeichen für das nächste.

Bald würde das Freispruchverfahren beginnen. Stück für Stück würde er in Gedanken alles verändern, was verändert werden mußte. Jedesmal, wenn er sich die Geschichte selbst erzählte, würde er ein bißchen besser dastehen. Fredericks Urteil war hart, ja grausam, aber schon vor vielen Jahren hatte er gelernt, es sich vom Leib zu halten. Wenn der Prozeß beendet war, wenn er wieder ein ganzer Mensch war, würde nur eine Narbe übrigbleiben.

Anna würde ihn hassen.

Sie war stolz. Sie würde sich nichts anmerken lassen.

Wie *Mary Tyrone* in *Eines langen Tages Reise in die Nacht* würde sie ihm verzeihen, aber sie würde es nie vergessen. Der Respekt würde sterben. Im grellen Licht des Verrats würden sich die goldenen Erinnerungen in graues Blei verwandeln.

Fast verzweifelt faßte er unter die Zeitungen, die er zu lesen vorgab, und zog den Aktenordner hervor. Die Selbstanalyse näherte sich einer unangenehmen Wahrheit, also wandte Frederick sich schnell seiner Arbeit zu. Die beherrschte er wenigstens.

Keiner der Hinweise, die Molly ihm gegeben hatte, führte zu etwas. James Lubbock, der Mann, der gern Frührentner geworden wäre, hatte einen weiteren Prozeß angestrengt und diesmal gewonnen, indem er behauptete, ein Rückenleiden zu haben. Seine Frau Portia hatte Frederick mehr über die Ehe der Lubbocks erzählt, als ihm lieb war. Wie nicht anders zu erwarten, reichte das Geld noch immer nicht, aber die Lubbocks schmiedeten bereits neue Pläne, über denen sie Molly Pigeons unprofitable Ethik längst vergessen hatten.

Sheila Thomas, die nicht sehr fröhliche Geschiedene, hatte sich Hals über Kopf in den Anwalt verliebt, der ihr das lausige Scheidungsurteil eingebrockt hatte, und sprach über Dr. Pigeon wie eine frisch Konvertierte über Jesus.

Thomas langweilte ihn. Seine Augen wurden müde, seine Konzentration war dahin. Obwohl er keine Kopfschmerzen hatte, rieb er sich die Schläfen. Seine Gedanken gingen eigene Wege, die unvermeidlich zu Molly Pigeon und seiner Verliebtheit zum Thema führten.

Wenn der emotionale Blitz zum ersten Mal einschlägt, hält man ihn leicht für die einzige Wahrheit. Aber beim zweiten oder dritten Mal muß man auch die Möglichkeit in Betracht ziehen, daß es sich um ein neurotisches Muster und nicht um Liebe handelt.

In Kalifornien hatte es einmal eine verheiratete Frau

gegeben, wegen der er sich wie ein Idiot aufgeführt hatte. Später war er den Verdacht nicht losgeworden, daß ihr das großes Vergnügen bereitet hatte – auch wenn sie es eisern abstritt. Dann hatte er sich einer Anwältin aus Oregon an den Hals geworfen, nur um wie eine Katze mit eingezogenem Schwanz abzuhauen, als sie von »fester Beziehung« zu sprechen begann. Dann Anna: Anna war eine langsame, aber sichere Sache gewesen. Sie hatten sich Zeit gelassen, sie kannten sich. Das ist real, hatte er sich gesagt.

Und dann war diese Realität beim Lunch plötzlich zusammengebrochen, denn Molly hatte seine Seele berührt. Frederick lachte laut, diesmal ohne sich über die Blicke der anderen zu scheren. Vielleicht tat der Scotch seine Wirkung. Die Seele war jedenfalls nicht der Teil seiner Anatomie, der als Zündschnur fungierte. Vernunftsmäßig wußte er, daß Molly möglicherweise ein neues Symptom von irgend etwas Altem war: die Wahl zwischen der Last des Habens und den endlosen Möglichkeiten des Wünschens. Aber es bedrückte ihn, daß ihm das vollkommen gleichgültig war.

Anna verblaßte. Schwupp – und sie verschwand in einem Nebel, wie ein Traum nach dem Aufwachen. Eine Erinnerung, die nur gelegentlich weh tat, wie wenn man auf einen eitrigen Zahn biß.

Das Licht, in dem Frederick sich selbst sah, wurde immer weniger schmeichelhaft. Er zwang sich aufrecht zu sitzen und konzentrierte sich auf die vor ihm liegende Arbeit.

Nancy Bradshaw, die Lampenzerschmetterin, hatte sich als eine größere Herausforderung erwiesen, aber das Ergebnis war auch nicht hoffnungsvoller als bei den anderen Kandidaten. Sie war nach Vermont gezogen. In der korrekten Annahme, daß jemand, der nach Mollys Beschreibung so instabil war, wenig Geduld mit Geschwindigkeitsbegrenzungen hatte, war Frederick ihr mit Hilfe nicht bezahlter Strafzettel auf die Schliche gekommen.

Miss Bradshaws neue Arbeitgeberin erzählte ihm, daß Nancy gerade drei Wochen Urlaub in Irland machte und erst am Donnerstag zurückkam. Also konnte man sie von der Liste streichen, es sei denn, der Plan war geradezu lächerlich kompliziert, was bei Drohungen höchst selten der Fall war.

Nachdem auch Nancy Bradshaw ausgemustert war, blieb Frederick mit seiner Ratlosigkeit allein zurück. In Gedanken hatte er sich schon vorgestellt, wie er in einem Schwarzenegger-Showdown die Heldin aus der Gefahr befreite und den Verbrecher in Ketten abführte. Wenn das schon nicht ging, hätte er Molly gern wenigstens eine Lösung ihres Problems zu Füßen gelegt.

In diesem Augenblick öffnete sich die Tür, und Dr. Pigeon schwebte herein. Durch den Scotchdunst und seine rosarote Brille blickte Frederick sie an: Ihr Kostüm war perfekt, kühles weißes Leinen mit einer lachsfarbenen Bluse, zweifellos Seide, wunderbar weich. Als sie innehielt, um Frederick unter den Gästen zu suchen, fiel ihm auf, wie bleich sie war, wie angespannt ihre Gesichtszüge waren. Molly Pigeon sah aus, als hätte sie Angst.

Frederick erste Reaktion war nicht Mitgefühl, sondern Zufriedenheit: Sie brauchte ihn.

Kapitel 18

Anna fühlte sich einsam und verlassen. Die Jungs waren alle joggen gegangen, selbst der sonst so vernünftige Al. Anna hatte sich gedrückt. Allerdings war sie nicht ungeschoren davongekommen. Sie hatte allerlei freundlichen Spott in Bezug auf ihr Geschlecht und ihr Alter über sich ergehen lassen. Rick war der Wahrheit am nächsten gekommen: Anna sei eigentlich nicht faul, sondern genetisch bedingt zu dünn und grundsätzlich gegen sinnlose Anstrengung. Dijon hatte vorgeschlagen, ein frauenfeindliches Reptil auf sie zu hetzen, um der sportlichen Betätigung einen Sinn zu verleihen, aber Anna hatte das großzügige Angebot ausgeschlagen und sich in die Ranger-Station zurückgezogen, um den Abend ungestört am Telefon zu verbringen.

Molly war nicht zu Hause. Frederick auch nicht.

Sie hatte beide in der vergangenen Stunde dreimal angerufen und dreimal wieder aufgelegt, ohne eine Nachricht zu hinterlassen. Eine Nachricht war eine Verpflichtung. Wenn man danach noch einmal anrief, hieß das, daß man unbedingt mit jemandem reden wollte. Oder noch schlimmer, daß es einem irgendwie schlechtging. Die Telefonetikette war durch die Erfindung des Anrufbeantworters wesentlich komplizierter geworden.

Anna brach noch ein Stück Nestlé Crunch ab und kaute genüßlich. Sie saß ohne Licht im Büro des Chief Rangers, die Füße auf seinem unerträglich ordentlichen Schreibtisch. Nichts Überflüssiges lag herum, alles war säuberlich aufgereiht, wie die Figuren auf einem Schachbrett: auf der einen Seite der Tesaroller, der Tacker, der elektrische Bleistiftspitzer, immer fünf Zentimeter voneinander entfernt und parallel zur Schreibunterlage. Auf der Gegenseite die entsprechende Formation: Briefmarkenschachtel, Bleistiftständer, Büroklammermagnet.

Annas Schokoladenpapier lag ganz allein auf dem makellosen grünen Viereck und wirkte wie ein Verstoß gegen die göttliche Ordnung. Sie steckte das letzte Stückchen Schokolade in den Mund, faltete die Verpackung säuberlich zusammen und legte sie auf den Schreibtisch, fünf Zentimeter vom Bleistiftspitzer entfernt.

Im blassen Mondschimmer wirkte das Telefon am Rand des Schreibtischs farblos und plump, wie eine bösartige Kröte. In den langen Jahren der Isolation, weit weg von Familie, Freunden und Liebhabern, hatte Anna eine Haßliebe zum Telefon entwickelt. Oft war es die einzige Möglichkeit, mit den Menschen, die ihr wichtig waren, Kontakt zu halten. Gleichzeitig machte es deutlich, wie fragil dieses Band war, und Anna fand, daß das Telefon genau die Beziehungen, die es ermöglichte, auch irgendwie verfälschte.

Vielleicht enthielt das Plastikgehäuse ein verstecktes Virus, das zum Leben erwachte, wenn es lange genug Kontakt mit der Wärme der menschlichen Haut hatte. Sobald es aktiviert war, drang es durch Mund und Ohr ins menschliche Gehirn ein und verursachte dort ein chemisches Ungleichgewicht, das dazu führte, daß man ständig in leeren Wohnungen anrief, mit Liebhabern Streit anfing und endlos lange Schweigeminuten einlegte, die jede mehr als zehn Cents kostete.

Die Uhr über der Tür bestand darauf, daß es erst neun Uhr abends war. Anna beschloß, noch eine halbe Stunde zu warten. Wenn dann immer noch keiner zu Hause war, würde sie sich geschlagen geben.

Sie kippelte mit Normans Schreibtischstuhl nach hinten und überlegte, wie sie sich in der Zwischenzeit amüsieren konnte. Ordentliche Männer waren nicht besonders interessant, es gab keinen Kleinkram, über den man nachdenken konnte. Normale Männer, die ihren Geldbeutel nicht ausräumten, sondern den ganzen Krempel alle paar Jahre in einen neuen transferierten, wenn unvermutet einer unter dem Weihnachtsbaum auftauchte, trugen ihre Lebensgeschichte in der Gesäßtasche ihrer Jeans spazieren.

Schreibtische erfüllten denselben Zweck, wenn auch auf einer etwas offizielleren Ebene. Hills Dutton, Annas District Ranger in Mesa Verde, hatte einen tollen Schreibtisch! Man konnte seine berufliche Vergangenheit in geologische Schichten einteilen, während man sich durch die Papierberge arbeitete.

Hull war entweder superpedantisch – oder er hatte etwas zu verbergen. Anna knipste die Schreibtischlampe an. Nur zum Spaß rüttelte sie an den Schubladen. Alle abgeschlossen. Jetzt wurde sie richtig neugierig. Ranger waren normalerweise die vertrauensseligsten Menschen auf der Welt. Sie ließen stapelweise Geldscheine herumliegen, außerdem Süßigkeiten, Patronen, Hausschlüssel, Autoschlüssel und konfiszierten Alkohol. Erstaunlicherweise kam nie etwas abhanden. Höchstens einmal die Süßigkeiten.

Anna kannte nur zwei Personen, die ihre Schreibtische abschlossen, und die hatten sich beide als chronische Streithammel entpuppt, die ständig in irgendwelche Prozesse gegen den National Park Service verwickelt waren. Ihre Geheimniskrämerei war eine Art Verfolgungswahn: Sie fanden die von ihnen zusammengetragenen Informationen unglaublich wichtig. Anna durchsuchte alle typischen Verstecke, konnte jedoch nichts Ungewöhnliches finden.

Renées Schubladen waren ergiebiger. Bei ihren Stiften lag ein Schlüssel mit dem Schildchen »Normans Schreibtisch«. Wie immer, wenn man etwas anfängt, bekam auch diese Suche eine Art Eigendynamik und wurde wichtig, schon allein deswegen, weil Hindernisse auftauchten.

Anna ging mit dem Schlüssel zum Schreibtisch des Chief Rangers und freute sich, daß sie einen Schritt weitergekommen war.

Aber ihre Mühe wurde nicht belohnt. Das Innere des Schreibtischs wirkte genauso steril wie seine Oberfläche. Die Akten waren ordentlich gekennzeichnet, und jeder Ordner enthielt genau das, was darauf stand. Briefpapier und Umschläge waren säuberlich in Holzablagen gestapelt. In der mittleren Schublade, die normalerweise all die kleinen Wertgegenstände beherbergte, die das Leben einem bescherte, war so gut wie leer.

Anna blätterte Hulls Schreibtischkalender durch. An dem Tag, an dem das Flugzeug abgestürzt war, hatte er eingetragen: »Slattery, Stafford Meadow – 10 Uhr«, als ob er vorgehabt hätte, den Termin einzuhalten. Die anderen Eintragungen sahen aus wie in jedem x-beliebigen Terminkalender: Verabredungen und Uhrzeiten. »Cheryl« war hier und da zu lesen, und auch »Ellen« hatte ein paar Auftritte, sowie einige Leute, die zu Hieroglyphen reduziert waren – Bew., Sternchen und Unterstreichungen. Cheryl und Ellen, das wußte Anna aus der allgemeinen Gerüchteküche, waren Hulls Frau und Tochter.

Das einzig Interessante war ein Briefumschlag mit einer handgeschriebenen Adresse und einem Poststempel aus Pennsylvania. Wenn schon, denn schon, dachte Anna und holte aus dem Umschlag einen Zettel mit derselben verschnörkelten Handschrift wie der Umschlag. Außerdem fiel ein Foto heraus.

»Lieber Norm, ich glaube nicht, daß die Veränderung für Ellen –«

Anna faltete das Blatt wieder zusammen und steckte es ungelesen zurück in den Umschlag. Der Brief war eindeutig privater Natur, und gegen bestimmte Regeln wollte sie nicht verstoßen, jedenfalls nicht ohne triftigen Grund. Aber Fotos waren etwas anderes. Sie waren irgendwie öffentliches Eigentum. Auf dem Bild war ein junges Mädchen zu sehen. Anna hätte sie auf achtzehn oder neunzehn geschätzt, aber in verschnörkelten Buchstaben hatte jemand mit Bleistift daraufgeschrieben: »Ellen am 13. Geburtstag«. Normans einzige Tochter. Man konnte eine gewisse Familienähnlichkeit feststellen: wasserblaue Augen, ein schmales, eckiges Kinn. Viel Make-up und Klamotten, die teuer, aber geschmacklos waren und ziemlich nuttig wirkten. Ein bißchen plump, der Kindheit noch nicht ganz entwachsen.

Anna war ganz in ihre Schnüffelarbeit vertieft, als das Telefon klingelte. Sie fuhr zusammen und knallte mit der Kniescheibe gegen die Schreibtischplatte. Das tat zwar teuflisch weh, aber erfahrungsgemäß würde der Schmerz nicht lang anhalten. Sie atmete tief durch, zählte von zwanzig rückwärts auf Null und starrte mißtrauisch auf das Telefon, als könnte es gleich die zweite Attacke starten. Nach dem vierten Klingeln hatte sie sich wieder gefangen und nahm den Hörer ab. Es war zwar unwahrscheinlich, daß der Anruf ihr galt, aber um diese nachtschlafende Zeit konnte es etwas Dringendes sein.

»Cumberland Island National Seashore«, meldete sie sich.

»Ja, hallo! Hier ist Charley Riggs. Mit wem spreche ich?«

Einen Moment lang war Anna richtig eingeschüchtert. Riggs war der Regionaldirektor des Bereichs Südost. Leise schob sie die Schubladen zu und verschloß sie, als könnte er ihr Vergehen bemerken. »Hier spricht Anna Pigeon von der Feuerprävention«, antwortete sie förmlich.

»Die Dürre ist ziemlich schlimm bei Ihnen in der Gegend, stimmt's, Anna?«

Daß er sie mit Namen ansprach, war ein durchschaubarer Trick – typische Politikermethode –, aber Anna hatte nichts dagegen. Regierungsbehörden waren politische Institutionen. Es war nicht unbedingt gut, aber auf jeden Fall nützlich, wenn dort ein echter Politiker die Verantwortung hatte.

Brav erzählte sie, was sie auf Cumberland alles unternommen hatten, bis Riggs Atem holte und ihr damit signalisierte, Schluß zu machen: »Ich muß sagen, das klingt alles sehr gut, Anna.«

Anna verdrehte die Augen. Jetzt hätte sie dringend noch einen Schokoriegel gebraucht.

»Ist Norm zu sprechen? Er hat mir gesagt, er will heute abend noch arbeiten.«

Nein, erklärte Anna, aber er könne gern eine Nachricht hinterlassen.

Ja, Anna, mit Vergnügen, versicherte er ihr.

»Ich komme nämlich gerade zurück von einem Management-Seminar im Hinterland, in Big Cypress«, fuhr er fort. »Ich muß mit Norm über den Flugzeugabsturz sprechen. Richten Sie ihm doch bitte aus, er soll mich morgen früh sofort anrufen. Könnten Sie das für mich tun, Anna?«

»Aber selbstverständlich, Sir.« Sie schrieb die Nachricht auf einen Notizblock, der genau fünf Zentimeter vom Telefon entfernt lag. Während sie die Mitteilung des Regionaldirektors aufschrieb, schoß ihr plötzlich ein Gedanke durch den Kopf. »Ach, Charley, dürfte ich Sie fragen, wie lange das Seminar gedauert hat?« Vielleicht sollte sie in ihrem nächsten Leben in die Politik einsteigen.

»Fünf Tage. Kein Fax, kein Telefon, kein fließendes Wasser. Wir haben sehr viel erreicht, aber ich bin langsam zu alt, um auf dem Boden zu schlafen.«

Anna lachte höflich und legte auf.

Die dreißig Minuten, die sie sich als Grenze gesetzt hatte, waren vorbei. Jetzt stand ihr frei, es noch einmal bei Molly und bei Frederick zu versuchen, aber sie griff nicht zum Telefon.

Aus irgendeinem Grund hatte Norman Hull gelogen.

Er hatte nicht kurz vor dem Anflug der Beechcraft mit dem Regionaldirektor telefoniert. Wenn sie noch ein bißchen herumschnüffeln würde, würde sie bestimmt herausfinden, daß Renée glaubte, Hull hätte den lebensrettenden Anruf vom Festland bekommen, während die Frau in St. Marys genau vom Gegenteil überzeugt war. Zwei Lügen, die sich gegenseitig stützten. Hinter solchen Täuschungsmanövern steckte meistens noch mehr.

Sie schloß den Schreibtisch des Chief Rangers wieder auf. Nachdem ihr jetzt ein richtiger Grund auf dem Silberteller serviert worden war, nahm sie den handgeschriebenen Brief und las ihn durch. Es waren Familiengeschichten. Aus dem Kontext schloß Anna, daß der Brief von Normans Schwester stammte. Ellen war nach Pennsylvania geschickt worden, um ihre Kusinen zu besuchen. Dort hatte sie sich aber offensichtlich so unmöglich benommen, daß man sie mit dem nächsten Bus zurück nach Georgia geschickt hatte. Anna faltete den Brief zusammen und legte ihn genau an die Stelle, wo sie ihn gefunden hatte. Ein Korinthenkacker wie Norman Hull bemerkte jede Veränderung.

Noch einmal ging sie die Akten durch, diesmal gezielter. Die unterste Schublade rechts enthielt vertrauliche Personalunterlagen – die Akten der verschiedenen Angestellten, mit Empfehlungsschreiben und Zeugnissen, persönlichen Daten und mit der Sozialversicherungsnummer, die jeden Amerikaner von der Wiege bis zur Bahre begleitet.

Anna holte Slattery Hammonds Akte aus dem Hängeordner. Sie enthielt nicht besonders viel, denn Slattery hatte nur sporadisch für den Park Service gearbeitet und immer nur in der Hochsaison – deshalb interessierte sich die Verwaltung nicht dafür, womit er während der Monate, die er nicht im Park verbrachte, seinen Lebensunterhalt verdiente.

Sie blätterte die Papiere durch. Das übliche Gutachten,

Bewertungen. Als sie zu den Seiten mit den persönlichen Daten kam, hielt sie inne. Hammond hatte eine Lebensversicherung bei einer Gesellschaft im Staat Washington. Tot war er 125 000 Dollar wert. Wenn er bei einem Arbeitsunfall umkam, verdoppelte sich die Summe auf 250 000 Dollar. Bei Slatterys Beruf war dieser Zusatz nicht weiter verwunderlich. Piloten glaubten, daß sie umkamen, bevor sie eine Chance hatten, friedlich im Bett zu sterben. Eine romantische Vorstellung – und meistens falsch. Die Versicherungsgesellschaften setzten darauf. Diesmal hatten sie verloren. Anna ging die restlichen Unterlagen durch, um zu sehen, wer der glückliche Gewinner war. Die Police war auf Lina Hammond ausgestellt, wohnhaft in Hope, Kanada, Ehefrau des Verstorbenen. Falls sie vor ihm das Zeitliche segnete, sollte das Geld für seinen Sohn Dylan angelegt werden.

Hammond war also verheiratet gewesen. Hatte Lynette das gewußt? Die anderen hatten bestimmt nichts davon geahnt. Konnte eine gläubige Christin einen Mord begehen, um ein gebrochenes Herz und ein gekränktes Ego zu rächen? Selbstverständlich! Die Menschen waren nicht so logisch gestrickt – sie verkrafteten die krassesten moralischen Widersprüche in sich, die sogar bei den differenziertesten Robotern einen Kurzschluß auslösen würden. Und die meisten mußten sich dabei nicht einmal besonders anstrengen. Vielleicht war Lynette nicht nur Christin, sondern Katholikin. Unzucht, Mord, eine kurze Beichte – und schon war sie beim lieben Gott wieder gut angeschrieben.

In Mitch Hansons Leben gab es nichts Aufregendes, also ging Anna zu Lynettes Akt über. Das einzig Merkwürdige bei ihr war, daß sie als GS-1 beim Park Service angefangen hatte. Anna hatte nicht gewußt, daß es eine so niedrige Gehaltsklasse gab! Die Briefmarke auf ihren Lohntüten war fast soviel wert gewesen wie der monatliche Scheck.

Für Schlessinger gab es keine Akte. Er war zwar dem National Park Service angeschlossen, gehörte aber nicht offiziell dazu. Die Schildkrötenforschung wurde aus anderen Quellen finanziert. Für den Meeresbiologen war das Ressourcen-Management zuständig.

Renée, Normans Sekretärin, hatte mehr Jobs gehabt, als in einem guten Lebenslauf vorkommen dürften, und sie hatte nicht genug Verstand besessen, diese Tatsache zu verschleiern. Bei Cumberland Island National Seashore arbeitete sie jetzt schon seit fünfzehn Monaten. Das war ihr persönlicher Rekord.

Dot und Mona tauchten nicht auf. Sie waren VIPs und fielen deswegen nicht in den Zuständigkeitsbereich des Chief Rangers.

Todd Belfores Unterlagen lieferten zwei kleine Informationen. Er war über den NPS krankenversichert, hatte aber keine Lebensversicherung. Vielleicht hätten sie nach der Geburt des Kindes eine abgeschlossen, aber jetzt war es zu spät. Interessanter war allerdings die Tatsache, daß er als District Ranger in den North Cascades gearbeitet hatte. Er war ohne Beförderung und ohne Gehaltserhöhung nach Cumberland versetzt worden. Obwohl die Insel unbestreitbar ihre guten Seiten hatte, war die Versetzung eindeutig ein Abstieg. North Cascades war wesentlich größer und galt unter den westlichen Nationalparks als etwas ganz Besonderes.

Todd und Slattery waren in Washington State gewesen und hatten dort für den NPS gearbeitet – beide zur gleichen Zeit. Im Abstand von wenigen Monaten waren sie quer über den Kontinent gezogen und dann bei einem Flugzeugabsturz gemeinsam ums Leben gekommen. Vielleicht gab es in ihrer Vergangenheit einen dunklen Fleck, vielleicht hatte jemand ihnen den Tod gewünscht und eine Möglichkeit gefunden, zwei Fliegen mit einer Klappe zu schlagen – mit einer einzigen Steuerstange.

Mit penibler Sorgfalt hängte Anna die Akten wieder ein und überprüfte zweimal, ob auch alles so war, wie es sein mußte. Nachdem sie den Schreibtisch wieder verschlossen hatte, zog sie den Ärmel ihres Feuerhemdes über die Hand und wischte ihre Fingerabdrücke von den Schubladen und vom Schlüssel, obwohl sie eigentlich nicht damit rechnete, daß Norman seinen Schreibtisch je auf Fingerabdrücke überprüfen lassen würde. Sie wollte nur Zeit totschlagen.

Inzwischen war es zehn Uhr, und sie hängte sich noch mal ans Telefon. Molly nahm nicht ab. Fredericks Anrufbeantworter in Chicago sprang an, und Anna sprach eine Nachricht darauf. Kein Gesichtsverlust – heute abend würde sie es bestimmt nicht noch mal versuchen.

Aus alter Gewohnheit rüttelte sie an Türen und Fenstern, ehe sie die Ranger-Station verließ. In Mesa Verde machte das der Ranger, der Spätdienst hatte.

Der Mond stand hoch am Himmel, die Luft war warm und duftete süß nach Mimosen und Seetang. Aber der nächtliche Zauber der Südstaaten ließ sie kalt – heute abend kam ihr alles eklig und dreckig vor, als würde die Luft an ihrer Haut kleben und ihre Kehle und ihre Gedanken verstopfen. Das Gewirr aus Lügen und Gegenlügen, von Drogensucht, Depressionen, Hitze, gebrochenen Herzen und Zecken ging ihr auf die Nerven, und sie sehnte sich nach der kühlen, trockenen Mesa, die ihr Zuhause geworden war.

Und da war noch etwas, was sie allerdings nicht gern zugab – sie fühlte sich einsam. Bevor Frederick in ihr Leben getreten war, war die Einsamkeit ein Zustand gewesen, an den sie sich gewöhnt und mit dem sie schließlich sogar Frieden geschlossen hatte. Jetzt empfand sie wieder diese bohrende Leere hinter dem Brustbein, wenn er nicht ans Telefon ging.

Wie absurd, wenn man bedachte, daß genau diese Intimität ihr noch zwei Abende zuvor Beklemmungen verursacht hatte. Wenn sie das nächstemal mit Molly redete, mußte Anna sie um ihren Zauberspruch bitten, in dem das Wort »co-abhängig« eine wichtige Rolle spielte. Beim Gedanken an diese moderne Form der Hexerei mußte sie lachen, und schon ging es ihr besser.

Tabby war noch wach, als Anna zurückkam, und das angenehme Gefühl war sofort wie weggeblasen. Tabby war wie in eine Wolke aus Trauer gehüllt. Alle Farbe war aus ihrem Gesicht gewichen, selbst die Haare wirkten mehr grau als blond. Sie hatte abgenommen und sah richtig verhärmt aus mit ihren eingefallenen Wangen, den im Gegensatz zu dem gewaltigen Bauch geradezu absurd dürren Armen und Beinen. Sie erinnerte eher an eine Flüchtlingsfrau aus den Sechs-Uhr-Nachrichten als an eine schwangere Amerikanerin.

Anna kochte eine Kanne Tee – eine Idee, die sie bei der Lektüre toter britischer Schriftsteller aufgeschnappt hatte – und stellte sie auf ein Tablett, dazu zwei Teetassen und einen Teller mit Keksen.

Tabby saß in dem winzigen Wohnzimmer in einer Ecke des Sofas, auf dem Anna schlief. Schwangerschaftsklamotten eigneten sich nicht als Trauerkleidung. Die breiten roten und schwarzen Streifen von Tabbys Bluse ließen sie selbst noch ätherischer wirken. Die Lichter waren gelöscht, bis auf eine Lampe auf dem Couchtisch. Ihre Vierzig-Watt-Birne konnte die Dunkelheit, die Tabby Belfore umgab, allerdings nicht aufhellen.

Bei der Tür zum Flur lagen zwischen den beiden billigen neuen Teppichen auf dem Holzfußboden braune, murmelgroße Kügelchen: Rehmist.

»Wo sind Dot und Mona?« fragte Anna, während sie das Tablett auf das Tischchen stellte und Tee eingoß. Die VIPs arbeiteten Spätschicht, wie sie es nannten, und hatten versprochen, bei Tabby zu wachen. Anna wäre durchgedreht, wenn man sie nie allein lassen würde, aber bei

Tabby war das anders – im Moment mußte immer jemand in ihrer Nähe sein.

Sie saß reglos da, die Hände unter ihrem Bauch gefaltet. Anna wiederholte ihre Frage und drückte Tabby eine Tasse Pfefferminztee in die Hand.

»Nach Hause gegangen?« antwortete Tabby tonlos.

»Wann?«

Tabby schüttelte den Kopf. Die Frage war ihr zu komplex.

»Trink deinen Tee«, befahl Anna und schaute zu, wie sie mechanisch ein Schlückchen trank. Den Verband hatte sie von den Unterarmen gezerrt und die Schnittwunden aufgekratzt. Das Blut war verschmiert, aber Anna konnte trotzdem die Buchstaben erkennen: T O D. Sie erschrak, aber dann fiel ihr ein, daß vielleicht einfach nur ein D fehlte und Tabby vorgehabt hatte, Todd zu schreiben. In der Highschool hatten sich manche Mädchen die Initialen ihrer Freunde mit Nähnadeln und Tinte in die Haut tätowiert, daran konnte Anna sich gut erinnern. Tabby wirkte so jung. Anna war hin und her gerissen zwischen Mitleid und Ärger.

Auf Tabby Belfore hatte beides keine lindernde Wirkung mehr, das wußte Anna. Also entschied sie sich für eine Schocktherapie. »Du und Todd – ihr kanntet Slattery. Ihr habt ihn kennengelernt, als ihr in den North Cascades gearbeitet habt«, sagte sie. »Was war zwischen Todd und Slattery?«

Tabby blinzelte ein paarmal, dann schaute sie Anna direkt ins Gesicht. Ihr Mund öffnete sich, schloß sich wieder, öffnete sich erneut – aber es kam kein Wort heraus. Tränen stiegen ihr in die Augen und kullerten über ihre Wangen. Sie stellte die Teetasse wieder auf den Tisch und rieb sich die Tränen mit den Handwurzeln in die Haare. Stockend tröpfelte eine Reihe von Pronomina über ihre Lippen: »Ich … Er … Wir …« Ihre Hände legten sich wieder schützend auf den Bauch. Noch mehr Tränen, diesmal unkontrolliert, dann flüsterte sie so leise, daß Anna sich anstrengen mußte, um sie zu verstehen: »Nein. Nein. Nein. Ich kann nicht.«

Anna suchte krampfhaft nach tröstlichen Worten oder nach einer sanften Form der Erpressung, um Tabby ihr Geheimnis zu entlocken. Aber plötzlich stand Tabby auf. Wegen des dicken Bauchs hätte sie um ein Haar das Gleichgewicht verloren. Anna sprang auf, um sie zu stützen.

»Laß mich in Ruhe!« stieß Tabby keuchend hervor.

Anna ließ sie los und sah ihr nach, bis sie die Schlafzimmertür hinter sich geschlossen hatte.

Sie setzte sich wieder hin und beäugte mißtrauisch die unangetasteten Kekse. Während sie ihren Tee trank, versuchte sie, die Frustrationen des Tages abzuschütteln, aber es gelang ihr nicht. Sie hatte niemanden erreicht – weder am Telefon noch persönlich. Das steigerte ihr Gefühl der Isolation.

»Ihr könnt mich alle kreuzweise«, knurrte sie nach einer Weile und kroch in ihren Schlafsack. Lost Horizons lag immer noch auf dem Tischchen, wo sie es hingelegt hatte. Sie konnte sich gar nicht erinnern, wie oft sie es schon gelesen hatte – dreimal oder viermal mindestens. Alte Geschichten waren immer noch die besten.

Kapitel 19

Obwohl sie schrecklich müde war, konnte sie nicht einschlafen.

Wie bei allen Menschen, die an Schlaflosigkeit leiden, weigerte sich ihr Körper, sich den Konturen des Sofas anzupassen. Dabei hatte sie bei Brandbekämpfungsmaßnahmen unter wesentlich unbequemeren Bedingungen den Schlaf der Gerechten geschlafen, auf irgendeinem improvisierten Notlager aus Erde und Steinen. Es waren die hunderttausend Gedanken, die ihr keine Ruhe ließen. Sich dauernd anders hinzulegen und die Kissen aufzuschütteln, diente nur als Ablenkungsmanöver.

Vielleicht war sie einfach zu alt, um als Ranger vor Ort zu arbeiten. Demnächst wurde sie zweiundvierzig. Mußte sie womöglichst bald ins Management einsteigen? Das war beim NPS vermutlich nicht besonders schwierig, weil man dort auf politische Korrektheit achtete. Sie war qualifiziert, und sie war eine Frau – das waren zwei entscheidende Pluspunkte bei den entsprechenden Gremien.

Theoretisch achtete man bei der Einstellung weder auf die Hautfarbe noch auf das Geschlecht, aber die Manager wurden danach beurteilt, wie viele Vertreter von »Minderheiten« sie anheuerten. Einmal hatte Anna einen Personalbeamten auf diesen Widerspruch angesprochen. Die Auskunft war klar: Es gab Entscheidungskriterien. Nachnamen. Stimmen am Telefon. Akzente. Und schlimmstenfalls wurde bei einem Bewerber oder einer Bewerberin die gewünschte »Qualität« von höherer Stelle beigefügt.

Anna hatte keine Skrupel, diese für sie günstigen Umstände auszunutzen, aber Verwaltungsarbeit lockte sie einfach nicht. Sie wollte keine Führungsposition übernehmen. Andererseits war sie auch keine gute Untergebene. Die Arbeit vor Ort entsprach ihr. Sie hatte vor, so weiterzumachen, bis ihre Gesundheit es nicht mehr erlaubte. Es war der Gedanke an die Vergänglichkeit alles Irdischen, der sie zunehmend belastete.

Sie mußte an Frederick Stanton denken – nicht verklärt durch ein Traumbild von Heim und Herd, sondern durchaus ambivalent. Diese Ambivalenz wurde von einem ziemlichen Unbehagen begleitet. In letzter Zeit hatte Frederick sie immer wieder gebeten, zu ihm nach Chicago zu ziehen und wenigstens eine geographische Entscheidung zu treffen, wenn sie schon zu keiner emotionalen fähig war. Anna war zynisch genug, um sich zu fragen, ob hinter diesem Wunsch wirklich nur Liebe und Hoffnung steckten – oder ob auch er sich allein fühlte und ein bißchen Geborgenheit brauchte. Sie kannten sich inzwischen so lange, daß Herzklopfen und Romantik nicht mehr die entscheidenden Faktoren waren. Und genau da lag das Problem: Ohne das Betäubungsmittel der »Verliebtheit« erschien ihr eine Veränderung viel zu einschneidend.

Anna schlug die Augen auf und schickte den Gedanken an Frederick weg. Die oberste Fensterscheibe hinter dem Sofa umrahmte einen kleinen, verzerrten Mond. In Georgia war sogar das Mondlicht warm.

Um sich wenigstens körperlich wohlzufühlen, wenn schon sonst nichts funktionierte, schlüpfte sie aus dem Schlafanzug und warf ihn auf den Fußboden. Da sie bei Tabby wohnte, schlief sie bekleidet, um die empfindsame Seele ihrer Gastgeberin nicht zu verletzen, aber Pyjamas waren absurd, genau wie Badeanzüge beim Schwimmen, Strumpfhosen unter langen Hosen und Unterwäsche unter Kleidern.

Sie zupfte ihren Schlafsack zurecht, um sich gegen die Zugluft der Klimaanlage zu schützen, und dachte über das Leben auf der Insel nach. Obwohl die Motorschiffe jeden Tag Besucher von St. Marys brachten und wieder abholten, obwohl Autos auf den Straßen fuhren und die Anwohner mit dem Flugzeug kamen und gingen, gab die Insel einem das Gefühl der Abgeschiedenheit – hier lebte ein Menschenschlag, der anders war, genauso wie die Tiere anders waren, verändert durch die ungewöhnlichen Umweltbedingungen. Wie Berggipfel und Wüsten, so wurden auch Inseln von den Menschen aus vielen verschiedenen Gründen aufgesucht. Manche Menschen wurden von den Stürmen des Lebens ans Ufer gespült. Manche rannten davon, manche versteckten sich, manche jagten ihren Träumen nach.

Und auf Cumberland Island mordeten manche.

Sehr nett von ihnen, dachte Anna. Immerhin hatte sie jetzt etwas, womit sie sich nachts im Bett beschäftigen konnte, statt immer nur Schafe zu zählen. Plötzlich sah sie Tabby vor sich, die, verwitwet und verängstigt, im anderen Zimmer lag. Das Bild wurde von einem ganzen Kometenschweif aus Schuldgefühlen begleitet. Aber Anna wollte kein schlechtes Gewissen haben. »Ich habe den Mann nicht umgebracht, Herrgottnochmal!« flüsterte sie den Schatten zu, die das Mondlicht an die Wand malte. Am besten, sie machte sich daran, über den potentiellen Mörder – oder die Mörderin – nachzudenken.

Todd Belfore und Slattery Hammond waren tot, einer von ihnen – oder vielleicht auch beide – das Opfer eines Mordanschlags. Todd und Slattery hatten sich in den North Cascades gekannt, und Tabby wollte – oder konnte – nicht verraten, warum.

Anna hatte mitbekommen, wie Tabby Todd angeschrien hatte, er werde sie verlassen. Slattery flog für die Drogenfahndung, wollte Alice Utterback vor Gericht bringen und machte Lynette den Hof. Hammond hatte eine Ehefrau. Ein Österreicher wurde angeschossen. Schlessinger war drogensüchtig und widerlich und log, was den Schuß auf den Österreicher anging. Mitch Hanson war ein Faulenzer, Betrüger und Schmarotzer, und

Schlessinger konnte ihn nicht ausstehen. Nach Dijons Aussage war er ungebührlich gut gelaunt gewesen, als er die Absturzstelle inspizierte, und hatte Witze gerissen, ehe die Leichen kalt waren. Eine Blondine und eine Brünette hingen an Slatterys Wand, und in seiner Kühltruhe lagen drei gebrauchte Tampons.

Es war ganz schön kompliziert, die wichtigsten Spuren vom Müll menschlicher Absonderlichkeiten zu trennen. Wie Hanson, Schlessinger und die Schrotflinte mit dem Sabotageakt zusammengehörten, konnte Anna sich nicht erklären.

Sie zog das zerknautschte Kissen unter dem Kopf hervor und legte es anders hin. Brav hüpften die Gedankenfragmente über den mentalen Zaun: Babyalligatoren, die mit Salamibroten gelockt wurden, Plastiktüten in den Außentanks, freiwillige Helfer mit verwaisten Rehkitzen, abgetrennte Steuerstangen, die Schweine mit dem Streifenhörnchenfell. Trotzdem konnte sie nicht einschlafen. Nach einer Weile gab sie sich endgültig geschlagen, kroch aus ihrem Schlafsack und tappte durch die Küche nach draußen ins Freie. Unterwegs schnappte sie sich noch ein Küchenhandtuch, um ihren Po vor den Holzsplittern zu schützen, dann setzte sie sich nackt auf die Treppe, die von der Wohnung nach unten führte.

In ihrer gegenwärtigen Rolle als Brutkasten stellte Tabby die Klimaanlage immer ganz hoch, und Anna freute sich über die feuchte Wärme der Nacht. Mit der Wärme kam auch das Zwicken hinter ihrem linken Ohr wieder. Sie tastete nach der Schwellung, die schon ein bißchen zurückgegangen war. Sie hatte ganz vergessen, diesen Vorfall in ihre Liste wichtiger Ereignisse aufzunehmen. Wahrscheinlich hatte sie doch einen leichten Dachschaden. Sie korrigierte ihre mentale Liste. Ein unbekannter Angreifer, der sich wie der Nachtschrat in Hammonds Schrankkammer versteckt und ihr mit einer Schrotflinte auf den Schädel geschlagen hatte.

Als die Liste vollständig war, wurde ihr Kopf ganz leer. Die balsamische Luft des Südens hüllte sie ein. Obwohl sie die Wüste liebte und sich in der schroffen Landschaft des Westens sehr lebendig gefühlt hatte, konnte sie nicht leugnen, daß Georgia ganz spezielle Genüsse bereit hielt. Sie atmete tief und regelmäßig und schloß die Augen, um den Trost der Nacht richtig auszukosten.

Aber auf einmal wurde das Froschkonzert von knirschenden Schritten im Kies unterbrochen. Schluß mit dem nächtlichen Frieden! Schlagartig wurde sich Anna bewußt, daß sie nackt war. Nachtschwärmer unterschieden nicht zwischen Kunst und Pornographie. Sie fühlte sich sehr verletzlich; eine weißhäutige Frau, die langsam Falten bekam, auf einer weiß gestrichenen Treppe, deren Farbe abblätterte.

Während der letzten Viertelstunde hatte sie regungslos dagesessen. Wenn sie sich weiterhin nicht bewegte, hatte sie gute Chancen, nicht entdeckt zu werden. Sie atmete ganz flach, aber jetzt merkte sie auf einmal, wie viele Geräusche ein menschlicher Körper permanent produzierte, einfach weil er am Leben war. Regungslos blieb sie sitzen.

Als Reaktion auf einen selten benutzten Instinkt begann ihre nackte Haut zu kribbeln. Ihre Wahrnehmung war bis aufs äußerste geschärft, deshalb registrierte sie jede Kleinigkeit. Das grobe Holz drückte schmerzhaft gegen ihren Hintern, was ihr zu verstehen gab, daß sie so lieber nicht mehr allzulange sitzen sollte, weil sie sich sonst nachher nicht mehr richtig bewegen konnte. Die Fußsohlen klebten feucht an der nächstuntersten Stufe, ihr eigener Schweiß sorgte für Reibungsdruck, falls sie je losrennen mußte. Ein Lufthauch strich über ihre linke Wange, die kleinen Schutzhärchen richteten sich auf.

Zweifellos hatte es in der Evolution des Menschen einen Zeitpunkt gegeben, an dem diese Dinge das Überleben gesichert hätten. Viele Jahre im Inneren von Gebäuden, die Füße auf Beton, hatten den Intellekt gezwungen, die Sinneswahrnehmungen zu kompensieren, und Anna empfand die Alarmsignale ihres Körpers nur noch als Ablenkung. Wenn sie wenigstens etwas übergezogen hätte! Ein T-Shirt und eine Unterhose hätten ja genügt.

Die Schritte verstummten. In der undurchdringlichen Stille, die folgte, merkte Anna, daß das Froschkonzert ebenfalls aufgehört hatte. Eine Minute verging. Sie spürte überdeutlich die endlose Litanei an Beschwerden, die eintraten, wenn man sich nicht bewegen durfte. Ein Moskito, das ihre Zwangslage ausnutzte, sirrte ihr blutrünstige Drohungen ins Ohr.

Ein Frosch quakte. Noch einer. Die Frösche hatten ihren Schrecken überwunden. Nicht aber Anna. Ohne die knirschenden Schritte konnte sie den Eindringling nicht lokalisieren. Splitterfasernackt auf der obersten Stufe hockend, konnte sie nicht beurteilen, ob der Nachtwanderer sie gesehen hatte und in Panik davongerannt war. Was auch nicht besonders schmeichelhaft wäre.

Diese Theorie mußte sie jedoch gleich wieder verwerfen, denn sie hätte ja die davonschleichenden Schritte hören müssen. Also blieb ihr die Erkenntnis, daß im pechschwarzen Dunkel der Auffahrt jemand stand und noch wartete.

Ein metallisches Kreischen zerriß die Nacht. Alle ihre Sinne gingen auf Hab-acht-Stellung. Sie bestand nur noch aus Nerven, und diese fingen ein messerscharfes Geräusch ein. Anna zuckte zusammen, als hätte sie einen Schlag bekommen. Sie wollte aufspringen und ins Haus rennen. Sie atmete flach, wie eine Frau in Wehen, bis der Schock verebbte. All das geschah im Nullkommanix, schneller als man »Jack Robinson« sagen konnte, und sie mußte plötzlich an Einstein denken – vielleicht gab es ja eine noch nicht erkannte innere Beziehung zwischen schnellen Baseballspielern und seiner Relativitätstheorie.

Als die Panik, die ihre Knie zum Zittern gebracht hatte, nachließ, erkannte sie plötzlich die Quelle des Geräuschs. Es war das vertraute Schrappen der Beifahrertür am Löschtruck, die mit Gewalt geöffnet wurde und dabei über eine Roststelle schürfte, die von einer Begegnung mit einem anderen Fahrzeug stammte. Darauf folgte ein dumpfer Schlag – die Rücklehne war nach vorn gekippt worden und war gegen das Lenkrad geknallt.

Anna starrte durch die Nacht, bis ihre Augen tränten. Sie hatte den Truck unter einer alten Magnolie geparkt. Die lichtabsorbierenden wachsbeschichteten Blätter schützten die mitternächtliche Dunkelheit vor dem Licht des Mondes und vor Annas bohrenden Blicken.

Leises Geraschel und Geklopfe ließen in ihrem Hinterkopf ein Bild entstehen: Jemand durchwühlte den Truck, ging die rostigen Werkzeuge hinter dem Sitz durch, schob Wasserflaschen und Insektenschutzmittel hin und her.

In bekleidetem Zustand hätte Anna den Eindringling gestellt und zumindest verlangt, daß er sich auswies. Aber nackt fühlte sie sich dazu nicht fähig. Sie ärgerte sich, als ihr wieder einmal bewußt wurde, welche schützende Zauberkraft moderne Frauen einer Schicht Baumwolle zuschrieben. Dabei konnte man, wenn man nicht von flatterndem Stoff behindert wurde, härter kämpfen, schneller laufen, geschickter entkommen. Ganz zu schweigen davon, daß man seinen Gegner verwirren konnte! Trotzdem rührte sie sich nicht vom Fleck.

Jetzt hörte man, daß etwas zerriß. Die Sitze wurden aufgeschlitzt! Sonst gab es in dem alten Fahrzeug nichts aus Stoff.

Wieder schrappendes Metall. Die Attacke auf den Truck war offenbar abgeschlossen. Anna starrte in den Schatten, ob sie der nächtliche Besucher vielleicht doch ausmachen konnte. Einen Augenblick war alles still, dann hörte sie wieder Schritte im Kies, die sich von der Villa entfernten. Nach einer Weile trat an die Stelle des Knirschens leises Blättergeraschel. Der Besucher hatte den Weg verlassen, um im Schatten zu bleiben. Kurz darauf war auch das Rascheln verklungen.

Anna wollte auf Nummer sicher gehen und wartete deshalb noch eine Weile, bis sie sich langsam erhob und ins Haus zurückschlich.

In Nomex-Klamotten und mit einer Taschenlampe bewaffnet tauchte sie fünf Minuten später wieder auf und polterte die Holztreppe hinunter. Jeder Versuch, sich lautlos fortzubewegen, war allein schon wegen der Schuhe zum Scheitern verurteilt, aber Anna hatte auch kein Interesse daran, leise zu sein. Messerschwingende Nachtgespenster vertrieb man am besten sofort, noch ehe man mit den eigentlichen Ermittlungen begann.

Im Licht der Taschenlampe untersuchte sie die Fahrerkabine. Die Sitzlehne war wieder aufrecht, aber das Handschuhfach war ausgeräumt und die elektrischen Innereien auf dem Boden verstreut. Eine Auswahl verschiedenster Werkzeuge war unter der Sitzbank hervorgeholt worden. Hinter dem Sitz herrschte immer Chaos, daran schien sich nichts geändert zu haben.

In der Rückenlehne des Fahrersitzes, etwa auf der Höhe, wo sich bei einer kleinen Frau die Schulterblätter befanden, waren zwei tiefe, vertikale Schnitte gemacht worden, die aussahen wie die Illustrationen in alten medizinischen Büchern, wenn gezeigt werden sollte, wo man das Messer ansetzen muß, bevor man das Gift aus einem Vipernbiß aussagen will. Die präzisen Schnitte wirkten wie ein Stenogramm der Gewalt.

Der Inhalt der Botschaft war unklar. Aber angesichts der blinden Zerstörungswut sträubten sich ihr die Haare. Die empfindliche Stelle hinter ihrem Ohr zog sich schmerzhaft zusammen. Diese Aktion war gegen sie persönlich gerichtet gewesen – sie konnte sich nur noch nicht erklären, was dahintersteckte.

Kapitel 20

Als Anna die Stufen wieder hinaufging, ließ die Morgendämmerung die Sterne über dem Atlantik bereits verblassen. Sie duschte, zog sich an und machte sich eine Tasse Kaffee, um sich einbilden zu können, sie hätte geschlafen. Sie mußte einen Bericht darüber schreiben, daß jemand die Sitzpolster im Truck aufgeschlitzt hatte – obwohl sich garantiert keiner dafür interessierte. Es war ja nicht so, daß ein paar Risse den Verkaufswert dieser Schrottlaube verringert hätten. Bei Tageslicht mußte sie den Schaden noch einmal begutachten, aber sie war sich ganz sicher, daß nichts gestohlen worden war. Es befanden sich ja auch keine Wertgegenstände im Wagen: kein Autotelefon, kein Radarfallendetektor, nicht einmal ein einfaches Radio.

Immerhin bestand eine geringe Chance, daß es sich um einen puren Akt von Vandalismus handelte, der nichts mit ihr zu tun hatte. Selbst auf einer paradiesischen Insel gab es genug frustrierte Menschen. Oder vielleicht war die Attacke politisch motiviert gewesen – ein Angriff auf die Brand-Politik oder den National Park Service oder gar die Regierung der Vereinigten Staaten! Ein Nachbeben von Waco, Texas, von dem Bombenattentat in Oklahoma City, die immer wieder von publicitysüchtigen Gruppen aufgegriffen wurden. Vor allem von Fanatikern mit zu vielen Waffen und zu wenig Grips, die das Andenken der amerikanischen »Militia« besudelten, indem sie sich den Namen aneigneten, nicht aber die Ideale der Freiheit.

Vandalismus wäre Anna am liebsten gewesen. Ohne Sinn und Zweck loderte er auf und verpuffte wieder. Wie ein Blitz schlug er häufig zweimal an derselben Stelle ein, aber man tröstete sich mit der Illusion, daß das eigentlich nicht vorkam. Organisierter politischer Vandalismus hatte ebenfalls seine Vorteile. Die Karikatur des wildgewordenen Militia-Machos war etwas, was Anna von ganzem Herzen hassen konnte. Es wunderte sie, daß sich nicht noch viel mehr Filme und Fernsehproduktionen um dieses Thema rankten. Hollywood suchte doch seit Ende des Kalten Krieges nach einem geeigneten Feindbild, um das Böse zu symbolisieren!

Während sie wieder Ordnung in den Werkzeugkasten brachte und das Handschuhfach aufräumte, ging sie diese Möglichkeiten in Gedanken durch. Aber letzten Endes mußte sie beide verwerfen. Plum Orchard lag zu isoliert für zufällige Formen der Gewalt. Hier gab es keine Jugendlichen, die irgendwie schlecht drauf waren. Politische Gruppen neigten dazu, eine Visitenkarte zu hinterlassen – falls ihre Vertreter lesen und schreiben konnten, fügte Anna in Gedanken hinzu, weil das ihren Vorurteilen entsprach. Also mußte sie wieder von vorn anfangen, mit der unangenehmen Erkenntnis, daß es sich um gezielte Gewalt handelte, Gewalt gegen die Feuerwehrleute im allgemeinen und gegen sie selbst im besonderen.

In der Nähe des Kieswegs befand sich ein stets gefüllter, tragbarer Wassertank aus Gummi in einem Metallgestell. Langsam, aber beständig floß das Wasser aus dem Hahn, und nach und nach wurde das künstliche Reservoir aufgefüllt. Als Teil ihrer morgendlichen Routine steckte Anna siebzig Meter Stoffschlauch zusammen und verband so das Reservoir mit einem der beiden Tanks auf der Lichtung, wo die Hubschrauber immer landeten. Durch Verdunstung verlor ein Tank innerhalb von zwölf Stunden etwa ein Fünftel seines Inhalts. Es gehörte zu den Aufgaben des Feuertrupps, die Tanks täglich wieder aufzufüllen.

Nachdem sie das erledigt hatte, testete sie ihre Geduld und ihre rechte Schulter, indem sie eine tragbare Mark-IV-Pumpe anwarf. Als die Pumpe lief, mit ihrem Brummen die Morgenstille durchbrach und die Schläuche mit Wasser anschwellen ließ, zog sich Anna in den Schatten einer Eiche zurück und machte einen Plan für den Tag.

Sie arbeitete wieder mit Dijon zusammen. Er war eigentlich für alles zu haben, was die Monotonie durchbrach, und war noch nicht alt genug, um sich Sorgen darüber zu machen, daß er erwischt werden könnte. So lange sie die Insel mindestens einmal abgingen, war es Guy relativ egal, wie sie den Rest der Zeit totschlugen. Auf einer Insel, die achtzehn Meilen lang und drei Meilen breit war, bestand keine Gefahr, daß sie durchbrannten. Ihre Aufgabe bestand im Grund hauptsächlich darin, für den Fall des Falles verfügbar zu sein.

Beide Tanks waren gefüllt. Gedankenverloren folgte sie dem Schlauch zurück zur Pumpe. Auf ihrer Oberlippe bildeten sich Schweißtropfen, und ihr Hemd klebte zwischen den Schulterblättern am Rücken. Es war fünf nach halb sieben.

Hinter dem Löschtruck parkte ein ziemlich verbeulter orangefarbener VW-Käfer, dessen Chassis an den Kotflügeln und um die Türen herum durch den Rost wie eine filigrane graubraune Klöppelspitze aus Metall aussah. Der Lärm der Pumpe hatte das Motorengeräusch übertönt, und Anna hatte das Auto nicht gesehen, weil sie so versunken gewesen war. Unaufmerksamkeit machte sie nervös. Träumer waren leichte Beute für Räuber, Vergewaltiger, Taschendiebe, in jeder Menschenmenge sofort zu orten. Handtaschendiebe verdienten sich mit ihnen ihren Lebensunterhalt. In der schwülen Atmosphäre eines Augusttags in den Südstaaten hatte Scharfsinn keine Chance, er wurde auf Zephyrschwingen davongetragen. Die Wirklichkeit wurde unter einem weichen Polster aus spanischem Moos sanft und lieblich. Der Süden war berüchtigt für seine Exzentrizität. Anna konnte inzwischen verstehen, warum. In der Hitze entflammten die Gemüter, die Realität wurde schwer faßbar.

Der Volkswagen gehörte Lynette. Am Rückspiegel hing ein Kreuz, und die Jungfrau Maria thronte majestätisch auf dem schmalen Armaturenbrett. Prospekte von Cumberland Island und Wanderkarten für den Südosten lagen auf dem Rücksitz und Fußboden. Auf dem Beifahrersitz stand eine Kiste mit Akten.

Es war Dienstag. Vermutlich lagen Lynettes freie Tage in der Wochenmitte. Anna wäre das sehr recht gewesen – denn dann hätte Lynette auf Tabby aufpassen können. Sie ging die Treppe hinauf. Die Wohnungstür war offen, die Fliegengittertür hingegen ordentlich eingehakt. Von innen hörte sie Gemurmel, begleitet von einem leisen Klicken. Zuerst dachte Anna, daß jemand einen Rosenkranz betete, aber dann merkte sie, daß das Geräusch von einem grünen Insekt kam, das sich an das Gitter klammerte.

»Gott kann alles vergeben.« Lynettes tiefe Stimme drang durch das Drahtgitter. Sie redete monoton; nur die Kraft ihrer Persönlichkeit verlieh ihren Worten Nachdruck, nicht eine Veränderung von Intonation und Stimmlage.

»Nein, das kann er nicht vergeben. Mir nicht«, murmelte Tabby. Ihre Stimme war tränenerstickt. Obwohl Anna Verständnis für sie hatte und sogar mit ihr fühlte, ging ihr das Ganze immer stärker auf die Nerven. Sie ließ sich auf dem Boden nieder, lehnte sich ans Geländer und beschloß zu lauschen. Wenn man sie erwischte, konnte sie ja so tun, als hätte sie die beiden bei ihren Gebeten nicht stören wollen.

Tolle Situation, dachte Anna trocken, legte den Kopf in den Nacken und schloß die Augen, um besser horchen zu können.

»Eigentlich ist das ziemlich arrogant«, sagte Lynette

sanft. »Als wolltest du sagen: ›Meine Sünde ist so ungeheuerlich, daß nicht mal Gott sie mir verzeihen kann‹.«

»Du verstehst mich nicht«, klagte Tabby mit ihrer ewig erstickten Witwenstimme.

»Versuch doch mal, es mir zu erklären!«

Anna spitzte die Ohren, aber die erhoffte Enthüllung kam nicht. Tabby rief nur: »Ich kann nicht!« und fing wieder an zu schluchzen.

Trotz aller Sympathie fand Anna, daß es Tabby eindeutig an Rückgrat mangelte. Mit ihrem dicken Bauch konnte man sie sich schlecht unter einem Flugzeug vorstellen, wie sie die Paneele zu den Steuerstäben abschraubte. Genausowenig glaubte Anna, daß Tabby ihren Ehemann beseitigen wollte.

Aber was war mit Slattery?

Die verdrehten Plots irgendwelcher Seifenopern gingen Anna durch den Kopf. Das Baby stammte von Hammond, Hammond wollte Todd die Wahrheit sagen. Todd und Hammond waren ein Paar, und keiner durfte es erfahren. Alle waren miteinander verwandt und nach der Geburt getrennt worden.

Sie lachte und erhob sich von dem warmen Holzboden. Schluß mit den Gebeten! Sie wollte sich ein Sandwich mit Erdnußbutter und Gelee machen und den Tag richtig beginnen. Sie klopfte an die Fliegengittertür und rief: »Würdet ihr mich bitte reinlassen?«

Lynette machte den Haken auf. Sie war rundlich, ohne aber im geringsten dick zu wirken. Ihr Gesicht war ein weiches Oval, mit klugen blauen Augen. In den dreißiger Jahren hätte sie als Schönheit gegolten. Sie war Ende Zwanzig, und so sah sie auch aus: Um ihren Mund bildeten sich feine Fältchen, und ihre Stirn hatte Runzeln, weil sie seit vielen Jahren mit besorgtem Interesse die Augenbrauen hochzog. Aber abgesehen davon machte sie einen beträchtlich jüngeren Eindruck. Unschuldig, zutraulich, zwar intelligent, aber ohne jemandem weh zu tun – all das verlieh ihr eine gewisse Kindlichkeit, die aber nie naiv wirkte.

»Hast du heute frei?« fragte Anna, um irgend etwas zu sagen.

Lynette schüttelte den Kopf. Ihre Dauerwellenlocken hüpften hin und her. »Ich fange erst um halb elf an.«

Anna nickte. Ganze Schiffsladungen mit Touristen trafen um diese Zeit aus St. Marys ein. Lynette führte sie zu den imposanten Ruinen der Villa Dungeness, eines Gebäudes, das in den achtziger Jahren des neunzehnten Jahrhunderts eines der schönsten Wohnhäuser auf der Insel gewesen war. Feuer und der Zahn der Zeit hatten nur noch ein Gerippe hinterlassen, voller Erinnerungen – Treppenfluchten, Steinveranden, Mauerreste, kalte Kamine. Für Anna war dieses Haus fast so inspirierend wie die Felsbauten der Anasazi im Mesa Verde National Park. Die Villa Dungeness besaß zwar noch nicht die Patina der Jahrhunderte, aber sie erzählte eine ungewöhnliche Geschichte und weckte die Sehnsucht nach besseren Zeiten.

»Tabby macht sich wegen irgendwas halb verrückt«, sagte Lynette, während Anna eine pedantisch gleichmäßige Schicht Erdnußbutter auf eine Scheibe Rosinenbrot strich.

»Was steckt deiner Meinung nach dahinter – außer Todd und der Geburt?«

Lynette klaute ein bißchen Erdnußbutter vom Rand des Glases und steckte den Finger in den Mund. Sie hatte schmale Hände, und ihre Zähne waren klein und regelmäßig. »Ein Streit vielleicht?« meinte sie. »Das wäre wirklich blöd, stimmt's? Da sagst du deinem Liebsten, was für ein Idiot er ist, und dann stirbt er in dem Glauben, du hast es ernst gemeint. Selbst wenn es stimmt.«

»Ja, echt blöd«, stimmte Anna ihr zu. »War Todd denn ein Idiot?«

»Keine Ahnung – aber ich glaube es eigentlich eher

nicht. Er machte einen netten Eindruck, und vor allem war er nett zu seiner Frau. Er hat nicht dauernd irgendwelchen Frauen nachgeglotzt oder so was.«

»Hat Tabby Leute, zu denen sie gehen kann? Der National Park Service schmeißt sie nicht raus, aber sie kann ja nicht ewig hierbleiben. Der Nachfolger auf Todds Stelle braucht eine Wohnung.«

»Tabby kommt aus einer reichen Familie«, erzählte Lynette. »Alte Holz-Barone aus Seattle. Ihre Verwandten kümmern sich um sie und das Kind.«

»Na, dann sollten sie am besten gleich damit anfangen«, sagte Anna trocken und packte ihr Sandwich in eine kleine Plastiktüte, die sie aus dem Schrank der Belfores entwendet hatte.

»Ihre Familie ist im Fernen Osten, um für die Stanford University irgendwelche primitiven Völker zu erforschen.« Lynette hörte sich an, als würde sie den Text aus einer Broschüre vorlesen. »Etwa noch eine Woche unerreichbar. Dann kommen sie hierher.«

Anna war so erleichtert, daß sie sich selbst wunderte. Es war anstrengend, für dieses ewig weinende, hochschwangere Wesen verantwortlich zu sein. »Wenigstens ist sie finanziell abgesichert.« Nachdem sie nun ihr spartanisches Mittagessen vorbereitet hatte, drehte sie sich zu Lynette und sah ihr direkt in die Augen. »Beide Witwen haben also keine Geldprobleme«, sagte sie. Aber auf Lynettes Gesicht war nur höfliche Verwirrung zu sehen. »Slatterys Frau ist durch seine Lebensversicherung versorgt.«

»Slattery war nicht verheiratet«, entgegnete Lynette. Es klang allerdings nicht so, als würde sie glauben, was sie sagte – jedenfalls nicht hundertprozentig.

»Er hatte eine Ehefrau und einen kleinen Sohn im Staat Washington.« Anna wußte, daß sie grausam war, aber sie mußte die Wahrheit erfahren und sah keine andere Möglichkeit. Ihr schoß der Gedanke durch den Kopf, ob Biologen, die Schmerzreaktionen bei Tieren testeten, womöglich dieselbe Begründung vorbrachten.

»Einen kleinen Sohn?« wiederholte Lynette ungläubig. Vielleicht hatte sie den Verdacht gehabt, daß Slattery verheiratet war, aber Anna hätte ihr ganzes nicht vorhandenes Vermögen darauf verwettet, daß sie von einem Kind nichts gewußt hatte. Wortlos verließ Lynette die Küche.

Jetzt hatte Anna ihr einen Schlag versetzt, hatte noch ein bißchen mehr Unglück in diese triste Welt gebracht und nichts gewonnen außer der Erkenntnis, daß Lynette vielleicht, ganz vielleicht, log, wenn sie behauptete, sie habe nicht gewußt, daß Hammond verheiratet war. Das reichte wohl kaum, um ihr einen Mord anzuhängen.

Die Hitze, der Staub und das Gerüttel des Trucks machten Anna hundemüde. Hatte es wirklich eine Zeit gegeben, in der sie die ganze Nacht wach bleiben, eine kalte Pizza zum Frühstück verdrücken und sich dann munter an ihr Tagewerk machen konnte? Sie erinnerte sich doch ganz genau daran, daß es solche Nächte gegeben hatte! Natürlich, aber einer der verblüffenden Aspekte der Jugend war, daß man Distanz zu ihr gewann. Rückblickend wurde alles möglich, das Durchhaltevermögen größer, die Noten besser, und die Liebesaffären erstrahlten in neuem Glanz.

Sie drosselte die Geschwindigkeit, so daß der Truck nur noch im Schneckentempo vorwärtskroch. Im Kopf begann sie, eine Liste mit all den Dingen, die sie tun mußte, aufzustellen. Es war kurz vor acht. Im Büro war um diese Zeit bestimmt noch keiner. Sie konnte also ungestört das Telefon benutzen. Frieda hatte genug Zeit gehabt, um alle verfügbaren Quellen anzurufen, sie zu becircen und ihnen Informationen zu entlocken. Dank Computer, Telefon und ihren breit gestreuten Kontakten konnte man fast alles aus einer Bundesbehörde herausholen, was man so brauchte. Mit ein bißchen Glück hatte sie erfahren, was Hammond gegen Utterback im Schild geführt hatte und wie seine Verbindung zu den Belfores aussah.

Dieser Mord war wie eine Metapher der Südstaaten: kompliziert, träge, in ungeklärten Verhältnissen, alles durch etwas anderes überlagert oder verschleiert.

Ein silberner Pickup erschien in der Spur vor ihr und wich höflich aus, damit Anna Platz hatte, um ihn zu überholen. Hinter den Palmwedeln wirkte der kleine Truck fast schüchtern, und Anna lächelte, während sie sich an ihm vorbeiquetschte. Am Steuer saß Dot, die wilden grauen Locken halb unter einer roten Baseballkappe versteckt. Mona verschwand fast hinter einem Stapel uralter Schildkrötenpanzer. Das Rehkitz hockte auf ihrem Schoß und streckte den Kopf zum offenen Fenster hinaus, wie ein Hund.

Als Anna vorsichtig vorbeifuhr, winkten beide Frauen, verzogen die Gesichter zu identischen Grimassen und deuteten auf den Papierstapel zwischen ihnen. Im Mesa Verde Park gab es zwei Bäume, die spät im Leben zusammengewachsen waren. Bei einem Unwetter waren sie umgestürzt, und statt zu sterben, hatten sie einander gestützt. Anna fragte sich, wie lang es wohl dauerte, bis zwei Menschen so untrennbar zusammenwuchsen.

Als sie das Feuerquartier erreichte, sah sie Dijon, der auf einem Balken balancierte, der die Begrenzung zwischen Parkplatz und »Rasen« markierte. Eine subtile Unterscheidung, die den Sand wenig beeindruckte.

»Wo hast du denn gesteckt, verdammt noch mal?« rief er, als der Truck zum Stillstand kam. Selbst wenn Anna vorgehabt hätte, ihm zu antworten, hätte sie es nicht geschafft, denn er warf seinen gelben Rucksack auf die Ladefläche des Trucks und öffnete die verklemmte Tür. »Du bist viel zu spät dran«, sagte er mit einem vorwurfsvollen Blick auf seine Uhr. »So verschwendet man wertvolle Steuergelder und so weiter. Bei meinem Gehalt hast du gerade die staatliche Gesamtverschuldung um einen Dollar und fünfundzwanzig Cents erhöht.«

Der andere Truck und der Geländewagen waren verschwunden. Dijon war ganz allein zurückgeblieben, und es gehörte nicht gerade zu seinen Stärken, sich selbst zu beschäftigen. Um ihn zu versöhnen, erzählte ihm Anna, was mit dem Truck passiert war. Daß sie nackt auf den Stufen gesessen hatte, ließ sie aus, da sie lieber feige wirken wollte als prüde.

Dijon fing sofort mit einem beliebten Zeitvertreib aller Gesetzeshüter an: Besserwisserei. Nachdem er Anna auseinandergesetzt hatte, wie er sich in dieser Situation verhalten hätte – natürlich im Nachhinein mit einer garantierten Erfolgsrate –, legte er eine kurze Pause ein, wurde aber gleich wieder unruhig und ging zum nächsten Thema über: »Also, was steht heute auf der Tagesordnung, Mata?«

Anna hob fragend die Brauen.

»Mata – wie in Hari. Mrs. Sherlock.«

Anna nickte verständnisvoll, um zu verhindern, daß er mit weiteren Vergleichen daherkam. »Mata« war für ihr Selbstbewußtsein besser als »Marple«, und sie wußte, daß dieser Name als nächster fallen würde. »Zur Ranger-Station«, sagte sie. »Ich werde Frieda anrufen. Vielleicht hat sie noch was Neues herausgefunden. Du könntest diese Dingsbums anrufen, wie hieß sie gleich, dieses Mädchen –«

»Diese junge Frau.«

»Diese sehr junge Frau, die in St. Marys im Besucherzentrum arbeitet.«

»Die pummelige Blondine – oder die Schlanke mit den tollen …«

Anna zählte bis drei und wartete auf die unvermeidliche Pointe.

»… Zähnen?«

»Egal.« Sie hatte bestimmt mit den zwei jungen Frauen schon gesprochen, konnte sich aber an keine von beiden so richtig erinnern. »Welche hatte am Donnerstag morgen Dienst?«

»Die mollige Blondine«, antwortete Dijon ohne Zögern. Die Hormone hatten ihm ein erstaunliches Erinnerungsvermögen verliehen.

»Okay. Dann ruf die Blondine an. Ruf sie an und frag sie, wie die Vereinbarungen mit Hull aussehen. Sie meint, er hat mit dem Regionalbüro telefoniert. Stimmt aber nicht. Vielleicht weiß sie ja etwas, was uns weiterbringt.«

»Gut. Und warum soll gerade ich Miss Georgia anrufen?«

»Keine Ahnung. Junge tritt Mädchen. Junge ruft Mädchen an. Laß dir was einfallen.«

Plötzlich wurde es ganz still im Wagen, und diese Stille war so untypisch für Dijon, daß Anna ihm einen besorgten Blick zuwarf. »Was ist?« fragte sie.

»Sie ist weiß. Mach kein so beleidigtes Gesicht. Weiß ist nicht unbedingt schlecht. Aber wir sind hier in Georgia. So Kategorien wie ›politisch korrekt‹ gelten hier nicht. Was ist, wenn der liebe Daddy zur alten Garde gehört und eine Schrotflinte und eine Kapuze hat?«

Auf diesen Gedanken war Anna gar nicht gekommen. »Tu so, als wärst du Rick«, sagte sie nach kurzem Überlegen.

Dijon lachte. »Du bist echt komisch, hat dir das schon mal jemand gesagt?«

Aber er war bereit, auf ihren Vorschlag einzugehen. »Ausgezeichnet«, sagte Anna, und nachdem sie wenigstens einen Kotflügel des Trucks auf dem einzigen schattigen Fleckchen geparkt hatte, stellte sie den Motor ab.

Frieda war sehr fleißig gewesen. Im Geist sah Anna eine Karte der Vereinigten Staaten vor sich, auf der die ganzen verschiedenen Telefonanrufe aufleuchteten. In alten Filmen gab es doch manchmal so was. Die Klage gegen Alice Utterback war mehr als eine Bagatelle. Slattery hatte gute Argumente. Nach Friedas Aussage hatte Alice mit ihrem Übereifer, Frauen als Pilotinnen einzustellen, bei der Personalabteilung verschiedene Fäden gezogen. Die veröffentlichten Jobbeschreibungen enthielten dermaßen präzise Angaben, fast bis hin zur BH-Größe, daß eigentlich niemand außer den vier angepeilten Frauen eine Chance hatten, die Stellen zu bekommen.

Utterback tat dies mit dem Wissen ihrer Vorgesetzten. Der United States Forest Service war ein paar Jahre zuvor wegen Mißachtung des Gerichts in Schwierigkeiten geraten, weil nicht genügend Frauen eingestellt worden waren. Alice hatte Weisung, darauf zu achten, daß das nicht noch einmal passierte. Obwohl der Forest Service angeblich für alle finanziellen Belastungen geradegestanden hätte, falls Hammond auf einem Prozeß bestand, hätte Utterback ihren Hut nehmen können. Jeder Fehlschlag in der Öffentlichkeitsarbeit forderte ein Bauernopfer. Manchmal waren die Opfer unschuldig, manchmal nicht, aber diejenigen, die geopfert wurden, traf es immer stellvertretend für alle übrigen.

Alice Utterback kam Anna nicht vor wie eine Frau, die sich widerspruchslos zur Schlachtbank führen ließ. Aber sie wirkte auch nicht so, als würde sie einen Mord begehen, um einer Niederlage zu entgehen. Man hatte bei ihr eher das Gefühl, daß sie ihre Kämpfe offen austrug.

Bei ihren Nachforschungen über die Verbindung zwischen den Belfores und Slattery Hammond hatte Frieda weniger Glück gehabt. Die North Cascades war ein großer Park und ziemlich wild; die Bezirke überschnitten sich gesellschaftlich gesehen nicht, anders als bei den kleineren Parks. Hammond war von Redmond abgeflogen und hatte in Hope, Kanada, gewohnt. Todd war District Ranger in den Cascades gewesen. Die Belfores hatten eine Wohnung in Hope gehabt, wo Tabby den größten Teil ihrer Zeit verbrachte. Offenbar hatte Tabby vor der Wildnis und der Isolation in den Cascades Angst gehabt. Todd war immer am Wochenende in die Stadt gekommen. Es gab nicht den geringsten Hinweis auf eine Verbindung zwischen Mrs. Belfore und dem Piloten. In einer Kleinstadt wie Hope hätte man darüber geredet, wenn die beiden zusammen gesehen worden wären – es sei denn, Tabby war tausendmal raffinierter, als Anna ihr zutraute.

Frieda hatte auch ein paar Details über Hammonds Ehe herausgefunden. Die beiden lebten seit der Geburt ihres Sohnes vor zwei Jahren getrennt. Mrs. Hammond hatte mehrmals die Scheidung eingereicht, den Antrag aber jedesmal wieder zurückgezogen. Nach Friedas Informationen schien sie nicht übermäßig traurig über den Tod ihres Ehemannes. Eine nicht sehr freundlich gesonnene Mitarbeiterin unterstellte ihr, sie wolle nur eins: die Sache möglichst schnell über die Bühne bringen und das Versicherungsgeld kassieren. Vermutlich sei diese Behauptung gar nicht so weit von der Wahrheit entfernt, meinte Frieda zu Anna. Die Ehe der Hammonds war nicht im Himmel geschlossen worden. Während der vergangenen dreiundzwanzig Monate hatte Mrs. H. per einstweiliger Verfügung erreicht, daß er sich ihr nicht nähern durfte, und sie kämpfte vor Gericht wild entschlossen dafür, daß er seinen Sohn nicht ohne Aufsicht sehen durfte. Soweit Frieda wußte, war diese Verfügung nicht erst jetzt durch die Scheidung ausgesprochen worden. In den vergangenen drei Jahren hatte es drei einstweilige Verfügungen gegen Hammond gegeben. Aber bis auf die letzte waren alle wieder zurückgezogen worden.

»Das erklärt vielleicht, warum die Polizei in seiner Wohnung war«, sagte Anna.

»Genau das habe ich auch schon gedacht«, meinte Frieda.

Anna bedankte sich bei ihr für ihre Mühe, und nachdem sie noch ein paar Minuten geplaudert hatten, legte sie auf.

»Irgendwas Neues?« fragte sie, als Dijon das Büro des Chief Rangers betrat und sich auf dem unbequemen Besucherstuhl neben der Tür niederließ.

»Mann, ich bin vielleicht toll!« rief er fröhlich. »Rick hat eine Verabredung für den Tag, wenn wir von dieser Insel runterkommen, und wenn er meine Vorarbeit richtig nutzt, kann er vielleicht 'nen Treffer landen.«

»Er ist verheiratet«, entgegnete Anna trocken.

Mit gespieltem Entsetzen rief Dijon: »Ach du meine Güte – das ändert natürlich alles!«

Soviel zu Familienwerten. Es war ohnehin ein strittiger Punkt. Sobald ihre Pflichtzeit vorüber war, wurden sie alle mit dem ersten Flugzeug aus Georgia abgeholt.

»Also, ich habe folgendes herausgefunden«, begann Dijon, und zählte die einzelnen Punkte an den Fingern ab. Anna fiel auf, wie wenig Schrunden seine Finger hatten – offenbar hatte er über die Arbeit im Nationalpark bisher eigentlich nur gelesen und geschrieben. »Unser Norman war auf dem Festland, als das Flugzeug abgestürzt ist. Ms. Pummelig hat ihn gesehen, als er etwa um halb zehn Uhr morgens in St. Marys vom Dock kam. Als er von dem Absturz erfahren hat, ist er mit dem Helikopter zurückgeflogen. Der Chief höchstpersönlich hat ihr erzählt, er hätte zu dem magischen Zeitpunkt, als er sich eigentlich mit Hammond treffen sollte, mit diesem Typ im Regionalbüro telefoniert. Ms. Pummelig sagt, Hull hat ihr erzählt, er hat das Gespräch hier angenommen. Es schien sie nicht weiter zu stören, daß er ein halbes Dutzend physikalischer Gesetze hätte brechen müssen, um das zu schaffen. Ich habe sie nicht weiter bedrängt, weil sie ja blond ist und so weiter. Schließlich wollte ich ihr Gehirn nicht überstrapazieren.«

Anna nickte. »Hull hat Renée erzählt, er hat den Anruf in St. Marys entgegengenommen.« Eine Weile grübelte sie schweigend. »Lügen sind nicht übel«, sagte sie schließlich. »Sie geben uns wichtige Anhaltspunkte.«

»Also zäumen wir die Sache von hinten auf«, sagte Dijon, als sie gemächlich die Straße zum nördlichen Ende der Insel entlangfuhren, Benzin verbrauchten und verfügbar waren. »Die Beechcraft steht zweieinhalb Tage und zwei Nächte lang auf einer Lichtung im Herzen der Insel. Irgendwann während dieser – sagen wir mal – zweiundsechzig Stunden wird das Flugzeug von einer oder mehreren unbekannten Personen manipuliert. Dafür kommt quasi jeder hier in Betracht. Kein Mensch kann bei einem so langen Zeitraum jede Minute belegen, es sei denn, er sitzt im Knast. Hatte irgend jemand die Insel verlassen?«

»Nicht, daß ich wüßte«, antwortete Anna. »Aber das kann man ja problemlos überprüfen.«

»Auf Alibis können wir also verzichten?«

»Mehr oder weniger.«

»Zeugen?«

»Vielleicht«, sagte Anna. »Dot und Mona wohnen gleich hinter der sogenannten Rollbahn. Könnte sein, daß sie was gesehen haben. Aber falls sie tatsächlich was mitgekriegt haben sollten, dann kann ich mir nicht erklären, warum sie sich nicht schon gemeldet haben. Auf dieser Insel kann man nichts geheimhalten. Ich glaube nicht, daß jemand hier nicht mitgekriegt hat, daß der Absturz absichtlich herbeigeführt wurde. Wir haben es höchstens geschafft, daß keiner weiß, wie die Sabotage genau aussah.«

»Vielleicht wissen die alten Damen nicht, daß sich die Vorbereitungen womöglich über einen Zeitraum von fast drei Tagen hingezogen haben. Vielleicht denken sie, es kommt nur darauf an, wer sich in den letzten paar Stunden vor dem Abflug in der Gegend herumgetrieben hat«, sagte Dijon.

»Da lohnt sich ein Besuch«, gab Anna zu.

Dijon freute sich. »Super!« jubelte er und fragte dann: »Darf ich die beiden Damen befragen? Immerhin war es meine Idee.«

Anna stöhnte innerlich. Jedenfalls dachte sie, es sei nur innerlich, aber Dijon sagte: »Hör bitte auf, wie eine brünstige Hirschkuh herumzuächzen. Ich mache schon keinen Sch- Mist, Himmelherrgott, gib mir 'ne Chance!«

Anna antwortete nicht. Sie verfluchte das Partnersystem, das ihnen durch die geringe Zahl von Fahrzeugen aufgezwungen wurde.

»Ach, komm schon«, bettelte Dijon mit durchsichtigem Charme. »Ältere Damen reagieren sehr positiv auf attraktive junge Männer. Du selbst bist doch das beste Beispiel dafür.«

Da mußte Anna lachen. »Na gut. Ich werde zuschauen und was lernen.«

Die Wiese in der Nähe von Stafford House und dem Cottage, das Dot und Mona bewohnten, lag an einer relativ schmalen Stelle der Insel. Sie war dort nur gut eine Meile breit. Die Lichtung selbst war ziemlich groß; genug Platz für die Startbahn und auf beiden Seiten genug Raum, daß die Flugzeuge aus den allgegenwärtigen immergrünen Eichen und Nadelbäumen aufsteigen konnten. Streifen aus Muscheln und Sand trennten die Lichtung von den sie umgebenden Wäldern. Stafford House befand sich am östlichen Ende. Am nördlichen Ende war eine unheimliche Stelle, die passenderweise »Chimneys« – Kamine – hieß. Dort waren am Ende des Bürgerkrieges mehrere Sklavenhütten niedergebrannt worden und hatten eine Ansammlung von Backstein-und-Mörtel-Monumenten hinterlassen: Kamine, die dazu gedacht gewesen waren, das Feuer nutzbar zu machen, und die zurückgeblieben waren, um Zeugnis für den letztlichen Sieg der Naturgewalt abzulegen. An der Ostseite verstellten Kiefern den Blick auf den Atlantik. Sie waren vor längerer Zeit zum

Abholzen angepflanzt worden, hatten diesen Plan überlebt und standen jetzt wie in geschlossener Schlachtreihe.

Dijon und Anna betraten die Lichtung an der südlichen Seite des Rechtecks und stellten mit Erstaunen fest, daß hier großer Betrieb herrschte – soweit das bei der Hitze überhaupt möglich war. Der blaue Truck, der Alice Utterback zugeteilt worden war, parkte neben der Startbahn. Drei Gestalten in der blaßgrünen Uniform des Forest Service schlichen mit gesenkten Köpfen herum, immer etwa drei Meter voneinander entfernt. An der schattigen Kalkmörtelwand des Stafford House hatte sich jede Menge Publikum eingefunden. Guy war da, auf seinem Geländewagen ausgestreckt wie auf einer Decke. Lynette Wagner saß auf einer Mauer, ihre Beine baumelten neben der Schulter des Teamchefs. Sie lachte gerade über etwas, das Guy gesagt hatte. Guy fühlte sich sichtlich geschmeichelt, einen Moment lang leuchtete sein verhärmtes Gesicht vor Freude und Stolz. Wenn er sich nicht so verkrampfte wie sonst, wirkte er um Jahre jünger. Anna war verblüfft, daß sie das noch nicht bemerkt hatte – er mochte Lynette! Aber andererseits mochten alle Leute Lynette. Marshall war nur in der Menge untergegangen. Ein mickriger Goldring am Finger war kein Mittel gegen den Charme dieser jungen Frau. Anna wollte nicht urteilen. Angesichts der Lebensumstände in den neunziger Jahren war es schon ein Wunder, daß es überhaupt noch Ehen gab, die eine Weile hielten. Einen kurzen Moment lang – er war so schnell vorüber, daß sie sich nicht einmal für den Gedanken verantwortlich fühlte – empfand Anna es plötzlich als Erleichterung, daß sie verwitwet war. Zachs früher Tod hatte ihr das Herz gebrochen, aber ihre Träume waren intakt geblieben. Für Anna Pigeon und Julia Capulet würde es immer die wahre, große Liebe geben.

Ohne Rücksicht auf Feuerameisen und die penetranten Zecken saßen Dot und Mona ganz in der Nähe auf dem Boden. Flicka stupste abwechselnd die eine und die andere, um auf sich aufmerksam zu machen.

»Ganz schön viele Leute«, brummte Anna, als sie und Dijon im Schatten parkten.

»Ja, schwer was los«, sagte Guy in seinem Südstaatenakzent. »Wo wollt ihr zwei denn hin? Al und Rick sind am Strand in Richtung Norden unterwegs.« Eigentlich war es keine richtige Frage. Guy hatte einen sehr entspannten Führungsstil. Er wollte nur wissen, wie seine Truppen verteilt waren.

»Wir dachten, wir fahren in dieselbe Richtung, nur im Innern der Insel«, antwortete Anna pflichtbewußt.

»Klingt gut.« Er spuckte seinen Tabaksaft höflich von ihnen weg.

»Wo ist Tabby?« erkundigte sich Anna bei Lynette.

»In der Wohnung. Marty hilft ihr, ein paar von Todds Sachen zusammenzupacken.«

Dijon zog eine überraschte Grimasse. Diese plötzliche Hilfsbereitschaft erschien Anna ebenfalls sehr eigenartig, aber sie sagte nichts.

Eine Minute verging, nur begleitet von dem unablässigen Zirpen der Zikaden. Noch eine Minute.

»Ich wollte, es würde was passieren«, sagte Guy. »Regen, Wind, Feuer – irgendwas! Ich schwöre, seit wir hier sind, hat sich nichts verändert. Außer mir. Ich bin ein ganzes Stück älter geworden, das kann ich euch sagen.«

»Aber du möchtest doch nicht, daß es regnet oder stürmt«, sagte Lynette lachend. »Du willst Feuer! Du bist ein alter Feuerteufel. Wenn du stirbst und in die Hölle kommst, dann wirst du denken, du bist im Himmel gelandet!«

»Wenn's brennt, lösch ich's«, prahlte Guy auf seine nette Art und entlockte der jungen Rangerin wieder ein Lachen.

»Habt ihr zwei schon mal zusammengearbeitet?« fragte Anna spontan.

»Drei gesteuerte Brände«, erwiderte Guy. »Einmal Okefenokee und zweimal Big Cypress. Lynette gehört zu den besten Dispatchern in unserem Metier.«

Anna speicherte die Information im Hinterkopf. Weil die Brandbekämpfer nur vorübergehend hier waren und mit der Insel nicht besonders eng verbunden waren, hatte sie bisher keinen von ihnen als Täter in Betracht gezogen. Wie naiv: Die Welt war klein, auch die Welt der Feuerwehrleute, sie drehten sich alle um ihre eigene kleine Sonne und entwickelten ihre eigene Form von intelligentem Leben. »Hast du schon mal mit Slattery Hammond in einem Team gearbeitet?« fragte sie unvermittelt.

Obwohl die Frage ziemlich undiplomatisch war, schien Guy nicht irritiert. Entweder war er darauf vorbereitet gewesen und hatte sich seine Antwort genau überlegt oder die Vorstellung, mit dem Tod eines Menschen in Verbindung gebracht zu werden, war ihm genauso fremd, wie sie Anna gewesen war.

»Ich glaube nicht. Vielleicht hat er bei irgendeinem Brand, mit dem ich im Westen zu tun hatte, Erkundungsflüge gemacht. Das kann gut sein, schließlich war er schon sehr lange mit dabei. Piloten tun sich nicht mit den normalen Malochern zusammen. Dann könnte es ja passieren, daß sie sich ihre schicken orangefarbenen Fliegeranzüge dreckig machen.«

Anna seufzte. Wenn jeder Mann, der je ein Feuer bekämpft oder sich je in Lynette Wagner verliebt hatte, befragt werden mußte, dann war das eine Lebensaufgabe. Sie mußte die Möglichkeit um mindestens einen Faktor reduzieren.

»Bin gleich wieder da«, verkündete sie, an niemanden direkt gerichtet, und ging über die staubige Straße zur Landebahn. Sobald sie aus dem Schatten trat, brannte ihr die Sonne auf die Schultern, und der Stoff ihrer Kleidung fühlte sich sofort heiß auf der Haut an. Bei Wayne und Shorty, die sich durch die tödliche Hitze quälten, die

Augen auf den Boden geheftet, konnte man die Wirkung sehen. Beiden lief der Schweiß in Strömen unter der Mütze hervor, und Shortys Gesicht hatte eine hübsche Hitzschlagröte.

Alice Utterback hingegen wirkte so kühl und gefaßt wie immer. Anna ging neben ihr her und starrte wie sie auf den Boden, als wüßte sie, wonach gesucht wurde.

»Spuren, verstehen Sie, Spuren«, erklärte Alice, ohne gefragt werden zu müssen. »Die Chancen stehen zwar eins zu Hunderttausendmillionen, daß wir etwas finden, was uns weiterbringt, aber etwa an dieser Stelle muß unser Freund den Stab gelockert haben. Ich finde, wir müssen noch mal alles absuchen. Könnte doch sein, daß der Typ seine Brieftasche verloren hat – wer weiß.«

»Warum sagen Sie ›der Typ‹?«

»Na ja – wie man halt so redet. Der Typ, die Typin – egal.«

Es war zwar kein besonders guter Einstieg, aber Anna beschloß, sich trotzdem weiter vorzuwagen. »Dabei fällt mir ein – es geht das Gerücht, daß Hammond gegen Sie Anzeige erstattet hat.«

»Unter anderem.«

Sie schwiegen beide, Anna etwas peinlich berührt. »Hätte das nicht das Ende Ihrer Karriere bedeuten können?« fragte sie schließlich.

Alice blieb stehen und schaute Anna an. Die Stelle auf ihrer Unterlippe, an der sie während der Untersuchung des Flugzeugwracks immer herumgemacht hatte, war wie erwartet zu einem Fieberbläschen aufgeblüht. »Vermutlich von der Sonne«, sagte sie, als hätte sie gespürt, wohin Anna geschaut hatte. »Die Sonne bringt solche Sachen immer zum Blühen.« Eine verspiegelte Pilotenbrille verdeckte Utterbacks Augen, und Anna dachte voller Unbehagen, daß Alice sie wahrscheinlich anstarrte und ihren Gesichtsausdruck genau studierte.

»Ob Hammond meine Karriere hätte ruinieren können?« wiederholte Utterback nachdenklich. »Da hätte er sich ziemlich beeilen müssen. Ich gehe nächsten Januar in den Ruhestand. Ich besitze eine Ranch, und um die will ich mich kümmern. Aber es hätte unangenehm werden können. Ich würde niemandem den Tod wünschen, aber wenn schon jemand gehen mußte, dann kann ich nicht behaupten, daß es mir besonders leid tut, mich von Slattery Hammond zu verabschieden.«

»Außerdem habe ich ein Alibi«, fügte sie hinzu und widmete sich dann wieder der Erforschung des vertrockneten Grases unter ihren Füßen. »Ich und Shorty und Wayne, wir sind die einzigen, die nicht auf der Insel waren, als an dem Flugzeug herumgebastelt wurde.«

»Bin ich so leicht zu durchschauen?«

»Wie Fensterglas. Ich hätte natürlich irgendeinen Lakaien schicken können, der das für mich erledigt. Es gibt Leute, die so was machen«, bot Alice an.

»Das wäre nicht schlecht. Sie waren meine Hauptverdächtige. Irgendwie fand ich die Vorstellung von Lynchjustiz nicht übel.«

»Ja, mir gefällt der Gedanke, ich könnte Hammond umgebracht haben, auch ganz gut. Wahrscheinlich ist es einfacher, einen Regierungsangestellten umzubringen, als ihn zu entlassen. Aber andererseits« – sie überlegte kurz – »nein, ich glaube, ich brächte es nicht fertig, ein einwandfrei funktionierendes Flugzeug zu beschädigen. Wenn ich mich je für eine Verbrecherlaufbahn entscheiden würde, dann nur des Geldes wegen, nicht aus Rache. Ich würde nur Frauen einstellen und nur solche, die ein gewisses Alter überschritten haben, das heißt, sie müßten zwischen vierzig und neunzig sein – Frauen, die richtige Autos fahren, Kreditkarten besitzen und sich die Haare immer von einem guten Friseur machen lassen. Drogen, weiße Sklaverei, Waffenschmuggel – solche Sachen. Wir könnten den ganzen Markt übernehmen. Niemand käme auf die Idee, uns zu verdächtigen. Kein

Mensch würde uns soviel Initiative und soviel Grips zutrauen.«

»Gar keine schlechte Idee – falls die Sache mit der Ranch nicht hinhaut«, sagte Anna.

»Hmm. Ich habe ein paar Erkenntnisse aus dem Labor bekommen«, fuhr Alice fort. »Aber die bringen auch kein Licht in die Sache. Im Labor haben sie den Inhalt der Plastikbeutel analysiert, die wir in dem Außentank gefunden haben. Jetzt kommt eine Frage an eine erfahrene Ermittlerin: Es waren Sandwichbeutel. Was war Ihrer Meinung nach wohl irgendwann mal in diesen Tüten?«

»Brote?«

»Bingo!« Alice tippte sich mit ihrem dicken Finger auf die Nase, um mit Zeichensprache das Wort »Treffer« darzustellen. »Spuren eines Stoffes, bei dem es sich vermutlich um Mayonnaise handelt, außerdem ein paar Brotkrümel.«

»Sehr merkwürdig.« Falls Schweigen Zustimmung bedeutete, war Alice Utterback derselben Meinung wie Anna. »Ihr Teil der Ermittlungen ist also demnächst abgeschlossen«, fuhr Anna fort. »Wie lange bleiben Sie noch hier?«

»Nicht allzu lange, wenn ich die Zeichen richtig deute. Ich war gestern abend bei den Hulls zum Essen. Unausgesprochene Regel: Niedere Position lädt höhere Position am ersten und am letzten Abend zum Essen ein. Vielleicht weiß er etwas, was ich nicht weiß. Nette Frau. Sein Kind ist allerdings ziemlich nervig.«

»Alice!«

Die Frauen blickten auf. Es war Shorty, der gerufen hatte. Er sah aus, als würde er gleich einen Hitzschlag bekommen, und er wischte sich mit einem blauen Taschentuch den Schweiß von der Stirn. »Sind wir bald fertig?«

»Ja, sofort«, entgegnete Alice. »Wir rennen hier ja mit dem Kopf gegen die Wand.«

Alice reichte Anna die Hand. »Falls wir uns nicht mehr sehen«, sagte sie. »Es war sehr angenehm, mit Ihnen zusammenzuarbeiten.«

»Ganz meinerseits.« Anna schüttelte ihr die Hand und kam sich bei diesem Ritual wesentlich weniger albern vor als sonst.

»Tut mir leid, daß ich Slattery nicht umgebracht habe.«

»Ist schon in Ordnung«, entgegnete Anna großzügig. »War nur so 'ne Idee.«

Plum Orchard lag auf dem Weg zum Nordende der Insel. Anna sagte, sie müsse kurz anhalten, weil sie etwas vergessen hatte, aber das war nur ein Vorwand. Eigentlich wollte sie schnell nach Tabby schauen.

Diese kauerte unter dem eisigen Luftstrahl der Klimaanlage auf dem Sofa und dirigierte die Bemühungen des Meeresbiologen. Marty, diesmal in Khaki-Shorts und einem schwarzen T-Shirt, die Haare wirr im Gesicht, packte Bücher in Kartons. Beide wirkten gesund, normal und beschäftigt, also überließ Anna sie ihrem Schicksal.

»Vielleicht hat ja Schlessinger in seinem mageren Körper ein Herz aus Gold«, meinte Dijon, als sie weiterfuhren.

Anna brummte nur. Sie war nicht in der Stimmung, irgend jemandem etwas Gutes zuzugestehen.

»Jedenfalls war er nicht zugedröhnt«, sagte Dijon und fügte hinzu: »Wenn ich mich mal so ausdrücken darf.«

Anna nickte nur, um zu zeigen, daß sie seine Entschuldigung annahm.

»Bist du eigentlich ganz sicher, daß er's das letztemal war?« wollte Dijon wissen.

»Absolut. Aber was soll's? Es war sein freier Tag.«

»Willst du dir das Flugzeugwrack noch mal anschauen?« fragte er hoffnungsvoll. Anna schüttelte den Kopf. »Na gut, wie du meinst«, sagte er. Er holte seinen Walkman aus dem Rucksack und begab sich in eine andere Dimension.

Anna war froh, daß sie ungestört ihren Gedanken nachhängen konnte, obwohl sie nicht besonders unterhaltsam waren. Ein vages Gefühl der Unruhe war das Grundmotiv, egal, ob sie ihr Privatleben betrachtete oder das verwirrende Intrigennetz, das jemand auf Cumberland Island spann. Wenn die Beule an ihrem Kopf und die Messerschnitte hinter ihren Schulterblättern irgend etwas zu bedeuten hatten, dann war sie bereits in diesem Netz gefangen.

Als Anna noch ein Teenager war und Molly Anfang Zwanzig, waren sie beide wie versessen gewesen auf Geschichten von wahren Verbrechen, und während langer Autofahrten hatten sie oft den perfekten Mord geplant. Es gab immer einen Haken. Aber diesmal konnte Anna keinen Ansatzpunkt finden. Die Mordwaffe – die Steuerstange – konnte irgendwann in einem Zeitraum von zweiundsechzig Stunden manipuliert worden sein. Das Flugzeug hatte auf einem relativ entlegenen Feld offen dagestanden. Praktisch jeder hätte sich Zugang verschaffen können. Zwei Männer waren umgebracht worden. Es gab jede Menge Motive. Die Frage, wer die Mittel gehabt hatte, ließ sich eingrenzen. Nicht jeder wußte, wie man ein zweimotoriges Flugzeug flugunfähig machte. Aber wenn man sich ein bißchen Mühe gab, war es kein Problem, sich die entsprechenden Kenntnisse anzueignen. Sie hatten wirklich so gut wie nichts in der Hand, womit sie arbeiten konnten. Norman Hull hatte den Sheriff gerufen, und er und ein FBI-Agent aus der Gegend hatten die Unfallstelle untersucht, aber ohne jedes Ergebnis. Sie konnten nichts zu dem hinzufügen, was Utterback bereits herausgefunden hatte.

Falls der Tod der beiden Männer das eigentliche Ziel der Aktion gewesen war, stand zu fürchten, daß der Täter oder die Täterin möglicherweise unentdeckt davonkamen. Die Mehrzahl aller Mordfälle wurde nie aufgeklärt. Die Attacken gegen Anna und den Truck legten allerdings die Vermutung nahe, daß mit der Beseitigung von Hammond und Belfore noch nicht alles erreicht worden war. Irgendwo auf der Insel schwelte noch ein unerledigtes Problem. Wenn sie dahinterkam, ehe es erledigt war, konnte sie den Mann überführen – oder die Frau, ermahnte sie sich zur Gleichberechtigung.

Eine Unterbrechung im flimmernden Baumtunnel holte sie aus ihren Grübeleien. Mitch Hansons Planiermaschine stand am Straßenrand, Mitch selbst war nirgends zu sehen. Anna versuchte sich zu orientieren. Sie waren gut eine Viertelstunde gefahren. Das bedeutete, sie befanden sich ein Stück nördlich von der Stelle, wo das Flugzeug abgestürzt war, östlich vom Nistplatz der Karettschildkröten. Anna hielt an, tippte Dijon auf die Schulter und deutete nach vorn. Als Dijon die Kopfhörer abnahm, sagte sie: »Hansons Planiermaschine.«

»Na und? Vielleicht muß er mal pinkeln.«

»Willst du dich mit ihm anlegen?«

Sie mußte nicht zweimal fragen. Es gab etwas zu tun! Nachdem sie wie üblich Stiefel und Hosenbeine gegen die Zecken gesprayt hatten, begaben sie sich in den Wald, und zwar auf der anderen Seite der Planiermaschine. Hier im Norden führte die Straße am Rand des zugänglichen Bereichs der Insel entlang. Westlich, versteckt hinter dichtem Unterholz und dichten Bäumen, schlängelte sich der Brickhill River durch die Salzmarschen, die die westliche Hälfte von Cumberland Island National Seashore bildeten. Im Osten, zum offenen Ozean hin, waren zwei Meilen Küstenwald, eine offizielle Wildnis, in der es weder Straßen noch Wege gab.

Während Anna mit Dijon unter dem dichten Blattwerk der Eichen entlangging, spürte sie den weichen Waldboden unter den Füßen. Wie angenehm es doch war, sich ein bißchen zu bewegen! Sie redeten nicht miteinander. Dadurch bekam die Bewegung das notwendige Maß an

Konzentration. Wenn sie tatsächlich hofften, Hanson in einer Situation zu erwischen, die für ihn einigermaßen kompromittierend war und bei der er nicht nur seinen Hosenladen zumachen mußte, dann war es bestimmt von Nutzen, wenn man ihn überraschte.

Der größte Teil der Strecke wurde durch dichtes Unterholz erschwert. Sie hätten durch die Büsche trampeln können, aber da sie wußten, daß dort meist irgendwelche Lebewesen hausten, ließen sie es lieber bleiben. Nicht nur den Spinnen bot das dichte Buschwerk Schutz, sondern auch allen möglichen kleinen Nagetieren. Deshalb war es für die Klapperschlangen auf der Insel ein beliebtes Jagdgebiet. Anna hatte nichts dagegen, daß sie gezwungenermaßen ziemlich große Umwege machten. Wenn Mitch nur halb so hinterhältig und fies war, wie seine Kollegen immer behaupteten, dann war er sicher den Weg des geringsten Widerstands gegangen.

Die Temperatur stieg, es hatte bestimmt fast vierzig Grad. Obwohl sie langsam gingen, schwitzten sie wie die Pferde. Der Schweiß unter ihren Haaren gab Anna das Gefühl, daß irgendwelche sechsbeinigen Tierchen auf ihrem Kopf herumkrabbelten, und zum erstenmal seit Jahren überlegte sie, ob sie sich nicht vielleicht doch lieber die Haare abschneiden sollte. Die Hitze, ihr Job und das ewige Waschen wogen im Vergleich zu den gelegentlichen Komplimenten immer schwerer. Ein paar Sekunden lang verstieg sie sich zu der kühnen Hoffnung, daß es sich mit der Eitelkeit ähnlich verhielt wie mit der Pubertät und daß man eines Tages einfach daraus herauswuchs.

»Da kommt unser Freund«, flüsterte Dijon. Anna blieb dicht neben ihm stehen und horchte. Zwanzig Minuten waren sie jetzt gegangen. Grob geschätzt bedeutete das, daß sie eine knappe Meile in den Wald eingedrungen waren. Keine besonders große Entfernung, die sie da zurückgelegt hatten, aber für einen Mann in Hansons

Alter und mit seinem Körperumfang doch ziemlich anstrengend.

»Ganz schön weit, um mal kurz zu pinkeln«, murmelte Dijon, als hätte er ihre Gedanken gelesen.

Die Blätter raschelten, und schließlich erschien der Mann persönlich. Er drängte sich zwischen den Palmwedeln durch und kam über die Lichtung auf Anna und Dijon zu.

»Waffe«, flüsterte Anna. Sie merkte, wie Dijon sich anspannte. Es war das Zauberwort, das in den Kursen für Ranger mit polizeilichen Befugnissen beim Federal Law Enforcement Training Center in Glynco, Georgia, gelehrt wurde.

»Bereit«, antwortete Dijon genauso leise.

Hanson trug eine Marlin 30-30 über der rechten Schulter, den Arm lässig auf dem Schaft. Vielleicht hatte Marty doch nicht gelogen, als er gesagt hatte, er habe den Schuß gehört, der den Österreicher verletzt hatte. Vielleicht hatte er sich nur im Zeitpunkt geirrt und in der Anzahl der Schüsse. Etwa an dieser Stelle mußte nach Shawnas Erinnerung der Schuß gefallen sein – zwischen Lake Whitney und der Straße. Eine 30-30 hätte nicht soviel Schaden anrichten können wie ein Flinte, aber die meisten Jäger besaßen und benutzten mehr als eine Waffe.

Über der linken Schulter trug Hanson einen vollgepackten Jutebeutel. Aus der zugebundenen Öffnung ragte der Griff einer kleinen Klappschaufel.

»Der böse Zwillingsbruder vom Nikolaus«, flüsterte Dijon, und Anna grinste.

Gleich würde Hanson sie sehen. Damit er nicht dachte, sie hätten im Gebüsch gelauert und ihm nachspioniert, traten sie vor und riefen laut seinen Namen. Mitch blickte auf, und einen Moment lang hätte man den Eindruck haben können, als wollte er etwas verbergen – aber vielleicht war der seltsame Ausdruck, der über sein Gesicht huschte, auch nur die Verblüffung darüber, daß jemand seinen Namen rief. Sofort wich dieser Ausdruck einer jovialen Leutseligkeit. Er änderte seine Richtung, stapfte auf sie zu und winkte mit den Fingern der Hand, die das Gewehr im Gleichgewicht hielt, als wäre diese Begegnung das freudigste Ereignis des Tages.

»Hübsche Kanone«, meinte Dijon.

»Gewehr«, korrigierte ihn Hanson. »Das ist mein Gewehr, das ist meine Kanone.« Er deutete auf seinen Schritt. »Schießen kann ich mit beiden. Nur bei verschiedenen Anlässen.«

Ein ehemaliger Berufssoldat. Anna hatte das ganz vergessen.

»Auf der Jagd?«

Hanson hob die Hände – ein tolles Kunststück, wenn man bedachte, wie bepackt er war –, als wollte er sich ergeben. »Ihr habt mich erwischt. Bitte, erschießt mich nicht.« Er zwinkerte Anna zu. »Sie dürfen mir aber Handschellen anlegen, wenn Sie versprechen, daß Sie mich anschließend filzen.«

Die Tatsache, daß niemand auf seine Scherze einging, dämpfte ihn keineswegs. »Ich habe die offizielle Erlaubnis, Schweine zu jagen«, erklärte er. »Die fressen die Zwergeichen, und die gehören zu den bedrohten Pflanzen, die Norman am meisten schätzt. Macht bitte keinen Aufstand deswegen. Sonst kommen alle Tierfreunde angerannt und schreien, wir bringen Wilbur um.«

Dijon kapierte nichts.

»Wilbur ist ein Schwein, so ähnlich wie Schweinchen Babe, nur von früher und aus einem Buch«, erklärte Anna.

Dijon schüttelte entrüstet den Kopf. »Was soll nur aus den jungen Menschen werden, wenn sie nicht mal mehr die klassische Kinderliteratur lesen«, sagte er an Annas Stelle.

»Und war die Jagd erfolgreich?« erkundigte sich Anna

mit einem Blick auf den Sack, den Hanson über der Schulter trug. Auf dem Stoff waren keine Blutspuren zu sehen, und die Ausbeulungen erinnerten auch nicht an ein Schwein.

»Heute leider nicht«, erwiderte Hanson.

»Was haben Sie denn in dem Beutel?« fragte sie betont beiläufig.

Hanson legte einen Finger an die Nase und zwinkerte ihr wieder übertrieben zu. »Kleine Mädchen sollen nicht so viele neugierige Fragen stellen!«

Anna zuckte verärgert. »Soll ich ihn erschießen?« fragte Dijon diensteifrig.

»Ja, bitte. Was haben Sie in dem Beutel?« wiederholte sie.

»Tja, ich weiß etwas, was du nicht weißt, aber du wüßtest es gern.« Wieder dieses blöde verschwörerische Zwinkern. Anna kam zu dem Schluß, daß es sich dabei um eine Art von Verbrüderungstaktik handelte, die er sich im Lauf der Zeit angewöhnt hatte. Es machte sie ganz fuchtig.

»Kann ich mal nachsehen?«

»Haben Sie einen Durchsuchungsbefehl?« Hanson wirkte immer noch jovial, aber es war kein Scherz mehr. Er hatte nicht die geringste Absicht, zu enthüllen, was in dem Sack steckte, und Anna hatte keinerlei Handhabe. Jedenfalls keine gesetzliche. »Wo wollt ihr eigentlich hin?« Seine wasserblauen Augen wanderten von Dijon zu Anna. »Ihr seid ziemlich weit weg von der Straße. Habt ihr etwa irgendwo Rauch gesehen?«

»Tja – leider nicht«, antwortete Anna. »Ich glaube bald, Cumberland ist feuersicher.«

»Es ist ja ziemlich heiß heute für 'ne Besichtigungstour«, beharrte Hanson. »Aber es wäre mir eine Ehre, euch ein bißchen herumzuführen.«

Egal warum – offenbar war er wild entschlossen, sie nicht ohne seine Begleitung in diesem Teil des Waldes, den er offenbar als seinen Privatbesitz betrachtete, herumstreifen zu lassen.

»Anna mußte pinkeln«, verkündete Dijon.

Mitch runzelte die Stirn. Anderthalb Meilen hin und zurück – das war ein bißchen weit, um eine annehmbare Damentoilette zu finden.

»Ich bin sehr schüchtern«, sagte Anna und mit den Worten: »Wenn ihr mich bitte entschuldigen würdet«, ging sie zielstrebig in die Richtung, aus der Hanson mit seinem Jutesack gekommen war. Hinter sich hörte sie empörtes Gemurmel, aber er konnte ihr ja unmöglich folgen. Eine Damentoilette, selbst wenn sie aus Palmen und Kiefern bestand, war sakrosankt.

Was sie eigentlich zu finden hoffte, war ihr selbst nicht klar – zumal in den paar Minuten, die für einen akzeptablen Toilettenaufenthalt erlaubt waren. Etwas in der Kombination aus Gewehr, Sack, Schaufel und Gezwinker hatte in ihr den dringenden Wunsch geweckt nachzusehen, wo Hanson sich herumgetrieben hatte, und zwar ehe er zurückgehen und seine Spuren verwischen konnte.

Sie beeilte sich und blickte sich aufmerksam um. Hanson hatte keinen Versuch unternommen, seinen Weg zu kaschieren. Dazu hatte er ja auch keinen Anlaß gehabt. In der tiefen festgetretenen Blätterschicht, die so trocken war, daß sich die Fußspuren nicht einprägten, hätte selbst Davy Crockett Schwierigkeiten gehabt, einen riesigen Elch zu finden.

Anna hielt sich an ihre Theorie, daß Hanson bestimmt den einfachsten Weg gewählt hatte. Nach fünf Minuten wurden ihre Bemühungen belohnt: Am Fuß einer Kiefer fand sie Hinweise, daß hier vor kurzem jemand gebuddelt hatte. Eine knapp einen Quadratmeter große Stelle war mehrere Zentimeter tief umgegraben worden, so daß jetzt Erde die Nadeln bedeckte. Die Ränder waren sauber und gerade, die Einstiche glatt und immer im Abstand von fünfzehn Zentimetern – so breit war ungefähr das

Blatt einer Klappschaufel. Einen Meter entfernt befand sich eine zweite umgegrabene Stelle. Sie war versteckt unter den Überresten eines pilzbewachsenen Baumstamms. Hinter dem Baumstamm lag ein abgebrochenes Stück eines Holzbalkens. In der Rinde der Kiefer war ein Schnitt. Frisches Harz floß aus dem gut zwei Zentimeter breiten und etwa einen Zentimeter tiefen Spalt.

»Sind Sie reingeplumpst?« Hansons laute Stimme drang durch das Dickicht, das Anna von den beiden Männern trennte.

Sie ignorierte die Frage, rannte weiter und suchte auf dem Boden und an den Bäumen nach anderen Auffälligkeiten. Dreißig Meter weiter, an einer Stelle, wo der Weg durch eine dichte Wand aus Palmen führte, wurde sie wieder fündig: eine fast anderthalb Meter lange Grube, sieben Zentimeter breit und genauso tief.

»Ist alles in Ordnung?« rief eine Stimme. Dijon konnte Hansons Ritterlichkeit – beziehungsweise seinen Selbsterhaltungstrieb – nicht mehr bremsen. Demnächst würden sich die beiden auf die Suche nach ihr machen. Wenn sie nicht schon unterwegs waren.

Anna wollte nicht, daß Mitch merkte, was sie entdeckt hatte, bis sie sich selbst in etwa ein Bild davon machen konnte. Sie rannte los, so schnell und leichtfüßig, wie es die schweren Stiefel eben erlaubten, vorbei an der Stelle, wo sie die ersten Spuren gesehen hatte. Sie fummelte an ihrem Gürtel herum, als hätte sie gerade ihre Hose wieder hochgezogen, und trat Dijon und Mitch nur leicht atemlos entgegen.

»Wir wollten Sie gerade aus der Grube ziehen«, meinte Mitch gönnerhaft.

Sein Humor ließ Anna kalt. Versteckte Schweinereien hinterließen ein Konversationsvakuum, genau wie schlechte Wortspiele. Zum Glück wurde nicht besonders viel von ihr erwartet. Ein unverbindliches Knurren schien zu genügen. Sie verließen alle drei gemeinsam den Wald, und Hansons pausenloses Gequatsche vertrieb sämtliche einheimischen Tiere.

Als sie wieder bei den Fahrzeugen angekommen waren, verstaute Hanson seinen Jutesack und die Waffe säuberlich im Werkzeugkasten hinter dem Sitz seiner Planierraupe. Dann stützte er bequem die Ellbogen auf die Hecktür des Trucks. Allem Anschein nach hatte er die Absicht, endlos weiterzulabern. Eine subtile Form von Hinhaltestrategie. Hanson wollte nicht weg, bevor Anna und Dijon abgefahren waren.

Es blieb ihnen nichts anderes übrig, als sich auf sein Manöver einzulassen. Mit den üblichen Platitüden – »Ich glaube, wir sollten uns mal wieder an die Arbeit machen. Wir sehen uns dann. Machen Sie's gut« – kletterte Anna hinters Lenkrad. Im Seitenspiegel sah sie, daß Hanson ihnen nachschaute, bis sie um die Kurve bogen.

»Und? Was hast du gefunden?« fragte Dijon.

»Umgegrabene Erde«, sagte Anna knapp.

Dijon überlegte kurz. »Morcheln?«

»Hier in der Gegend wachsen keine Pilze, und außerdem ist jetzt keine Morchel-Saison. Und es gibt kein Gesetz, das Pilzesammeln verbietet. Er hätte sie uns doch sicher gezeigt.«

»Klar. Ich wollte dich nur auf die Probe stellen.«

»Ginseng?« überlegte Anna laut. Ginsengwurzeln waren bei den Chinesen sehr beliebt und fanden unter Kräuterliebhabern in den Vereinigten Staaten eine wachsende Zahl von Abnehmern. Der gegenwärtige Marktwert lag bei etwa vierhundert Dollar pro Pfund. Die unscheinbare Wurzel heilte angeblich fast alle Leiden und schützte gegen die übrigen. Für die Leute hier in der Gegend galten sie seit Generationen als günstige Einnahmequelle. In den Nationalparks stand die Pflanze unter Naturschutz, und weil sie dort recht häufig vorkam und weil fast jeder Zutritt hatte, waren die Parks ein beliebtes Ziel für Ginsengsammler.

»Wächst denn auf Cumberland wirklich Ginseng?« wollte Anna wissen.

»Nicht der richtige Boden«, erklärte Dijon. »Und außerdem wachsen im Umkreis von zweitausend Meilen keine Zwergeichen! Soweit ich weiß, gibt es die nur an der kalifornischen Küste. Was immer Hanson gejagt hat – Schweine waren es jedenfalls nicht.«

Kapitel 21

»Sind eigentlich alle Leute hier irgendwie komisch – oder liegt es an mir?« fragte Dijon.

»Es liegt an dir«, versicherte ihm Anna.

Sie hatten Mitch wie einen Wachtposten bei seiner Planiermaschine stehen sehen, waren in der Nähe der »Siedlung« – ein paar Häuser, die sich noch in Privatbesitz befanden und zu denen auch Martys Hütte gehörte – an Al und Rick vorbeigekommen und dann zum Lake Whitney hinausgefahren, um ihre Sandwiches zu essen. Es war eine ziemliche Strapaze, zum Lake Whitney zu kommen. Zwar gab es eine Straße, aber diese war, vorsichtig ausgedrückt, sehr holperig, und bei einem schweren Fahrzeug wie dem Löschtruck mußte man im schlimmsten Fall davon ausgehen, daß er bis zur Achse im Sand steckenblieb. Anna hatte Ricks Strandfahrttechnik übernommen und war wie eine Irre über die weichen Stellen gerast, begleitet von den dramatischen Anfeuerungen Dijons.

Jetzt saßen sie im weißen Sand einer Düne, die landeinwärts wanderte und die Existenz des kleinen Binnensees gefährdete.

»Was hast du bei Dot und Mona herausbekommen?« erkundigte sich Anna.

»Geschwafel. Oder genauer gesagt: zuviel Geschwafel. Jeder hier, wir beide nicht ausgenommen, war in den letzten drei Tagen auf dieser Wiese. Soweit sich die alten Damen erinnern, haben eigentlich nur folgende Personen an dem Flugzeug herumgebastelt: Hammond selbstverständlich, Norman Hull –«

»Das leuchtet ein – schließlich ist er ja gelegentlich mitgeflogen.«

»Todd bei seinen Kontrollgängen und dann noch Hanson mit dem Tanklaster.«

»Alle und keiner.«

»Das heißt, wir können noch mal von vorn anfangen?«

»Genau«, brummte Anna. »Willst du 'nen kleinen Spaziergang machen?«

»Habe ich eine andere Wahl?« Dijon stand auf und stopfte den Rest seines Mittagessens in den gelben Rucksack.

Sie gingen um den See herum, nach Nordwesten, Anna voran. Am Ufer des Lake Whitney wuchs eine Vielzahl verschiedener Pflanzen, schimmernde Teichkolben und Seerosenblätter so groß wie Suppenteller. Der Küstenwald führte vom Ufer hinauf in ein höher gelegenes, trockeneres Gebiet, das wenig Schutz bot. Wegen der Hitze ging Anna sehr langsam. Ein wunderschöner junger Alligator, gut einen Meter lang und noch mit einem gelb gemusterten Schwanz, starrte sie aus seinem kühlen Schlammlager teilnahmslos an.

»Hey!« sagte Anna und deutete auf den Alligator. »Wir haben Gesellschaft.«

»Mein Gott – ich hasse diese Dinger!«

»Red nicht so, sonst verletzt du seine Gefühle«, wies Anna ihn zurecht.

»Diese Monster haben keine Gefühle«, erwiderte Dijon. »Deshalb sind sie ja so widerlich.«

Anna schaute in die teilnahmslosen Augen des Reptils und hätte Dijon am liebsten zugestimmt, aber den Triumph wollte sie ihm nicht gönnen. »Man kann nie wissen.«

»Hoffen wir, er zieht weißes Fleisch vor«, murmelte Dijon. Anna mußte lachen, weil er den Alligator sehr weiträumig umging.

Auf der anderen Seite fand Anna, wonach sie gesucht hatte: das Lager von Shawna und Günther. Die beiden waren offensichtlich verantwortungsbewußte Camper, auch wenn sie sich nicht genau an die gesetzlichen Vorschriften hielten. Sie hatten ein kleines Feuer gemacht, die Glut aber mit Wasser gelöscht, dann die Asche umgedreht und noch einmal Wasser darüber gegossen. Kein Müll verschmutzte den Sand, und Anna hatte die Überreste des Feuers nur gefunden, weil sie gründlich danach gesucht hatte. Die beiden hatten sich die Zeit genommen, die Asche abzudecken, und hatten das verkohlte Holz sorgfältig verteilt, damit die Leute, die nach ihnen kamen, sich der Illusion hingeben konnten, sie hätten ein völlig unberührtes Plätzchen entdeckt.

»Na, das war wirklich lehrreich«, sagte Dijon sarkastisch. »Hat sich echt gelohnt, dafür in der Mittagssonne an lauter Alligatoren vorbeizuspazieren. Wonach suchen wir eigentlich, wenn ich fragen darf?«

»Keine Ahnung.« Anna schob ihre Baseballkappe zurück und kratzte sich am Kopf, wo Schweiß und Sand eine juckende Schicht gebildet hatten. Obwohl es irrsinnig heiß war und nicht besonders gut für die Haut, spürte sie für ihr Leben gern die Sonne auf dem Gesicht. Einen Moment lang gab sie sich den schwelgerischen Strahlen hin, ehe sie ihre Mütze wieder aufsetzte. »Günther wird am selben Tag angeschossen, an dem das Flugzeug abstürzt, und er und Shawna campieren hier draußen, wo eigentlich niemand sein soll, und es stellt sich raus, daß ihr Campingplatz keine zwei Meilen von der Absturzstelle entfernt ist. Das ist einfach zu auffällig, um reiner Zufall zu sein.«

»Das Leben ist voller Zufälle.«

Anna würdigte diese Bemerkung mit keiner Reaktion.

»Ach, ich verstehe – eine internationale Verschwörung«, rief Dijon. »Er ist Österreicher, sie ist – was war's gleich? Cheyenne?«

»Navajo, glaube ich«, antwortete Anna gedankenabwesend.

»Drogenkartell der Mafia«, erklärte Dijon mit Nachdruck. »Sie exportieren Peyote für ihre Zeremonien. Hey, schau mal!« Er sprang ein Stück zurück: Im weichen Boden am Seeufer verlief eine Spur. »Die stammt von einer Schlange. Lieber Gott – der möchte ich nicht nachts im Dunkeln begegnen.«

Sie waren südwärts um den Lake Whitney herumgegangen, aber nicht auf demselben Weg zurück, den sie gekommen waren. Anna trat neben Dijon. Ein pfeilgerader Einschnitt zog sich vom Wasser durch den Sand und verschwand in einem hohen Grasbüschel. Anna kauerte sich hin und inspizierte die Spur. Für eine Schlange oder für einen Alligatorenschwanz war die Linie viel zu exakt gezogen. Sie konnte nur von einem einzigen Lebewesen stammen: von einem Menschen.

»Hat hier jemand Himmel und Hölle gespielt? Na, traust du dich, über die Linie zu hüpfen?« meinte Dijon, als Anna ihm ihre Überlegungen erläuterte.

»Was hältst du davon?« fragte sie ihn.

Im Gras war nichts zu sehen. Sie suchten eine Weile nach Hinweisen, dann beschlossen sie, die rätselhafte Linie in ihren wachsenden Katalog ungelöster Probleme aufzunehmen.

Deprimiert wie sie war, hatte sich Tabby früh ins Bett zurückgezogen und nur ein lasches »Gute Nacht« gemurmelt. Nach der Attacke auf ihren Truck war Anna aufgefallen, daß Tabby von ihrem Schlafzimmerfenster aus über einen schmalen Holzsteg, der außen an der Wohnung entlanglief, Zugang zur Feuerleiter hatte. Wegen der Schwangerschaft und weil sie emotional so labil war, hatte Anna bisher gar nicht daran gedacht, daß ja auch Tabby hinter der Aktion stecken konnte. Sie war einfach davon ausgegangen, daß die verwitwete Mrs. Belfore zu überhaupt nichts fähig war, und hatte sich deshalb nicht einmal die Mühe gemacht nachzusehen, ob sie in ihrem Zimmer war. Der Ordnung halber vermerkte Anna einen

Minuspunkt in ihrem Ermittlungszeugnis, nahm die Angelegenheit aber nicht besonders ernst. Ihr Glaube an Tabbys Unfähigkeit war unerschütterlich.

Sie erwiderte den Gute-Nacht-Gruß und war erleichtert, als sich die Tür hinter Tabby schloß. Die Ereignisse des Tages hatten ihr Kopfschmerzen eingebracht, sowie zwei Zecken, die eine im Nacken, die andere unter dem Hosenbund. Mit einem Handspiegel inspizierte sie ihren ganzen Körper, kämmte sich dann übergründlich die Haare, aber es half alles nichts – sie wurde das Gefühl nicht los, daß überall blutsaugende Insekten krabbelten.

Es war kurz vor neun, Tabby lag wohl im Bett, und es war dunkel genug für ein anständiges Bad im Meer. Sie fuhr die drei Meilen an den Chimneys vorbei hinunter zum Strand. Erst als sie sich entspannt im Wasser treiben ließ, verlor sich das Gefühl, daß auf ihrem ganzen Körper kleine Tierchen herumwuselten.

Weg von zu Hause, von der täglichen Routine und von den Menschen, die sie im Lauf der Jahre in Mesa Verde kennengelernt hatte, verschwand ihr Zeitgefühl. Soweit sie es beurteilen konnte, war sie diesbezüglich kein Einzelfall. Die Isolation brachte Verhaltensweisen hervor, die im üblichen sozialen Zusammenhang nicht in Betracht gekommen wären. Ohne die Rückmeldung, die man von Freunden, Familie und neugierigen Nachbarn bekam, ging man ganz andere Risiken ein und vergaß die Regeln. Was würde mit Flicka geschehen, wenn Dot und Mona die Insel verließen? Hatte Guy vielleicht doch eine Affäre mit Lynette – oder träumte er zumindest davon? Was hatte Slattery Hammond getan, daß eine einstweilige Verfügung verhängt worden war und er sein Kind nicht sehen durfte? Warum bewahrte er gebrauchte Tampons in seinem Gefrierschrank auf?

Anna ließ sich von den Wellen strandwärts treiben, berührte den Boden mit den Händen und genoß es, wie ihr Körper im Wasser schwebte. Irgendwo in ihrem Hinterkopf tauchte eine Statistik auf, die besagte, daß die meisten Haifische in Gewässern angriffen, die weniger als einen Meter tief waren. Schnell schob sie den Gedanken beiseite.

Im Geist ging Anna die verschiedenen Bilder der letzten Tage ganz ungeordnet noch einmal durch: Günther, Shawna, die Schußwunde. Hanson, die Schaufel, der Sack, die umgegrabene Erde. Lake Whitney, das Lager, die pfeilgerade Schlangenspur, das Kellergeschoß im Stafford House, das junge Reh, der Dünger, das Pflanzenschutzmittel. Die einzelnen Bestandteile fügten sich zusammen, und nachdem sie das Muster erkannt hatte, wunderte sie sich, wie sie je so dumm hatte sein können, es nicht zu sehen.

Sie drehte sich auf den Rücken. Unter ihrem Po und ihren Fersen wurde der Sand weggespült. Ein beunruhigendes Gefühl! Auf der Wasseroberfläche spiegelten sich funkelnd die Sterne. Am Horizont verkündete ein fahler Schimmer, daß demnächst der Mond aufgehen würde.

Wenn sie recht hatte – und da war sie sich sicher –, konnte sie ihre Theorie niemandem mitteilen. Bis auf Alice Utterback gab es niemanden auf der Insel, der nicht als Täter in Betracht kam. Wenn sie den »richtigen Weg« einschlug und ihren Verdacht dem zuständigen Sheriff mitteilte, würde dieser als erstes Chief Ranger Hull anrufen. Keine besonders gute Idee, fand Anna.

Auf allen vieren krabbelte sie aus dem Atlantik. Ganz ähnlich mußten die ersten Seelebewesen an Land gekommen sein. Genüßlich ließ sie eine letzte Welle über ihren Rücken schwappen, dann erhob sie sich, damit die laue Nachtluft ihre Haut trocknen konnte. Die Haare hingen ihr den Rücken hinunter, bis etwa auf die Höhe des BH-Verschlusses – hätte sie das Kleidungsstück nicht schon vor zwei Jahrzehnten symbolisch verbrannt. Wasser tropfte aus den nassen Strähnen. Jetzt, da sie sich wieder in ein Landlebewesen verwandelt hatte, fühlte sie sich feucht und kalt an. Wieder dachte sie an eine Schere, an die Freiheit kurzer Haare.

Der Mond tauchte aus dem Ozean auf und legte einen Silberpfad zum Strand. Genau wie die Wüste griffen Meer und Sand jedes bißchen Licht auf und reflektierten es mit Muscheln, Wasser und Salz, bis die Luft und das Land von innen her erleuchtet schienen. Nach und nach wurde Anna vom Zauber der Nacht erfaßt. Es kam ihr absurd vor, wieder auf das Sofa in der traurigen Wohnung der Belfores zurückzukehren, sich der künstlich gekühlten Luft auszusetzen. In der Nacht mußte man allein umherstreifen, wie ein Wolf. Oder wie eine Eule. Unsichtbar, ein Teil der Dunkelheit und des wechselnden Lichts. Ein Grundsatz, den sie während der Ausbildung gelernt und verinnerlicht hatte, hielt sie davon zurück, Dijon, Al, Rick oder Guy zu wecken. Zwei Dinge sprachen dagegen: Erstens dürfte die Unternehmung weniger als eine Stunde dauern. Sie hatte nicht die Absicht, sich in Gefahr zu begeben. Der zweite und wichtigere rund war jedoch, daß sie viel zuviel Zeit in menschlicher Gesellschaft verbrachte – beim Essen, Trinken und selbst beim Schlafen hatte sie immer die Atemzüge anderer im Ohr gehabt. Deshalb erschien es ihr jetzt wie ein zu großes Opfer, das Alleinsein aufzugeben.

In Turnschuhen, den weiten Nomex-Hosen und einem T-Shirt, das sie zur Erinnerung an den großen Feuersturm in Jackknife gekauft hatte, ehe in allen Medien darüber berichtet wurde – so fuhr sie dicht am Wasser entlang, wo der Sand am festesten war. Auf diese Weise waren nicht nur alle Schildkröten vor ihren Rädern sicher – auch die Reifenspuren würden durch die Flut weggespült werden. Das Mondlicht war so hell, daß sie keine Scheinwerfer brauchte. Im diffusen Licht war die Landschaft in tausend Schattierungen aus Grau, Silber und Gold getaucht.

Als sie nach Cumberland kam, hatten alle Strände für sie gleich ausgesehen; vierzehn Meilen weißer Sand, im

Westen Dünen, im Osten Wasser. Sie hatte diese Gleichförmigkeit als schrecklich öde empfunden. Nachdem sie unzählige Male den Küstenstreifen auf und ab gefahren war, kannte sie ihn auswendig; sie wußte, wo die Alligatoren fischten, welchen Pfad die Schlangen einschlugen, wenn sie aus den Wäldern kamen, und wo es früher Bungalows oder Zeltplätze gegeben hatte. Sie kannte die Dünen, hinter denen sich die Wiesen verbargen, wo Pferde und Rehe grasten, den Erdwall, der von Hafergras festgehalten wurde, wo die Schildkröten ihre Eier gelegt hatten und wo Marty Schlessinger jeden Tag seinen wertvollen Schatz überprüfte, in eine Karte eintrug und vor Schaden zu bewahren versuchte.

Südlich der Nistgegend war ein Sandwall, und Anna parkte den Truck hinter der schützenden Erhebung, so daß man ihn weder vom Wasser noch vom Land aus sehen konnte. Sie machte sich auf den Weg zum Wald, immer in der Senke zwischen den Dünen. In ihrem Rucksack trug sie Wasser und eine Taschenlampe bei sich. Den Kompaß hatte sie in die Tasche gesteckt. Weil sie immer in der Nähe des Trucks bleiben mußte, falls es irgendwo Feueralarm gab, und auch wegen der Hitze, der Zecken und der allgemeinen Lethargie war Anna nie dazu gekommen, dieses etwas vier Quadratmeilen große Gebiet offizieller Wildnis im Herzen des Nationalparks näher zu erkunden. Von den Landkarten wußte sie, daß es dort keine Privatgrundstücke gab, keine Straßen, keine Anlagen, Campingplätze, Pfade oder andere Formen der »Verbesserung«, die den Wildnis-Status zerstören konnten. Da das Gelände auch strengstens vor dem reinigenden Einfluß von Bränden geschützt wurde, war es enorm dicht bewachsen mit Zwergpalmen, Eichen und Kiefern. Weil die Baumkronen kein Licht durchließen, konnte sonst fast nichts wachsen.

Nach der topographischen Karte, die Wayne und Shorty benutzt hatten, um die Absturzstelle des Flugzeugs zu orten, war es eine Meile südlich und 1,7 Meilen östlich vom Brutplatz der Schildkröten aufgeschlagen. Etwas weiter nördlich hatten sie Hansons und seine Planiermaschine angetroffen, fast in einer direkten Ost-West-Linie von der Brutstelle und nicht weit von der Stelle, wo nach Shawnas Aussage auf Günther geschossen worden war.

Sobald sie den Schutz der Bäume erreicht hatten, ging Anna am Waldrand in Richtung Norden, den geübten Blick auf die Dünen gerichtet. Als sie die Stelle erreichten, die sich genau landeinwärts vom Nistplatz der Schildkröten befand, holte sie ihren Kompaß hervor. Der Wald über ihr war sehr dicht, und sie mußte warten, bis sich ihre Augen umgestellt hatte. Eichenzweige, die auf der Suche nach Licht und Luft in die Breite wuchsen, schufen eine Art lebendiges Dach, aber die Zweige waren so gewachsen, daß genügend Licht durchdrang; so fand Anna sich einigermaßen zurecht und brauchte nur selten ihre Taschenlampe.

Ihre Schätzung, daß das Unternehmen innerhalb einer Stunde abgeschlossen sein würde, war allzu optimistisch gewesen. Da sie möglichst lautlos und ohne Licht vorgehen und dabei die dichtstehenden Zwergpalmen und Kiefern meiden mußte, wurde aus der einen Meile, die sie zurücklegen wollte, eine regelrechte Nachtwanderung querfeldein. Ohne die Moskitos hätte ihr das Ganze trotzdem Spaß gemacht. Die Dunkelheit, die Heimlichkeit, das Wissen, daß sie die Jägerin war und nicht die Gejagte, gaben ihre ein Gefühl von Macht und Freiheit. Sie dachte an Hanson und sein Gewehr, an Jäger, die auf der Suche nach Schafen, Waipiti und Rehen waren. Empfanden diese Jäger die gleiche lustvolle Erregung, wenn sie hinter ihren hilflosen Opfern her waren?

Sie hielt sich so strikt an ihren westlichen Kurs, wie es die Natur zuließ, bis sie schließlich zu der Lichtung gelangte, von deren Existenz sie gewußt hatte. Zusammengefügt hatten die Hinweise ein zwingendes Bild ergeben. Hanson hatte Dot und Mona aus dem Kellergeschoß von Stafford House vertrieben, um dort Dünger, seine Pflanzenschutzmittel und Rohre aufzubewahren. Am Ufer des Lake Whitney, der einzigen zuverlässigen Süßwasserquelle in diesem Teil der Insel, hatten sie diese Linie gesehen, die so gerade war wie mit dem Lineal gezogen. Günther war angeschossen worden, hatte den Täter aber weder gesehen noch gehört. Tage später entfernte Hanson im selben Teil des Waldes etwas aus der Erde und von den Bäumen.

Ein Marihuana-Feld war die einzige Erklärung, die zu allem paßte. Das PVC-Rohr, das in den Lake Whitney führte, lieferte das notwendige Wasser, die ahnungslosen amerikanischen Steuerzahler bezahlten den Dünger, die Arbeitszeit des Farmers und zweifellos auch einen großen Teil der Maschinen, die beim Anbau verwendet wurden, sowie bei der Herstellung der Fallen, mit denen Eindringlinge vertrieben werden sollten – sowohl solche, die aus Versehen das Gebiet betraten, als auch die anderen, die das illegale Gewächs stehlen wollten. Höchstwahrscheinlich war der Österreicher in eine dieser Fallen gestolpert: eine Schrotflintenpatrone, die mit einem Auslöser unter dem lockeren Waldboden verbunden war. Da sich nach dem Flugzeugabsturz und der Schußwunde die allgemeine Aufmerksamkeit auf diesen Teil der Insel gerichtet hatte, war Hanson vermutlich zu dem Entschluß gekommen, seine Fallen lieber abzubauen und sich dann still, heimlich und leise in der Nacht davonzustehlen. Damit war er beschäftigt gewesen, als Dijon und Anna ihm begegnet waren.

Sie hielt sich im Schatten, eine Eiche zwischen ihr und dem Mond, und studierte das Gelände. »Lichtung« war eigentlich eine Übertreibung. Was vor ihr lag, war genaugenommen nur ein weniger dichtes Stück Wald. Auch hier standen Bäume – genug, um als Deckung zu dienen, aber so weit voneinander entfernt, daß die Sonne durch das Blätterdach bis zu den Pflanzen dringen konnte. Auf einer Fläche von etwa einem halben Hektar wuchsen die Cannabispflanzen unregelmäßig, damit man von der Luft aus nicht eine von Menschen angelegte Plantage erkennen konnte. Hanson schien ziemlich klug vorgegangen zu sein. Es waren nur zehn bis zwölf reife Pflanzen, die meisten dicht neben einer Zwergpalme oder versteckt zwischen ein paar jungen Kiefern, so daß sie dem unbefangenen Betrachter gar nicht auffielen und ihre kräftigere Grünfärbung vom Flugzeug aus nicht wahrgenommen wurde. Entweder hatte Hanson die Gerätschaften, die er brauchte, jedesmal mitgenommen, oder er hatte sie ebenfalls raffiniert versteckt – vermutlich in einem flachen unterirdischen Bunker.

Ein Feld von dieser Größe – mit Sinsemilla, einer erstklassigen Sorte – sorgfältig gepflegt und rechtzeitig geerntet, konnte das Gehaltskonto beträchtlich aufbessern. Anna tippte auf ein Einkommen von etwa dreißigtausend Dollar im Jahr. Wenn Hanson seinen Anbau weiter auf so kleiner Flamme betrieben hätte, wäre er während der sieben Jahre bis zu seinem Ruhestand möglicherweise damit durchgekommen.

Zum Glück für den Arm des Gesetzes bekamen die Leute den Hals nicht voll. Offensichtlich hatte Hanson die große Gier gepackt. Zwischen den reifen Cannabispflanzen waren an ungeschützten Stellen Dutzende von jungen Pflanzen gesetzt worden, was die ursprüngliche Anlage vervierfachte und mehr Wasserrohre und mehr Düngemittel erforderte. Und natürlich auch mehr Fallen. Außerdem war das Feld für niedrig fliegende Flugzeuge nicht mehr zu übersehen. Wenn so viele Pflanzen heranwuchsen, konnte nur ein blinder Pilot die dunkelgrünen Cannabisblätter übersehen, die sich da unter dem staubigen Grau der Eichen ausbreiteten.

Bis Slattery Hammond angefangen hatte, für die Drogenfahndung zu fliegen, war Mitchs kleine Plantage relativ sicher gewesen. Hatte Hammond die Anlage entdeckt? Hatte er Todd davon in Kenntnis gesetzt, weil Todd der für die Insel zuständige Ranger mit den polizeilichen Befugnissen war? War ihr letzter Flug der gewesen, bei dem er Todd die Pflanzen hatte zeigen wollen? Eine ziemlich naheliegende Vermutung. Wie Alice Utterback am Anfang gesagt hatte: Als Drogenfahnder machte man sich ganz automatisch viele Feinde.

Wenn man Slatterys nicht gerade makellose berufliche Vergangenheit betrachtete, war es kein großer logischer Sprung, sich vorzustellen, daß er für sein Stillschweigen einen Anteil am Profit habe wollte. Hanson, der gerade dabei war, die Kosten für die Expansion seines Unternehmens abzutragen, entschied sich dafür, lieber einen Mord zu riskieren als Erpressungsgelder zu zahlen. Oder Hammond hatte nichts gesehen, nichts gewußt, und Belfore war das Opfer, der Erpresser, oder beides gewesen.

Während Anna die verschiedenen Möglichkeiten durchging, erfaßte sie die Struktur der Lichtung genauer. In dem offenen Gelände, an einer grasigen Stelle um eine alleinstehende, vom Blitz getroffene Eiche, stand ein windschiefer Schweinestall, dessen verwitterte Bretter nur noch eine Art Verschlag bildeten. Auf beiden Seiten dieses merkwürdigen Bauwerks befand sich in etwa vier Metern Entfernung ein Haufen. Auf den ersten Blick dachte Anna, es seien Zweige und anderes Schnittgut, beiseite geräumt, um mehr Platz für neue Marihuanasetzlinge zu schaffen.

Aber es irritierte sie, daß alles so säuberlich zu kegelförmigen Türmen aufgestapelt war. Nachdem sie zehn Minuten lang reglos im Schatten ausgeharrt hatte, Augen und Ohren weit aufgesperrt, war sie schließlich überzeugt, daß sie allein war. Mit knackenden Knien und Knöcheln richtete sie sich auf und trat hinaus ins Mondlicht. Die Kegeltürme bestanden aus Mariuhanapflanzen – aus jungen Setzlingen, die mitsamt den Wurzeln ausgerissen und zusammengetragen worden waren, als sollten sie demnächst verbrannt werden. Ein Drogenkrieg? Wollte Gangster Nummer Zwei die Ernte von Gangster Nummer Eins vernichten, aus Gemeinheit oder aus Profitgier? Bei einem so kleinen und unzugänglichen Anbaugebiet erschien Anna diese Erklärung ziemlich unwahrscheinlich, aber in der Geschichte der Drogenbekämpfung hatte es schon merkwürdigere Dinge gegeben. Es war ein Krieg, den die Durchschnittsamerikaner verloren und die Politiker und Drogendealer gewonnen hatten. Mit Angst fängt man Wählerstimmen, und Drogen sind ein politisch korrektes Übel, gegen das man jederzeit wettern kann.

Stimmen – leise, aber unverkennbar menschlich – ließen Anna erstarren. Begleitet wurden die Geräusche vom Licht zweier Taschenlampen, das das Dunkel durchschnitt.

Instinktiv ließ sich Anna zu Boden fallen, Schritte und Lampen näherten sich rasch. Wer immer es war – die Betreffenden gaben sich keinerlei Mühe, vorsichtig zu sein. Offenbar rechneten sie nicht im geringsten damit, daß außer ihnen jemand da sein könnte. Anna war fest entschlossen, sie in diesem Glauben zu lassen.

Direkt vor ihr befand sich der alte Schweinestall – ein zweifelhafter Schutz, aber immerhin. Sie überlegte nicht lange, welche Lebewesen sich dort einquartiert haben mochten, sondern krabbelte kurz entschlossen unter die modrigen Bretter. Im Innern konnte sie nicht aufrecht stehen, und selbst im Sitzen berührte sie mit dem Kopf das Holz. Eine klebrige Spinnwebe strich ihr über die Wange. Sie machte sich verzweifelt darauf gefaßt, noch unangenehmeren Überraschungen zu begegnen. Im undurchdringlichen Dunkel des Stalls waren ihr die Golden-Orb-Spinnen, trotz ihrer Größe, lieber als die braunen Einsiedlerspinnen oder die schwarzen Witwen.

Doch alle Spinnengedanken wurden vertrieben durch die Ankunft potentiell gefährlicher Lebewesen. Anna schlug die Beine übereinander, zu einem halben Lotussitze, und faltete die Hände locker im Schoß, wie ein meditierender Swami. In dieser Position konnte sie es zur Not ein paar Stunden aushalten. Vor ihr befand sich eine dreieckige Öffnung in den Brettern ihres provisorischen Unterschlupfs, so daß sie auf die Lichtung hinausblicken konnte. Sie fühlte sich dadurch zwar weniger geschützt, andererseits wußte sie, daß sie weit genug im Schatten saß, um unsichtbar zu bleiben – es sei denn, jemand richtete einen Lichtstrahl direkt auf sie.

Dank der Disziplin, die sie durch jahrelanges Training erworben hatte, gelang es ihr, gleichmäßig zu atmen und den Kopf frei zu bekommen. Jetzt erkannte sie die Stimmen: Hanson – wie sie schon vermutet hatte – und eine zweite Person. Eine Frau. Falls Anna ihre Stimme schon einmal gehört hatte, konnte sie sie trotzdem nicht identifizieren, und sie beschränkte sich darauf, zu lauschen.

»Wirklich schade«, sagte die Frau.

»Es war sowieso eine hirnverbrannte Aktion«, sagte Hanson. »Kosten sind kein Faktor, wenn man nicht selbst dafür aufkommen muß.«

»Aber trotzdem –«

»Gib mal her.«

Die Satzfragmente wurden von sich überkreuzenden Lichtstrahlen und von Wühlgeräuschen begleitet: Metall, ein Stück Holz oder hartes Plastik, Schritte im Laub. Das Zentrum des Lärms bewegte sich vom Rand der Lichtung auf Annas Versteck zu. Lichtstrahlen fielen durch die Lücken zwischen den Brettern, wenn der Schein der Taschenlampen über den Schweinestall wanderte. Anna zuckte jedesmal zusammen, als würde das Licht sie verbrennen, aber offensichtlich war es nicht das Ziel dieser nächtlichen Expedition, ihr Versteck aufzustöbern, und die Lampen richteten sich auf andere Objekte.

»Meinst du, das sieht jemand?« fragte die Frau.

»Bei Nacht sowieso nicht. Und bei Tag ahnt keiner mehr, was passiert ist.«

Ein penetranter Geruch stieg Anna in die Nase. Feuerzeugbenzin. Sie ächzte leise, ihr Herz begann zu rasen. Sie zwang sich wieder zur Ruhe und drängte die aufsteigende Panik zurück, bis nur noch ihre Kopfhaut prickelte und ihr Magen sich verkrampfte. Sie amtete noch ein paarmal tief durch, dann waren auch diese Symptome vertrieben.

Die Stimmen waren etwa drei Meter von ihr entfernt. Das Benzin war nicht für sie gedacht.

Sie hörte das gierige Knistern der Flammen, ehe sie das Feuer sehen konnte. Als das züngelnde Orangerot durch die Ritzen des Schweinestalls drang, spähte Anna durch eine Öffnung. Hanson kauerte mit dem Rücken zu ihr auf dem Boden. Er hatte einen der Haufen mit den Marihuanapflanzen angezündet. Das Feuer beleuchtete das Gesicht der Frau neben ihm. Es war Louise, seine Frau. Offensichtlich handelte es sich um ein Familienunternehmen. Anna dachte an Alice Utterbacks zynischen Plan, ein Verbrechersyndikat mit lauter älteren Damen zu gründen. Genau richtig! Niemand, nicht einmal Anna, hätte Mrs. Hanson irgendeines Verbrechens verdächtigt – höchstens vielleicht, daß sie eine Traube naschte, bevor sie das Obst im Supermarkt auf die Waage legte. Selbst in einer mondhellen Nacht, mitten im Wald und beim Verbrennen von Drogen, wirkte Mitchs Frau völlig unschuldig. Sie hatte die Fünfzig überschritten, wog ein paar Kilo zuviel, ihre kinnlangen Haare trug sie mit einem Schal zurückgebunden, eine große Brille mit Plastikgestell beherrschte ihr Gesicht, und ihre Hände schützte sie mit Gartenhandschuhen, die elastische Stulpen und ein grünrosa Blümchenmuster hatten.

Der Rauch von dem brennenden Marihuanahaufen wehte zu Anna herüber. Das Licht, das in ihr Versteck drang, verwandelte sich in orangeroten Qualm. Sie zog das Halsbündchen ihres T-Shirts über Mund und Nase. Im Grunde war das völlig sinnlos – Baumwollstoff half nicht gegen giftige Gase. Der Geruch löste in ihrem Gehirn eine Art Zeitsprung aus. Außer einem gelegentlichen Hauch beim Lagerfeuer oder in der Kabine eines Fahrzeugs, das sie angehalten hatte, hatte Anna seit ihrer College-Zeit nie mehr richtig Marihuana gerochen. Der Geruch war unverkennbar und für die meisten Mitglieder ihrer Generation mit nostalgischen Erinnerungen verbunden. Sie fühlte sich in die Zeit zurückversetzt, als das Böse in der Welt entweder unbekannt war oder vernichtet werden konnte; eine Zeit, in der sie unsterblich gewesen war, unbesiegbar und allmächtig, erfüllt von der wunderbar arroganten Unwissenheit der Jugend.

Aus alter Gewohnheit – eine Gewohnheit, die doch längst vergessen war! – inhalierte sie den Rauch und hielt ihn in den Lungen. Aber sie begriff instinktiv, was sie da eigentlich machte, und atmete sofort wieder aus. Himmelherrgott, habe ich total den Verstand verloren? Sie rieb sich das Gesicht, um alle realen und imaginären Spinnweben wegzuwischen.

»Das klappt schon«, meinte Hanson. »Wir wollen ja sowieso kein großes Feuer. Obwohl ich glaube, wenn es weiter um sich greifen würde, dann würde es ziemlich viele Sünden vertuschen.«

»Aber Mitch!« sagte die Ehefrau vorwurfsvoll, und Anna wäre fast herausgeplatzt vor Lachen, weil sie diese Szene einer Ehe dermaßen absurd fand.

»Du weißt doch, ich würde so was nicht machen«, verteidigte sich Mitch. Anna hätte allerdings gewettet, daß er es tun würde, wenn sie ihn nicht unterm Pantoffel hätte.

Die beiden nächtlichen Wanderer schlurften durch die Blätter; Anna konnte durch die Öffnung im Schweinestall ihre Füße und Beine sehen. Sie mußte der Versuchung widerstehen, den Atem anzuhalten – und damit noch mehr Rauch in ihren Lungen zu lassen. Statt dessen konzentrierte sie sich darauf, mit den Spinnen und dem Schweinekot zu verschmelzen.

Ein paar Meter links von ihr blieben die Hansons wieder stehen und begannen den nächsten Haufen abzufackeln. Jetzt kam der Rauch von beiden Seiten; Anna hatte große Mühe, nicht zu husten und sich dadurch zu verraten. Wenn sie das nächstemal bei einem routinemäßigen Drogentest in ein Fläschchen pinkeln mußte, wurde sie große Schwierigkeiten kriegen! Diese Vorstellung fand sie unglaublich komisch, und sie spürte, wie sich aufsteigendes Gekicher mit dem Hustenreiz vermischte – bis sie das Gefühl hatte, gleich zu explodieren. Plötzlich wurde ihr himmelangst. Panik überschwemmte sie, und es grummelte verdächtig in ihrem Bauch, die Vorstufe zu fürchterlichem Dünnschiß.

Sie war dabei, bekifft zu werden!

Sie war nicht mehr high gewesen, jedenfalls nicht von Gras, seit sie vor einundzwanzig Jahren aufgehört hatte zu rauchen. Um die Dämonen zu vertreiben, versuchte sie sich daran zu erinnern, was sie damals gemacht hatte. Vieles war völlig verschwommen. Die albernsten Kleinigkeiten wußte sie noch: wie sie irgend etwas gegessen und ständig gekichert hatten. Wie sie total lethargisch vor einem alten Schwarzweißfernseher gehockt und Wiederholungen der Arztserie Marcus Welby angeglotzt hatten. Die Erinnerung den grauenhaften LSD-Trip, der ihre Drogenexperimente für immer beendet hatte, drängte sich auf, und einen Moment lang hatte sie den Eindruck, als würden die schiefen Wände ihres Verstecks auf sie einstürzen, nein, eigentlich schwangen sie langsam hin und her, wie die zersplitterten Flügel eines hölzernen Schmetterlings.

Laß dich darauf nicht ein, sagte sie sich und merkte, daß sie einen dieser idiotischen Psychosprüche gedacht hatte, den sie ganz besonders haßte. Die Tatsache, daß es ihr ausgerechnet jetzt in den Sinn gekommen war, jagte ihr wieder irrationale Angst ein.

Das Feuer auf beiden Seiten verfehlte seine Wirkung nicht. Das Innere des Schweinestalls tanzte im Widerschein der Flammen, eine Disco-Lightshow aus Schwarz und Orangerot, nur ohne Musik. Anna schloß die Augen und versuchte, möglichst wenig zu atmen, aber auch durch die geschlossenen Augenlider sah sie die flackernden Flammen. Sie konnte machen, was sie wollte, sie hatte das Gefühl zu fallen, erst kippte alles zur einen Seite, dann zur anderen, als würde sie im Sitzen das Gleichgewicht verlieren. Das Knistern des Feuers fraß sich in ihr Gehirn wie Fieber, ihre Haut juckte und kribbelte vor Schweiß und Angst und Gott weiß was noch allem.

Mit der Zeit schien die Geschäftigkeit draußen vor der Hütte etwas nachzulassen, und Anna wagte zu hoffen, daß die Hansons abziehen würden. Es kostete sie überraschend viel Mut, endlich wieder die Augen aufzumachen. Wäre es nicht das größere von zwei Übeln gewesen, sie geschlossen zu halten, hätte sie es wahrscheinlich nicht geschafft.

Direkt vor ihr, eingerahmt von dem Gerüst aus groben Brettern und angestrahlt vom Widerschein der beiden Feuer, hatten es sich die Hansons auf zwei Klappstühlen bequem gemacht. Mrs. Hanson trug eine dunkelblaue Polyesterhose und eine ärmellose Baumwollbluse, die ihre wabbeligen Oberarme gnadenlos bloßlegte. Mitch hatte eine verwaschene Uniformhose an, dazu ein abgetragenes Polohemd. Sie hielten beide ein Bier in der Hand – eine Szene wie von Norman Rockwell, nur in der Hölle. Wieder stieg ein hysterisches Lachen in Anna hoch, aber auch diesmal wurde es von einer Welle eiskalter Angst erstickt.

Die Zeit verging unendlich langsam.

Anna hatte keine Ahnung, wie lange sie jetzt schon in

diesem Stall saß und den Rauch einatmete. Eine Minute, eine Stunde, drei Stunden? Alles schien gleich wahrscheinlich. Das Atmen wurde leichter, aber Anna war sich nicht sicher, ob das daher kam, daß die Feuer inzwischen sehr heiß brannten und der Rauch deshalb höher stieg, oder ob das Marihuana einen betäubenden Effekt auf ihre Lunge hatte. Der Hustenreiz war verschwunden, und sie versuchte nun ganz bewußt, im Geist eine Liste aufzustellen, was trotz allem gutgegangen war.

Damit ihre Gedanken nicht zu weniger positiven Dingen abschweiften, zwang sie sich, nur über die Hansons nachzudenken. Die beiden wirkten total entspannt. Wenn Anna hätte beschreiben müssen, welche Stimmung diese bizarre nächtliche Unternehmung bei den beiden hervorzurufen schien, hätte sie gesagt: Erleichterung. Die Hansons wirkten zufrieden und erleichtert.

Aber warum waren sie so fröhlich, wenn sie gerade dabei waren, ihren Profit zu verbrennen? Darauf wußte Anna absolut keine Antwort. Andererseits – im Moment wunderte sie sich sogar darüber, daß ihr Kopf noch auf den Schultern saß. Bestimmt hatten die beiden sehr viel Zeit, Mühe und Risiko in dieses Feld investiert. Und jetzt auch noch die Expansion – wie kamen sie nur dazu, das alles so gutgelaunt zu vernichten?

Es gab keine Erklärung. Die Zeit verging, Anna verlor die Übersicht. Einmal, zweimal, vielleicht hundertmal stand einer der beiden Hansons auf, um im Feuer zu stochern oder ein frisches Bier zu holen – Anna konnte sich nicht erinnern, wie oft, aber es erschien ihr auch nicht besonders wichtig.

Immer wieder war sie sanft auf dem Boden der Tatsachen gelandet, nachdem sie völlig vergessen hatte, wo sie war und warum sie da war, wo sie war. Jedesmal wurde sie von den allmählich einsetzenden Schmerzen in die Wirklichkeit zurückgeholt: Ihre Knöchel taten weh, ihre Hüften wurden taub, ihre Beine und Arme juckten. Mit der unangenehmen Klarheit, die kommt, wenn man sich unwohl fühlt, wurde ihr immer wieder bewußt, warum sie sich in dieser bescheuerten Lage befand, warum sie den Schweinestall nicht verlassen und nicht auf die hell erleuchtete Lichtung krabbeln durfte. Dann drang wieder Rauch in ihr Gehirn, und das Leben kam für eine Weile zum Stillstand.

High zu sein ist auch nicht mehr so wie früher, dachte sie, wenn sie zwischendurch klar im Kopf war. Zuviel Paranoia mischte sich in diesen Trip: Angst vor den Konsequenzen, vor den Jahren, die seither vergangen waren, aber insbesondere Angst vor ihren eigenen Gedanken. Mit zwanzig hatte sie darauf vertraut, daß ihr Verstand sie leiten würde, daß er sie nicht im Stich lassen, sondern alle Probleme lösen und die richtigen Entscheidungen treffen würde. Irgendwann zwischen dreißig und vierzig war ihr dieser Glaube abhanden gekommen. Sie betrachtete ihr Gehirn inzwischen als ein einigermaßen nützliches, aber im Grunde total überschätztes Organ, das für chemische Unwetter, hormonelle Turbulenzen und die Mondphasen anfällig war. Vorüber waren die Zeiten, als sie es ungestraft hatte wagen können, ihre Wirklichkeit zu verändern. Bekifft zu sein, war kein Höhenflug mehr, nein, sie mußte sich krampfhaft an einen Zipfel der Wirklichkeit klammern. Sie hatte nur einen Wunsch: daß der Rauch endlich abziehen möge.

Das letzte, woran sie sich erinnerte, war ein plötzliches Aufflammen der Feuer und Mitch Hansons Stimme, die knarzend durch das Knistern der Flammen verkündete: »Tja, da verschwindet der letzte Rest von Ellens Unigebühren.«

»Sie hat ihrem Daddy das Leben gerettet. Das sollte mindestens ein Jahr bei den ›Seven Sisters‹ wert sein.«

»Oderinsing –« und ein Echo.

Kapitel 22

Molly hatte sich geweigert zu weinen. Sie hatte ihm im Lokal gegenübergesessen, eine Armlänge von ihm entfernt, ihre Nerven waren zum Zerreißen angespannt gewesen. Ihr Gesicht, das Frederick so wunderschön fand – ein Wort, das er normalerweise für Statuen und edles Porzellan vorbehielt – wirkte verschlossen. Die viel zu großen Augen und der verkniffene Mund zeigten, wie elend sie sich fühlte, aber er spürte trotzdem, daß sie nicht getröstet werden wollte.

Bei einem Glas Scotch, den sie allerdings nicht trank, erzählte sie ihm, daß es sich bei dem Kindermörder, der in allen Schlagzeilen gewesen war, um den Mann handelte, bei dessen Prozeß sie vor einigen Jahren als Gutachterin aufgetreten war; das letzte Mal, daß sie je bei einem Prozeß ausgesagt hatte. Ihr Gutachten hatte, zusammen mit den Vernebelungsstrategien der Verteidigung und der Schwerfälligkeit des Staatsanwalts, dafür gesorgt, daß der Täter wegen verminderter Zurechnungsfähigkeit mit einer milden Strafe davongekommen war. Nur gut drei Jahre war er im Gefängnis gewesen. Zwei Wochen, nachdem er wegen guter Führung auf Bewährung freigekommen war, hatte er den dreijährigen Jungen, den die Touristen aus Ely, Nevada, in der Einkaufstüte gefunden hatten, sexuell mißbraucht und ermordet.

Molly befand sich auf einer Gratwanderung zwischen Schuldgefühlen und Verantwortungsbewußtsein. Das Thema gehe ihr zu sehr an die Nieren, um mit einem Fremden darüber sprechen zu können, hatte sie gesagt, und Frederick war gekränkt gewesen. Für einen Moment hatte er seine bizarre Werbung um Annas Schwester eingestellt. Um Molly wenigstens teilweise das Gefühl zurückzugeben, daß sie die Situation in der Hand hatte, versuchte er, das Gespräch auf ganz konkrete Fragen zu lenken: Tatverdächtige, Hinweise, die mögliche Verbindung zu den Morddrohungen, die sie bekommen hatte.

Obwohl Molly derartig unter emotionalem Druck stand, war sie nicht unvorbereitet gekommen. Ach, wenn es doch einmal anders wäre, hatte sich Frederick gewünscht. Dann könntest du dir einbilden, euer Treffen sei ein Rendezvous, verspottete er sich selbst. Trotzdem – es hätte ihn gefreut.

Aber so holte sie ihre schwarze Aktentasche hervor. Ihre Sekretärin hatte den ganzen Vormittag mit Recherchen verbracht. Lester Mack, der Mann, der als Tatverdächtiger festgenommen worden war, und der Mann, der mit Dr. Pigeons Hilfe vor einer lebenslangen Gefängnisstrafe bewahrt worden war, wenn nicht sogar vor dem elektrischen Stuhl – dieser Mann war in derselben Woche entlassen worden, als Molly die ersten Morddrohungen erhielt.

Die Situation spitzte sich eindeutig zu. Falls sie sich auf der richtigen Spur befanden, war das Motiv kein Rätsel mehr.

Obwohl Lester Mack entlassen worden war und Molly Morddrohungen bekommen hatte, ehe irgend jemand hatte wissen können, wer den Jungen in der Einkaufstüte umgebracht hatte, war es Frederick schon am folgenden Morgen gelungen, die Eltern des dreijährigen Opfers ausfindig zu machen. Durch seine Kontakte zur New Yorker Polizei hatte er erfahren, daß es junge Leute waren, die aus Puerto Rico stammten und nur sehr mangelhaft Englisch sprachen. Die Mutter war sechzehn gewesen, der Vater achtzehn, als der Prozeß gegen Lester Mack Schlagzeilen gemacht hatte. Es erschien ihm sehr unwahrscheinlich, daß die beiden Molly Pigeon mit der Ermordung ihres Sohnes in Verbindung gebracht hatten. Frederick begab sich auf aussichtsreicheres Territorium.

Vor vier Jahren war Mack angeklagt worden, zwei Jungen – beide aus Puerto Rico, beide aus armen Familien – sexuell mißbraucht und getötet zu haben. Er war schuldig gesprochen worden. Entweder hatte Lester Mack bei der Wahl seiner Opfer eine ethnische Fixierung, oder er war klug genug zu wissen, daß es für arme Familien, vor allem, wenn sie schlecht Englisch konnten, sehr schwierig war, in dem ohnehin überlasteten juristischen System eine konsequente Ermittlung und einen Prozeß durchzusetzen.

Um nun seinerseits nicht in rassistischen Klischees zu verfallen, indem er automatisch davon ausging, daß die Familien der vorherigen Opfer nicht als Verdächtige in Frage kamen, hatte Frederick nachgeforscht, wo diese sich aufhielten. Die eine Familie war nach dem Tod des Sohnes völlig verstört wieder nach Puerto Rico zurückgekehrt, wo sie nun bei der Mutter des Ehemanns lebten. Frederick hatte dort angerufen und mit einem Bruder gesprochen – sein Spanisch reichte nicht, um zu kapieren, ob es ein Bruder der Frau oder des Mannes war. Soweit er sagen konnte, wußte dort niemand von Macks Entlassung oder daß er nun unter dem Verdacht verhaftet worden war, wieder ein ähnliches Verbrechen begangen zu haben wie das, das ihr Leben erschüttert hatte.

Die Eltern von Macks zweitem Opfer waren inzwischen geschieden. Niemand wußte, wo der Vater sich aufhielt, aber seine Exfrau vermutete, daß er nach Los Angeles gezogen sei. Sie hatte wieder geheiratet und lebte in Jackson Heigths, wo sie in der Chemischen Reinigung ihres jetzigen Mannes arbeitete. Ja, sie habe über die Ermordung des dreijährigen Jungen gelesen. Da seien gleich die Alpträume zurückgekehrt, sagte sie.

Als Frederick sie wegen Dr. Pigeon fragte, schien sie sich nur vage an den Namen zu erinnern. Beim Prozeß gegen Lester Mack waren mehrere Experten als Gutachter oder Zeugen aufgetreten. Die Mutter sprach gut genug Englisch, um sich unterhalten zu können, aber sie war nicht imstande gewesen, den technischen Fragen aus dem Zeugenstand zu folgen.

Als Frederick auflegte, war er fest davon überzeugt, daß sie Molly nicht mit Macks Haftentlassung in Zusammenhang gebracht hatte und auch gar nicht die sprachlichen Fähigkeiten besaß, um Drohbriefe zu verfassen. Außerdem hatte sie ihren Akzent auf Mollys Anrufbeantworter nicht genügend kaschieren können.

Nachdem er wieder in einer Sackgasse gelandet war, seinen Visa-Kredit überzogen und seinen Chef verärgert hatte, konnte Frederick seinen Aufenthalt in Manhattan nicht länger rechtfertigen und war widerstrebend in das Flugzeug nach O'Hare gestiegen. Sie befanden sich noch nicht einmal im Luftraum von Ohio, da fing er schon an, Molly zu vermissen, oder genauer gesagt, er vermißte das Gefühl, das er hatte, wenn er mit ihr zusammen war. »Jung« brachte es vermutlich am ehesten auf den Punkt. Es schien zwar eher banal, aber er hatte den Verdacht, daß es sich bei diesem Phänomen um das handelte, was man gemeinhin als »Midlife-Crisis« bezeichnete. Hätte er es kommen sehen, dann hätte er hoffentlich genug Verstand besessen, sich statt dessen einen Sportwagen oder irgendein anderes harmloses Vergnügen zu leisten.

Plötzlich fiel ihm etwas ein, und er mußte laut lachen, was die matronenhafte Dame neben ihm veranlaßte, ihn mißtrauisch zu mustern. Vor zwei Jahren hätte er sich fast einen Sportwagen gekauft! Er war unglaublich scharf auf einen gräßlichen violetten Ford Probe gewesen, den er im Fenster eines Autohändlers gesehen hatte. Nur seine Tochter Candice hatte ihn an dieser Dummheit gehindert. Eines Abends hatte er ihr gegenüber seinen Plan erwähnt, und mit einer Stimme, aus der man die ganze Arroganz der gerade erst überstandenen Pubertät heraushörte, hatte sie zu ihm gesagt: »Klar, Dad, aber glaubst du wirkliche, ein Probe ist ein Sportwagen ...«

Auf seinem Schoß, in einem abgegriffenen ledergebundenen Notizbuch, das er seit fünfzehn Jahren mit sich herumtrug, befanden sich drei angefangene Briefe an Molly. Es ist nur ein Gedankenspiel, sagte er sich. Er würde sie nie abschicken. Es sei denn, Molly wollte es. Das war das Hintertürchen. Ein einladender Blick, und er würde Anna in der Realität betrügen, nicht nur in Gedanken, wie bisher. Nicht ohne Gewissensbisse – eine Woche oder zwei würde er sich Vorwürfe machen, aber der Rausch des Verliebtseins würde den Schmerz betäuben.

Die Welt war voller Menschen, die auf verschiedenen Ebenen genau dasselbe taten wie er jetzt. Die meisten wußten gar nicht, was eigentlich ablief, die Absurdität ihrer selbstgeschaffenen Wirbelstürme war für sie undurchschaubar. Ach, wenn er doch auch zur großen Masse gehörte!

Molly fühlte sich zu ihm hingezogen. Frederick war alt genug, um das zu merken. Ob sie ihren Wünschen nachgeben würde, konnte er nicht einschätzen. Er las die angefangenen Briefe noch einmal durch und überlegte, ob er je wagen würde, sie abzuschicken.

Es war schon sehr lange her, daß er von einer Frau zurückgewiesen worden war – deshalb konnte er sich gar nicht vorstellen, wie er reagieren würde. Würde er schmollen, wütend werden, den Schwanz einziehen und davonlaufen, so tun, als wäre es nie passiert? Schon beim Gedanken an eine Zurückweisung fühlte er sich hilflos, wie der letzte Versager. Oft passieren die allerschlimmsten Dinge, weil jemand Wichtiges dafür sorgt, daß nichts passiert: man bekommt etwas nicht, was man dringend bräuchte – sei es nun Liebe, Freundschaft oder Hilfe.

Er lehnte sich zurück und kippte seinen Sitz nach hinten, um sich diesen Gedanken durch den Kopf gehen zu lassen. Irgend etwas daran erschien ihm wichtig, an dieser Idee, daß Zurückweisung die schlimmste Verletzung, Gleichgültigkeit das größte Übel sei, sozusagen der Mord aller Möglichkeiten.

Die Tischchen mußten wieder hochgeklappt werden, weil die Landung bevorstand. Gerade, als sich seine Gedanken beruhigt hatten. Am ersten Abend, als er sich mit Molly getroffen hatte, hatte er sie wegen Publicity gefragt. Sie hatte den Mack-Prozeß erwähnt. Sie hatte gesagt, seit der Verurteilung von Lester Mack habe sie es abgelehnt, sich wieder für die Verteidigung eines Angeklagten einspannen zu lasen, aber wegen des Erfolgs habe man ihr – wie hatte sie sich ausgedrückt? Die exakte Formulierung schien ihm wichtig. Sie hatte gesagt, die Leute hätten ihr »die Tür eingerannt«.

Die Stewardeß tippte Frederick auf die Schulter, und gehorsam brachte er seinen Sitz in die aufrechte Position. Ehe er sein Notizbuch vorschriftsgemäß verstaute, notierte er sich schnell die Ermittlungsstrategie, die er jetzt verfolgen wollte.

Eine neue Taktik und ein Vorwand, Molly anzurufen. Kein schlechtes Ergebnis für zwei Stunden Arbeit.

Kapitel 23

»Oderinsing.«

Anna war völlig ratlos. Sie verstand die Welt nicht mehr. Um sie herum war pechschwarze Nacht, und sie konnte sich nicht rühren. Aber tot war sie vermutlich doch nicht. Schon zweimal in ihrem Leben hatte sie gedacht, sie sei tot, und beide Male hatte es nicht gestimmt. Deshalb war sie zu der Überzeugung gelangt, daß man eindeutig noch lebte, wenn man glaubte, tot zu sein – oder wenn man am liebsten tot gewesen wäre. Unter den gegebenen Umständen nicht besonders tröstlich.

»Warum muß denn alles so mysteriös sein, verdammt noch mal!« Ihr Mund und ihre Kehle waren ausgetrocknet, sie konnte nur flüstern, und dieses Flüstern klang wie ein Windhauch, der über verbrannte Erde weht. Trotzdem war es beruhigend zu wissen, daß wenigstens dieser Teil ihrer Anatomie noch funktionierte. Sie konnte sprechen. Sie atmete. Das war immer ein gutes Zeichen.

Durch dieses Erfolgserlebnis ermutigt, faßte sie nach oben, um festzustellen, ob ihre Augen geöffnet waren. Ihre Fingerknöchel schrappten über rauhes Holz. Wie durch einen wabernden Nebel kamen die Erinnerungen der Nacht zurück. Sie befand sich in dem Schweinestall, ihre Stirn drückte gegen die schrägen Bretter, die früher das Dach gebildet hatten. Irgendwann hatte sie tatsächlich das Gleichgewicht verloren und war zur Seite gekippt. Die schiefe Bretterwand des engen Raums hatte verhindert, daß sie sich einfach auf den Boden gelegt hatte. Sie hatte die Beine immer noch gekreuzt, und beide waren so fest eingeschlafen, daß sie auf ihre Befehle, sich zu bewegen, gar nicht reagierten. Nicht einmal ein Kribbeln setzte ein, was bewiesen hätte, daß noch Leben in ihnen war. Sie fühlten sich an, als wären sie mit Sand gefüllt. Aber immerhin konnte sie Hände und Arme bewegen. Sie benützte sie, um sich aufzurichten. Ihr Kopf wog mindestens eine Tonne, und der Druck im Innern hatte sich bis ins Unermeßliche gesteigert.

Direkt vor ihr wirkte die Welt etwas heller. Anscheinend hatte sie inzwischen die Augen geöffnet. Sie brannten und tränten. Sie konnte zwar immer noch nichts sehen, aber sie spürte, wie ihr Tränen übers Gesicht liefen.

»Wasser!« krächzte sie, um ihre Stimme noch einmal auszuprobieren. Plötzlich wurde der Durst überwältigend, und sie tastete nach ihrem gelben Rucksack, der links von ihr lag. Mühsam schraubte sie den Flaschendeckel ab und hielt die Flasche mit beiden Händen an die Lippen. Von den Mundwinkeln rann das Wasser hinunter. Als sie sich vorstellte, wie grotesk das aussehen mußte, fing sie an zu lachen. Da ihre Lungen von dem vielen Rauch angegriffen waren, klang es wie ein heiseres Husten.

Einen Moment lang wartete sie angespannt, ob der Lärm Folgen haben würde. Aber von draußen war nichts mehr zu hören. In gewisser Weise war sie enttäuscht. Die Hütte war unerträglich geworden, aber sie war sich nicht ganz sicher, ob sie ohne Hilfe herauskrabbeln konnte. So wie sie sich fühlte, war die Vorstellung, jemand könnte kommen und sie umbringen, gar nicht mal unangenehm – vorausgesetzt, es ging schnell und schmerzlos.

Irgendwann, in einer Zeit, die jetzt durch den Mariuhanarauch verschleiert war, hatte sie ihre Beine zum Halblotus gefaltet. Ihr Unterleib war in der Dunkelheit verborgen, die sie wie ein Kokon einhüllte. Es war ihr ein Rätsel, wie sie Gliedmaßen bewegen sollte, die sie weder sehen noch fühlen konnte. Ihr Gehirn war von der Finsternis und dem Rauch wie benebelt. Wie viele ihrer grauen Zellen waren wohl abgestorben? Gute Frage.

Ein diffuser Gedanke schwirrte durch ihren verrauchten Kopf: Wenigstens bekomme ich eine Weile kein Glaukom. Schon wieder mußte sie lachen, und sie begriff, daß sie immer noch high war. Als das Lachen versiegte, meldete sich wieder der vertraute Verfolgungswahn, und sie mußte eine Weile tief durchatmen, bis er wieder verschwand.

Die Wirklichkeit drängte sich ihr auf, allerdings negativ definiert: Es war nicht hell, sie war nicht nüchtern, sie war nicht tot, es würde keiner kommen und sie aus diesem Stall herausholen. Das waren sozusagen die Eckdaten. Mit diesem Wissen ausgestattet, begann sie aktiv zu werden. Helen Keller lernt Yoga, dachte sie, als sie ihre Wade abwärts tastete, bis ihre Hände auf dem Knöchel landeten, der auf dem Oberschenkel des anderen Beins ruhte. Sie umschloß ihn fest, zog ihn weg und schubste ihn in Richtung Außenwelt. Er knallte auf den Boden, und es klang, als hätte es irgend etwas Festes getroffen. Immer mit der Ruhe, ermahnte sie sich. In nicht allzu ferner Zukunft würde sie dafür bezahlen müssen, wenn sie sich jetzt eine Verletzung zuzog.

Der Plan war ein Fehlschlag. Ein Bein immer noch untergeschlagen, das andere vor sich ausgestreckt – so war sie noch fester mit dem Boden verwurzelt. Sie wanderte also mit den Händen wieder vom Knie abwärts und wuchtete den Knöchel zurück auf seinen bisherigen Ruheplatz. Nachdem sie, wie es ihr schien, sehr lange nachgedacht hatte, gab sie es auf, ihren Körper überlisten zu wollen. Als erstes warf sie ihren gelben Rucksack nach draußen, dann schob sie sich langsam mit den Armen Stück für Stück vorwärts, indem sie den Oberkörper über ihren nutzlosen Beinen hin und her wiegte. Auf Händen und Ellbogen wuchtete sie ihren Körper aus dem Verschlag.

Der Rauch war dem Gestank nasser Asche gewichen. Anna rollte sich auf den Rücken und setzte sich auf, ihre eingeschlafenen Beine wie zwei Holzstämme vor sich. Pssst, hörte sie die Stimme ihre Großmutter im Hinterkopf. Sei still, sonst weckst du sie noch auf ... Wenn ihr das gelang, waren die Schmerzen bestimmt unerträglich; das scheußliche Kribbeln, wenn in Abermillionen sauerstoffhungrigen Zellen das Gefühl zurückkehrte.

Aber damit konnte sie sich jetzt noch nicht befassen. Deshalb ließ sie ihre Beine in Ruhe und wühlte in ihrem Beutel nach der Taschenlampe. Die Klappstühle waren verschwunden, die Marihuanahaufen heruntergebrannt, die Asche mit Wasser gelöscht und mit Nadeln und Schutt zugedeckt. Mit dem schmalen Strahl leuchtete Anna, so weit sie konnte, in die Zwischenräume zwischen den nicht besonders dicht stehenden Eichen. Sie sah, daß die reifen Pflanzen ebenfalls weg waren. Diese waren fast so groß gewesen wie kleine Bäume, vier bis fünf Meter hoch. Jede hätte garantiert zwischen 1500 und 2500 Dollar eingebracht. Aber sie waren wie vom Erdboden verschluckt. Entweder waren die Wurzeln ausgegraben worden oder die Stengel auf Bodenhöhe gekappt und mit Laub bedeckt worden. Die Hansons hatten geschufftet, so fleißig wie die Heinzelmännchen.

Auf einmal wurde ihr ganz wirr im Kopf, ihre Gedanken drehten sich und verwandelten sich in einen regelrechten Tornado, der ihr noch sehr empfindliches Gleichgewicht wieder zu zerstören drohte. Wie lang hatte sie in diesem Schweinestall gesessen? Es war Nacht. Welche Nacht? Die Asche strahlte immer noch Hitze ab – also hatten sie keinen ganzen Tag verloren. Sie nahm ihren ganzen Mut zusammen, holte ihre Taschenuhr heraus und leuchtete mit der Lampe darauf: 2:45. Vier oder fünf Stunden waren vergangen, seit sie in den Stall gekrochen war. Davon hatte sie mindestens drei geschlafen. Verlorene Zeit. Das machte sie nervös. Sie steckte Uhr und Taschenlampe weg und begann ihre Beine zu massieren.

Zwanzig Minuten später funktionierte ihr Körper wieder einigermaßen. Aber er war nicht mit ihr zufrieden, und sie nicht mit ihm. Während ihrer langen Auszeit war sie zur Heimstätte einer blühenden Kolonie von Sandflöhen geworden. Sie nahm ein paarmal Anlauf, die Stiche zu zählen, scheiterte aber hemmungslos. Am Ende saß sie immer mit hängendem Kopf und aufgerollten Hosenbeinen da, hatte die letzte Zahl vergessen und konnte sich nicht mehr daran erinnern, was sie eigentlich vorgehabt hatte. Schließlich gab sie sich in puncto Sandflöhe geschlagen und wandte ihre beschränkte Aufmerksamkeit den Zecken zu.

Im Schein der Taschenlampe begann sie, die vollgesaugten Tiere zu entfernen. Eins oder zehn oder hundert – sie konnte es nicht sagen. Zuerst zerquetschte sie die Insekten zwischen den Fingernägeln. Die Todesstrafe – aber nicht als Racheakt gemeint, sondern um zu verhindern, daß sie rückfällig wurden. Schon nach kurzer Zeit wurde ihr von dieser Strafexpedition richtig übel, und sie begnügte sich damit, die Insekten in die Dunkelheit zu schnippen, in der Hoffnung, daß sie es schaffen würde, sich vom Acker zu machen, ehe die Tierchen zurückgekrabbelt kamen.

Wie auf der Bandschleife eines Videos sah sie sich selbst immer wieder dasselbe tun. Da sie keine Ahnung hatte, ob sie irgendwelche Fortschritte machte, hörte sie schließlich ganz auf, obwohl sie bestimmt nicht alle Parasiten erwischt hatte.

Ein paar Minuten lang saß sie reglos im Dunkeln und überlegte sich, was sie als nächstes tun sollte. Ihre Augen und Lungen brannten, der Druck im Kopf hatte sich in einen dumpfen Schmerz verwandelt. Es gab keine Stelle an ihrem Körper, die nicht so hinterhältig juckte, daß sie ihre ganze Selbstbeherrschung aufbringen mußte, um nicht das Fleisch vom Knochen zu kratzen. Anna haßte den Süden und alles, was dort herumkroch.

Da fiel ihr plötzlich eine praktische Lösung ein: Sie

mußte möglichst schnell hier weg! Als sie aufzustehen versuchte, wurde ihr bewußt, wie kaputt sie war. Völlig fertig. Ihr wurde so schwindelig, daß sich der ganze Wald zu drehen begann. Sie fiel auf die Knie und kotzte das Wasser, das sie vorhin getrunken hatte, wieder aus. Übelkeit, Erbrechen – an diese Nebenwirkungen konnte sie sich von früher nicht erinnern! Ihr Körper war offenbar nicht mehr auf entspannende Gifte eingestellt.

Mit leerem Magen fühlte sie sich etwas besser. Sie rappelte sich wieder auf und schaffte es beim zweiten Anlauf wenigstens auf die Füße zu kommen. Um sie herum begannen die schwarzen Bäume zu tanzen, sie spürte es, aber sie wagte nicht hinzusehen. Mit gesenktem Blick fischte sie ihren Kompaß aus der Tasche und leuchtete mit der Lampe darauf. Ganz auf den Kompaß konzentriert, brach sie nach Osten auf.

Entfernungen waren genauso relativ wie die Zeit. Anna folgte der Nadel in ihrer Handfläche, wie die drei Könige dem Stern. Irgendwelchen Hindernissen auszuweichen, überstiegt ihre mutierten mentalen Fähigkeiten. Sie hatte keine Angst mehr vor Geräuschen und Gestrüpp. Was machte es schon, wenn sie sich noch ein paar Stiche und Bisse einfing? Nur ein kleiner Beitrag zu ihrer ohnehin schon üppigen Sammlung. Sie pflügte sich durchs Gebüsch. Hoffentlich schliefen die Klapperschlangen nachts! Die Spinnen, die sie belästigten, beschimpfte sie wütend.

Eine Ewigkeit später – gequält von Stichen, Beulen und wirren Traumbildern – stolperte sie hinaus auf die Dünen. Silbernes Mondlicht lag über allem, und sie ließ sich auf die Knie fallen. »Dankeliebergott«, wisperte sie, ohne das als frevelhaft zu empfinden. Bisher hatte sie dort, wo sich keine Menschen aufhielten, immer Trost gefunden. Angst vor der Wildnis war ihr fremd. Aber wenn man sich selbst nicht unter Kontrolle hatte, bekam der dunkle Wald ein ganz anderes Gesicht. Hier im Sand kniend, vor sich das weite, so friedlich wirkende Meer, spürte sie, wie das milde Licht in ihre Seele drang, wie es die innere Finsternis vertrieb, und sie verstand endlich, warum die Ureinwohner die Wildnis als einen Ort des Teufels gesehen hatte.

Keine dreihundert Meter von der Stelle, wo sie aus dem Wald gekommen war, stand der Löschtruck, und seine gedrungene Form erschien ihr jetzt die Verkörperung ewiger Schönheit. Sie rannte auf den Truck zu wie auf einen Geliebten, den sie nach langer Zeit endlich wiedersah.

Ehe sie das Marihuanafeld verließ, hatte sie den letzten Schluck Wasser getrunken. Voller Erleichterung kippte sie jetzt den halben Liter aus der Feldflasche in sich hinein, die noch auf dem Sitz lag. Die Flüssigkeit machte ihren Kopf ein bißchen klarer. Durch die Bewegung war ihre Muskulatur wieder in Schwung gekommen. Sie wußte, daß ihre Lungen noch eine ganze Weile weh tun würden. Sie konnte froh sein, wenn sie keine Bronchitis bekam. Die meisten ihrer tausend sonstigen Beschwerden waren besser geworden, bis auf die Zecken und die Sandflöhe.

Sie zog nur ihre Stiefel aus und legte die Taschenuhr ab, dann watete sie völlig bekleidet ins Meer unter, bis das Wasser über ihrem Kopf zusammenschlug. Salzwasser hatte eine reinigende Wirkung, und die Schwerelosigkeit beruhigte Annas Gedanken. Wieder verschob sich ihr Zeitgefühl, aber diesmal konnte sie damit leben. Sie genoß die warme Brandung. Wie Seetang ließ sie sich dann von den Wellen treiben, den Blick auf das Strandpanorama gerichtet.

Die Nistplätze der Schildkröten waren unsichtbar vor dem Hafergras, das schwarz und stachelig in den Himmel ragte. Mattes Mondlicht leuchtete hinter den Spitzen. Ein Pfad führte zwischen zwei der Nester hindurch und durchbrach eine Sandschwelle, die die Flut hinterlassen hatte. Hier war etwas geschleppt worden. Die Hansons, dachte Anna, mit ihren geernteten Pflanzen. Wind und Wasser würden die Spuren spätestens bis zur Mittagszeit verwischt haben. Ein ideales Arrangement: ein Paar auf einem Hausboot, von dem jeder weiß, daß es an verschiedenen Orten vor Anker geht, um Inseln zu besichtigen. Ein paar Nächte im Jahr gehen sie am Strand vor Anker, schleppen ihre Ware ins Boot, verstauen sie gut und tuckern harmlos von dannen.

Sie schleiften ihre Beute über Martys Schlessingers gehegte und gepflegte Schildkröteneier: Anna preßte die Handwurzeln gegen ihre Schläfen, als könnte sie den Marihuanaqualm aus ihrem Kreislauf hinauspressen und erkennen, welchen flüchtigen Gedanken dieses Bild hervorgerufen hatte. Hatte Marty von dem Marihuanafeld gewußt, hatte er es vielleicht bei seinen Streifzügen entdeckt? Würde er jemanden umbringen, um die Eier zu beschützen? Vielleicht. Aber der Tod von Todd und Slattery verhinderte die Marihuanaernte doch überhaupt nicht, während ein einziges Wort ins richtige NPS-Ohr das ganze Unternehmen sofort beendet hätte. Außerdem schadete es, realistisch betrachtet, den Brutplätzen nicht viel, wenn zwei Menschen ein paar Büschel Marihuana über sie wegtrugen. Selbst wenn man annahm, daß Schlessinger die Fähigkeit zu töten besaß.

Falls es allerdings in einer Nacht geschah, in der die kleinen Schildkröten aus den Eiern krochen und ihre gefährliche Wanderung ins Meer unternahmen, konnte so ein Zwischenfall Schaden anrichten. Die Schildkröten würden vermutlich nächste Woche schlüpfen. Hatte Marty mit einer prophylaktischen Aktion versucht, den Verkehr vom Strand fernzuhalten? Hatten die Hansons das geahnt und lieber vorzeitig geerntet?

»Alles Quatsch«, brummte Anna und spritzte sich Salzwasser ins Gesicht. Sie holte tief Luft und tauchte noch einmal so lange unter, bis ein Hustenanfall sie zwang, wieder an die Oberfläche zu kommen. »Mach schon, verdammt noch mal, mach!« rief sie laut und schlug sich gegen die Stirn. .Die Erschütterung schien eine positive Wirkung zu haben. Die Schwächen ihrer Theorie wurden deutlich. Der Abend oder die Nacht, wenn die Schildkröten schlüpften, war auf der ganzen Insel in allen möglichen Kalendern vermerkt. Überall am Strand würde man Ranger und freiwillige Helfer treffen, die sich nützlich machten und mitfeiern wollten. Das wäre also bestimmt nicht die Nacht, in der die Hansons ihre illegalen Geschäfte durchführen würden.

Irgendwie ergab das alles keinen Sinn.

Ihre Denkfähigkeit war verbraucht. Ihr Gehirn schaltete ab, sie trieb auf den Wellen, ihre Kleidung schwappte um sie herum wie Ophelias Leichentuch.

Anna gelangte vor Sonnenaufgang nach Plum Orchard und huschte die Treppe hinauf. Die Tür war so wenig verschlossen wie bei ihrem Aufbruch, und im Inneren der Wohnung rührte sich nichts. Wieder eine positive Kleinigkeit. Alles andere wäre ihr auch zuviel gewesen. Sie hätte Tabby Belfores bleiche Trauermiene nicht ertragen können. Und so wie sie selbst im Moment aussah, wäre ihr Anblick für das ungeborene Baby sicher nicht sehr schön gewesen.

An der Spüle trank sie noch einen halten Liter Wasser, präparierte die Kaffeemaschine für acht Tassen Kaffee und stellte sie an. Das kleine elektronische Auge war kaum röter als ihre eigenen Augen. Auf dem Weg zum Badezimmer hinterließ sie eine Spur aus durchnäßten Kleidungsstücken.

Heißes Wasser, dann kaltes; sie schaltete hin und her, ein uraltes Mittel, um nüchtern zu werden. Im Grund konnte nur die Zeit den Körper von Drogen befreien, aber andererseits hatten die Ammenmärchen auch eine gewisse Berechtigung. Eine kalte Dusche und heißer Kaffee verwandelten einen beduselten Besoffenen in einen hellwachen Besoffenen, wenn man es richtig anstellte. Etwas Besseres fiel Anna im Moment nicht ein.

Zwei weitere Zecken wurden durch wiederholtes Einseifen vertrieben. Annas Beine waren von der Mitte des Oberschenkel abwärts mit roten Schwellungen übersät, die teuflisch juckten. Sandflöhe. Ein kleines rotes Insekt, das im Süden lebte und mit der Zecke verwandt war. Nach Dijons Aussage – und Dijon war ein Experte, was eklige Details betraf – gruben sich die kleinen Biester ein und lebten dann unter der Haut weiter. Bei der Vorstellung wurde Anna ganz mulmig, deshalb redete sie sich hastig ein, daß das nicht stimmen konnte. Aber was war, wenn es doch zutraf?

Um Viertel nach fünf war sie ein neuer Mensch – frische Klamotten, zwei Tassen Kaffee im Magen, nasse Haare, die in wilden Strähnen herunterhingen. Sie ging in dem winzigen Wohnzimmer auf und ab und gab sich größte Mühe, sich nicht dauernd zu kratzen. Der schwarze Nebel in ihrem Gehirn hatte sich noch längst nicht gelichtet. Angstgefühle, die schon fast in Panik ausarteten, meldeten sich an den Rändern ihres Bewußtseins, und sie war unglaublich gereizt. Um 5:17 stieß sie die Tür zu Tabbys Schlafzimmer auf.

»Wer kann einem hier auf dieser Insel die Haare schneiden?« fragte sie. Tabby blinzelte verschlafen unter der Decke hervor.

»Was?« Sie musterte Anna mit ungläubigen Kaninchenaugen.

Tabby nervte Anna inzwischen dermaßen, daß sie sich zusammennehmen mußte, um ihr nicht eine zu scheuern.

»Haare schneiden. Schnipp, schnipp. In den Nationalparks gibt es doch immer jemanden, der einem die Haare schneiden kann.« Anna wußte, sie verhielt sich irrational. Sie wußte, daß ihr unfreundlicher Tonfall völlig unangebracht war. Aber das kümmerte sie nicht.

»Haare schneiden?« wiederholte Tabby absolut verständnislos.

Anna begann im stillen bis zehn zu zählen. Bei sieben sagte Tabby: »Lynette. Lynette kann so was.«

Anna knallte die Tür hinter sich zu und ging.

Lynette war schon wach. Als Anna vorfuhr, stand sie in einem goldschwarzen Kimono auf der Veranda und fütterte den Hund. Falls sie überrascht war, daß Anna, mit roten Augen und unzähligen Stichen, schon vor Sonnenaufgang die Stufen heraufgestapft kam, war sie zu höflich – oder zu klug –, um etwas zu sagen.

»Tee?« fragte sie.

»Kannst du Haare schneiden?« fragte Anne ohne jede Einleitung.

Zehn Minuten später saß sie auf einem Hocker auf der Veranda, ein Handtuch um die Schultern gelegt und eine Tasse heißen Tee mit Zucker in der Hand. Eine Glühbirne mit einem Papierschirm so groß wie ein Wasserball warf warmes Licht auf einen Dschungel von Topfpflanzen und Porzellantieren.

Lynettes unaufgeregte Art, die Situation zu akzeptieren, beruhigte Anna mehr, als sie je zugegeben hätte.

»Schneid alles ab, ratzekahl«, befahl sie, als Lynette mit Kamm und Schere aus dem Haus kam. Ihre Stimme klang so weit weg, als würde sie sich selbst im Radio hören, also schwieg sie lieber. Bekifft zu sein war eine Kunst, die sie schon lang nicht mehr beherrschte. Als Zugabe zu den nächtlichen Abenteuern war diese Form des Kontrollverlusts extrem verunsichernd, und Anna wünschte sich nichts sehnlicher, als wieder klar im Kopf zu sein. Die Zeit heilt alle Wunden, tröstete sie sich. Wenn sie sich recht erinnerte, würde sie erst um die Mittagszeit wieder auf den Boden der Wirklichkeit zurückkehren.

Hätte Lynette Annas Entschluß in Frage gestellt oder

Argumente dagegen vorgebracht, wäre Anna bestimmt schreien davongerannt. Aber Lynette kämmte nur vorsichtig die Knoten aus ihren Haaren und gab sich dabei größte Mühe, nicht zu zerren und zu ziepen. Gleichzeitig redete sie mit leiser, netter, monotoner Stimme, wie Regen, der aufs Dach tröpfelt. Die Wörter selbst waren unwichtig. Gelegentlich schaltete Anna sich ein: »Wir hatten früher einen Corgi ... Meine Schwester hatte so ein Kleid in diesem ekelhaften Orangerot ... Bei uns durften die Katzen nicht auf dem Bett schlafen, das hat meine Mutter verboten ...« Sinnlose, wunderbare Geschichten ohne Dramatik, ohne Gewalt, ohne Leidenschaft.

Langsam lösten sich auch die Knoten in Annas Kopf, und während immer mehr Haarsträhnen auf die Dielen fielen, hatte sie das Gefühl, als würde der Schraubstock, der ihre Schädeldecke umklammert hatte, ein wenig gelockert. Das Blut floß wieder, die Gedanken setzten sich in Bewegung. Sie begann zu weinen.

Lynette merkte es entweder nicht, oder sie war so nett, sich jeden Kommentar zu verkneifen. Das Geschnippel dauerte ziemlich lange, jedenfalls kam es Anna so vor – alles geschah immer noch wie in Zeitlupe, verzerrt durch Drogen und Ablenkung. Als Anna schließlich aus dem Nirgendwo zurückkehrte, plapperte Lynette nicht mehr, sondern summte: »Amazing Grace«. Religion, oder zumindest die Kirche-und-Kindergottesdienst-Variante, hatte Anna nie besonders viel bedeutet, aber dieses Lied gefiel ihr. An diesem sonderbaren Morgen klang die Melodie in ihren Ohren wie der Inbegriff gläubiger Hingabe. Schon einmal hatte sie durch Musik eine Art religiöse Vision gehabt. Sie hatte im zweiten Jahr an der California Polytechnic State University studiert. Es war ein Beatles-Song gewesen: »Here comes the sun«. Damals war sie auch bekifft gewesen, aber sie hatte sich zehntausendmal besser gefühlt.

»Was blind and now I see.« Jetzt sang Lynette den Text mit. Ihre Stimme war kühl und weich. Anna hörte sie gern singen. Sing weiter, dachte sie.

Sing.

Warum kam ihr das Wort so komisch vor?

»Oderinsing.« Das hatte Mitch Hanson gesagt, oder jedenfalls hatte es so ähnlich geklungen. Anna trank ihren letzten Schluck Tee und stellte die Tasse auf das Verandageländer, zwischen einen blauen Porzellanhasen und ein afrikanisches Veilchen.

Auf Strümpfen ging Lynette leise durch die Fliegengittertür, die Tasse in der Hand, um noch mehr Tee zu kochen. Anna registrierte kaum, daß sie nicht mehr da war. Der dicke alte Hund ließ sich faul zu ihren Füßen nieder. Sie kickte ihre Mokassins weg und strich ihm mit den Zehen über den Rücken. Er grunzte, was vermutlich ein Hinweis auf zumindest einen schweineähnlichen Vorfahren war.

Da verbrennt Ellens Studiengeld. Ellen Hull? Norman Hulls Tochter?

Ein Jahr bei den ›Seven Sisters‹. Endlich kapierte Anna. Radcliffe? Barnard? Oder wie sie alle hießen, diese sieben elitären Frauen-Colleges an der Ostküste?

Oderinsing – und ein Echo. Oderinsing-sing. Oder in Sing Sing. Ellen würde aufs College gehen oder im Knast landen!

Bei Licht betrachtet ergab auch eine Stelle aus dem Brief, den Anna im Schreibtisch des Chief Ranger gefunden hatte, plötzlich Sinn. Die Tante aus Pennsylvania hatte geschrieben: »Die Veränderung tut Ellen nicht gut. Es klappt einfach nicht.« Und eine Busfahrkarte nach Georgia. Alice Utterback: Nette Frau, aber das Mädchen ist ganz schön nervig. In Hulls Terminkalender hatte neben dem Namen seiner Tochter bei mehreren Daten die Abkürzung Bew. gestanden. Bewährungshelfer.

»Ellen verkauft Dope«, sagte Anna zu dem Hund. »Ihr

Dad bekommt es von den Hansons, und Ellen verdealt es dann auf dem Schulhof.« Was könnte besser sein? Das Mädchen war gerade mal dreizehn, hatte indem Brief gestanden. Ganz eindeutig minderjährig und deshalb sehr schwer zu belangen.

Sie hat ihrem Daddy das Leben gerettet. Was hatte das zu bedeuten? Hatte Ellen, auf dem Umweg über die Hansons, ihren Vater wissen lassen, er solle nicht in das Flugzeug steigen? Oder hatte sie gewußt, daß Todd oder Slattery der Sache mit dem Marihuanafeld auf der Spur war? hatte sie ihre Informationen an ihren Vater weitergegeben, und der hatte dann dafür gesorgt, daß die beiden beseitigt wurden? Hatten die Hansons vorgehabt, Hull umzubringen, und Ellen hatte es ihm erzählt und ihm so das Leben gerettet? Das würde bedeuten, daß nicht nur der Chief Ranger, sondern auch seine Tochter möglicherweise in Gefahr schwebten. Wenn du's beim ersten Mal nicht schaffst …

»Shit! Ich kann einfach nicht denken!« knurrte Anna und merkte, daß ihr eine Tasse mit heißem Tee gereicht wurde. Sie trank gierig. »Meine Güte, aber trinken kann ich!« sagte sie als Dank.

»Willst du mir sagen, was passiert ist?« fragte Lynette. Sie hatte wieder zur Schere gegriffen und schnippelte jetzt gleich bei Annas rechtem Ohr herum. Anna stellte ihre Tasse ab, drehte sich um und packte Lynettes Handgelenk, so daß die Schere nicht auf sie gerichtet war.

»Das hängt davon ab, ob du Slattery Hammond und Todd Belfore umgebracht hast oder nicht«, sagte sie.

Lynette riß die Augen auf und schnappte nach Luft. Sie wirkte schockiert, nicht schuldbewußt, aber in den letzten Stunden hatte Anna den Glauben an ihre Urteilsfähigkeit verloren.

»Warum hätte ich die beiden umbringen sollen?« fragte Lynette entsetzt. Das war zwar keine Antwort, aber in Annas Ohren klang es auch nicht wie eine Ausrede.

Lynette machte keinen Versuch, sich loszureißen. Sie begann zu zittern.

»Die betrogene Frau und so weiter«, sagte Anna auf gut Glück. »Du hast herausgefunden, daß Slattery verheiratet war.«

»Ich habe das überhaupt nicht gewußt. Erst, als du es mir gesagt hast.«

Ein idiotischer Spruch ratterte durch Annas benebelten Kopf, und ehe sie noch richtig darüber nachgedacht hatte, war er ihr auch schon herausgerutscht: »Wer's glaubt, wird selig, beim Bäcker wird man mehlig ...«

Jetzt war Lynette endgültig sprachlos und fing an zu lachen. Dann wurde ihr Gesicht plötzlich ernst, sie starrte hinaus in die Dunkelheit. »Wahrscheinlich hab ich's doch gewußt«, sagte sie.

Anna wartete. Nach kurzem Zögern begann Lynette ihre Geschichte zu erzählen.

»An dem Morgen, an dem Slattery umgebracht wurde, bin ich bei ihm vorbeigegangen, um ein paar Sachen zu holen. Da lag ein Brief rum, den habe ich gelesen. Aber den kleinen Jungen hat sie nicht erwähnt.«

Anna packte sie noch fester. »Um wieviel Uhr war das?«

»Du meinst, wann ich den Brief gelesen habe?«

»Wann warst du in Hammonds Wohnung?«

»Fruh. Um acht oder sogar noch ein bißchen früher.«

Anna war später angegriffen worden. Vielleicht log Lynette, aber es kam ihr nicht so vor.

»Ich war am Nachmittag bei ihm«, sagte Anna, ließ Lynettes Handgelenk los und drehte sich wieder um. »Aber da war kein Brief.« Aus dem Augenwinkel konnte sie sehen, wie Lynette die Hand hob. Die spitze Schere zeigte genau auf die weiche Stelle unter Annas Ohr. Viel zu lang stand Lynette reglos da, ohne ein Wort zu sagen. Hatte sich Anna vielleicht doch geirrt? Sie spannte alle Muskeln an, um Lynette zur Not die Schere blitzschnell abnehmen zu können.

Lynette seufzte so tief, daß Anna den Lufthauch in den Haaren spürte. Das erstarrte Bild erwachte wieder zum Leben. Lynette kämmte und schnippelte; Anna griff zu ihrer Teetasse. »Ich hab ihn mitgenommen«, gestand Lynette. »Ich wollte ihn bei unserer nächsten Begegnung damit konfrontieren. Aber zuerst wollte ich darüber beten.«

»Irgendwelche Offenbarungen?«

»Jemand sollte dem verdammten Dreckskerl das Gehirn wegpusten.«

Anna spuckte einen Mundvoll Earl Grey in einen Farn. »Tu das nicht!« prustete sie. »Ich ersticke sonst noch!«

»Ja, und jetzt hat jemand ihn tatsächlich umgebracht«, sagte Lynette nüchtern. »Ich habe ein schlechtes Gewissen – nicht nur, weil zwei Leute gestorben sind. Ich glaube nicht, daß ich Slattery geliebt habe – er war kein Typ, der einem guttut – aber ich fand ihn sagenhaft attraktiv. Ich habe gedacht, vielleicht ...«

»Vielleicht muß ihn nur eine Frau richtig lieben?«

»Ziemlich bescheuert, was?«

»Nicht unbedingt.«

»Ich hatte ein schlechtes Gewissen seinetwegen – und wegen Todd natürlich. Ich bete, und die beiden sterben. Also, ich habe nicht gebetet, daß sie sterben sollen. So was würde ich nie tun. Aber Gott kann in unsere Herzen blicken. In meinem Herzen ist eine ganz dunkle Stelle. An dem Tag war sie noch dunkler.«

Wenn Lynettes Gott sie nicht davon überzeugen konnte, daß er keine Flugzeuge vom Himmel herunterholte, nur weil eine betrogene Geliebte böse Gedanken hatte, dann versuchte Anna es lieber erst gar nicht. »Was wolltest du bei Hammond holen?«

»Ein paar Kartons, die Dot und Mona für ihr Projekt brauchten.«

Weil sie mit jemandem reden mußte und weil Lynette bereit war, ihr zuzuhören, erzählte Anna ihr von ihrer

Nacht im Schweinestall, von den Hansons und von ihrer Bemerkung über Ellens Studiengebühren. Sie war mit ihrer Geschichte fertig, als Lynette mit dem Haareschneiden fertig war. Drogen, Mord und Verschwörung wurden vorübergehend beiseite geschoben, weil es jetzt um die wirklich wichtigen Dinge ging. Die beiden rannten zusammen ins Bad, um dort im Spiegel Annas neue Frisur zu begutachten.

In dem alten, fleckigen Glas wirkte ihr Gesicht ganz fremd. Ihre haselnußbraune Iris war von rotgeädertem Weiß umgeben. Die Zeit hatte feine Spuren um ihre Augen hinterlassen, und in ihre Stirn hatte die Wüstensonne tiefe Falten eingegraben. Sie fuhr sich mit den Fingern durch die kurzen Haare. Das leichte, freie Gefühl war ihr sehr angenehm. »Ich sehe aus wie ein kleiner Junge«, sagte sie leicht verwundert.

»Oder wie ein Kobold.«

»Eher wie ein kleiner alter Mann.« Anna rieb die kurzen Haare an ihrer linken Schläfe. Sie waren fast weiß und hoben sich wie ein Fächer gegen die dunkleren rotbraunen Haare über dem Ohr ab. »Mein Hals sieht aus wie bei einem Huhn.« Lynette reagierte nicht mit dem entsprechenden beruhigenden Kompliment, und Anna war ein bißchen beleidigt. »Ich find's gut«, sagte sie schließlich. »Ich find's sogar sehr gut.«

Die dritte Tasse Tee in der Hand, saß Anna wieder draußen auf der Veranda. Diesmal trank sie in kleinen Schlucken; allmählich besaß sie wieder einen Hauch von Manieren. Sie hatte die nackten Beine ausgestreckt und auf einen umgedrehten Eimer gelegt. Ihre Hose hing über dem Geländer, und sie wartete darauf, daß der farblose Nagellack trocknete. In ihrer Südstaatenweisheit – oder vielleicht war es ja auch eine Neigung zu bösartigen Streichen – hatte Lynette vorgeschlagen, jeden einzelnen von Annas Flohstichen zu lackieren. Die Theorie hinter dieser

Maßnahme besagte, daß die Tierchen absterben würden, wenn sie keinen Sauerstoff mehr bekamen. Anna hoffte, daß es ein langsamer, qualvoller Tod war.

Lynette hockte in einer Affenschaukel, einem hängenden Korbstuhl, darunter lag der Hund. »Warum sollten Mitch und Louise Norms Anteil an der Ernte verbrennen – falls es wirklich Normans Dope war?«

»Aus Wut? Gemeinheit? Rache?« schlug Anna vor. »Vielleicht wollten sie Hull erledigen und haben aus Versehen Todd erwischt.«

»Es kann ja auch sein, daß Norm sie gebeten hat, das Zeug zu verbrennen. Du weißt schon – vielleicht hat er eine Erleuchtung gehabt und wollte aussteigen«, sagte Lynette freundlich.

»Meinst du nicht, da hätten die Hansons gesagt: ›Um so besser, dann bleibt mehr für uns‹ und hätten den ganzen Stoff verkloppt?«

»Zuviel Arbeit für zwei Personen?«

»Oder zu heiß, um darauf zu warten, daß die zweite Ernte heranreift?«

Sie hatten beide keine Lust mehr, weiter herumzuspekulieren, und schwiegen eine Weile. Aus dem Wohnzimmer drang »Be careful of the stones that you throw«. Ja, man durfte wirklich nicht mit Steinen werfen. Schließlich wußte man nie, ob man nicht vielleicht im Glashaus saß. »Nicht übel«, kommentierte Anna die Musik. »Unglaublich satter Klang.«

»Staple Singers. Schwarzer Gospel.«

»Kein weißer Gospel?«

»Wir geben uns Mühe«, sagte Lynette, und Anna lachte über die Resignation in ihrer Stimme. »Ich glaube, wenn über viele Generationen hinweg der liebe Gott und die Musik das einzige Ventil sind, die einzige Möglichkeit, sich auszudrücken, dann kann man beides wirklich gut.«

Ein Lichtstreifen machte sich im Osten bemerkbar.

»Ich bin trocken«, verkündete Anna und zog ihre Hose über.

»Und bist du wieder klar?«

»Glasklar«, log Anna.

»Was hast du jetzt vor?«

»Ich kümmere mich um die Hansons. Dann schau ich mal nach, wie weit Norman Hull in die Sache verwickelt ist, und dann rufe ich die Kavallerie.«

»Wenn du Hilfe brauchst, melde dich. Ich bete für alles, was du brauchst.«

»Lobet den Herrn und reicht mir die Munition?«

Lynettes blaue Augen funkelten frech. »›Eine bewaffnete Gesellschaft ist eine höfliche Gesellschaft.‹«

Anna konnte nicht anders – eine Frau, die Jesus und Al Capone zitieren konnte, mußte sie einfach bewundern.

Kapitel 24

»Ach du Scheiße, was ist denn mit dir passiert? Du siehst aus, als hätte dich ein Wildschwein umgerannt!«

Ich finde, ich sehe aus wie Audrey Hephurn.«

»Ja, klar«, stimmte Dijon zu. »Die ist ja auch schon 'ne ganze Weile tot.«

»Warum bist du eigentlich so guter Laune?«

»Frag mich mal, wo alle andern sind«, sagte Dijon. »Sie sind mit dem Schiff zum Einkaufen nach St. Marys gefahren.«

»Ahh.« Der Inselaufenthalt des Feuertrupps war zu zwei Dritteln vorüber. Als große Unternehmung, bei der man endlich wieder Fastfood essen und auf richtigem Straßenpflaster herumlaufen konnte, wurde ein Einkaufsbummel auf dem Festland angeboten, bei dem man sämtliche Vorräte auffüllte. »Und du mußtest zurückbleiben?« fragte Anna ohne besonders viel Mitgefühl.

»Soll das ein Witz sein?« knurrte Dijon, während er auf dem Beifahrersitz Platz nahm.

Bei laufendem Motor überlegte Anna einen Moment lang, was sie als nächstes tun mußte. »Essen«, verkündete sie schließlich und drehte den Schlüssel um. »Ich muß mein Mittagessen machen. Ich hab die Sachen, die ich zu Tabby mitgenommen habe, schon aufgebraucht.«

»Das hättest du auch früher sagen können«, beschwerte sich Dijon, als wäre es eine Zumutung, den Sicherheitsgurt wieder abzuschnallen.

»Du brauchst ein bißchen frische Luft.«

»Wie kommst du denn darauf? Ich kriege auf diesem Felsen nur Sand ins Gehirn.«

Aus irgendeinem Grund, den sie selbst nicht verstand, erzählte Anna Dijon nichts von ihrem nächtlichen Erlebnis mit den Hansons. Sie nahm ein paarmal Anlauf, während sie ihre Brote strich, aber irgend etwas – Vorsicht, Verwirrung oder vielleicht auch nur Müdigkeit – hielt sie zurück. In ihrem Hinterkopf schwebten immer noch ein paar kleine Marihuanawölkchen, und sie hatte das dringende Gefühl, daß sie erst noch ein paar Dinge klären mußte, ehe sie mit ihren Erkenntnissen an die Öffentlichkeit ging und sich der Bürokratie stellte. Wie bei jeder anderen Regierungsbehörde fehlte auch beim National Park Service eine klare Linie. Die Verantwortung wurde immer weiter geschoben. Zu viele Häuptlinge und nicht genug Indianer.

»Zu viele Köche verderben den Brei.« Anna beendete ihre Litanei von Allgemeinplätzen mit diesem Satz, den sie laut vor sich hin sagte. Dijons Blick machte ihr bewußt, daß sie ein bißchen vorsichtiger sein mußte, jedenfalls noch eine Weile.

Dijon saß am Steuer, Anna neben ihm. Sie war absolut zufrieden damit, daß sie einfach hinaus auf die Landschaft starren und Zeit vergehen lassen konnte. Sie fuhren mit dem Löschwagen am Strand entlang nach Norden. Es war dieselbe Strecke, die sie zwölf Stunden vorher zurückgelegt hatte. Bei Tageslicht verlor das Ufer des Ozeans viel von seinem Zauber, die Wellen rauschten harmlos vor sich hin, wie bei einer Werbung für Sonnenschutzmittel.

Am nördlichen Ende von Cumberland hielt Dijon an, und Anna verfolgte mit voyeuristischem Vergnügen, wie er gegen das Gesetz verstieß. Er legt ein paar Krümel eines Ritz Crackers ans schlammige Ufer, und sofort erschien eine ganze Flotte von Maggie-Marys Nachkömmlingen. Ein Dutzend Augenpaare tauchte knapp über der Oberfläche des schlammigen Wassers auf und bewegte sich durch kurze Schwanzschläge auf Dijons Füße zu. Keine Spur von Mama Maggie-Mary – was Anna allerdings ganz recht war.

Obwohl es noch nicht einmal zehn Uhr morgens war, aß sie ihr Sandwich mit Erdnußbutter und Honig und dazu eine Banane. Bald würde sie wieder normal denken können. Die Wirkung war nicht nur angenehm. Jetzt, da die Realität wieder auf sie eindrang, erschien ihr die Erfahrung der letzten Nacht immer irrealer. Fast, als hätte sie den ganzen Vorfall nur geträumt oder halluziniert. Solche Grübeleien wirkten sich nicht besonders motivieren aus. Es war keine angenehme Vorstellung, nur aufgrund von bekifften Erinnerungen das Räderwerk der polizeilichen Ermittlungen anzukurbeln. Demnächst, nahm sie sich vor, würde sie die entsprechenden Anrufe erledigen.

Kurz nach eins waren sie in Plum Orchard. Während sie die beiden Wassertanks auf der Rasenfläche abluden, erzählte Anna Dijon, was sie wußte und in welche Richtung ihr Verdacht ging, ließ dabei allerdings aus, daß sie vier Stunden lang im Schweinestall gehockt und Marihuana eingeatmet hatte. Sie war noch nicht so weit, daß sie sich die Witze anhören wollte, die diese Mitteilung zweifellos nach sich ziehen würde – und bei denen sie die Zielscheibe des Spotts war.

»Das hast du mir den ganzen Vormittag verheimlicht?« sagte Dijon vorwurfsvoll.

»Ich mußte erst mal darüber nachdenken«, verteidigte sich Anna.

»Ja, klar. Das kann man allein immer am allerbesten.«

»Darüber muß ich jetzt auch nachdenken«, sagte Anna, und Dijon schnaubte empört.

Tabby war weg, die Wohnung befand sich in einem chaotischen Zustand. Überall lagen Bücher auf dem Fußboden; ein halbes Dutzend Kartons mit Papieren und Akten war auf dem Couchtisch und einem Stuhl gestapelt. Wie an ein Bild aus einem anderen Leben erinnerte sich Anna daran, daß es schon heute morgen so unordentlich ausgesehen hatte, aber sie war so daneben gewesen, daß es ihr gar nicht aufgefallen war.

Sie ging in Tabbys Schlafzimmer, wählte die Nummer der Polizeibehörde in St. Marys und verlangte die Zentrale. »Hier ist Beth Cuvelier von der Bewährungshilfe«, log sie, als sich eine weibliche Stimme meldete. »Ich bin für diese Jugendliche verantwortlich – für Ellen Hull. Für meinen Bericht muß ich wissen, wann sie genau verhaftet wurde.« Täuschungsmanöver verbrauchten mehr Energie als der direkte Weg, aber da sie Informationen über einen Fall haben wollte, der sich außerhalb ihres Zuständigkeitsbereiches befand, hielt Anna Lügen für die effizienteste Methode.

»Ja, klar«, sagte die Frau. »Ich weiß Bescheid. Einen Moment, bitte.«

Anna gestattete sich einen kleinen Seufzer der Erleichterung. Ihre kreativen Kräfte waren im Augenblick ziemlich mickrig. Wenn sie irgendwelche Erklärungen hätte abgeben müssen, wäre sie wahrscheinlich in Bedrängnis geraten.

»Okay«, sagte die Frau, während sie unüberhörbar in den Unterlagen blätterte. »Da haben wir's. Am Donnerstag, um neun Uhr null sieben, wurde Miss Ellen Rachelle Hull in polizeilichen Gewahrsam genommen. Brauchen Sie auch die Namen der betreffenden Polizeibeamten?«

»Geben Sie mir doch einfach alles durch, was Sie haben«, sagte Anna und kritzelte die Informationen auf einen alten Briefumschlag, den sie sich zu diesem Zweck geangelt hatte.

»Die Polizeibeamten Maningo und King haben sie ein paar Meter von ihrer Schule, wo sie die siebte Klasse besucht, verhaftet. Grund der Festnahme war Drogenbesitz mit Verkaufsabsicht. Zwölf Unzen einer Substanz, die sich bei Labortests als Marihuana herausstellte, wurden aus ihrer Schultasche konfisziert.«

»Um welche Uhrzeit wurden die Eltern informiert?«

»Ich hatte an dem Tag keinen Dienst, aber Janice hat es hier vermerkt. Officer Mangino kannte das Mädchen. Er bat Janice, die Eltern anzurufen, als er noch am Tatort war. Jan erhielt um neun Uhr dreizehn keine Antwort in der Wohnung der Eltern. Um neun Uhr fünfzehn hat sie dann Norman Hull in seinem Büro auf Cumberland Island angerufen. Ich vermute, sie hat ihn noch erwischt, kurz bevor er mit dem Flugzeug losfliegen wollte. Wirklich schade. Ein Tag im Gefängnis hätte der kleinen Miss Ellen nur gutgetan.«

»Kann schon sein. Sie sagen, Officer Mangino kennt Ellen und ihre Familie?« Anna stellte die Frage so vage wie nur möglich, in der Hoffnung, ihrer Gesprächspartnerin ein paar nützliche Hinweise zu entlocken.

»Ja, gut sogar«, sagte sie. »Jeder hier kennt Ellen. Sie taucht ja in regelmäßigen Abständen auf, seit sie elf ist. Wir haben bloß keine Ahnung, wie ein Kind in ihrem Alter an solche Mengen Stoff rankommt. Ihre Familie weiß nicht mehr weiter. Norman hofft inständig, daß der Citadel-Fall positiv entschieden wird und er das kleine Monster offiziell auf die Militärakademie schicken kann.« Mißtrauische Stille folgte, dann hörte Anna wieder die Stimme der Frau von der Zentrale: »Aber das müßte Ihre Dienststelle doch alles wissen«, sagte sie vorsichtig. »Bearbeitet Felicity den Fall nicht mehr?«

»Ich bin hier nur zur Aushilfe«, erklärte Anna. »Auf Zeit. Vielen Dank.« Damit legte sie auf. Sie nahm den Umschlag mit ins Wohnzimmer und ließ sich aufs Sofa fallen. Dijon saß im Schneidersitz auf dem Fußboden, knabberte an einem Müsliriegel, den er in Tabbys Küche gefunden hatte, und blätterte in einem der herumliegenden Bücher.

»Ellen wurde kurz nach neun Uhr verhaftet, und zwar an dem Morgen, an dem Hammond und Belfore umgebracht wurden. Die Frau in der Polizeizentrale hat Norman um neun Uhr fünfzehn auf der Insel angerufen. Das paßt zu der Aussage deiner molligen Freundin, die behauptet, Hull sei um halb zehn in St. Marys angekommen. Bis zu dem Zeitpunkt hatte er offensichtlich geplant, mit Slattery zu fliegen.« Einen Augenblick lang saß sie schweigend da, klopfte mit der Ecke des Briefumschlags gegen ihre Schneidezähne und hörte zu, wie Dijon kaute.

»Meinst du, er hat den ganzen Quatsch, daß er vom Regionaldirektor angerufen wurde, nur erfunden, um nicht zugeben zu müssen, daß sein kleines Mädelchen mit Dope handelt?« fragte Dijon.

Anna fand diese Erklärung einleuchtend. Es passierte zwar ziemlich oft, aber es war trotzdem peinlich, wenn das Kind eines Polizisten mit dem Gesetz in Konflikt kam. Die Öffentlichkeit sah darin immer einen Beweis, daß etwas in der Familie nicht stimmte. Aber die Leute, die mehr Verständnis hatten, waren oft noch schlimmer: Sie überschütteten die Eltern mit Mitleid.

»Wenn dieses Kind mit Drogen handelt, seit es elf ist, und wenn die Hulls sie auf die Militärakademie schicken wollen, dann sieht das eigentlich nicht danach aus, als würde Daddy den Stoff liefern«, sagte Dijon.

»Stimmt. Ich glaube, ein Chief Ranger würde seine Spuren besser verwischen.«

»Und nicht sein eigenes Kind zum Dealen schicken.«

»Ja, auch das«, sagte Anna und fügte nach kurzem Überlegen hinzu: »Louise Hanson. Sie gilt als Ellens ›besondere Freundin‹. Das hat Normans Sekretärin mir mal erzählt. Sie hat gesagt, die beiden würden sich für Gartenarbeit interessieren. So kann man es auch nennen. Wollen wir wetten, daß Louise diejenige ist, die Ellen in die Sache hineingezogen hat?«

Dijon schien schockiert. »Die gute alte Mrs. Hanson?« Er schüttelte den Kopf. »Nein. Du machst Witze. Nein, du machst keine Witze! Nein!« wiederholte er und schüttelte sich wieder, als müßte er diese Vorstellung loswerden.

»Mrs. Santa Claus füllt die Strümpfe der Kinder mit Gras? Ich fasse es nicht!«

Anna nahm sich vor, Alice Utterback anzurufen und sich für ihren Verbrecherinnenring einzutragen. Sie würden jede Menge Kohle machen! »Komm, wir fahren beim Büro vorbei«, schlug sie vor und wuchtete sich aus dem Sofa. Sie hatte erst gemerkt, wie müde sie war, als sie sich hingesetzt und ein gewisses Maß an Entspannung zugelassen hatte. »Es wird Zeit, daß wir das alles an die nächste Ebene weitergeben, damit wir uns wieder unseren eigentlichen Aufgaben widmen können.«

»Zecken zählen«, murmelte Dijon, aber er rappelte sich auch einigermaßen schnell hoch und folgte Anna.

Der Chief Ranger war nicht mit Anna zufrieden. Über eine Stunde saß sie auf einem sehr unbequemen Stuhl in seinem Büro und mußte seine blöden Vorwürfe über sich ergehen lassen, während er zwischendurch seine Telefonanrufe erledigte.

Beim National Park Service gehörte es sich nicht, daß man allein und selbständig handelte. Es gab eine Befehlskette, an die man sich zu halten hatte. Daß ein Glied dieser Kette tot war und das andere unter Tatverdacht stand, war in Hulls Augen keine Entschuldigung. Erstens nahm er es Anna übel, daß er verdächtigt wurde, und zweitens hätte sie jemanden anrufen sollen. Irgend jemanden, egal wen, hieß das. Daß sie, eine schlechtbezahlte Angestellte, die noch nicht einmal in ihrem eigentlichen Park arbeitete, von sich aus etwas unternommen hatte, war nach Hulls Ansicht untragbar. Man würde einen strengen Brief an ihre Vorgesetzten schreiben. Hätte sie ein Schwert oder irgendwelche Abzeichen besessen, dann wären ihre dies Insignien abgenommen worden, man hätte sie zerbrochen, feierlich in den Staub geworfen, und Anna selbst wäre mit Schimpf und Schande aus dem Fort gejagt worden.

Anna machte ein paar zaghafte Versuche, ihm zu erklären, daß ihr die Idee, das Drogenfeld der Hansons zu suchen, erst spät am Abend gekommen war und daß sie eigentlich nur vorgehabt hatte, es sich kurz anzusehen, und daß der Impuls, allein etwas zu unternehmen, weniger mit John Wayne zusammenhing, als mit Greta Garbo. Mit jedem Wort, das sie vorbrachte, grub sie nur ihr eigenes Grab.

Daß sie am Morgen die Berichterstattung so lange hinausgeschoben hatte, machte den Chief Ranger sogar noch ungehaltener. Auf seine diffus vornehmen Art piesackte er sie ohne Pause. Mehr als einmal kam Anna auf den Gedanken, ihm zu sagen, daß sie nicht zur gewünschten Zeit Bericht erstattet hatte, weil sie viel zu bekifft gewesen war, aber sie wußte, daß die Beurteilung ihrer beruflichen Qualitäten dadurch nicht gerade verbessert wurden.

Während sie also auf ihrem Stuhl saß, fuhr Hull mit seinen strategischen Überlegungen fort. Mit Anna redete er nur, um sie fertigzumachen, aber an seinen Telefongesprächen merkte sie, daß es für Hanson immer enger wurde. Das Hausboot der Hansons hatte sich an seinem Anlegeplatz bei der Ranger-Station in Cumberland befunden, als die Leute vom Wartungsdienst um sieben Uhr ihre Arbeit antraten. Wenn er das Marihuana nicht zwischen vier und sieben losgeworden war, befand es sich immer noch an Bord. Mitch und Louise würden, wie immer am Wochenende, in St. Marys anlegen. Nachdem Anna Hull zum x-ten Mal versichert hatte, daß weder Mitch noch seine Frau von ihren Entdeckungen wußten, veranlaßte er, daß der Park Service und die Küstenwache Hansons Anlegestelle am Festland überwachten, um herauszufinden, wer seine Verbindungsleute waren.

Außerdem teilte der Chief Ranger der Person am anderen Ende der Leitung mit, daß die Hansons unter Mordverdacht standen; man mußte davon ausgehen, daß sie bewaffnet waren und von der Waffe auch Gebrauch machen würden.

Ohne Todd Belfore hatte Hull zu wenig Leute. Er mußte drei Männer des Feuertrupps mitnehmen und außerdem sämtliche Ranger mit polizeilichen Befugnissen. Es gehörte zu seinen Strafmaßnahmen gegen Anna, daß sie nicht in dieses Elitecorps aufgenommen wurde. Unter normalen Umständen hätte sie diese Demütigung noch mehr geärgert. Jetzt war sie im Grund froh, einen freien Abend zu haben.

Während des ganzen Gesprächs hatte sie es bewußt vermieden, Dijons Rolle bei der Geschichte anzusprechen. Die Taktik funktionierte – Dijon wurde aufgefordert, an der Aktion teilzunehmen. Rick würde bei Anna auf der Insel bleiben und sich um alles kümmern. Dijon war begeistert. Hoffentlich mußte sie nicht dabei sein, wenn Rick informiert wurde!

Aus dem Tag wurde Nacht. Die Wolke der Ungnade, die über Annas Haupt hing, verfinsterte sich mit jeder Stunde. Guy war gekränkt, weil sie mit ihren Verdächtigungen nicht zu ihm gekommen war. Rick und Al schlugen sich auf die Seite des Teamchefs. Alle waren mehr oder weniger sauer, weil ihnen etwas Aufregendes entgangen war, und sie überspielten ihre Frustration mit übertriebener Sorge um Annas persönliche Sicherheit. Guy und Al waren einigermaßen versöhnt, als sie erfuhren, daß sie an der Aktion teilnehmen durften. Rick war stinkig. Wenn man ihn reden hörte, hätte man denken können, er wäre der einzige, der die Kompetenz und die mentalen Fähigkeiten besaß, eine größere Drogenfahndung zu leiten.

Anna fand das ganze Theater sehr ermüdend. Ihr Kopf dröhnte vor lauter Argumenten, die sie aber nicht ausformulierte. Die Hansons würden überführt werden; Anna würde ihren Job behalten. Theoretisch hätte man denken können: Ende gut, alles gut. Sie beschloß, es dabei zu belassen. Gegen neun Uhr konnte sie sich endlich zurückziehen. Die Männer, die sich freudestrahlend am Pier versammelt hatten und mit ihren kugelsicheren Westen und der persönlichen Schwimmausrüstung herumspielten, merkten nicht einmal, daß sie sich verabschiedete.

Für die Männer war der Fall abgeschlossen. Für Anna war er nur vorbei. Zu viele Fragen blieben offen. Wer hatte sie mit einem Gewehrkolben bewußtlos geschlagen? Warum? Wer hatte den Sitz in ihrem Truck aufgeschlitzt?

Hanson kam bei beidem als Täter in Betracht. Vielleicht hatte sich in Slatterys Haus etwas befunden, was den Verdacht auf ihn gelenkt hätte, und er hatte vermeiden wollen, daß jemand ihn dabei ertappte, wie er das Beweismaterial entfernte. Wenn er allerdings das belastende Material nicht gefunden hatte, dann hatte er vielleicht Annas Truck durchsucht – sie konnte es ja mitgenommen haben, nachdem sie sich von dem Schlag auf dem Kopf erholt hatte. Das war eine mögliche Erklärung für zwei der Dinge, aber es gab noch genügend andere Ungereimtheiten.

Die Beteiligung der Hansons am Marihuana-Anbau war ziemlich eindeutig, demzufolge war Mitch derjenige, der die Fallen gelegt haben mußte, durch die der Österreicher verletzt worden war, obwohl ihm das nie jemand würde nachweisen können. Daß Louise etwas mit den Pflanzen zu tun hatte, war ebenfalls unbestreitbar. Das gleiche galt für ihren Kontakt zu Ellen Hull. Nach allem, was Anna über das Mädchen wußte, würde eine Kombination aus Drohungen und Bestechung genügen, um sie dazu zu bringen, gegen ihre Spezialfreundin auszusagen.

Obwohl all diese Informationsfragmente ziemlich vernichtend waren, lieferten sich doch keinen Beweis dafür, daß die Hansons die Steuerstange gelockert und die

Beechcraft zum Absturz gebracht hatten. Mitch wäre vermutlich kaltblütig genug dafür. Bei übertrieben gutgelaunten Menschen hatte Anna immer den Verdacht, daß sie insgeheim ein rabenschwarzes Herz hatten. Als Kind hatten Clowns sie total nervös gemacht. Hinter ihren übertriebenen Gesichtszügen und ihrem unheiligen Drang, kleine Menschen zum Lachen zu bringen, steckte irgend etwas Finsteres.

Es paßte auch nicht ins Bild, daß die Hansons die Ware verbrannt hatten. Wer von seiner Gier dermaßen beherrscht wurde, daß er Menschen umbrachte, damit sein Geschäft florierte, wäre nicht fähig, sich fröhlich von Pflanzen zu verabschieden, die unter Umständen mehr als hundert Riesen wert waren. Die Annahme, daß alles Hull gehört hatte, war eine mögliche Erklärung gewesen, aber jetzt hielt selbst die nicht mehr stand.

Wenn Slattery die Hansons erpreßt hatte und darin das Mordmotiv lag – warum hatten sie dann den Profit vernichtet, den sie zuvor durch einen Mord zu retten versucht hatten?

Es war nicht ihr Fall, rief Anna sich ins Gedächtnis. Es war nicht ihr Park, und es war ganz offensichtlich nicht ihr Tag. Voller Erleichterung dachte sie daran, daß sie bald ins Bett gehen konnte. Zwei Nächte fast ohne Schlaf – das machte sich bemerkbar. Ihr Gesichtskreis verengte sich immer mehr, bis sie hinter dem zerbeulten Olivgrün der Kühlerhaube ihres Trucks wie eine Vision ihr Sofa im kühlen, stillen Belforeschen Wohnzimmer auftauchen sah.

Tabby war zu Hause. Sie hatte einen Arzttermin in St. Marys gehabt. Dem Baby ging es gut. Ein Junge. Stolz verkündete Tabby, sie habe beim Ultraschall seinen kleinen »Schniedel« gesehen. Das Kind sollte Todd heißen. Na so was.

Lynette war bei Tabby, und nachdem die Neuigkeiten

über das Baby erzählt waren, machten beide Frauen Anna Komplimente zu ihrer neuen Frisur. Tabby sagte, eine Frau namens Frieda habe für sie angerufen. Eine Bella Soundso habe etwas in Annas Haus verschüttet. Sie solle bitte zurückrufen. Viel konnte Anna aus zweitausend Meilen Entfernung nicht gegen einen ruinierten Teppich oder einen fleckigen Stuhl unternehmen, also entschied sie, daß der Anruf noch warten konnte.

Auf dem Couchtischchen stand eine Flasche Chardonnay; sowohl Lynette als auch die hochschwangere Tabby hielten ein Glas in der Hand. »Das Baby ist so gut wie fertig – sonst würde ich nichts trinken«, erklärte Tabby. Aber Anna war so erschöpft, daß sie es gar nicht richtig registriert hatte, und außerdem interessierte es sie nicht – sie hätte Tabby sowieso keine Vorhaltungen gemacht.

Die beiden boten Anna ein Glas an, und sie überlegte, ob sie annehmen sollte. Es war ein gutes Jahr her, seit sie das letzte Mal einen Tropfen Alkohol angerührt hatte. Aber die frische Erfahrung mit Marihuana bewahrte sie vor der Versuchung. Sie war zu lange high gewesen. Selbst ein netter kleiner Weißweinschwips konnte sie nicht locken. Statt dessen machte sie sich eine Tasse Tee, ließ sich in der unbesetzten Ecke des Sofas nieder und beantwortete alle Fragen zu Mitch und Louise und ihrer Nacht in der Wildnis.

Zu ihrer Verwunderung merkte sie, daß es ihr Spaß machte, darüber zu sprechen. Die Männer hatten ihr gar nicht richtig zugehört. Sie waren beleidigt, weil sie nicht dabeigewesen waren, weil sie nicht die Entscheidungen treffen konnten, nicht am Schalthebel der Macht saßen. Sie hatten jede von Annas Aktionen, jede ihrer Beobachtungen kritisiert, weil sie glaubten, Anna hätte sie um Ruhm und Ehre gebracht und würde ihnen womöglich in Zukunft noch mehr Ärger machen.

Es ist echt schön, mit meinesgleichen zusammenzusein, dachte Anna und lächelte müde. Sie spürte, wie ihr die Tasse aus der Hand genommen wurde. Offenbar hatte sie ihre Geschichte seit einer ganzen Weile mit geschlossenen Augen erzählt.

Dann erzählte sie gar nichts mehr.

Kapitel 25

Die Stimmen der Frauen lullten Anna ein, gaben ihr ein Gefühl der Geborgenheit, und so schlief sie sanft und selig in ihrer Sofaecke. Es war ein Gefühl, als triebe sie auf einem samtweichen Strom. Hin und wieder wurde sie so nah ans Ufer des Bewußtseins gespült, daß sie in dem leisen Gemurmel der Unterhaltung einzelne Wörter ausmachen konnte. Zur Abwechslung war Tabby nicht ständig in Tränen aufgelöst. Dafür war Anna ungeheuer dankbar. Da sie ihr als Aufseherin zugeteilt worden war, fühlte sie sich für ihr Wohlbefinden verantwortlich.

Die Menschen können sich gegenseitig nicht glücklich machen, dachte Anna benebelt. Deshalb sind Haustiere so beliebt. Die richtige Person kann eine Katze glücklich machen. Einen Hund kann jeder glücklich machen. Beim Gedanken an glückliche felltragende Säugetiere hätte sie fast laut gelacht, aber die Erschöpfung lastete zu schwer auf ihr.

Die Wörter lösten sich in Luft auf. Der Gott des Schlafes besiegte das Marihuana, und eine wunderbare Leere breitete sich in ihr aus. Als sie wieder klarer im Kopf wurde, verebbte der Traum, aber sie wollte noch nicht ins Reich der Lebenden zurückkehren. Verschlafen kauerte sie in ihrer Sofaecke, die Augen fest geschlossen.

Das Gespräch hatte sich inzwischen den Freiluftabenteuern zugewandt, wie so oft, wenn zwei oder mehr Vertreter des Park Service aufeinandertrafen.

Tabby und Lynette wiederholten im Geist die tollsten Wanderungen, redeten über Kanufahrten, Campingplätze und spannende Kletterpartien. Während ihre Stimme liebevoll von Eisstürmen und Sonnenuntergängen erzählten, von Stromschnellen und gefährlichen

Abstiegen, braute sich hinter Annas Brustbein ein nagendes Gefühl der Unruhe zusammen, und sie fragte sich, woher das wohl kam. Ein paar Minuten lag sie ganz still da und horchte.

Tabby erzählte von einer fantastischen Wanderung in den Cascades, an einem selten schönen Tag, an dem der Himmel wolkenlos blau gewesen war und die Berggipfel ihren üblichen Wolkenschleier abgeworfen hatten .Sie war auf einer Wiese einer Bärin mit ihren Jungen begegnet, hatte hoch oben zwei Adler gesehen, die um die lebende Hasenbeute gekämpft oder geflirtet hatten.

Trotz dieser idyllischen, wenn vielleicht auch etwas zu bilderbuchartigen Szenerie verstärkte sich Annas Unbehagen. »Ich vermisse das alles schrecklich«, sagte Tabby, und plötzlich wußte Anna, was sie störte. Sie schlug die Augen auf. Die Frauen starrten sie an, wie die Heldinnen in einem Melodram, wenn Drakula in seinem Sarg erwacht.

Der Chardonnay war ausgetrunken, eine Flasche Chablis hatte seinen Platz eingenommen.

»Du bist wach!« konstatierte Lynette.

»Du hast in einer Stadt gewohnt, in Hope«, sagte Anna zu Tabby. Sogar in ihren Ohren klang diese Feststellung vorwurfsvoll.

»Aber nicht im ersten Jahr«, antwortete Tabby, als wollte sie sich verteidigen, ohne recht zu wissen, wogegen.

»Ich dachte, die Wildnis macht dir Angst.«

»Ich bin wahnsinnig gern draußen«, erwiderte Tabby verwirrt. »Die Liebe zur Natur gehört zu den Dingen, die Todd und mich zusammengebracht haben. Wir hatten beide viel Spaß.« Bei der Erwähnung ihres toten Mannes brach sie sofort wieder in Tränen aus.

Anna wünschte sich, sie hätte einfach weitergeschlafen. Aber jetzt konnte sie nicht mehr locker lassen. »Warum bist du in die Stadt gezogen?«

»Ich … Wir … Irgendwie schien es besser«, brachte Tabby hervor, allerdings nicht sehr glaubwürdig.

Anna rappelte sich aus den weichen Sofakissen auf und rieb sich die Beine, in Gedanken daran, daß die sie gerade erst im Stich gelassen hatten. Durch das Reiben begannen die Stiche wieder wie verrückt zu jucken. »Ich muß noch mal los«, erklärte sie.

Es war einfach, in Slattery Hammonds Haus einzubrechen. Man mußte nur ein Fliegengitter abnehmen, dem man ansah, daß es schon öfter herausgeholt worden war, wenn frühere Bewohner sich aus Versehen ausgeschlossen hatten. Die Riegel an den altersschwachen Schiebefenstern gaben sofort nach, sofern überhaupt noch welche vorhanden waren – man mußte nur ein bißchen rütteln.

Drinnen knipste Anna die Deckenbeleuchtung an. Dichtes Blattwerk schirmte das Haus gegen die Straße ab, und außerdem wußte sie ja, daß sämtliche Personen, die ihr Hausfriedensbruch hätten vorwerfen können – oder daß sie wieder einmal entgegen allen Vorschriften einer Eingebung gefolgt war –, sich nicht auf der Insel befanden, weil sie den Hansons nachstellten.

Das Haus sah immer noch so aus wie an dem Tag, als sie das letztemal dagewesen war, samt dem schmutzigen Geschirr auf dem Tisch und in der Spüle. Der Geruch war intensiver geworden, man hatte das Gefühl, daß aller Sauerstoff aus der Luft gesaugt worden war.

Sie setzte sich an Hammonds Schreibtisch bei der Eingangstür und studierte die fünf Schnappschüsse, die mit Klebestreifen an der Wand befestigt waren. Eins der Bilder nahm sie ab und steckte es in die Tasche, dann öffnete sie die Schreibtischschubladen. Bei ihrem vorherigen Besuch hatte sie nur nach Hammonds Flugbüchern gesucht, hatte nur Behälter und Umschläge geöffnet, die ein langes schmales Buch enthalten konnten. Die Wal-

Mart-Umschläge mit den Farbfotos hatte sie mehr oder weniger ignoriert.

Jetzt holte sie sie hervor, legte sie auf den Schreibtisch und ging sie durch, ein Foto nach dem andern, schaute dann auf den Umschlägen nach, wann sie entwickelt worden waren.

Als sie das Haus verließ, war der Himmel wolkenlos, sternenklar. Das Licht wirkte zart, aber beharrlich. Es enthüllte nichts, weigerte sich aber, der Nacht zu weichen. Einen Augenblick lang stand Anna da und versuchte, das Gefühl von tiefem Frieden heraufzubeschwören, das ihr solche Situationen absoluter Einsamkeit normalerweise vermittelten. Auf Cumberland konnte sie dieses Gefühl nicht finden. Obwohl die Insel nicht so üppig und so grün war wie der Dschungel, verströmten die mit Hitze aufgeladenen Bäume hinter ihren Moosschleiern die gleiche geheimnisvolle Atmosphäre, die sie bei ihren wenigen Aufenthalten in den Tropen empfunden hatte; ein Wissen um unsichtbare, gewaltige und dunkle Geheimnisse. Es wunderte sie gar nicht, daß sich der Voodoo-Zauber auf einer heißen Insel entwickelt hatte und daß Hexen dunkle Wälder liebten.

Sie versuchte die Gedanken an unwägbare Gefahren abzuschütteln und suchte den pragmatischen Schutz ihres Trucks. Vor dem Quartier des Feuertrupps hielt sie kurz an, um den Schlüssel vom Nagel zunehmen, wo Guy ihn immer aufhängte, dann fuhr sie zur Ranger-Station.

Beim sechsten Klingeln nahm Frieda endlich ab. Die Zeitverschiebung war in diesem Fall ein Vorteil für Anna. In Colorado war es noch nicht neun Uhr. Als sie Friedas Stimme hörte, bekam sie furchtbar Heimweh nach dem Mesa Verde National Park. Frieda arbeitete dort in der Zentrale, und sofort fühlte sich Anna zurückversetzt in die Hochebene, sie glaubte den feinen Duft von Kiefern und Sand zu riechen, das warme Sonnenlicht auf den Klippen zu spüren. »Wie geht's Piedmont?« fragte sie. Ihre Katze war die lebende, atmende Verkörperung alles dessen, was Heimat bedeutete.

»Hey, genau deswegen hatte ich dich angerufen!« sagte Frieda. »Na ja, nicht genau, aber irgendwie hatte es was mit Piedmont zu tun.« Sie lachte. »Also nicht so richtig, eigentlich, aber komisch ist es trotzdem. Uups. Vielleicht auch nicht. Ich glaube, man muß dabeigewesen sein.«

Frieda war eindeutig beschwipst.

Anna beneidete sie. Ihre Freundschaft hatte als Trinkgemeinschaft angefangen. Die Beziehung hatte es aber überlegt, daß Anna aufgehört hatte, und war immer noch sehr eng. Trotzdem, wenn der Alkohol rief, tat er es normalerweise mit Friedas warmer Stimme. Sie hatte ein Händchen dafür, alltäglichen Dingen eine festliche Aura zu verleihen: aufräumen, tippen, trinken.

Sie hätte die Geschichte kaum in so lustigem Ton eingeleitet, wenn Annas orangerote Tigerkatze das Zeitliche gesegnet hätte, trotzdem vergaß Anna aus lauter Sorge um Piedmont, warum sie eigentlich angerufen hatte. »Was ist passiert?« fragte sie, um das leicht weinfarbene Geplapper zu unterbrechen.

»Ziemlich lange Geschichte. Na ja, so lang auch wieder nicht.« Anna wartete, bis Frieda den nächsten Schluck getrunken hatte. Den brauchte sie zur Stärkung, das wußte sie. Vermutlich war's ein blumiger Rotwein. Frieda begann: »Also, Bella ist mitgegangen, um Piedmont zu füttern – sie kümmert sich um den sozialen Aspekt.« Anna mußte lächeln bei dem Gedanken, wie sehr das kleine Mädchen den fetten Kater ins Herz geschlossen hatte. Bella Meyers litt an Zwergwuchs. Neben ihrem Elfengesichtchen und den viel zu kurzen Beinen wirkte Piedmont wie ein Berglöwe.

»Na, egal«, fuhr Frieda fort. »Jedenfalls haben sie

gespielt, und dann hat einer von den beiden – Bella behauptet, es war Piedmont, aber Piedmont besteht darauf, es war Bella – die Urne mit Zachs Asche umgeschmissen. Du hast sie auf dem Couchtisch stehen lassen. Ich vermute mal, der Deckel war locker.«

Anna wußte gleich Bescheid. »Ich wollte ihn verstreuen«, sagte sie matt. Seit fast neun Jahren hatte sie den Plan, die Asche ihres verstorbenen Mannes zu verstreuen. Irgendwie hatte sie nie die Kurve gekriegt.

»Sie haben die Asche über deinen ganzen Navajo-Teppich verteilt.«

»Das macht nichts. Zach hat den Teppich immer gemocht. Wahrscheinlich ist es ganz gut, wenn hin und wieder ein paar Ascheflocken aufgesaugt werden. Ich wollte seine Asche eigentlich in alle Winde verstreuen. Vielleicht ist das ja ein Omen, daß ich endlich loslassen soll.«

»Ja, ein Omen ist es allerdings.« Frieda mußte lachen, dann bemühte sie sich wieder ernst zu werden, aber die Heiterkeit ließ sich nicht unterdrücken. »Ich sollte nicht lachen«, entschuldigte sie sich. »Bestimmt findest du das überhaupt nicht komisch. Bella hat die Asche aufgeputzt. Sie ist so ein liebes Kind! Sie hat gedacht, es ist Zigarettenasche, und wollte nicht, daß das ›ganze Haus stinkt‹ hat sie gesagt. Dann hat sie alles im Klo runtergespült.«

Anna blieb die Luft weg. Sie erinnerte sich plötzlich daran, wie ihr die Luft weggeblieben war, an das Gefühl atemloser Panik, als sie in der zweiten Klasse von einer Sprossenwand heruntergefallen und auf dem Rücken gelandet war. Wie ein gestrandeter Fisch schnappte sie jetzt nach Luft, schaffte es aber immerhin zu fragen: »Sie hat Zach die Toilette hinuntergespült?«

Frieda lachte. »Entschuldige«, sagte sie dann etwas nüchterner. »Ja. Sie hat alles ins Klo geschmissen und die Spülung gedrückt.«

So viele Jahre hatte Anna damit verbracht, diese Reliquie zu hüten, hatte nie einen Ort gefunden, der heilig genug dafür war, und nun kam ein siebenjähriges Mädchen daher und kippte sie ins Klo. »Ach du lieber Gott«, stöhnte sie. »Das war's dann wohl.«

»Das sind die neuesten Nachrichten, mehr gibt's nicht«, sagte Frieda. »Jennifer ist hier. Ich müßte eigentlich die Gastgeberin spielen. Geht's dir gut?«

»Ja, alles bestens.« Anna legte auf und blieb noch eine Weile in Norman Hulls Chefsessel sitzen. Plötzlich spürte sie eine große innere Leere. Aber irgendwie fühlte sie sich leichter – als wäre eine Last von ihr genommen worden, die sie unendlich lange mit sich herumgeschleppt hatte. Friede hatte recht: ein Omen. Sie hätte es gern ein bißchen stilvoller gehabt: ein brennender Dornbusch oder ein paar Engel, die feierlich sangen, aber wenigstens traf dieses Omen genau ins Schwarze. »Sei nicht böse, Zach«, murmelte sie in Richtung Decke. »Wir müssen uns alle irgendwann verabschieden.«

Fredericks wiederholte Bitte, ob sie nicht nach Chicago ziehen wolle, um mit ihm einen gemeinsamen Hausstand zu gründen, kam ihr in den Sinn. Zweiundvierzig – so viele Jahre hatte sie jetzt schon auf der Erde verbracht. Wie viele Chancen würden sich ihr noch bieten? Den einschlägigen Zeitschriften zufolge war der Markt ziemlich eng, ihre Aktien würden in nächster Zeit bestimmt nicht steigen.

»Hebe dich hinweg, Satan!« sagte sie, um die Ängste ihrer Generation zu vertreiben.

Sie konnte es sich einfach nicht vorstellen, je wieder in eine Großstadt zu ziehen. Schon gar nicht, wenn der einzige Grund war, mit Frederick Stanton zusammenzuleben. Im Geiste hörte sie Mollys Stimme im feinsten Therapeutenton: »Hör dir diese Relativierungen an, Anna: wenn es der einzige Grund ist …« Anna fuchtelte mit der Hand vor ihrem Gesicht herum, als wollte sie einen Schwarm aufgebrachter Moskitos vertreiben.

Als ihr auffiel, wie unordentlich das Telefon auf dem ansonsten so superkorrekten Schreibtisch des Chief Rangers stand, fiel ihr wieder ein, warum sie gekommen war. »Alzheimer.« Sie griff wieder zum Hörer und wählte erneut Friedas Nummer.

»Deswegen hatte ich eigentlich nicht angerufen«, sagte sie, als Frieda abnahm. »Weißt du noch – du hast mir gesagt, gegen Slattery Hammond seien zwei weitere einstweilige Verfügungen ausgesprochen worden, außer dem Besuchsverbot, das seine Frau beantragt hatte?« Anna ließ Frieda einen Moment Zeit, um den abrupten Themawechsel zu verkraften, dann redete sie weiter. »Du hast gesagt, sie wurden zurückgenommen. Ich bin davon ausgegangen, daß Mrs. Hammond sie eingereicht hat. Die kleinen Scharmützel, ehe die eigentliche Schlacht beginnt, sozusagen. Erinnerst du dich, ob sie tatsächlich alle drei eingereicht hat?«

Frieda schwieg.

»Bist du noch dran?« fragte Anna.

»Immer mit der Ruhe«, erwiderte Frieda freundlich. »Gib mir fünfzehn Minuten, und ruf mich dann im Büro an.«

»Danke«, sagte Anna.

»Keine Ursache. Ich war gerade dabei, mich nach einem zehnstündigen Arbeitstag ein bißchen zu entspannen. Es macht mir echt Spaß, meine Gäste sitzenzulassen und ins Büro zurückzuflitzen, nur weil jemand eine Idee hat.«

Anna lachte, weil Frieda recht hatte.

Sie vertrieb sich die Zeit damit, die Fotos durchzugehen, die sie aus Slatterys Schreibtisch mitgenommen hatte, legte sie vor sich aus, wie die Karten beim Patiencespiel, richtete Hulls Schreibtischlampe darauf und studierte die Menschen. Die Bilder waren alle ziemlich ähnlich. Fernschüsse, manche offensichtlich mit Teleobjektiv aufgenommen. Die atemberaubende Kulisse der North

Cascades diente als Hintergrund. Auf jedem der Bilder war eine menschliche Gestalt zu sehen, meistens allein, manchmal auch mit einer Gruppe von zwei oder drei anderen. Etwa ein Drittel der Bilder zeigte eine schmale, braunhaarige Frau in Wanderkleidung, in Shorts oder in gelber Regenausrüstung. Sie trug ein Baby in einem Rucksack. Weil sie so weit von der Kamera entfernt war, konnte Anna die Gesichtszüge nicht genau erkennen, aber wegen der aufrechten Haltung, der schlanken Figur und auch wegen des Babys vermutete Anna, daß es sich um eine junge Frau handelte.

Das Datum auf dem Wal-Mart-Umschlag besagte, daß die Fotos der Frau mit dem Kind noch keine acht Monate alt waren.

Die zweite Gruppe von Bildern, vier Filme insgesamt, war etwas älter. Der neueste Film war vor sieben Monaten abgeholt worden. Die anderen waren anderthalb Jahre alt. Sie folgten alle dem selben Muster: alle aus der Ferne, alle von derselben Frau, alle vor der dramatischen Kulisse der North Cascades. Der einzige Unterschied bestand jetzt darin, daß im Zentrum eine schmale Frau mit schulterlangen blonden Haaren stand. Dieselbe Frau, die Anna irgendwie bekannt vorgekommen war, als sie die Schnappschüsse an Hammonds Wand das erstemal gesehen hatte.

Das Telefon klingelte, und sie schoß hoch wie von der Tarantel gestochen.

»Hier ist Frieda«, wurde sie unterbrochen, noch ehe sie ihren Spruch von der Cumberland Island National Seashore zu Ende gebracht hatte. »Es gibt gute Nachrichten und schlechte Nachrichten. Ich habe die Informationen schneller gefunden, als ich dachte. Aber sie geben weniger her, als ich gehofft habe. Die einzige einstweilige Verfügung, für die es einen Namen gibt, ist die letzte, also die von seiner Frau. Weil die anderen beiden zurückgezogen wurden, gibt es nur einen Vermerk in den Akten, aber es wurde nicht festgehalten, wer dahintersteckt.«

»Kannst du mir die Daten sagen?« Anna nahm den Telefonblock, um sich alles zu notieren. Oben auf dem Block war eine Mitteilung von Dot und Mona: »Kommen Sie bitte so schnell wie möglich vorbei.« Anna steckte den Zettel unter eine Ecke des Telefons, wo Hull ihn nicht übersehen konnte, und riß einen Zettel für sich ab.

»Hier ... da steht's. Die erste war im August im vergangenen Jahr, die zweite im Dezember, ebenfalls letztes Jahr. Bist du einer Sache auf der Spur?«

»Ich fürchte, ja. Ich halte dich auf dem laufenden. Und mach dir keine Gedanken wegen der Asche.«

Frieda lachte wieder. »Entschuldige bitte«, sagte sie. »Aber irgendwas an der Sache reizt mich zum Kichern.«

»Du hast es Bella nicht gesagt, oder?«

»Natürlich nicht. Das arme Kind hat doch so schon genug Kummer.«

»Sag ihr vielen Dank von mir«, sagte Anna. Als sie auflegte, hörte sie, daß Frieda immer noch lachte.

Langsam fuhr Anna in Richtung Norden, nach Plum Orchard. Die Nacht hatte schließlich doch triumphiert. Die Eichenzweige waren so dicht, daß man keine Sterne sehen konnte. Die Welt existierte nur als der schmale Farbstreifen, den das Fernlicht des Trucks zum Leben erweckte.

Die Wirkung des Marihuana war weg, aber Anna war zu lethargisch und orientierungslos, um sich wirklich auf die anstehenden Probleme konzentrieren zu können. Sie wußte, daß sie einen Aktionsplan entwerfen mußte oder, falls sie sich den Wünschen des Park Service in Gestalt von Norman Hull unterwerfen wollte, einen Passivitätsplan, bis alle offiziellen Kanäle ausgeschöpft waren.

Sie fuhr nun fünfzehn Meilen pro Stunde und ließ sich von der Straße hypnotisieren. Wäre Hull oder Guy oder sonst ein Zuständiger auf der Insel gewesen, hätte sie vielleicht einen von ihnen angerufen. Die Überwachung der Hansons hatte Cumberland für die nächsten acht Stunden aller Ranger mit polizeilichen Befugnissen beraubt. Anna überlegte, ob sie beim Quartier des Feuertrupps vorbeifahren sollte, um Rick zu holen, aber es war nicht seine Art von Abenteurer. Ein schwarzer Gürtel qualifizierte ihn nicht unbedingt für heikel Situationen, und das hier war ein Porzellanladen, in den Anna lieber keinen Elefanten schicken wollte. Mit wachsendem Bedauern wurde ihr klar, daß sie auf jeden Fall irreparablen Schaden anrichten würde, egal, wie behutsam sie vorging.

Feine Lichtstrahlen drangen durch das schwarze Blätterdach. Sie hatte die Wiese beim Stafford House erreicht. Der Mond war noch nicht aufgegangen, die Wiese schlief. Als sie in den Weg einbog, schweiften die Scheinwerfer des Trucks über das trockene Gras und ließen die Augen einer Rehfamilie grünlich aufblitzen, die es sich hier für die Nacht bequem gemacht hatte.

Dieser Anblick verbesserte Annas Stimmung. Sie hob das Kinn und redete sich gut zu. Sie mußte sich innerlich auf das einstellen, was jetzt vor ihr lag.

Das Cottage, in dem Dot und Mona wohnten, war fast ganz verdeckt von der Mauer, die es von der Straße abschirmte. Direkt unter dem Dach leuchtete ein Fenster in gelblichem Lampenschein, wodurch das kleine Gebäude noch mehr an ein Hexenhaus erinnerte. Sofort tauchten Bilder von Hexen und Öfen und mordlustigen Kindern auf und zerstörten die Idylle. »Hör auf!« sagte Anna zu sich selbst.

Vor dem Tor sah sie im Staub einen dunkleren Fleck. Ein Schlagloch, vermutete Anna, obwohl sie sich von ihrer Fahrt nach Süden nicht an so einen riesigen Krater erinnern konnte. Sie biß die Zähne zusammen, um das Geholper zu überstehen, doch dann veränderte sich die

Form des Schattens. Als ihre Scheinwerfer darauf fielen, blitzten zwei grünleuchtende Augen auf, und Anna erkannte den zusammengerollten Körper eines Rehkitz. Sie konnte nicht mehr bremsen, also riß sie das Steuer nach rechts und hoppelte auf die unebene Wiese.

Ihre Knie zitterten. Es war der Tropfen, der das Faß zum Überlaufen brachte – Tränen schossen ihr in die Augen. Innerlich fluchte sie vor Wut, aber ein Blick auf das kleine Tier, das sich jetzt erhoben hatte und vertrauensvoll in ihre Richtung blickte, stimmte sie sofort wieder versöhnlich.

»Komm her, Baby«, sagte sie und stieg aus. »Du müßtest doch längst zu Hause im warmen Bettchen sein.« Das galt auch für sie selbst. Der wohltuende Effekt ihres kurzen Nickerchens verflüchtigte sich allmählich.

Beim Klang ihrer Stimme blökte Flicka und kam zu ihr getrottet, um die Stirn in ihre Handfläche zu drücken. Gegen den Charme dieses kleinen Lebewesens war Anna machtlos. Sie ließ sich im Gras nieder und bewunderte den gescheckten Rücken, die großen dunklen Augen, den kräftigen schlanken Hals und die winzigen, aber perfekten Hufe.

»Und muß noch weit, bevor ich schlaf«, murmelte sie, ein berühmtes Gedicht zitierend. »Noch sehr weit sogar. Komm mit. Ich bring dich nach Hause. Deine Patentanten machen sich bestimmt schon Sorgen.«

Der Truck war weit genug von der Straße entfernt, also ließ Anna ihn einfach stehen, wo er war, und ging in Richtung Mauer. Das Tor war ein unerfreulich modernes Beiwerk aus Stacheldraht und Metall. Normalerweise stand es offen. Heute abend allerdings war es geschlossen, und Flicka war ausgesperrt. Wollten Dot und Mona das kleine Kitz entwöhnen, ihm beibringen, wieder in die Wildnis zurückzugehen? Anna verwarf den Gedanken sofort wieder. Die VIPs waren zu vernünftig, um ein so junges, zutrauliches Tier wie Flicke nachts auf einer öffentlichen Straße auszusetzen.

»Nach Ihnen!« rief sie und trieb das Kitz vor sich her. Sie mußte es nicht zweimal sagen. Wie jedes Kind wollte es zur Abendessenzeit zu Hause sein, geborgen und versorgt. Als sie das Tor hinter sich zuhakte, hörte sie seine Hufe auf den Steinen des Fußweges zum Cottage.

Innerhalb der Mauer parkte auf einer Seite, von der Straße aus nicht sichtbar, ein Geländewagen. Anna hätte gern gewußt, welcher Besuch sich zu fein dafür war, wie alle anderen auf der Straße zu parken.

Flicka kratzte mit scharfen Hufen an der Tür und unterstrich diese höfliche Bitte um Einlaß, indem sie sich immer wieder polternd gegen den Türrahmen warf. Entweder waren die beiden älteren Damen nicht zu Hause, oder sie hörten schlecht.

Anna war dem Tier gefolgt, hämmerte nun ebenfalls an die Tür und rief: »Ist jemand zu Hause? Ich bin's Anna vom Feuertrupp.«

Von innen hörte sie Gemurmel, und in diesem Moment fiel ihr erst auf, wie leise es im Haus gewesen war. Das Cottage besaß keine Klimaanlage. Die Fenster auf beiden Seiten der Tür waren geöffnet; Licht und Luft von dichten Jalousien eingeschlossen. Da hörte sie eine Stimme, die klang, als würde sie daneben stehen.

»Wer ist da?«

Mona! Da sie die kräftige, kluge Frau nicht sah – sozusagen als Unterstützung der Stimme –, nahm Anna das Zittern des Alters viel deutlicher wahr. »Ich bin's, Anna Pigeon vom Feuertrupp.«

Wieder Gemurmel, Schritte; dann kam Dot an die Tür. Sie schien nicht besonders entzückt darüber, daß jemand nach elf Uhr nachts bei ihr vor der Tür stand. Anna spielte ihre einzige Trumpfkarte aus. »Ich habe Flicka gefunden«, sagte sie und versteckte sich hinter dem kleinen Tier. Dots Gesicht wurde sofort ganz weich – so weich, daß Anna schon befürchtete, sie würde in Tränen ausbrechen.

Sie stieß die Fliegengittertür auf und kniete sich nieder. Ihre dicken Knie beanspruchten die ganze Schwellenbreite. Sie schloß Flicka in die Arme, vergrub ihr Gesicht am Hals des Kitz, wodurch sich ihre Brille verschob. »Flicka, wir haben uns solche Sorgen um dich gemacht!« stammelte sie in das seidige Fell.

»Hat es sich verlaufen?« fragte Anna. »Falls es abgehauen ist, muß ihm plötzlich klar geworden sein, wo es sein Fressen kriegt. Ich hab es direkt vor dem Haus gefunden, mitten auf der Straße.« Keine Reaktion von Dot. Anna war enttäuscht. »Ich hätte es fast überfahren«, fügte sie hinzu. Aber selbst nach dieser Mitteilung wurde sie nicht mit Dankeshymnen überschüttet.

Dot hob das kleine Reh auf und trug es ins Haus.

»Anna, kommen Sie doch rein!« rief Mona.

Ein empfindsameres Wesen wäre vielleicht durch Dots abweisendes Verhalten entmutigt gewesen, aber Anna hatte noch keine Lust, in Tabbys Wohnung zurückzugehen und ihre Pflicht zu tun, also folgte sie der Frau mit dem Reh.

Das Cottage hatte das Konzept des Großen Raumes vorweggenommen, als das noch architektonisch sinnvoll und nicht nur ein Statussymbol war. Ein einziger Vielzweckraum war einfacher zu bauen und zu heizen als ein Haus, das in lauter kleine Zellen unterteilt war. Dot und Mona hatten den Großen Raum mit dem Krempel der akademischen Welt gefüllt: Bücher, Papiere, Kartons, Teetassen und überfüllte Aschenbecher bedeckten den Eßtisch und sämtliche Stühle, bis auf drei, von denen momentan zwei besetzt waren. Mona saß aufrecht auf einem Stuhl, in der rechten Hand hielt sie eine brennende Zigarette, ihre linke Hand lag auf einer Coladose, die auf dem Tisch stand. Sie wirkte müde und zerstreut. Dadurch schien sie um Jahre gealtert.

Marty Schlessinger saß hinter dem Tisch, zwischen Mona und dem leeren Stuhl, eine Hand auf dem Tisch.

Seine Finger zitterten leicht. Bestimmt ist er wieder high, dachte Anna.

Dot setzte sich auf die Kante des dritten Stuhls, Flicka fest im Griff. Anna mußte stehen. »Schildkrötengespräche?« fragte sie, um die peinliche Stille zu durchbrechen, die sie mitgebracht hatte.

»Wie immer«, antwortete Mona.

Dicht wie Erbsensuppennebel senkte sich nun endgültig das Schweigen über alles. Das einzige Geräusch kam von Mona, die mit dem Verschluß der Colaflasche spielte. Klickklickklick.

»Die Unterlagen sind beschissen«, sagte Schlessinger. Seine Stimme war kühl und ruhig. Wenn er schon seit einer Weile auf Drogen war, funktionierte er wahrscheinlich high besser als nüchtern. Wie auf ein Stichwort nickten Dot und Mona weise. Klick. Klick. Klick.

Was immer sie vorhatten – Anna war nicht erwünscht. Ein Trio, kein Quartett. Sie unternahm noch einen Versuch, um eine Einladung zu erzwingen. »Soll es eine lange Nacht werden?« fragte sie. Sie mußte ans College denken, an Speed und an Versuche, sich in letzter Minute irgendwo dranzuhängen.

»Bestimmt nicht.« Mona. Klickklickklick.

Es half alles nichts. Anna sah sich gezwungen, den Wink mit dem Zaunpfahl zu begreifen. »Ich muß los«, sagte sie. »Es gibt noch tausend Dinge zu erledigen, ihr wißt schon.« Niemand sagte ein Wort. Drei Augenpaare folgten ihr, als sie nun hastig den Rückzug antrat.

»Danke, daß Sie Flicke reingebracht haben!« rief Dot ihr nach, als die Fliegentür zuknallte.

Und mach gefälligst die Tür hinter dir zu, vervollständigte Anna den Satz in Gedanken.

Der Chablis war leer. Nun zierten also zwei leere Flaschen den Couchtisch. Tabby und Lynette studierten kichernd und mit zusammengesteckten Köpfen einen

Katalog mit Reizwäsche von Victoria's Secret. Eine Szene wie bei einer Pyjama-Party in einem Heim für unverheiratete junge Mütter.

»Hey, Anna!« Lynettes Stimme klang vom Weißwein etwas verschwommen. »Hast du alles erledigt, was du erledigen wolltest? Du hast uns gefehlt.«

»Mit den kurzen Haaren siehst du echt zehn Jahre jünger aus«, sagte Tabby und wiederholte damit ein Kompliment, das sie vorhin schon gemacht hatte, einfach nur um nett zu sein. Der Wein hatte sie sichtlich verzaubert. Ihre Wangen waren gerötet, die Tränen versiegt, sie wirkte viel lockere und mädchenhafter.

Hier war Anna wenigstens willkommen. Allerdings nicht mehr lange, sagte sie sich selbst.

Das Telefon klingelte, was Anna störte, aber die anderen beiden offensichtlich entzückte. Tabby nahm ab und blubberte ein glückliches: »Hallo?« in den Hörer. Aber die erbarmungslose Hand der Realität wischte die Freude schnell wieder von ihrem Gesicht. »Ach, du bist es«, sagte sie kühl, und zu Anna: »Für dich.«

»Hab ich was Falsches gesagt?« meldete sich Dijons Stimme.

Anna erinnerte sich an die grausamen Augenblicke, wenn sie vergessen hatte, daß Zach gestorben war. Tabby hatte gedacht, Todd sei am Apparat. »Nein, nein. Was gibt's?«

»Himmelherrgott, wenn ich mich nicht so langweilen würde, hätte ich längst wieder aufgelegt! Es gibt gar nichts. Null. Nada. Rien. Eine ganz normale Festnahme. Captain – wie heißt er gleich? Du weißt schon, der Typ von der Küstengarde – also dieser Mr. Captain wollte nicht noch länger warten, und da haben wir sie uns geschnappt. Zwei alte Knacker, die ihre Bratwürste grillen, in einem Hausboot voller Gras. Wo bleibt da der Adrenalinstoß?«

Anna mußte grinsen. »Kein Widerstand?«

»Ach, Scheiße, nein. Nicht mal ein Verhör mit grellen Scheinwerfern. Hull hat den Hansons mitgeteilt, sie stünden unter dem Verdacht, einen Doppelmord begangen und außerdem noch Marihuana angebaut zu haben, und schon waren sie ganz fürchterlich kooperativ.«

»Hammond hat sie unter Druck gesetzt. Louise hat geschrien, er hätte sie gezwungen, dreimal soviel anzubauen. ›Er war schrecklich habgierig‹, hat sie gesagt.«

Dijon lachte. »So wie sie es darstellt, waren die beiden arme kleine Sklaven. Und weil sie Hammonds Anteil verbrannt haben, meinen sie irgendwie, wir sollten ihnen aus reiner Dankbarkeit den ganzen Rest überlassen. Beide haben Stein und Bein geschworen, daß Hammond die ganzen Fallen aufgestellt hat, ganz allein, und sie haben als brave Staatsbürger alle Gefahrenherde beseitigt, sobald sie welche gefunden haben. Tja, leider lebt ja keiner mehr, der das Gegenteil behaupten könnte.«

»Und was ist mit der Sabotage?« Anna fühlte sich unwohl, weil Lynette und Tabby jedes Wort, das sie sagte, mithörten.

»Nicht schuldig. Hast du denn eine andere Aussage erwartet?«

Die zaghafte, irrationale Hoffnung, die sich in ihrer Brust geregt hatte, war vernichtet. »Kommt ihr alle gleich zurück?«

»Machst du Witze? Wir müssen tausend Formulare ausfüllen – bis wir fertig sind, haben die beiden schon ihre gesamte Haftstrafe abgesessen.«

Fünfzehn Sekunden tickten schweigend vorbei, während Anna ihre Gedanken zu ordnen versuchte. Ein Blick auf Tabby brachte sie zu einem Entschluß. Die junge Frau war klein, zerbrechlich, betrunken, schwanger und unbewaffnet. Ein Kinderspiel, dachte sie bitter.

»Danke für den Anruf, Dijon. Ich hatte mir schon Sorgen gemacht um euch. Bis demnächst, Kumpel.« Mit diesen Worten holte Dijons Stimme Anna aus ihren Grübeleien.

Anna kapierte, was er damit ausdrücken wollte. »Stimmt. Genau das wollte ich auch sagen«, erwiderte sie zerstreut und legte auf.

Anna holte sich einen Küchenstuhl und setzte sich so, daß sie den beiden Frauen gegenüber saß. Auf diese Weise hatte sie die zwei im Blick, hielt aber trotzdem Distanz und blieb beweglich. »Ich habe hier ein paar Fotos, die ihr euch mal ansehen solltet.« Sie schob die Zeitschriften und die Cheetos beiseite und legte die Schnappschüsse auf den Tisch, so herum, daß ihr Publikum sie richtig sehen konnte. Tabby und Lynette demonstrierten Interesse und Enthusiasmus. Sie fanden den Vorschlag unterhaltsam und freuten sich, daß Anne sich auch einbrachte.

»Tolle Landschaft!« sagte Lynette, angeregt von den Fotos und ihrer Rolle als Freundin. »Northwest? Vielleicht Olympic?«

Anna beobachtete Tabby. Zuerst betrachtete sie die Bilder mit derselben verschwommenen Freundlichkeit wie Lynette. Aber langsam kapierte sie, worum es sich bei diesen Aufnahmen handelte und wo sie herkamen. Die Partylaune verschwand, dann wich ihr das Blut aus den Wangen. Sie wurde so blaß, daß Anna schon befürchtete, sie könnte ohnmächtig werden. Ihre kleinen, geschwollenen Hände zogen sich von den Fotos zurück und sanken, ineinander verschlungen, auf ihren Schoß. Ihr Mund verzog sich, als wollte sie gleich anfangen zu weinen. Anna machte sich schon auf eine Flutwelle gefaßt, aber es kam nichts. Irgendwann versiegte auch der heftigste Tränenfluß.

Tabby griff sich an den Bauch und begann zu hecheln.

»Komm bloß nicht auf die Idee, jetzt dein Baby zu kriegen!« sagte Anna scharf. »Mach die Augen auf!« Tabby gehorchte. »Atme langsam und regelmäßig.« Wieder tat sie, was Anna sagte.

»Was ist los?« fragte Lynette.

»Psst!« wies Anna sie zurecht. »Atmest du?« Tabby schluckte und nickte. »Sag mir, was passiert ist. Ich hab das meiste herausgefunden, aber ich will es von dir hören. Dann überlegen wir gemeinsam, wie wir am besten vorgehen, okay?«

»Okay«, wisperte Tabby und griff nach ihrem Glas. Es war leer.

»Ich hab noch Wein im Auto«, sagte Lynette. »Er ist warm, aber –«

»Wir brauchen nichts mehr«, fiel ihr Anna ins Wort. »Tabby schafft das schon. Wir kriegen das hin.« Sie ließ einen Moment Stille eintreten. Annas schroffer Tonfall war durch Lynettes Alkoholnebel gedrungen. Sie saß jetzt brav in der Sofaecke und wartete ab, was als nächstes passieren würde.

»Ich … mir wird schlecht«, verkündetet Tabby.

»Nein, dir wird nicht schlecht«, widersprach Anna. »Es geht dir gleich besser, wenn du mit mir geredet hast.«

Tabby lehnte den Kopf zurück und schloß die Augen. Die ganze Spannung wich aus ihrem Körper. Ihre Finger entkrampften sich und ließen einander los, ihre Hände öffneten sich wie Blumen. Die Handfläche nach oben, so lagen sie auf ihren Oberschenkeln. »Ich wollte alles sagen«, flüsterte sie, und Anna zog ihren Stuhl näher zu ihr. »Aber wenn ich es sage, muß ich ins Gefängnis. Dann kommt das Baby im Gefängnis auf die Welt! Mein kleiner Junge.« Sie öffnete die Augen und sah Anna an. »Die lassen einem das Kind nicht, wenn man im Gefängnis sitzt, oder?«

»Weiß ich nicht«, antwortete Anna ehrlich.

»Sie würden ihn mir bestimmt wegnehmen. Ich weiß es. Wer läßt schon ein kleines Kind bei einer Mörderin? Er würde ja dann erfahren, daß ich seinen Vater umgebracht habe.« Aus einem tiefen, tiefen Brunnen der Trauer schöpfte Tabby noch einmal dicke Tränen. Sie flossen über ihre Schläfen und verschwanden in den Haaren.

»Da ist die Sache mit dem brennenden Bett«, sagte Anna, ohne große Hoffnung allerdings. »Mildernde Umstände. Hammond hat dir nachgestellt, stimmt's?«

Tabby nickte, und ihre feinen Haare verwandelten sich auf der Sofalehne zu einem Heiligenschein. »Er hat ziemlich bald damit angefangen, nachdem er in die Cascades gekommen ist. Zuerst hab ich mich irgendwie geschmeichelt gefühlt. Er hat mir kleine Geschenke gemacht – eine Blume, ein hübscher Stein, so was. Ich hatte aber keine Lust, mich auf irgendwas einzulassen, und da ist er gemein geworden. Er ist mir dauernd gefolgt. Hat mir zu verstehen gegeben, daß er mich immer findet, egal, wo ich bin, und daß er in unser Haus reinkommt, auch wenn wir alle Türen abschließen. Er hat meine Post gelesen. Hat irgendwelche Sachen auf den Autositz gelegt, obwohl ich immer alle Türen verriegelt habe. Er hat mir vorgeführt, wie leicht es für ihn wäre, mich zu kriegen. Ich habe mit der Polizei geredet. Aber die einzigen richtigen Polizisten waren in Hope, und im Park hatten die nichts zu sagen. Hope liegt nicht mal in den Vereinigten Staaten. Todd und seine zwei Saisonarbeiter waren die einzigen Ranger mit polizeilichen Befugnissen im ganzen Bezirk. Slattery ist von keinem bei irgend etwas beobachtet worden, nur von mir, und manchmal, wenn ich gesagt habe, er hätte mich belästigt, dann hat er irgendein Mädchen angeschleppt, das ausgesagt hat, er sei mit ihr zusammen gewesen. Der Park Service wollte eigentlich, daß Todd sich aus der Sache raushält, weil er mein Mann ist, aber sonst war ja keiner da. Ich nehme sowieso an, daß mir keiner von denen geglaubt hat.

Todd ist durchgedreht. Ich hatte Angst, daß ihm was zustößt oder daß er Slattery umbringt und ins Gefängnis muß. Wir haben eine Wohnung in der Stadt gemietet, damit immer Leute um uns rum sind – Leute, die mir helfen konnten, falls … falls etwas passiert. Slattery hat dann genau das gleiche auch in der Stadt gemacht. Ich habe ein paarmal eine einstweilige Verfügung eingereicht, aber die Polizisten dachten, ich will mich nur wichtig machen, weil mein Mann im Park ist und so. Dann habe ich ihnen erzählt, daß Slattery mich im Park belästigt hat, und das war nicht mal in Kanada. Schließlich haben sie mit Slattery geredet, aber er klang so vernünftig, und ich klang so bescheuert. Und wir waren Amerikaner, und alles war total beschissen. Slattery sagte, die einstweiligen Verfügungen hätten gar nichts zu sagen. Und das stimmte – er hat mich immer gefunden, egal wie sehr ich mich bemühte, nie allein zu sein. Er hat gedroht, daß er Todd etwas antut, also habe ich meine Klage jedesmal zurückgezogen.

Dann bin ich schwanger geworden, und Todd wollte sich versetzen lassen. Slattery hatte gewonnen, wir ließen uns in die Flucht schlagen. Ich dachte, damit sei endlich alles vorbei. Und dann ist er hier aufgekreuzt. Er ist uns einfach gefolgt. Alles fing wieder von vorn an. Aber jetzt war ja das Kind unterwegs. Slattery sagte lauter fiese Sachen über das Baby. Er war unheimlich wütend, weil ich schwanger war. Er hat gesagt, er tötet das Baby, wenn ich nicht bestimmte Dinge tue. Ihr wißt schon …«

»Ich kann's mir vorstellen«, sagte Anna.

»Ich glaube, jetzt wird mir gleich schlecht«, verkündete Lynette.

»Meinetwegen«, sagte Anna und wandte sich dann wieder Tabby zu. »Erzähl weiter.«

»Todd verlor immer öfter die Nerven. Deshalb haben wir uns gestritten – an dem Abend, als du uns gesehen hast.«

»Er hat gesagt, er verläßt dich.«

Tabby blickte abrupt hoch. Ihr Kopf schien sich unabhängig von ihrem schlaffen Körper zu bewegen, als hätte ein Marionettenspieler eine Schnur gezogen. »Nein, hat er nicht«, sagte sie mit Kinderstimme.

»›Du würdest mich verlassen‹«, zitierte Anna ihre Worte.

»Hat er gedacht, du gehst auf Slattery ein und machst ihm Hoffnungen?« fragte Lynette leise.

»Nein. Nein, überhaupt nicht.« Tabby wirkte beunruhigt und konfus und versuchte gegenzusteuern, indem sie sich aufrecht hinsetzte. Ihr Gesicht hellte sich auf, und sie lächelte, obwohl sie mitten in einer schrecklichen Geschichte steckte. Offenbar war Todds Drohung, sie zu verlassen, schlimmer als Slatterys Belästigungen. »Jetzt weiß ich wieder, warum ich das gesagt habe«, erklärte sie erleichtert. »Todd hat gesagt, er bringt Slattery um, und ich habe gesagt, dann landet er im Knast, und er hat geantwortet, das ist ihm egal, und ich habe gesagt, nein, es ist nicht egal, weil er mich dann verläßt.«

»Warum war er mit Hammond im Flugzeug?« fragte Anna.

Tabby stützte den Kopf in die Hände und wiegte sich, mitsamt dem kleinen Todd junior, vor und zurück. »Keine Ahnung. Vielleicht wollte er ungestört mit ihm reden. Ich weiß es wirklich nicht. Ich schwöre bei Gott, ich hatte keine Ahnung, daß Slattery nicht allein ist. Ich hätte es nie getan, niemals, wenn ich geahnt hätte, daß noch jemand betroffen ist. Ich hatte einfach Angst. Und dann ist Todd eingestiegen ...« Sie schwieg. Anna und Lynette sahen sich an. Anna befürchtete schon halb, Lynette könnte aus dem reichen Schatz ihres Glaubens irgend etwas Unpassendes hervorkramen, vielleicht daß der Gott des Alten Testaments die Menschen mit seinen Prüfungen etwas lehren will. Aber als sie den mitfühlenden Ausdruck auf Lynettes Gesicht sah, schämte sie sich für diesen Gedanken. Güte und Christentum gehörten bei Lynette zusammen.

»Also hast du die Beechcraft manipuliert«, konstatierte Anna zusammenfassend.

»Ja.«

»Weißt du, wer die braunhaarige Frau auf den Fotos ist?«

Tabby schüttelte den Kopf.

»Ist ja auch nicht mehr wichtig«, meinte Anna. »Wenn sie ebenfalls eins von Hammonds Opfern ist, dann kann ihr jetzt nichts mehr passieren.«

»Kann ich mir bitte einen Schluck Wasser holen?« fragte Tabby.

»Geh mit ihr«, sagte Anna zu Lynette.

Die geständige Mörderin und die betrunkene Geliebte des Opfers verließen den Raum. Anna war nicht im geringsten besorgt. Sie konnte sich nicht vorstellen, daß Tabby mit einem gestohlenen VW-Käfer abhauen würde. Daß Anna sich auf ihren gesunden Menschenverstand verließ, hatte mehr mit Gewohnheit zu tun als mit Erfahrung. Sie hatte Tabby als Tatverdächtige abgeschrieben, weil sie ihr nicht zugetraut hatte, das Flugzeug zu sabotieren. Wer weiß, dachte sie jetzt ziemlich gelassen. Vielleicht lag sie wieder falsch, und Tabby kam gleich aus der Küche zurück und fuchtelte mit dem Brotmesser herum.

Ein Rumoren kam aus der Küche. »Komm, ich mach's«, hörte sie Lynette sagen. Dann fielen klickend die Eiswürfel ins Glas. Klickklickklick.

»Verdammt!« Anna sprang von ihrem Stuhl auf. »Tabby!« schrie sie. »Tabby!« Beim zweiten Schrei hatte sie sich schon fast auf sie gestürzt. Mit weit aufgerissenen Augen und Elendsmiene stand Tabby an der Spüle und umklammerte ihr Wasserglas mit beiden Händen wie ein kleines Kind.

»Wie hast du es gemacht?« wollte Anna wissen und hielt sie an den schmalen Schultern fest.

Tabby zog sich in sich selbst zurück und wich Annas Berührung aus. »Ich hatte Angst!« heulte sie mit einem überzeugenden Angstzittern in der Stimme.

»Hör auf!« sagte Lynette und legte die Hand auf Annas Handgelenk.

»Nein«, sagte Anna. »Das sind gute Neuigkeiten. Wie hast du's gemacht, Tabby? Woher hast du gewußt, wie man ein Flugzeug präparieren muß, damit es abstürzt?«

»Ich habe Geschirr gespült, und da ist mir eine Frühstückstüte in die Spüle gefallen. Sie hat sich über den Abfluß gelegt, deshalb konnte das Wasser nicht abfließen.«

»Das heißt, du hast Frühstückstüten in die Benzinktanks gestopft, damit das Benzin nicht durchkommt und das Flugzeug abstürzt. Hab ich dich richtig verstanden?«

Tabby nickte.

»Hallelujah!« Anna nahm die Hände von Tabbys Schultern. Sie hatte sich doch nicht geirrt. Tabby war eine süße kleine Idiotin, auch wenn sie Mordpläne geschmiedet hatte. »Du hast Todd nicht umgebracht – und Slattery auch nicht. Diese Tüten bewirken überhaupt nichts, sie schwimmen nur im Tank herum. Selbst wenn sich durch irgendeinen blöden Zufall beide Tüten über den Abfluß gestülpt hätten und lang genug dort geblieben wären, um etwas zu bewirken, hätte das gar nichts ausgemacht, denn das Flugzeug hatte noch einen Innentank. Wir wissen, was den Absturz verursacht hat«, sagte Anna. Hoffentlich konnte sie endlich den tragischen Schimmer aus Tabbys Augen vertreiben. »Du warst es jedenfalls nicht. Es ist dir nicht gelungen! Du hast keinem Menschen was getan. Das Baby kommt bestimmt nicht im Gefängnis auf die Welt. Niemand wird dir deinen kleinen Sohn wegnehmen!«

Aber Tabby ließ sich nicht beruhigen, ihr Gesicht war immer noch ganz verkniffen, die Schultern hochgezogen.

»Meine Güte!« schrie Anna frustriert. »Bring du's ihr bei, Lynette. Es stimmt alles! Ich schwör's bei Gott. Aber jetzt muß ich los.« In der Tür blieb sie noch einmal stehen und drehte sich um. »Das heißt, nimm Tabby am besten mit zu dir. Und ruf Rick an! Sag ihm, ich brauche Verstärkung. Am Stafford House. Er soll sich beeilen.«

»Rick. Stafford House. So bald wie möglich«, wiederholte Lynette.

»Sicherheitsgurt!« ermahnte Anna sie noch und rannte die Holztreppe hinunter – in der verzweifelten Hoffnung, daß es noch nicht zu spät war.

Kapitel 26

Klickklickklick.

Klick. Klick. Klick.

Klickklickklickklick.

Es kam ihr völlig unbegreiflich vor – wie hatte sie nur so blöd sein können? Dot und Mona hatten den Zweiten Weltkrieg miterlebt. B-52-Bomber, Zigaretten, roter Lippenstift. Und Morse-Codes. SOS! Es hatte doch genügend Hinweise darauf gegeben, daß etwas nicht stimmte: die Nervosität in der Stimme, die Unhöflichkeit, die Spannung, das Schweigen. Aber Anna war innerlich so mit Tabby Belfore beschäftigt gewesen, daß sie die Signale gar nicht aufgenommen hatte.

Während sie den Truck anließ, kamen Tabby und Lynette aus der Wohnung. Juristisch gesehen war Lynette zu betrunken, um zu fahren, aber zu dieser nächtlichen Stunde war sie mit Sicherheit das einzige Fahrzeug auf der Straße, und in Anbetracht des allgemeinen Straßenzustands mußte sie mit dem VW so langsam fahren, daß sie nicht allzuviel Schaden anrichten konnte. »Schnallt euch an!« rief Anna noch einmal. Sie selbst zurrte ihren Sicherheitsgurt so fest, daß er an den Hüften scheuerte, aber auf Weise blieb sie sicher hinter dem Lenkrad, auch wenn die Fahrt, wie zu erwarten, turbulent wurde. »Immer schön vorsichtig!« ermahnte sie sich leise. Tot oder verletzt konnte sie niemandem mehr nützen. Lieber fünf Minuten später als im Arm der Sanitäter – dieser alberne Reim, den sie von ihrem Vater gelernt hatte, schoß ihr plötzlich durch den Kopf. Sie und Molly hatten es aber immer tröstlich gefunden, daß einen die Sanitäter wenigstens in den Arm nehmen würden.

Doch unter den gegenwärtigen Umständen war der

Spruch ein bißchen zu realistisch, um noch tröstlich zu sein. Ein paar Minuten konnten über Leben und Tod entscheiden. Annas Fuß auf dem Gaspedal wurde immer schwerer, und sie umklammerte das Steuer mit aller Kraft, um den Laster, der über die unebene Straße hoppelte, wenigstens einigermaßen unter Kontrolle zu behalten.

Das Alltagsleben war voller unbeantworteter Fragen, voller Rätsel, die niemand wahrnahm. Egal, wie ungewöhnlich eine Information war – solange sie nicht mit dem eigentlichen Problem in Verbindung gebracht werden konnte, lieferte sie keine nützlichen Anhaltspunkte. Das war das Schwierige bei Ermittlungen: Welche Dinge mußte man beachten, welche konnte man ignorieren?

Anna hatte etliche Elemente ignoriert, weil sie angenommen hatte, sie hätten nichts mit dem Fall zu tun, an dem sie arbeitete. Während der holperigen Fahrt von Plum Orchard zum Stafford House wurde ihr klar, daß einige dieser Elemente genau in die Lücken paßten, die bei der Theorie »Die Hansons sind die Killer« offengeblieben waren.

Marty hatte Anna und Dijon aus seiner Wohnung geworfen, nachdem Dijon das Schreiben gelesen hatte, das die Lewin Elektromikroskope zurückrief. Dot und Mona hatten sich beschwert, daß ihnen zwei bezahlte Assistenten versprochen worden seien, die nie auftauchten. Slattery Hammond hatte sich plötzlich, für ihn eher untypisch, für die Nistplätze der Schildkröten auf Cumberland Island interessiert. Lynette war an dem Morgen des Flugzeugabsturzes bei Hammond gewesen, um etwas abzuholen, was die VIPs ihm geliehen hatten und was sie für ihr Schildkrötenprojekt brauchten. Am Nachmittag war Anna dann bewußtlos geschlagen worden, und zwar von jemandem, der nach etwas suchte, was kein anderer finden sollte. Später war Annas Laster durchwühlt worden, und jemand hatte die Sitze aufgeschlitzt, aber nichts mitgenommen – vermutlich, weil das, wonach er suchte, nicht da gewesen war. Später am selben Tag hatte Marty Schlessinger angeboten, Tabby beim Sortieren der Unterlagen zu helfen, die Todd zurückgelassen hatte – ein höchst überraschender Akt der Hilfsbereitschaft, der überhaupt nicht zu ihm paßte. Mittendrin war dieses Projekt aufgegeben worden, und die Wohnung und Tabby hatten sich anschließend in noch wesentlich schlimmerem Zustand befunden als vorher. Heute abend hatte Anna auf dem Schreibtisch des Chiefs Rangers eine Nachricht der VIPs gefundene: »Kommen Sie so bald wie möglich.« Dann das Cottage von Mona und Dot, in einem Wust aus Akten und Papieren, Flicka draußen auf der Straße, ausgesperrt, und eine Coladose, mit der SOS gefunkt wurde.

Anna hätte gewettet, daß es nie ein Elektromikroskop gegeben hatte – oder daß Schlessinger es verkauft hatte. Das Geld, das für die Assistenten vorgesehen war, hatte er eingesackt und dann die Nase hochgeschnieft. Unstimmigkeiten in den Unterlagen hätten das vielleicht ans Tageslicht gebracht. Slatterys plötzliches Interesse an bedrohten Tierarten war bestimmt dadurch hervorgerufen worden, daß er Schlessinger auf der Spur war. Er hatte die Akten überprüft, hatte Beweise gefunden und dem Biologen gedroht, er werde ihn verpfeifen.

Wenn man die Ereignisse aus diesem Blickwinkel betrachtete, bekam sogar die Lüge, er habe an dem Tag, als der Österreicher verletzt wurde, Schüsse gehört, einen Sinn. Möglicherweise war Marty, der die Insel ja sehr gut kannte, zufällig den Hansons auf die Schliche gekommen. Aus irgendwelchen Gründen – Gleichgültigkeit, Machtgier oder kostenloses Dope – hatte er die Klappe gehalten. Als die Situation nach dem Absturz immer brenzliger wurde, mußte er dafür sorgen, daß die Ermittlungen in eine Richtung gingen, die für ihn ungefährlich war. Gab es da etwas Besseres als ein Marihuana-Feld?

Richter, Polizei und die amerikanische Öffentlichkeit – sie glaubten nur zu gern, daß alle Cannabisfarmer zu den gräßlichsten Verbrechen fähig waren.

»Verdammt!« fluchte Anna mit zusammengebissenen Zähnen. Sie hatte Angst, wenn sie die Kiefermuskeln lockerte, würde sie sich die Zunge abbeißen. Morde hatten eine bedrückende Ähnlichkeit mit Zaubertricks – wenn man sie erst einmal durchschaut hatte, schien alles so banal, und man konnte nicht mehr staunen, sondern kam sich blöd vor, weil man an der Nase herumgeführt worden war.

Stafford House war nur gut drei Meilen von Plum Orchard entfernt. Anna schaffte es, die Strecke in vier Minuten zurückzulegen – vermutlich eine Rekordzeit für diese Straße. Bei der Mauer parkte sie. Ihr Magen grummelte unwillig, weil soviel auf sie einstürmte. Mit einer Taschenlampe und einem Kreuzschlüssel bewaffnet stieg sie aus dem Truck. Sie hielt sich im dunkelsten Schatten, ganz nah an der Mauer, und ging gut fünf Meter vom Wagen weg. Dort kauerte sie sich zwischen Mauer und eine Zwergpalme und wartete. Es war nicht besonders verlockend, sich an einen Tatort zu begeben, wenn man weder eine Schußwaffe noch Unterstützung hatte. Sie wollte zuerst die Lage erkunden, ehe sie eine Entscheidung traf; sie mußte wissen, ob die scheppernde Ankunft des Trucks irgend jemandem aufgefallen war.

Eine Minute unfreiwilliger Tatenlosigkeit verging. Noch eine. Nichts rührte sich, kein Laut war zu hören, nur das Knacken des abkühlenden Motors und das Gewisper der Sommernacht. Überzeugt, daß sie allein war – oder daß jemand raffinierter war als sie – richtete sie sich langsam auf. Den schweren Kreuzschlüssel, der sich gut dafür eignete, Gangster zu erledigen und Vampire abzuwehren, schob sie in den Gürtel, um die rechte Hand frei zuhaben. In der linken hielt sie die Taschenlampe, aber der Lichtschein war so braungelb und schwach, daß sie die Lampe empört wegwarf. Sie würde nur ihren Aufenthaltsort verraten.

Das Tor war immer noch geschlossen, Schlessingers Geländewagen stand noch im Windschatten der Mauer, neben dem Laster der VIPs. Lautlos trat Anna in den Hof, schlich in der Dunkelheit bis zum Cottage und drückte sich unter dem einzigen hohen Fenster an die Hauswand. Das Licht war gelöscht worden, und aus dem Innern drang kein Laut. Wieder wartete sie zwei endlose Minuten, aber sie konnte nichts hören – keine Schritte, kein Wort, auch nicht das verräterische Rascheln von Stoff, der am Holz entlangstrich.

Bei der Vorstellung, sie könnte zu spät gekommen sein, grub sich die Angst mit scharfen Krallen in ihren Magen. Lagen Dot und Mona reglos im Haus, für immer verstummt, ihr Wissen und ihre Unterlagen vom Erdboden verschluckt? Wie schwer war es, zwei alte Damen zu ermorden? Das hing natürlich auch davon ab, um welche Damen es sich handelte. Dot, Mona, Alice – das waren keine Frauen, die sich ohne Gegenwehr von dieser Welt verabschieden würden. Der Gedanke tröstete Anna. Hätte Marty sein Vorhaben schon ausgeführt, würde sein Wagen nicht mehr hier herumstehen.

Die Stille beruhigte sie. Sie schlich um die Ecke und stellte sich seitlich neben die Haustür. Dunkelheit und Hitze vermischten sich. Doch dann spürte sie plötzlich hinten an ihren frisch geschnittenen Haaren einen Lufthauch. Dann hörte sie ein leises Blöken. Hufgeklapper. Flicka hatte sie gewittert und kam über den Holzfußboden auf die Tür zugeklackert.

Anna schluckte, um ihr Herz wieder an den Platz zu schicken, wo es hingehörte. Sie trat von der Gittertür weg. Das kleine Tier hatte sie erschreckt, aber sie nahm seine Gegenwart als einen weiteren Beweis dafür, daß das Cottages leer war. Wenn Dot und Mona da waren, ignorierte Flicka nämlich alle normalen Sterblichen.

Sie griff hinein und tastete nach dem Lichtschalter. Flicka stürzte heraus, sobald sie die Klinke gedrückt hatte, und sprang an ihr hoch wie ein unerzogener junger Hund. Das Kratzen der scharfen Hufe brachte die Stiche auf Annas Oberschenkel wieder zum Jucken. Geschützt durch das Lattenwerk und den Verputz der Mauer knipste Anna das Licht innen an und reckte sich kurz in die Höhe, so daß sie über den Fenstersims und um den Türrahmen herum schauen konnte. Sie durfte keine Zielscheibe bieten, wo eine Zielscheibe vermutet wurde, und sich nicht so lang sehen lassen, daß sie getroffen werden konnte.

Das große Zimmer war leer. Überall lagen Papiere herum, die Kartons mit den Unterlagen waren umgekippt. Halbverbrannte Seiten kokelten auf den Herdsteinen. Ein Schlafzimmer ging von einem kurzen Flur ab, der zum hinteren Teil des Hauses führte. Wäre Anna bewaffnet gewesen, hätte sie sich verpflichtet gefühlt, dort nachzuschauen. Beim Durchsuchen von Gebäuden war ihr nie richtig wohl. Während ihrer Ausbildung hatte sie zweimal getötet, beide Male bei einer Hausdurchsuchung. Sie war froh, daß sie diesmal eine gute Ausrede hatte. Ein Glück, daß im großen Zimmer nicht lauter Leichen herumlagen!

Sie ließ das Licht brennen und rannte schnell ums Haus herum. Flicka schien Angst zu haben, im Verlauf einer einzigen Nacht ein drittes Mal im Stich gelassen zu werden, überlegte kurz, lief ein paarmal hin und her und entschloß sich dann, Anna auf den Fersen zu bleiben.

Anna spähte durch alle Fenster und durch das Türschloß in der Hintertür, das aussah, als wäre es seit mindestens fünfzig Jahren nicht mehr geöffnet worden. Es fiel genug Licht in die hinteren Räume, um das Wichtigste zu erkennen. Voller Erleichterung konstatierte Anna, daß das Cottage leer war – es sei denn, die zwei Frauen hatten sich unterm Bett verkrochen.

Aber die Erleichterung war nicht von Dauer, sondern wurde gleich von Unruhe und Frustration abgelöst. Dot und Mona waren weggebracht worden. Erste Regel der Selbsterhaltung: Laß dich nie zum zweiten Tatort locken. Egal, welche Versprechen gemacht werden –ein Täter wechselt nie den Ort, um seinen Opfern das Leben leichter zu machen. Anna erinnerte sich an einen Lehrer im Seminar über Selbstverteidigungsstrategie, der eine schüchterne junge Studentin anschrie: »Diese Typen werden Sie vergewaltigen! Die bringen Sie um und werfen Ihre Leiche in den nächsten Graben. Warum kapieren Sie denn nicht, daß Sie angelogen werden?«

Sie war jetzt wieder am vorderen Eingang. In der Hoffnung, etwas zu finden, was darauf hinweisen könnte, wohin Marty die Frauen verschleppt hatte, trat sie ein. Sie waren zu Fuß gegangen, soviel war klar, sonst wären die Autos nicht mehr da. Es war noch keine Stunde vergangen, seit Anna hier gewesen war und die VIPs gesehen hatte. Das Sortieren der Unterlagen und das Verbrennen mußte einige Zeit in Anspruch genommen haben. Sie konnten also noch nicht weit gekommen sein. Anna hatte einen Umkreis von 360 Grad, aus dem sie wählen konnte. Überall war es ähnlich dunkel und ungastlich. Im Osten war der Wald, die Chimneys und das Meer. Im Süden der Sund, das Marschland und ein alter Friedhof. Im Westen reichte der Sund fast bis an das Gelände heran, das zum Stafford House gehörte. Im Norden war das offiziell als Wildnis deklarierte Gebiet mit dem Küstenwald und Salzwassersümpfen. Jede Menge Orte, wo man zwei Leichen verschwinden lassen konnte. Wenn man umsichtig war und die Gezeiten und die Winkerkrabben mithalfen, konnte ein erfahrener Biologe dafür sorgen, daß die Leichen nie gefunden wurden, nicht von Hunden und auch nicht nach langer Zeit.

Während sie noch dastand und überlegte, merkte Anna, daß sie ihren treuen Begleiter verloren hatte. Flicka war noch bei ihr gewesen, als sie ums Haus gegangen war, war ihr aber nicht ins Innere gefolgt.

Zuerst war das Rehkitz ausgesperrt gewesen. Vielleicht aus Versehen. Möglicherweise hatte es aber auch um eine Einschüchterungstaktik gehandelt, damit die Angst um das eigene Leben durch die Sorge um das kleine Haustier noch gesteigert wurde. Oder das Tier bedeutete eine Ablenkung, die Marty nicht brauchen konnte. Der Mann stand massiv unter Koks und unter Adrenalin, da konnte ihn jede Kleinigkeit aus dem Gleichgewicht bringen.

Dann war Flicka im Haus eingesperrt worden.

Weil das Rehkitz sich nicht von den beiden alten Frauen trennen wollte?

»Flicka, komm her, Baby«, rief sie leise und lief hinaus in den Garten. Hey, Lassie, Timmy ist in den Brunnen gefallen, mußte sie denken, aber egal – Flicka war ihre einzige Hoffnung, und an diese Hoffnung würde sie sich klammern.

Nach kurzer Suche fand sie das Tier. Es stand am Rand der Wiese hinter dem Stafford House. Als es Anna sah, blökte es einmal laut und starrte dann wieder in die pechschwarzen Wälder. Um es nicht abzulenken, ging Anna ein Stück zurück und versteckte sich im Schatten des ehemaligen Dienstbotenflügels. Etwa eine Minute lang trottete das Kitz blökend am Waldrand hin und her; dann verschwand es mit eleganten Schritten zwischen den Bäumen.

Anna folgte ihm, so schnell sie konnte. Der zunehmende Mond war inzwischen aufgegangen, und Lichtreflexe erschienen auf dem Waldboden. Sich mehr auf ihren Instinkt als auf ihr Gehör verlassend, folgte Anna dem kleinen Tier. Nachdem es einmal seine Richtung gefunden hatte, lief es unbeirrt weiter. Bei den Salzsümpfen, die den Sund umgaben, wurde der Wald weniger dicht.

Es war Flut. Nur die Grasspitzen ragten aus dem Wasser und wogten in der Strömung. Im diffusen Licht des Mondes konnte man nicht sehen, wo das Gras aufhörte und das Wasser begann. Der Meeresstrand war genauso ungewiß. Land und Sumpf und Meer gingen nahtlos ineinander über. Glühwürmchen trugen ihr glitzerndes Gefunkel zur Szenerie bei und holten so auch den Himmel in diese Verschmelzung der Elemente.

Anna verließ sich auf den Geruchssinn des Rehkitz und folgte ihm immer weiter. Ein paarmal blieb sie stehen und wanderte eine Weile ziellos an der Grenze zwischen Land und Sumpf hin und her, kläglich blökend. Jedesmal hielt Anna erschrocken den Atem an, weil sie befürchtete, es könnte die Spur verloren haben – oder am Ende der Spur angekommen sein. Wenn man eine Leiche mit einem Gewicht versah und unterhalb der Ebbe-Markierung im hohen Schilf versenkte, war sie für immer vor der Welt sicher. Mit seiner natürlichen Fluktuation beseitigte das Meer alle Spuren von Gewalt. Den Rest würden Aasfresser besorgen.

Flicka blieb wieder stehen. Anna wartete, daß das Tier den Geruch wieder aufnehmen würde. Die Zeit drängte. Das Kitz ging hin und her und klagte. Zweimal legte es sich hin und schob die Nase zum Schwanz, als wollte es aufgeben. Es war mindestens so nervös wie Anna. Aber die Verschnaufpausen waren kurz, denn schon einen Augenblick später sprang es rastlos wieder auf und rannte am Rand des Ufers entlang. Schließlich kam es zu Anna zurückgetrottet, blieb unterwegs abrupt stehen, ließ sich nieder und heulte den Mond an. Flicka wußte nicht weiter. Und somit war es um Dot und Mona geschehen.

Das hat man davon, wenn man sich darauf verläßt, daß das Wild den Jäger findet, dachte Anna bitter.

Weil ihr nichts Gescheiteres einfiel, blieb sie einfach da, wo sie war. Sie hielt die Augen und Ohren offen, in der Hoffnung, die Nacht könnte ihr irgend etwas mitteilen. Der Mond war im Westen über die Bäume geklettert. In seinem milchigen Licht bemerkte Anna ein Stück über dem Boden etwas Weißes. Ein Fetzen Papier hatte sich in einem Eichensetzling verfangen.

Wenn sie wenigstens eine Taschenlampe hätte! Anna verfluchte die Person, die auf Cumberland Island für die Ausrüstung des Feuertrupps verantwortlich war. Sie hielt sich den Zettel dicht vor die Augen. Es stand nichts drauf, aber trotzdem konnte es ein Zeichen sein. Aufgeregt ging Anna weiter, setzte langsam einen Fuß vor den anderen, suchte jeden Busch, jeden Grashalm auf weitere Hinweise ab. Gut drei Meter weiter wurde sie belohnt. Ein zweites Stück Papier war mit einer Fußspur in die feuchte Erde getreten – es war zu dunkel, um sie ohne Taschenlampe richtig zu erkennen, aber Anna ertastete den Rand mit den Fingerspitzen. Indem sie das Papier hin und her drehte, konnte sie etwas erkennen, was möglicherweise der Abdruck eines Turnschuhs war.

Nach vier Metern kam das nächste Stück Papier. Die Entdeckung schärfte ihren Blick, und trotz der schwachen Beleuchtung fand sie nun andere Zeichen. Dot und Mona waren mit schlurfenden Schritten gegangen, hatten Zweige abgebrochen, Papierfetzen fallen lassen und einmal einen Blusenknopf. Was für clevere alte Frauen, dachte Anna und lächelte. Mit einer haltbaren Form von Brotkrumen hatten sie eine Spur ausgelegt, der auch eine Blinde folgen konnte. In der Rolle dieser Blinden bewegte sich Anna im Schneckentempo auf dem schmalen Landstreifen zwischen Wald und Wasser vorwärts und fand ungerauchte Zigaretten, ein Taschenmesser, Monas Timex, Dots Fingerring und noch drei Knöpfe. Sie ließ die Fundstücke an Ort und Stelle liegen. Falls Rick mit seiner Taschenlampe mehr Glück hatte als sie mit ihrer, würde er schneller auf diese Fährte stoßen. Sie hatte nichts gegen ein bißchen Gesellschaft einzuwenden.

Ermutigt durch Annas Initiative gab Flicka das Trauern auf, trottete neben ihr her und begrüßte jedes neue Stück Information mit seiner kühlen, trockenen Nase.

Zwanzig Minuten waren vergangen, seit Anna der Spur aus Knöpfen und Kippen folgte. Dreißig. Trotzdem konnte sie immer noch nichts hören. Sie kam langsam voran, aber sie hatte schätzungsweise schon ein bis anderthalb Meilen zurückgelegt. Schlessinger ging mit Dot und Mona an der Wasserlinie entlang in die offizielle Wildnis, wo weniger Chancen bestanden, daß das Grab gefunden wurde – obwohl auch dort keineswegs alles unberührt war. In der Wildnis waren keine Geräte mit Motor erlaubt: keine Autos, keine Geländewagen, keine Kettensägen, keine Bulldozer. Je unzugänglicher ein Gebiet, desto weniger Besucher, versteht sich. Im Lauf der Jahre hatte Anna bemerkt, daß selbst eine bescheidene Wanderung – eine halbe oder eine dreiviertel Meile vom Parkplatz – die Zahl der Touristen um neunzig Prozent reduzierte. Die Leute waren träge, sie liebten ihr Auto und fühlten sich unsicher, wenn sie sich zu weit von ihm entfernen mußten. Polizeibeamte waren auch Menschen – selbst Beamte der Bundespolizei, entgegen der allgemeinen Überzeugung. Ohne zwingende Beweise wurde um so weniger durchsucht, je weiter sich ein Polizist von seinem Streifenwagen wegbewegen mußte.

Rechts von Anna wurde das Ufer ziemlich steil. Die Strömung hatte den Boden unterschwemmt, er war weggebrochen und hatte dabei Wurzeln freigelegt, die so dick waren wie männliche Oberschenkel. An manchen Stellen sah es aus, als würden die Bäume demnächst in den Sumpf stürzen. Sich verzweifelt ans Leben klammernd, hingen sie im rechten Winkel über dem Seegras. Zusammen mit der weiten freien Fläche, die sich links von ihr wie eine sanft gewellte Wiese ausbreitete, wirkte das ziemlich verunsichernd. Annas Orientierungssinn war in den letzten sechsunddreißig Stunden ziemlich in Frage gestellt worden.

Der Streifen zwischen dem abbröckelnden Ufer und dem schlammigen Rand des Sumpfs wurde immer schmaler. Anna hatte keine Wahl – sie mußte auf dieser Route bleiben, wenn sie den VIPs folgen wollte, aber sie wurde immer nervöser.

Als sie in Begleitung des treuen Rehkitz noch mindestens eine weitere Meile zurückgelegt hatte, hörte sie die Geräusche, auf die sie schon die ganze Zeit gewartet hatte. Gedämpfte Stimmen – in ihren Ohren klangen sie wie das Tröten eines Nebelhorns in einem geschlossenen Raum. Sie blieb so unvermittelt stehen, daß Flicka gegen sie rannte. Das Kitz, ihr treuer Gefährte, war nun zu einem Risikofaktor geworden. Wenn es den Geruch seiner Patinnen aufnahm, würde es blökend losrennen und damit verraten, daß es befreit worden war und ihm möglicherweise jemand folgte. Anna mußte an eine Nacht in West-Texas denken, als sie fast ihr Leben einem Berglöwen geopfert hatte. Tiere waren gute Geiseln. Anna konnte sich lebhaft vorstellen, wie Schlessinger das Messer an Flickas Gurgel hielt und schrie: »Keine Bewegung – oder Bambi geht hopps!« Höchstwahrscheinlich würden Dot und Mona und auch sie selbst seinen Befehlen sofort Folge leisten, nur zum zu verhindern, daß dieses perfekte Lebewesen getötet wurde.

Anna setzte sich auf einen umgestürzten Baumstamm und lockerte ihre Schnürsenkel. In den Stiefeln trug sie zwei Paar Strümpfe, dünne Kniestrümpfe direkt auf der Haut, die den Schweiß aufsaugten, und darüber dicke Baumwollkniestrümpfe, um ihre Füße gegen das grobe Leder ihrer Red Wings zu polstern. Sie zog beide Paare aus und schlüpfte barfuß wieder in die Stiefel. Dann bastelte sie aus den Strümpfen ein Halsband und eine Leine für Flicka. Das Ende der Leine wickelte sie fest um einen abgebrochenen Ast, der aus dem Baumstamm, auf dem sie gerade saß, herausragte.

»Ich komme wieder«, flüsterte sie und nahm Flickas

Gesicht zwischen beide Hände. »Bitte, bitte, sei still – sonst mache ich Wildbretsandwich aus dir.«

Flicka leckte ihr die Hand.

»Bleib hier«, flüsterte Anna und entfernte sich dann schnell. Sie drehte sich nicht um, weil sie Angst hatte, Blickkontakt könnte das kleine Tier zu einem hoffnungsvollen Blöken verleiten.

Das bröckelnde Ufer erreichte den Rand des Sunds. Hier konnte sie nicht weitergehen, aber gleichzeitig war sie geschützt. Anna blieb stehen und lauschte. Flicka schwieg, Gottseidank! Jenseits der unregelmäßigen Mauer aus Erde und Wurzeln hörte sie Monas Stimme.

»Ich kann nicht mehr laufen.« Monas Stimme war zu schrill, zu laut. Ein dumpfer Schlag folgte, das typische Geräusch, wenn Metall auf einen menschlichen Körper trifft.

»Ruhe!« Schlessinger.

Ein Stöhnen, so richtungslos wie das Heulen des Winds in den Bergen, untermalte seinen Befehl.

»Aber das war nicht –« Dot.

»Ruhe!«

Dann war es still. Monas Knochen waren alt. Wurden eigentlich auch die Schädelknochen dünn und brüchig? Anna konnte sich nicht erinnern, das je gelesen zu haben. Sie drückte sich bäuchlings gegen die Erde und robbte den Abhang hinauf. Auf der Landseite war er drei bis vier Meter hoch. Die freigelegten Wurzeln einer immergrünen Eiche ragten aus der Erde. Zur Meerseite hin gab es so gut wie keine Böschung, weil die Strömung den Boden wegspülte und wieder neu verteilte. Dort, wo Anna sich befand, ging es nur etwa zwei Meter nach oben, und der Boden war ziemlich weich, weil er gerade erst von der eigentlichen Insel getrennt worden war. Dank der lockeren Erde kam sie relativ leise voran. Wie eine Eidechse erreichte sie schließlich den oberen Rand der Böschung und stürzte sich auf die Arme, um über die höchste Stelle hinübersehen zu können. Wie eine Eidechse, die versucht, die Entfernung einzuschätzen, während sie sich auf ihre kurzen Vorderbeine stützt, dachte sie. Gelächter stieg in ihr hoch, so erbarmungslos, als hätte sie wieder gekifft.

Ein Stück von ihrem Versteck entfernt konnte sie Dot, Mona und Schlessinger sehen, auf einem schmalen Vorsprung zwischen Böschung und Sumpf. Schlessinger lehnte mit dem Rücken an der vertikalen Erdmauer. In der linken Hand hielt er eine Taschenlampe mit sechs Batterien, den hellen Strahl auf die VIPs gerichtet. In der rechten hatte er eine Schußwaffe. Keinen einfachen sechsschüssigen Trommelrevolver wie ein Cowboy, sondern einen Glock oder eine Sig-Sauer. Anna kannte sich mit Waffen nicht besonders gut aus, aber sie wußte, es war eine Halbautomatik, mit zehn bis dreizehn Schuß im Magazin und einem in der Kammer. Beim Blick auf das vertraute Stück Eisen fühlte sie sich nackt und schutzlos. Nicht gerade angenehm.

Mona saß zusammengekrümmt auf dem Boden und umklammerte ihr rechtes Knie, wie Anna das schon oft bei verletzten Wanderern beobachtet hatte. Dot kniete hinter ihr im Matsch und drückte Monas Kopf an ihre Brust. Unter ihren Fingern lief eine feine Blutspur über Monas Schläfe. Vielleicht waren es auch Tränen. Im indirekten Schein der Lampe konnte Anna das nicht unterscheiden. Aus ihrer Perspektive sah es nur einfach dunkel und zähflüssig aus.

»Sie kann nicht mehr!« erklärte Dot streng. »Wenn Sie sie schlagen, wird alles nur noch schlimmer.«

»Ich habe Ihnen doch gesagt, ich habe ein böses Knie«, sagte Mona mit rauher Stimme. »Es will nicht mehr – das passiert mir öfter. Ich kann nicht mehr gehen.«

»Eine alte Football-Verletzung.«

Anna bemerkte den erstaunten Blick, den Mona ihrer Freundin zuwarf.

»Zwei Möglichkeiten«, verkündete Schlessinger. »Du stehst auf und gehst weiter, oder ich erschieße dich gleich hier.« Er änderte seine Körperhaltung nicht, und auch sein Gesichtsausdruck blieb unbewegt. Weil er die Taschenlampe hielt, konnte Anna ihn nicht so gut sehen wie die beiden anderen, aber im Widerschein des sich im Wasser spiegelnden Mondlichts konnte sie erkennen, wie angespannt Schlessinger war. Eine Gitarrensaite, die demnächst reißt. In der kurzen Stille, die nun folgte, hörte Anna ein leises Geräusch. Es klang wie Steine, die in der Brandung gegeneinander schrappen. Marty knirschte mit den Zähnen. Der Lauf seiner Waffe zuckte krampfhaft an seinem Oberschenkel. Mit den Fingern der linken Hand trommelte er auf den Stab der Taschenlampe.

Wenn Kokain seine Lieblingsdroge war und er möglicherweise ein paar Lines mehr als sonst geschnupft hatte, um sich Mut zu machen, dann war Marty Schlessinger ein Pulverfaß. Er kannte keine Angst, nur einen grenzenlosen Verfolgungswahn. Schmerzen würden erst eine Rolle spielen, wenn die Wirkung der Droge nachließ. Weil er momentan also weder Angst noch Schmerzen empfand, hatte er mehr Mut, als Anna lieb sein konnte. Strafe, Mitleid, Ethik, Moral – all die Druckmittel, die die Menschen einsetzten, um sich und andere daran zu hindern, die Gesellschaft zu Grunde zu richten – blieben bei ihm ohne Wirkung.

»Dann erschießen Sie mich eben«, sagte Mona und fummelte eine Zigarette aus der Hosentasche.

»Ich habe gedacht, du nimmst deine Zigaretten dafür, um eine Spur zu legen«, sagte Dot vorwurfsvoll.

»Eine hab ich behalten, damit ich sie vor der Hinrichtung rauchen kann. Ich hab was für Traditionen übrig.« Das klang sehr tapfer. Anna war beeindruckt, aber sie sah, wie stark Monas Hand zitterte – sie konnte sich kaum die Zigarette anzünden.

Ihr Entführer schien das Gesagte gar nicht zu hören,

geschweige denn zu begreifen. Mit gespielter Beiläufigkeit redete Dot weiter und versuchte dabei zu kaschieren, daß ihre Lippen zitterten: »Wir haben eine Spur gelegt, Marty. Sie können uns nicht einfach beseitigen. Wir haben genügend Beweise hinterlassen, um Sie auf den elektrischen Stuhl zu bringen. Warum lassen Sie uns nicht einfach laufen? Mona und ich habe sowieso nichts mit den Schildkröten am Hut. Wir haben nie so ganz kapiert, wie das läuft. Im Grund sind wir nur zwei senile Lehrerinnen. Lassen Sie uns gehen – und wir vergessen die ganze Sache.« Mit jedem Wort wurde ihre Stimme fester. Es zahlte sich aus, daß sie viele Jahre damit verbracht hatte, Kinder zum Lernen anzuhalten.

In einem plötzlichen Anfall von Optimismus wartete Anna darauf, daß Marty sich ihren Argumenten beugen würde.

Unerreichbar durch jede Art von Humor, Logik oder Mitgefühl, hob Schlessinger seine Halbautomatik mit der Unaufhaltsamkeit einer vorprogrammierten, seelenlosen Maschine.

»Ach du Scheiße«, flüsterte Anna tonlos und dachte an all die Waffen, die sie nicht bei sich hatte. Der Kreuzschlüssel hing zwar noch an ihrem Gürtel, aber er half nur weiter, wenn man ihn aus nächster Nähe und persönlich anwandte.

Die Waffe richtete sich auf ihr Ziel. Kein Schimmer von Menschlichkeit in Schlessingers pupillenlosen Augen. Im grellen Lichtkegel starrten Dot und Mona hypnotisiert auf die Mündung. Dot hatte Mona die Hände auf die Schultern gelegt, während diese mit trotziger Geste ihre Zigarette an die Lippen führte und inhalierte.

Die Zeit war abgelaufen.

Ohne zu überlegen, nahm Anna einen etwa tischtennischballgroßen Stein und warf ihn auf Schlessinger. Ihre Geschlechtszugehörigkeit hatte verhindert, daß sie in ihrer Kindheit ständig runde Gegenstände geworfen und aufgefangen hatte. Der Stein traf den Biologen am Bein. Licht und Waffe schwenkten sofort zur Böschung. Drei Schüsse wurden in rascher Folge abgefeuert. Schlessinger glaubte, Anna befinde sich über ihm.

»Lauft weg!« brüllte Anna. Dot und Mona sprangen auf, Monas Knie hatte offenbar eine Wunderheilung durchgemacht. Schlessinger riß Waffe und Taschenlampe wieder herum und erwischte die VIPs mit dem Lichtstrahl. Sie waren in nördlicher Richtung losgelaufen, weg von dem Erdwall, der Anna verbarg. Der Boden dort verwandelte sich in Sumpf, und schon nach wenigen Schritten steckten sie bis zu den Knien in Matsch und Schilf fest.

Anna schrie wie eine Irre und begann, mit allem zu werfen, was sie zu fassen kriegte: mit Steinen, Stöcken, Erdklumpen und etwas, das sich verdächtig wie ein Frosch anfühlte. Ihre Schreie kamen tief aus dem Bauch, sie setzte alles ein, was sie während der Ausbildung und in Horrorfilmen gelernt hatte. Vielleicht schaffte sie es ja, wie eine ganze Armee von Irren zu klingen.

Schlessinger vergaß Dot und Mona und wandte sich Anna zu. Diesmal feuerte er in die richtige Richtung. Anna sah das Mündungsfeuer und spürte im gleichen Moment, wie eine Kugel dicht neben ihrem Ellbogen in die Erde einschlug. Lockere Erde half nicht viel, wenn man aus nächster Nähe beschossen wurde. Bestensfalls würde die Erde die Kugel so weit bremsen, daß diese ein größeres Loch in ihren Körper riß und sie weniger leiden mußte, weil der Tod schneller eintrat. Anna rollte sich zusammen wie eine Assel und kullerte den Abhang hinunter.

Rasch nacheinander schlugen drei weitere Schüsse in die Böschung ein und lösten einen wahren Regen von Erdklumpen aus. Jetzt wäre der passende Zeitpunkt für die Verstärkung! dachte Anna. Obwohl es natürlich auch sauer gewesen wäre, wenn sie aus einer so miesen Position gerettet würde.

Sie mußte Deckung suchen! Daß sie ihre Attacke mit Steinwürfen begonnen hatte, mußte für jeden – auch für jemanden, der verrückt und high war – ein Beweis dafür sein, daß der Gegner unbewaffnet war. Jeden Moment konnte Schlessinger den Schutzwall von Annas Festung erreichen. Ein paar Sekunden, die ihr vorkamen wie eine Ewigkeit, weigerte sich ihr Körper, die zusammengerollte Stellung aufzugeben und sich so der Gefahr auszusetzen. Aber dann schaffte sie es, auf Knien und Ellbogen durch den Matsch zu kriechen. Dabei rief sie mit lauter Stimme nach Rick, Al, Dijon und Guy; wie Beau Geste, der seine Phantom-Armee zusammenruft. Sie wollte Schlessinger lang genug in Verwirrung versetzen, um Dot und Mona Zeit zu geben, aus der Schußlinie zu gelangen.

Da die Gerüchteküche auf der Insel sehr effizient arbeitete, befürchtete Anna, daß ihr Trick nicht lang funktionieren würde. Daß die Hansons wegen Rauschgifthandels verhaftet werden sollten, war zwar nicht allgemein bekannt, aber jeder wußte, daß der Feuertrupp von Cumberland Island abgezogen worden war, um irgendeine geheime Polizeiaktion durchzuführen.

Ein Lichtstrahl wanderte ruckartig über die Böschung. Anna rollte sich ins tiefe Wasser. Ausgestreckt bot sie eine fantastische Zielscheibe. Das Wasser hatte ungefähr Körpertemperatur, und sie konnte nicht unterscheiden, wo sie naß und wo sie trocken war. Sie merkte, wie ihre Hände in den weichen Matsch sanken, der die Salzwiesen nährte. Gras, viel zu sparsam für ihre Bedürfnisse, erhob sich gut dreißig Zentimeter über ihrem Kopf. Der aufgewühlte Schlamm verströmte einen Geruch, in dem sich Tod und neu entstehendes Leben vermischten.

Dummerweise wollten Annas Beine unbedingt auf dem Wasser treiben. Ihr Hemd und ihre Hose plusterten sich auf. Mit aller Kraft klammerte sie sich ans Gras, an die Wurzeln, grub die Stiefel in den Morast, zwang ihren Körper unter die Wasseroberfläche.

Jetzt erschien Marty Schlessinger oben auf dem Erdwall. Entweder war er verrückt, oder er hatte endlich kapiert, daß Anna keine Waffen besaß und nur mit Steinen werfen konnte. Vermutlich stimmte beides.

»Aaannnaaa!« Er rief ihren Namen mit langedehnten Vokalen, was unheimlich klang, wie bei einem bösen Kind.

Trotz der tropischen Temperatur des Wassers lief es Anna eiskalt den Rücken hinunter. Verrückte machen sie nervös. Verrückte machten jeden nervös. An einem Wahnsinnigen konnte man sehen, wie leicht man vom Sockel der Vernunft stürzen konnte. Alle Regeln waren aufgehoben. Das Spiel war verändert, nicht einmal das Brett blieb dasselbe.

»Deine zwei alten Tanten sind tot.«

Entsetzen, verbunden mit einem bitteren Gefühl des Versagens, stieg in Anna hoch. Doch sofort meldete sich ein eigensinniger Selbsterhaltungstrieb. Wenn Marty Dot und Mona schon umgebracht hatte, war Annas Mission fehlgeschlagen. Sie konnte aufgeben. Sie konnte davonlaufen. Sie konnte ihren eigenen Arsch retten. Stück für Stück schob sie sich rückwärts durch das Marschgras, zum offenen Sund hin. Noch gut dreihundert Meter, und sie würde sich in Wasser befinden, in dem sie schwimmen konnte. Nach ihrer intimen Bekanntschaft mit Zecken und Wasserflöhen konnten Blutegel sie nicht mehr schrecken. Sie kamen ihr schon fast vor wie Verwandtschaft.

Ein trauriges Blöken ließ sie innehalten. Flicka, am Baumstamm festgebunden, war durch die Schüsse aufgeschreckt worden. Tut mir leid, dachte Anna feige, du mußt dir selber helfen.

»Flicka!«

Anna zuckte zusammen. Das war doch Mona! Schlessinger hatte gelogen – oder sich getäuscht. Mindestens eine der beiden alten Damen war noch am Leben.

Die Stimme seines Frauchens versetzte das kleine Rehkitz in Ekstase. Es schrie so laut, als würde man ihm mit einem stumpfen Messer die Eingeweide herausschneiden.

»Flicka!« Wieder Monas Stimme, diesmal näher. Das Rehkitz, diese kleine Judas-Ziege, führte Annas Schafe zur Schlachtbank – ohne es zu wissen natürlich. Ihre Feigheit hielt Anna im Sumpf zurück, Arme und Beine und Herz waren bleischwer vor Angst. Der warme Schlamm um sie herum war ihr lieb und teuer. Nur ihre Augen waren oberhalb der Wasseroberfläche, nicht anders als bei einem anständigen Alligator. So verfolgte sie, was sich am Ufer abspielte. Das Tempo verlangsamte sich. Es war, als hätte sie sich in eine Sumpflebewesen verwandelt und beobachtete das menschliche Drama schon fast mit Desinteresse.

Grimmig, systematisch, wie die Holzfigur bei einer Turmuhr, die tagaus, tagein den Hammer hebt, um die Stunde zu schlagen, so bewegte Marty Schlessinger den Kopf in die andere Richtung, weg von Anna. Die halbautomatische Waffe hob sich, während er sich langsam umdrehte. Seine ganze Aufmerksamkeit galt jetzt der Beschützerin des kleinen Rehkitz.

Notgedrungen schaltete Anna ihren Selbsterhaltungstrieb wieder ab und tauchte mit einem lauten Schrei aus dem Schlamm auf, ein Wesen aus einem Horrorfilm. Sie war nur gut fünf Meter von Schlessinger entfernt, aber die Strecke dehnte sich endlos, wie in einem Alptraum. Sie zog den Kreuzschlüssel aus dem Gürtel und schob sich voran. Die Luft war so dick und so zäh wie der Matsch. Schreie dröhnten in ihren Ohren. Es war ihre eigene Stimme und ein höheres Stakkato. Mona. Und Dot vielleicht auch?

Mit dem Rücken zur Böschung, vor sich das Meer, von zwei Seiten bedrängt, begann Schlessinger zu brüllen wie eine Tier in der Falle. Die Taschenlampe fiel ihm aus der

Hand und kullerte in leuchtenden Spiralen den Abhang hinunter. Er umklammerte seine Waffe mit beiden Händen. Mündungsfeuer blitzte auf. Anna sah den blauen Blitz und wußte, der Schuß war auf die VIPs gezielt gewesen. Sie schrie wieder. Die Zeit setzte aus. Entfernungen wurden bedeutungslos. Plötzlich war sie am Fuß des Hügels, auf dem Marty stand. Alles verschmolz, Metall, Wurzeln, menschliche Gliedmaßen. Eine Explosion, so nah, daß Anna sie nicht hörte. Und gleichzeitig ein betäubender Schlag gegen ihren Oberschenkel.

Anna war geschlagen worden, hatte sich in Giftabfällen gewälzt, war von Klippen gestürzt, und einmal hatte eine Frau versucht, sie zu ertränken. Aber noch nie hatte jemand auf sie geschossen, und sie war zutiefst empört. »Du hast mich getroffen!« hörte sie sich schreien. »Du hast auf mich geschossen, du gottverdammtes Schwein!« Sie konnte ihre Wut nicht bremsen, noch nie in ihrem ganzen Leben war sie so wütend gewesen, es wunderte sie, daß ihre Haare nicht lichterloh zu brennen begannen.

Sie schlug Schlessinger gegen die Knie, er taumelte und kippte nach hinten über den Wall. Seine Füße schnellten nach oben, mit der einen Stiefelspitze erwischte er Anna am Kinn. Vielleicht tat es weh, vielleicht auch nicht. Anna war jenseits der Schmerzgrenze.

Sie packte Martys Knöchel und zog sich an ihm hoch. Erde vermischte sich mit dem Wasser, das aus ihren Kleidern rann, naß, klebrig. Kurz schoß ihr die Frage durch den Kopf: Wieviel von dieser Flüssigkeit war Blut? Sie lebte noch, also war die Oberschenkelarterie nicht getroffen. Das mußte momentan genügen.

Hände trommelten auf ihren Kopf. Anna wehrte sich, schlug mit dem Kreuzschlüssel gegen etwas, was hoffentlich empfindlich menschliche Körperteile waren und nicht die gefühllose Böschung. Aber in ihre Lage hatte sie wenig Hebelkraft in den Armen, und die Schläge bewirkten nicht viel. Klauenartige Finger kratzten über ihre

Wange. Einer erwischte sie am Mundwinkel, und sie biß sofort zu und ließ nicht wieder los, wie ein Terrier. Blut tropfte ihr in den Mund, würgte sie. Ihre Zähne stießen auf Schlessingers Fingerknöchel.

Im Handgemenge hatte Schlessinger seine Waffe verloren. Hoffnung verlieh Anna neue Kraft. Sehen konnte sie nichts, die Welt war pechschwarz. Sie roch nichts als Erde, Schweiß und Angst. Sie trat und kickte, und schließlich schaffte sie es, sich über die bröckelnde Erdböschung zu hieven. Sie landete auf Schlessingers Brustkorb, preßte den Kreuzschlüssel gegen seine Kehle und drückte zu.

Die Finger waren nicht mehr in ihrem Gesicht. Arme umschlossen sie, stark wie Drahtseile. Eng umschlungen rollten sie die andere Seite der Böschung hinunter. Der Kreuzschlüssel verkantete sich und wurde Anna aus der Faust gerissen. Sie spürte, wie das äußere Ende seitlich über ihren Nacken schrappte. Der Kampf dauerte noch keine halbe Minute, aber Anna merkte, daß ihr Energieschub gleich seinen Höhepunkt überschritten haben würde. Danach würden ihre Kräfte schwinden. Schlessinger, mit Drogen vollgepumpt, befand sich ihr gegenüber im Vorteil.

Alles drehte sich. Schlessinger lag jetzt auf ihr, drückte sie mit seinem Gewicht in den matschigen Boden, seine Knie preßten auf ihre Brust, seine Finger umschlossen ihre letzten Reserven, Anna spürte, wie ihre Glieder immer schwerer wurden, wie ihre Brust anschwoll. Sie bekam einen kleinen Finger zu fassen. Hoffentlich war es der, den sie vorhin fast abgebissen hatte! Mit letzter Kraft bog sie den Finger nach hinten.

Schlessinger heulte auf wie ein verwundetes Raubtier, und Anna konnte durch ihre malträtierte Kehle ein bißchen Sauerstoff aufnehmen. Schreie und Flüche zerrissen die Luft. Mit der einen Hand drückte Schlessinger immer noch gegen Annas Hals, und jetzt begann er, mit der Faust auf ihr Gesicht einzuschlagen. Sie warf den Kopf hin und her, um so den Schlägen auszuweichen, aber einer war ein Volltreffer – sie spürte, wie ihr Augapfel unter Martys Faust regelrecht explodierte.

Mit letzter Kraft riß Anna das Knie ihres unverletzten Beines hoch und bäumte sich auf. Marty verlor das Gleichgewicht und kippte um. Anna war verdutzt: Hundertmal hatte sie diesen Griff in verschiedenen Selbstverteidigungskursen ausprobiert – ohne Erfolg. Allerdings hatte sie auch nie einen Gegner gehabt, der ihr in etwa entsprochen hatte. Die Männer, mit denen sie geübt hatte, waren alle mindestens vierzig Pfund schwerer gewesen als sie. Schlessinger, der im Grund nur von Koks lebte, wog nicht mehr als hundertdreißig Pfund.

Sie drehte sich auf den Bauch, stemmte sich hoch und war gerade rechtzeitig auf allen vieren, um einen Stiefeltritt gegen das rechte Ohr einzustecken. Prompt sackte sie wieder zusammen, die Dunkelheit schloß sich um sie wie die schwarzen Schwingen einer Fledermaus. Alle Verletzungen, die sie bisher gar nicht richtig gespürt hatte, schrien nun nach Rache.

Es blieb ihr nur noch ein Gedanke: Wie konnte sie dem tödlichen Schlag ausweichen?

Er kam nicht.

Statt dessen hörte sie laute Rufe, ein Lichtschein blendete sie. Anna hob den Kopf. Ein großer, kräftiger Schatten – das konnte nur Rick Spencer sein! – drückte eine Windmühle aus Armen und Beinen an die Brust. Im flackernden Strahl einer Taschenlampe konnte Anna erkennen, daß Rick Marty gepackt hatte.

»Halt endlich still – oder ich brech dir den Arm.«

»Das macht er glatt«, murmelte Anna durch ihre rapide anschwellende Lippen. »Ich würde tun, was er sagt.«

Schlessinger wehrte sich immer noch. Dann ein gräßliches Knacken, ein Schrei. Stille.

»Wie geht's dir, Anna?« fragte Rick.

»Ich war kurz davor zu gewinnen!«

»Ja, klar.«

Anna wollte aufstehen, aber ihr linkes Bein gab unter ihr nach. »Ich bin verletzt«, erinnerte sie sich laut. »Der Dreckskerl hat auf mich geschossen. Er hat mein Bein getroffen.«

»Mist!« Im Strahl der Taschenlampe sah Anna, wie Rick zwei Flexi-Handschellen aus dem Bund seines Hutes holte und sie um Schlessingers Gelenke schlang. »Wie schlimm ist es?«

Anna schüttelte den Kopf, aber dann fiel ihr ein, daß es dunkel war. Also sagte sie: »Keine Ahnung. Eher schlimm.«

»Leuchten Sie mit der Taschenlampe hierher«, befahl Rick.

Anna zuckte zusammen, als ihr der Lichtstrahl in die Augen fiel und dann über ihren Körper wanderte.

»Verdammte Scheiße!« sagte Rick, und Anna bekam es mit der Angst zu tun.

»Schlimm?« Sie gab sich alle Mühe, das Zittern in ihrer Stimme zu unterdrücken, aber vergeblich.

»Ich hab sie gefunden.« Dot trat in den Lichtkreis, den Griff von Martys Pistole zwischen Daumen und Zeigefinger.

Rick zerrte an Martys Handschellen. Marty schrie auf und sackte in sich zusammen. »Eine Bewegung – und ich brech dir den anderen Arm!« warnte Rick. Diesmal glaubte Schlessinger ihm, denn Rick war offensichtlich bereit, auch überflüssige Schmerzen zuzufügen. Polizeibrutalität. Anna hatte nichts dagegen einzuwenden.

Rick nahm Dot die Waffe ab und leerte das Magazin in seine Hand. »Eine Glock. Zwei Schuß sind noch drin. Und eine in der Kammer. Entsichert. Man braucht nur zu zielen und zu schießen. Anna, kannst du damit umgehen?«

»Vorübergehend schon.«

Rick reichte ihr die Glock und sagte zu den VIPs: »Wenn Anna ohnmächtig wird oder so, dann müssen Sie die Knarre nehmen und den Verdächtigen in Schach halten, bis ich wieder zurück bin. Wenn er irgendwas tut, was Ihnen nicht paßt, müssen Sie auf ihn schießen. Können Sie das?«

»Ja, klar«, sagte Mona mit so viel Überzeugungskraft, daß Rick zufrieden war.

»Ich hole die Sanitäter. Dauert nicht lange. Mach's gut, Anna!« Er nahm die Taschenlampe und machte sich im Laufschritt auf den Weg zurück zum Stafford House.

Im Mondlicht konnte Anna erkennen, daß Dot und Mona sie besorgt anstarrten. Schlessinger hatte sich nicht mehr gerührt, seit Rick ihn umgestoßen hatte. Und er hatte keinen Ton mehr von sich gegeben. Anna tat alles weh: Ihr Gesicht fühlte sich an, als hätte es jemand durch den Fleischwolf gedreht. Ihr linkes Bein schmerzte von der Hüfte bis zum Knie. Ihr Kopf drehte sich, und ihr war übel von den Schlägen in die Magengrube und durch das Blut, das sie geschluckt hatte.

Anna hatte Angst.

»Kann ich Flicka eine Weile halten?« fragte sie.

Kapitel 27

Wenn man etwas finden will, muß man an den richtigen Orten suchen – das ist der Schlüssel zum Erfolg. Eine absurde Weisheit, die den Wert des Suchens negiert. Frederick war deprimiert. Der Erfolg hatte dafür gesorgt, daß Molly Pigeon ihn nicht mehr brauchte, und er scheute sich vor dem Anruf, mit dem er ihr die gute Nachricht überbringen mußte – aber gleichzeitig freute er sich auch darauf, mit der fiebrigen Vorfreude einer jungen Frau in einem Roman von Jane Austen.

Er war schon seit ein paar Tagen wieder in Chicago. Seine Wohnung, vollgestopft wie sie war, löste Beklemmungen ihn ihm aus. Die muntere Präsenz von Danny und Taters, den beiden Wellensittichen, erinnerte ihn nur daran, wie erbärmlich sein Sozialleben geworden war. Anna hatte zweimal angerufen, aber er hatte den Anrufbeantworter mit ihr reden lassen. Ehe er persönlich mit ihr sprach, mußte er sich erst noch einmal mit Molly unterhalten. Heute abend war der richtige Zeitpunkt.

Chicago schwitzte im Griff des Monats August. Die ins Fenster eingelassene Klimaanlage schaffte es längst nicht mehr, in Fredericks Wohnung für erträgliche Lebensbedingungen zu sorgen. Nur in Unterhose und T-Shirt saß er in seinem Wohnzimmer und überlegte, ob er sich für das Telefongespräch ordentlich anziehen sollte. Was für ein schwachsinniger Gedanke! Aber die Idiotie behielt die Oberhand. Er schlüpfte in eine abgetragene Khaki-Hose und setzte sich wieder vors Telefon.

Aber erst einmal gab er sich noch ein paar Minuten Galgenfrist und griff zu dem Ordner auf dem Couchtisch. Molly hatte ihm bei ihrer letzten Begegnung ihre Unterlagen gegeben. Als sein Blick auf den Totenkopf mit den überkreuzten Knochen und dem blutigen Messer fiel, mußte er lachen. Er hatte den Ordner als Erinnerung aufbewahrt; er trank Scotch pur, um sich ihr näher zu fühlen. Kurz gesagt, er klammerte sich an all die trivialen Symbole romantischer Gefühle. »Ich kann nicht anders«, sagte er zu Danny. Der kleine Vogel hüpfte auf den Telefonhörer und schaute ihn erwartungsvoll an. »Ich habe nie genug Zeit, um meine eigenen Symbole zu entwickeln.«

Der Ordner enthielt Notizen über seine Arbeit an Mollys Fall. Er hatte Regierungszeit und Steuergelder dafür verwendet, aber er hatte kein schlechtes Gewissen. In den vergangenen fünfundzwanzig Jahren hatte er der Regierung mehr Überstunden geschenkt, als er je abfeiern konnte.

Sein Instinkt im Flugzeug hatte ihn auf die richtige Fährte gebracht. Mollys Sünde war eine Unterlassungssünde. Er hatte die drei Personen gefunden, die sie nach der Verteidigung von Lester Mack am heftigsten bedrängt hatten, als Gutachterin vor Gericht aufzutreten. Schon beim zweiten Anlauf hatte er einen Volltreffer gelandet. Zu den Bittstellern gehörte eine gebildete geschiedene Frau mit einem Sohn. Im Alter von achtzehn Jahren war dieser Sohn verhaftet worden – wegen Vergewaltigung und Mißhandlung einer sechzehnhjährigen Schülerin, die später ihren Verletzungen erlegen war. Dr. Pigeon hatte sich geweigert, für den jungen Mann auszusagen. Er war zu lebenslänglich verurteilt worden, hatte drei Jahre abgesessen und war dann bei einer Messerstecherei in der Gefängniskantine ums Leben gekommen. Sechs Tage später war Lester Mack bei bester Gesundheit entlassen worden, ein freier Mann.

Für die Mutter des toten Jungen war diese Ereigniskette Ursache und Wirkung: Sie war der Beweis dafür, daß Molly Pigeon ihr Kind freibekommen hätte, wenn sie nur gewollt hätte, und daß sie statt dessen seinen gewaltsamen Tod billigend in Kauf genommen hatte.

Frederick hatte nicht die Möglichkeit gehabt, selbst mit der Frau zu sprechen. Die New Yorker Polizei hatte ihr einen Besuch abgestattet. Angesichts dieser scheinbar verständnisvollen Herren in Anzügen hatte sie gestanden, daß die Briefe und Telefonnachrichten von ihr stammten. Wie die Anklage gegen sie lauten würde, stand noch nicht fest. Eine sympathische Dame aus der gehobenen Mittelschicht, die außer sich war vor Kummer – vermutlich würde man ihr auf die Finger klopfen und sie verwarnen, und Molly mußte noch eine Weile aufpassen.

Nicht besonders befriedigend, fand Frederick, aber angemessen. Bürokraten waren keine guten Helden. Es gab zu viele behördliche Vorschriften, deswegen konnten sie nicht auf einen Schimmel angeritten kommen und ihre Angebetete aus der Bedrängnis retten. Ganz zu schweigen von den zivilrechtlichen Klagen, die der durchschnittliche Superheld sich einhandeln würde.

Er legte die Akte wieder beiseite, lockte Danny vom Telefon weg und griff zum Hörer. Molly antwortete, als er schon wieder auflegen wollte, weil er keine Lust hatte, mit ihrem Anrufbeantworter zu sprechen. Es tat ihm gut, ihre Stimme zu hören. Er versuchte sich zu entspannen, lehnte sich in seinem Sessel zurück und erzählte ihr von dem toten Gefangenen und vom Geständnis seiner Mutter. Molly hörte ihm schweigend zu, und als er fertig war, wartete sie einen Moment, um die Informationen zu verdauen.

»Hm – als Staatsbürgerin kann ich nicht gerade behaupten, daß ich besonders erleichtert bin«, sagte sie. »Beruflich gesehen würde ich annehmen, daß die Sache damit erledigt ist. Der erste Ansturm des Kummers ist überwunden. Sie hat mir Angst eingejagt, man hat sie ernst genommen, ihr zugehört. Sie weiß, daß ich weiß, daß sie weiß, könnte man sagen, und wenn plötzlich meine Leiche in einer dunklen kleinen Nebenstraße gefunden wird, dann weiß die Polizei, an wen sie sich wenden muß.«

»Tja, das wär's«, sagte Frederick, und weil er sie ein bißchen trösten wollte, fügte er hinzu: »Ich nehme nicht an, daß du noch mal von ihr hören wirst.«

»Ich auch nicht«, sagte Molly.

Sie schwiegen beide.

»Weißt du was von Anna?« fragte Frederick schließlich.

Wieder Schweigen. Dann: »Ich war abends meistens unterwegs.«

»Ich auch.« Er fragte sich, ob er die gleiche Lüge erzählte wie Molly. »Du weißt, daß ich etwas für dich empfinde«, sagte er dann unvermittelt.

»Ja, ich weiß.«

Das half ihm nicht weiter. Er wartete mit wachsendem Unbehagen. »Und du?« fragte er, als er es nicht mehr aushalten konnte.

»Es spielt keine Rolle«, sagte Molly leise. Er wußte, daß sie recht hatte. Molly war Annas Schwester. Er hatte nichts anderes erwartet. Und trotzdem hatte er sich Hoffnungen gemacht. Die Wunschvorstellung hatte ihn berauscht.

»Erzählst du's ihr?«

»Was?« Molly stellte sich absichtlich dumm. Er wartete, und sie gab nach. »Nein. Und du auch nicht. Nie.«

Frederick, rührte mit dem Finger in seinem Scotch. Die Eiswürfel waren blitzschnell geschmolzen. So wie mein Liebesleben, dachte er mit einer guten Dosis Selbstmitleid. Es war Zeit aufzulegen, aber da er wußte, daß es keinen Anruf mehr geben würde, zögerte er den Abschied hinaus.

»Jemand sollte ihr etwas sagen, bevor sie nach Chicago zieht«, sagte er, weil er sauer war und weil er Molly am Apparat halten wollte.

Ein kurzes Lachen kam durch die Telefonleitung. »Darüber würde ich mir an deiner Stelle keine Gedanken machen. Anna geht sowieso nicht weg aus der Wildnis.«

Kapitel 28

Rick war gegangen, und mit ihm war auch der Lärm und der surreale Schrecken des Kampfes verschwunden. Wie eine kaputte Marionette kauerte Marty an der Stelle, wo Rick ihn hingeschubst hatte. Er schwieg hartnäckig und reagierte auch nicht, wenn er angesprochen wurde. Sein Arm mußte ihm bestimmt teuflisch weh tun, aber seine Sturheit oder vielleicht auch die schmerzdämpfende Wirkung des Kokains hinderte ihn daran, sich zu beklagen.

Dot hatte Flicka liebevoll in die Arme geschlossen und zu den anderen geholt, und Anna fand es wohltuend und tröstlich, das weiche Fell des Rehkitz zu streicheln. Von dem Schlag, den Schlessinger ihr mit seiner Pistole versetzt hatte, hatte Mona eine blutende Platzwunde am Kopf und wirkte etwas benommen, bestand aber darauf, daß sie nicht ernsthaft verletzt war.

Die Spannung wich, und langsam fingen ihre Gehirne wieder an zu arbeiten. Dot nahm die Pistole und bewachte den Gefangenen, während Mona Anna half, ihre dreckverschmierte Hose auszuziehen. Es war kein Blut zu sehen, keine offene Wunde, nur eine verfärbte Hautstelle zwischen Knie und Schritt.

»Wonderwoman«, sagte Mona, und Anna lachte zittrig. Schlessingers Geschoß hatte ein festes Objekt getroffen – Holz oder Stein – und ein »natürliches« Schrappnel hatte Anna mit der Wucht eines Baseballs am Bein erwischt. Die Überzeugung, daß sie angeschossen worden war, hatte sie mindestens so stark beeinträchtigt wie der eigentliche Schlag.

Tränen brannten ihr in den Augen, und sie knurrte verdrossen, um sie zu vertreiben. »Ich wäre mir ziemlich bescheuert vorgekommen, wenn ich daran gestorben wäre«, sagte sie, während sie den Reißverschluß ihrer Hose zumachte. Die Macht der Gedanken war gewaltig. Sie mußte an eine Frau denken, die am Biß einer Königsschlange gestorben war. Sie war fest davon überzeugt gewesen, daß eine Klapperschlange sie gebissen hatte; vor lauter Angst hatte sie einen Schock erlitten und war gestorben, ehe sie ins Krankenhaus eingeliefert werden konnte.

Nach ein paar Versuchen merkte Anna, daß sie sogar gehen konnte. Die Schmerzen waren ziemlich heftig. Vermutlich hatte der Knochen einen Haarriß. Aber nichts, was die Zeit nicht heilen konnte.

Es war peinlich, hier herumzusitzen, bis die Rettungsmannschaft mit Blinklichtern und Sirenen auftauchte. Lauter Sanitäter, die scharf darauf waren, eine Schußwunde zu behandeln! Nachdem sie den hartnäckig stummen Biologen dazu gebracht hatten aufzustehen, stützte sich Anna auf Dot, und gemeinsam traten sie, mehr oder weniger humpelnd, den Rückweg zum Stafford House an.

Um sich während der Zwei-Meilen-Wanderung die Zeit zu vertreiben und nicht immer an die verschiedenen Verletzungen denken zu müssen, füllten Dot und Mona ein paar Lücken in Annas Bild der Ereignisse. Schlessinger, der Mona und Dot für tot gehalten hatte, war ein Opfer seiner eigenen Prahlsucht geworden.

Was das Mikroskop und die Assistenten betraf, hatte Anna richtig vermutet. Beide waren von dem Schildkröten-Konto abgebucht worden, und Schlessinger hatte das Geld eingesteckt. Aber die Sache war noch komplizierter. Die auf zehn Jahre ausgelegte Schildkröten-Studie wurde mit einer Zuwendung von hundertzwölftausend Dollar finanziert, die in zwei Etappen ausgezahlt werden sollte, die erste Rate gleich zu Beginn der Arbeit, die zweite nach zwei Jahren. Schlessinger hatte das Geld unterschlagen und sofort ausgegeben. Im September sollte er die zweite Hälfte erhalten. Hammond war ihm auf die Schliche gekommen und hatte fünfzig Prozent als Schweigegeld gefordert. Marty entschied sich für eine weniger kostspielige Lösung.

Schlessinger hatte mehr oder weniger freie Hand gehabt und war der einzige gewesen, der sich für die Unterlagen des Schildkrötenprojekts interessierte, bis Chief Ranger Hull befunden hatte, daß sie auf den neuesten Stand gebracht und im Computer gespeichert werden sollten. Jeder einigermaßen aufmerksame Mensch wäre beim ersten Blick auf die Unterschlagung gestoßen. Plötzlich mußte Schlessinger unbedingt die alten Akten finden und vernichten.

Und, fügte Dot hinzu, natürlich auch die Leute, die bisher für die Akten zuständig gewesen waren.

Während sie sich unterhielten, trottete Marty mit gesenktem Blick vor ihnen her. Er ging extrem vorsichtig und schaute immer genau, wo er hintrat, um seine gebrochenen Knochen zu schonen.

Anna fragte ihn, woher er gewußt hatte, wie man die Steuerstange lockerte und ob er gelogen hatte, als er behauptete, er habe den Schuß gehört, der den Österreicher ins Bein getroffen hatte. Aber er antwortete nicht.

»Ach, jetzt haben Sie wohl die Zunge verschluckt!« schimpfte Mona. Niemand nahm ihr diesen minimalen Verstoß gegen die guten Manieren übel. »Ich glaube mich daran zu erinnern, daß die alte Nummer Eins bei einem Unfall ums Leben gekommen ist. Wollen wir wetten, daß das auch ein Flugzeugabsturz war wie bei Slattery?«

Ein Flugzeugabsturz: Sie hatten die Lösung die ganze Zeit vor Augen gehabt! Anna erinnerte sich daran, daß man ihr erzählt hatte, Martys Frau sei bei einem Unfall ums Leben gekommen. Alle auf der Insel wußten das. Genau wie Anna hatten sie vermutlich angenommen, es sei ein Autounfall gewesen, Amerikas häufigste Todesursache. Vielleicht kannte Schlessinger den Trick mit der Steuerstange, weil er ihn schon einmal angewandt hatte.

Als sie noch knapp eine Meile vom Cottage entfernt waren, kam ihnen Rick entgegen. Diesmal hatte er einen roten Erste-Hilfe-Kasten und zusätzliche Taschenlampen bei sich – und Lynette Wagner. Ein Helikopter mit medizinischen Notfallpersonal war vom Festland her unterwegs und würde demnächst auf der Stafford-Wiese landen. Man konnte in der Ferne schon das leise Tschoff-tschoff der Rotorblätter hören.

Ricks Bewunderung für Annas Tapferkeit schlug in Spott um, als sie ihm gestand, daß die Kugel sie gar nicht getroffen hatte.

»Ich bin getroffen worden! Schlimm!« äffte er sie mit verstellter Stimme nach.

»Aber es sieht aus, als würde es einen ziemlichen Bluterguß geben«, brachte Mona zu Annas Ehrenrettung vor.

»Oh, nein! Bitte kein Bluterguß!« jaulte Rick.

Innerlich stöhnte Anna. Das würde ihr ewig nachschleichen! Ihre einzige Hoffnung war, sich die Haare zu färben, den Namen zu ändern und den Wohnort zu wechseln.

Lynette verhielt sich hilfsbereit und verständnisvoll, genau wie Anna es erwartet hatte. Sie wirkte sogar einigermaßen nüchtern, wenn man bedachte, welche Weinmengen sie und Tabby konsumiert hatten. Anna kam allerdings mit Ricks Spott besser zurecht als mit Lynettes Freundlichkeit. Tapferkeit war möglich, wenn die anderen die mißliche Lage nicht allzu ernst nahmen – das war ein ungeschriebenes Gesetz. Mitgefühl hingegen konnte selbst die stärksten Männer – und Frauen, selbstverständlich – aus der Fassung bringen.

Die Sanitäter stürzten sich begeistert auf Anna, kaum daß sie das Gelände von Stafford House erreicht hatten. Sie überspielten ihre Enttäuschung ganz erfolgreich, als sich herausstellte, daß Anna relativ gut in Form war und sie sich mit einem gebrochenen Arm (Schlessinger), einer möglichen Gehirnerschütterung (Mona) und mehreren Schnittwunden und Prellungen zufrieden geben mußten.

Als die letzten Handgriffe vor Ort durchgeführt wurden, landete der Sheriff von St. Marys am Stafford Pier. Marty sollte unter scharfer Bewachung ins Krankenhaus gebracht werden und von dort ins Gefängnis, sobald die Ärzte ihn freigeben konnten. Mona sollte ebenfalls ins Krankenhaus, um ihre Kopfverletzung untersuchen zu lassen.

Anna wehrte sich erbittert – sie wollte nicht abtransportiert werden, sie war sogar bereit, das blöde Formular zu unterschreiben, das sie selbst schon unzähligen Parkbesuchern unter die Nase gehalten hatte. Wie diese mußte sie schwören, daß man ihr mitgeteilt hatte, sie sei komplett verrückt, und daß das medizinische Personal jede Verantwortung dafür ablehnte, falls ihr was zustieß, was sie verdiente, weil sie eine Behandlung abgelehnt hatte.

Während Schlessinger zum Hubschrauber getragen wurde – er wirkte sehr kooperativ, fast schon unterwürfig –, schaute Rick den Sanitätern sehnsüchtig nach. »Das ist deine Verhaftung, Anna. Willst du nicht mitfliegen?«

»Ich steckte schon genug in der Patsche«, brummte sie. »Hättest du vielleicht Lust?«

»Ist das eine Fangfrage?« Rick war so scharf darauf zu fliegen, daß sie ihn am liebsten noch ein bißchen gefoltert hätte. Daß sie es nicht tat, lag eher an ihrer Erschöpfung als an ihrem guten Herzen.

»Na, nun mach schon.«

Glücklich wie ein Schulkind bei Ferienbeginn rannte er hinter den Sanitätern her.

Der Sheriff nahm die Aussagen auf und trank Pulverkaffee, bis Anna glaubte, daß entweder ihr Kopf oder seine Blase platzten mußte. Vier Stunden nach Mitternacht verabschiedete er sich endlich. Dot, Anna und Lynette saßen am Küchentisch im Cottage und starrten einander wortlos an. Tabby schnarchte leise auf dem Sofa, umgeben von einem Chaos aus Papieren und Akten.

»Hey, hatten wir nicht 'nen tollen Abend?« sagte Lynette nach einer Weile. »Zu allem hat auch noch meine Periode angefangen.«

Anna wollte grinsen, aber das tat weh.

»Paß nur auf, daß es keiner von diesen Südstaatenjungen rauskriegt«, warnte sie Dot. »Die stehlen deine benutzten Tampons, damit sie die Rehe anlocken können. Igitt.«

Das gefrorene Fleisch in Slatterys Gefrierfach; die gebrauchten Tampons! Anna dachte, sie hätte gelacht, aber es war nur ein Krächzen.

»Du hättest doch ins Krankenhaus gehen sollen«, schimpfte Dot. »Es geht dir viel schlechter, als du denkst. Am besten bleibst du heute nacht hier.«

»Nein«, sagte Anna. »Vielen Dank.« Sie konnte ihre Gedanken nicht ordnen, und die Vorstellung, sich irgendwie vom Fleck zu bewegen, war grauenhaft. Trotzdem sehnte sie sich danach, allein zu sein, für nichts und niemanden verantwortlich. »Bleibst du bei Tabby?« fragte sie Lynette, als ihr klar geworden war, was sie brauchte und wie sie es bekommen konnte.

»Gehst du nicht zurück nach Plum Orchard?«

»Nein, ich will nach Hause.« Dot und Lynette tauschten besorgte Blicke, und Anna merkte, daß sie etwas irre klang. »Ich möchte ins Feuerwehrquartier, meine ich. In mein Zimmer.«

»Ich finde, es sollte jemand bei dir sein«, meinte Dot.

Anna schwieg verstockt. Nach einer Minute des stummen Kräftemessens sagte Lynette seufzend: »Wenn du unbedingt willst, fahre ich dich hin.«

»Ich nehme den Truck«, erklärte Anna. Das Bedürfnis, allein zu sein, hatte sich immer mehr gesteigert, bis sie so heftig danach lechzte wie Marty Schlessinger nach seinem Kokain. In ihrer momentanen Verfassung wäre sie wahrscheinlich sogar fähig gewesen, jemanden dafür umzubringen. Alleinsein war eine Droge, die in der modernen Welt schwerer zu bekommen war als die meisten anderen.

Sie wollte aufstehen, schaffte es aber nicht ohne Hilfe. Ihr verletztes Bein pochte, der große Muskel war empört über die jüngste Mißhandlung. Vorsichtig strich sie mit den Fingern darüber. Die Stelle war doppelt so groß wie ihre Handfläche und fast zwei Zentimeter dick geschwollen. Plötzlich sah sie schreckliche Blutgerinnsel vor sich und hatte Visionen von inneren Blutungen – und einen Augenblick wünschte sie sich, sie wäre doch mit nach St. Marys geflogen. Aber nur einen Augenblick. Im Krankenhaus machen alle an dir rum. »Geht schon«, sagte sie. Aber es ging nicht.

Dot und Lynette beobachteten etwas hilflos, wie sie sich am Tischrand festzuklammern versuchte. Schließlich stemmte Dot die Hände in die Hüften und verkündete ärgerlich: »Anna, du benimmst dich wie ein Hund mit einer kaputten Pfote. Wir wollen dir helfen, und du beißt uns.« Ihr Blick durchbohrte Anna, die sie plötzlich schämte. Sie brummelte eine verlegene Entschuldigung.

»Schon besser! Mona hatte einen alten Stock, weil sie sich mal den Fuß gebrochen hat. Den hol ich dir. Lynette fährt dich zum Quartier. Einer der Jungs kann morgen deinen Truck hier abholen. Mehr ist im Moment nicht nötig. Wirst du jetzt brav sein?«

»Ja, Ma'am.«

Wie Dot befohlen hatte, brachte Lynette sie ins Feuerwehrquartier. Obwohl Anna protestierte, machte sie ihr ein Bad, half ihr in die Wanne, nahm Guys Schlüssel, um das Depot aufzuschließen, und brachte ihr eine frische Hose, ein Hemd und einen Schlafsack. »Du kannst die Sachen morgen zurückgeben«, sagte sie. »Das merkt keiner.«

Nachdem Lynette gegangen war, wollte sich Anna die Haare und ihr mißhandeltes Gesicht waschen und außerdem inspizieren, was sonst noch alles an ihr kaputt war. Aber bevor sie noch damit anfangen konnte, war sie bereits eingeschlafen.

Sie fuhr aus einem bösen Traum hoch, als die Badezimmertür aufging. Ihr Herz machte einen Sprung, und sie wollte aus der Wanne klettern. Das Wasser war kalt, ihre Haut weiß und schrumpelig. Sie sah aus wie tot, und am liebsten wäre sie es auch gewesen.

Jemand brüllte: »Rick!« Dann ein schockiertes: »Wer zum Teufel – ach du Scheiße, du bist das!« und ein hastiger Rückzug. Als die Tür als Schutz zwischen ihnen war, rief Dijon durch das schützende Holz: »Was tust du hier, Anna? Was ist mit deinem Gesicht passiert? Hast du dich etwa ohne mich amüsiert?«

Fast eine Woche war vergangen, und Anna hatte sich dankbar wieder der Routine der Brandprävention gewidmet. Ihr Bein tat zwar noch weh, aber sie hielt es bedeckt und klagte nicht. Sie gab sich sogar Mühe, möglichst wenig zu hinken, außer in Ricks Gegenwart. Nur bei ihm ließ sie sich etwas anmerken, in der Hoffnung, ein wenig Eindruck zu schinden.

Tabby hatte ihr Kind bekommen. Einen gesunden Jungen, sieben Pfund schwer. Ihre Eltern waren bei der Geburt dabei und wollten demnächst mit ihr nach Seattle reisen. Morgen flogen sie alle nach Hause, und Anna war erleichtert. Cumberland Island war ganz schön anstrengend gewesen.

Zach war nicht mehr da. Frederick auch nicht. Am Abend nach Schlessingers Verhaftung hatte Anna ihn telefonisch erreicht. Sie hatte ihm mitgeteilt, sie werde nicht nach Chicago kommen. Er hatte sehr verständnisvoll reagiert. So verständnisvoll, daß es sie schon wieder ärgerte, aber sie wußte, sie war einfach in ihrer Eitelkeit gekränkt. Nicht lange, und sie würde sich freuen, daß er es ihr nicht übelnahm. Leidenschaft war ein zweischneidiges Schwert. Sie hatten sich beide nicht allzu tief geschnitten.

Heute abend fühlte sie nichts als Erschöpfung und eine Art von Frieden, wie sie ihn lange nicht empfunden hatte.

Sie streckte ihr verletztes Bein aus und blickte hinaus auf den endlosen Strand. Alle waren gekommen, um das Schlüpfen mitzuerleben, auch der Mond, voll und dick und einladend. In dieser einen Nacht waren künstliche Lichter verboten, und die Menschen durften wirklich Teil der Dunkelheit sein.

Die Nester, die sie bestaunten, waren nicht diejenigen, die sie in ihrer ersten Woche auf Cumberland Island hatte entstehen sehen. Anna und die anderen würden längst nicht mehr hier sein, wenn diese Schildkröten sich auf den Weg in den Ozean machten. Jetzt waren sie am nördlichen Ende der Insel, ein Stück vom Alligatoren-Teich entfernt, wo der Sund ins Meer überging.

Lynette, Dot, Mona und die anderen Mitglieder des Feuertrupps hatten sich über die Dünen verteilt, jeder mußte einen bestimmten Abschnitt überwachen. Die Luft war warm, ab und zu wehte eine leichte Brise vom Meer her. Sand und Wasser wetteiferten, wer die meisten Silberschattierungen zustande brachte. Die Sterne leuchteten am Himmel. Schlessinger hatte diesen Anblick gegen Drogen eingetauscht und jetzt gegen eine Zelle.

Unterhalb der Düne, auf der Anna kauerte, die Arme um die Knie geschlungen, begann der Sand zu zittern. Die Bewegung war so minimal, daß es auch eine optische Täuschung hätte sein können, aber sie merkte, wie sie den Atem anhielt. Sie kommen! Der Sand bebte, rutschte, bildete kleine Wirbel, Vertiefungen, als würde die Erde zum Leben erwachen., Anna rutschte vorsichtig ein Stück nach unten, so weit, wie sie sich eben traute, und verfolgte die Ankunft einer neuen Generation. Das erste winzige Bein schob sich durch das Silber, und Anna lachte laut. Ein kleiner Kopf folgte. Dann begann ein heftiger Kampf, wie man ihn einer fünf Zentimeter großen Amphibie gar nicht zugetraut hätte. Anna wollte nachhelfen, das kleine Tier befreien, es hochheben und streicheln, aber der Mensch war sein schlimmster Feind. Wenn sie diese kleine Schildkröte berührte, war es für die etwa so tröstlich, wie wenn ein Pittbull ein neugeborenes Kätzchen ableckte.

Bald hatte sich ein ganzes Dutzend Paddel durch den Sand gewühlt, kleine Wellen in einem trockenen Meer. Als das erste Tier zielstrebig seinen Gang zum Ozean antrat, zu einem Ozean, den es noch nie gesehen hatte, glaubte Anna, sie müßte platzen vor Stolz.

Sie humpelte vor und zurück, verscheuchte Geisterkrabben und Möwen und bejubelte den Vormarsch der Schildkröten, lachte, als sie sah, wie die Wellen sie in Empfang nahmen und sie auf und ab schaukelten, wie plumpe kleine Schiffchen, von Kinderhand gebaut.

Die letzten drei hatten die Schwelle ihrer neuen Heimat erreicht, fühlten den Sog ihres neuen Elements, als Anna eine Stimme hörte.

»Maggie-Mary – sie ist hinter meinen Schildkröten her!«

»Paßt gut auf euch auf!« flüsterte Anna den letzten kleinen Schildkröten zu. »Die Pflicht ruft!«